Ingvar Ambjørnsen

STALINS AUGEN

Roman

Aus dem Norwegischen
von Gabriele Haefs

Edition Nautilus

Editorische Notiz: Die deutsche Erstausgabe des vorliegenden Buches erschien 1989 bei Edition Nautilus. Das Original *Stalins øyne* erschien 1985 im Cappelens Forlag Oslo.
Umschlaggestaltung: Maja Bechert

Edition Nautilus Verlag Lutz Schulenburg
Alte Holstenstraße 22 · D-21031 Hamburg

1. Auflage 1989 · Printed in Germany
www.edition-nautilus.de

2 3 4 5 · 07 06 05 04 03

ISBN 3-89401-421-0

„Lügen und verdammte Erfindung!" Ich mache mir diese Worte eines alten Meisters zu eigen. Dieses Buch sollte als Märchen unserer Zeit gelesen werden. Von den Personen, die für die Handlung von Bedeutung sind, hat nur eine, Genrich Grigorjewitsch Jagoda, das Licht der Welt erblickt. Und was Jagodas Rolle angeht, so endet die *wirkliche* Geschichte in dem Moment, in dem er aus seinem ehrenvollen Job gefeuert wird. Daß Jagoda eine etwas diebische Vergangenheit hatte, ist als Behauptung zu betrachten, nicht als historische Tatsache. Ich habe jedenfalls versucht, diesen eventuellen Diebstahl in ganz anderen Größenverhältnissen darzustellen, als es vielleicht der Fall gewesen ist.

Und mit diesen Worten sollte genug Rücksicht genommen sein. Bitte sehr – Stalins Augen gehören Ihnen!

Hamburg, Dezember 1984
Ingvar Ambjørnsen

PROLOG

Manfred Reudenbach hatte mehr getrunken, als er vertragen konnte. Als er die Kajüte *Klaus Störtebeker* verließ und über das Johannisbollwerk segelte, tat er das ziemlich breitbeinig und war von einzelnen schnellen Seitwärtsschritten abhängig, wenn er auf dem vereisten Asphalt nicht auf die Nase fallen wollte. Der Fahrer eines Audi, der vorbeifegte, während er noch mitten auf der Straße stand, drückte hitzig auf die Hupe, kam mit seinem Fuß der Bremse aber kein bißchen näher. Manfred Reudenbach schickte der guten Jungfrau ein Dankgebet und dachte daran, wie schnell sein Leben im Wert doch gefallen war. Vor weniger als einem Jahr war er ein Teil einer Gesellschaft gewesen, zu deren Aufbau vom absoluten Nullpunkt nach dem Sieg der Alliierten er mit eigenen Händen beigetragen hatte. Nun war er zu einem lahmen Trottel reduziert, dem die Kinder auf der Straße mancherlei Frechheiten hinterherbrüllten. Er hatte auch früher schon getrunken – so wie die meisten Deutschen. Mäßig, aber regelmäßig. Vor zehn Monaten war er bei Blohm & Voss hinausgekegelt worden, er trat den Arbeitslosen Deutschlands bei, und König Alkohol rückte ihm dichter auf den Leib. In den letzten Monaten, nachdem Ruth sich verabschiedet hatte und in geweihtem Boden bestattet worden war, hatte er im Grunde seine Zeit bei Störtebeker zugebracht, wo er Altbier und Schnaps eingoß – Feuchtigkeit über die rauchenden Ruinen des Lebens, das ihm zugeteilt worden war. Manchmal erlitt er Weinanfälle und religiöse Anfechtungen, aber nicht oft. Er hatte sein geliebtes Hamburg einmal zu Asche werden sehen und hatte sich am Wiederaufbau beteiligt. Nun richtete er bisweilen Stoßgebete zum Höchsten und bat darum, jemand möchte sich um *seine* Ruinen kümmern, dazu beitragen, ihn wieder aufzurichten. Bisher hatte der Herr ihm zur Antwort ab und zu die Dicke Molly vorbeigeschickt, aber die war nicht zuverlässig, und Manfred Reudenbach setzte seinen Gang durch das Hamburg der 80er Jahre als geschlagener und desillusionierter Mann fort.

Er blieb am Elbufer stehen und warf feuchte Blicke auf Trockendock 17, seine alte, verrostende Liebe. Witzig. Fast 17 Jahre lang hatte er Blohm & Voss treu gedient, bis sie plötzlich darauf verfallen waren, ihn zu wiegen und für zu leicht zu befinden. Ein oranges Signallicht oben auf dem Dock leuchtete einsam im Schneegestöber. Manfred Reudenbach zog seine Jacke enger und beschloß, nach Hause zu gehen. Es war Mitternacht, wenn er Glück hatte, würde er bald Schlaf finden, vielleicht einen Traum, der ihn aufrecht hielt, bis das Morgenlicht wieder zur Untätigkeit rief.

Er drückte die Zigarette am Zeigefingernagel aus. Mit einem „Scheiße“ warf er die Kippe in die Elbe, wobei er der rotgelben Glut mit den Augen folgte. Sie beschrieb zuerst einen gleichmäßigen Bogen, dann kam ein Windstoß und fegte sie aus der Bahn, unter das Heck eines kleinen Schleppers, der an seinen Vertäuungen zerrte. Punktum für diesen Abend, dachte Manfred Reudenbach. Aber als er sich schon umdrehen wollte, fiel sein Blick auf den Punkt, wo vor wenigen Sekunden die Zigarette das Wasser berührt hatte. Ein grünliches Hafenlicht schickte seine Strahlen durch das Schneegestöber, durch die oberste Schicht graubraunen Wassers. Ein Gesicht blickte ihn von da unten an. Ein weißes Gesicht, aufgequollen und widerlich.

Manfred Reudenbach hatte schon früher Leichen in der Elbe gesehen. Aber das war im Jahre 1944. Böse Erinnerungen. Albträume, die seit Jahrzehnten kamen und gingen. Deshalb schrie er an diesem eiskalten Februarabend 1983 so entsetzlich.

TEIL 1

DETEKTIVBÜRO „DARLING“

1

Ronny Olsen versuchte, Frau Lind nicht anzustarren. Von seinem Eckplatz aus, hinten im Nebenzimmer von Halvorsens Konditorei, konnte er sie zwar nach Herzenslust betrachten, ohne auffällig zu wirken, aber daß er seinen Blick fast nicht von ihr abwenden konnte, ging ihm wider die Berufsehre.

Frau Linds Profil hob sich reizvoll von der großen Fensterscheibe ab. Die hohe Stirn, die leicht gebogene Nase gaben ihr ein klassisches Aussehen. Die Augen, die er im scharfen Gegenlicht nicht deutlich sehen konnte, richteten sich auf die Tür. Aber ihr Blick hatte das Angespannte verloren, das er die ersten Male beobachtet hatte. Ihr zarter Körper, nun eingehüllt in ein hellblaues Kostüm, war entspannt, strahlte Selbstvertrauen aus. Frau Lind hatte Ruhe gefunden, das zeigte ihre ganze Erscheinung. Als er nur wenige Minuten nach ihr die Konditorei betreten und sich an ihrem Tisch vorbeigedrängt hatte, war er für eine kurze Sekunde ihrem Blick begegnet. Ihre dunklen Augen zeigten Intelligenz und Sensibilität.

Heut ist sie reif! hatte er gedacht. Sonst gefällt sie mir am Ende zu sehr. Schade, daß ich bei so einem Reh zur Büffelmethode greifen muß!

Ja, das war schade. Aber Ronny Olsen hatte es langsam reichlich satt, bei Halvorsen seinen Vormittagskaffee zu trinken. Außerdem war er seiner Sache jetzt sicher. Und auf seiner Liste standen noch andere Aufträge.

Der Knabe kam um Punkt halb zwölf hereingeschlendert. Ronny ging davon aus, daß er von der pünktlichen Sorte war. Er sah so aus. Kurzgeschnitten und fesch, wie die Mode es in der konservativen Szene vorsah, in der er vermutlich verkehrte. Tadellos gekleidet für sein Alter, dunkelblaue Daunenjacke vom richtigen Fabrikat, dunkelgraue Hose und Wildlederstiefel. Dutzendware aus dem Villenviertel, restlos uninteressant. Ronny archivierte ihn automatisch als zufälligen Statisten und wußte, daß Frau Lind in ein oder zwei Stunden desgleichen tun würde.

Sie nahm ihn in Augenschein. Gründlich. Musterte ihn vom Scheitel bis zur Sohle, ehe er einen Stuhl heranziehen und sich setzen konnte. Frau Lind schien zufrieden mit dem, was sie sah.

Jedenfalls ließ sie sich zu einem großzügigen Lächeln herab. Ronny Olsen lächelte ebenfalls leicht. Allerdings bedeutend reservierter.

Sie war so heiß in der Hose, daß sie keine Zeit mit Kaffee und Geplauder vergeudete. Gleich zur Sache. Ronny gefiel sie immer besser. Sie erhob sich, schlüpfte in ihren Persianer und ging.

Der Knabe wartete eine Viertelstunde und drehte Frau Linds hinterlassene Kaffeetasse zwischen seinen langen Fingern, dann stand auch er auf und ging.

Ronny Olsen folgte ihm.

Er ließ sich Zeit. Gab dem Knaben einen ziemlichen Vorsprung. Als der Westendbroiler ins Hotel *Continental* stapfte, wanderte Ronny mit aufgesetzt selbstsicherer Miene ins Theatercafé. Er mochte diesen großen, offenen Saal nicht, und ihm mißfielen die Gäste aufs Schärfste. Das Lokal und die intellektuellen Schwärmer, die hier herumzusitzen pflegten, ließen Ronny Olsen sich nackt, unsicher fühlen. Er hatte das Gefühl, daß das laute Lachen, das ihm entgegenwogte, als er die Glastüren aufstieß, gegen ihn gerichtet war, daß die erfolgreichen Kulturgurus ihn durchschaut und begriffen hatten, daß er auch nur ein Allerweltstrottel war.

Er bestellte eine halbe Flasche Rotwein und trank sie langsam – ein etwas halbherziger Versuch, Frau Linds Sexualleben eine gewisse Gerechtigkeit widerfahren zu lassen. Vom Schäferstündchen war erst eine halbe Stunde vergangen, die Flasche war halbvoll, und sein Fotoapparat enthielt einen unbelichteten Film.

Arthur Lehmann wirkte nicht besonders begeistert, als er Ronny Olsen in der Rezeption des *Continental* erblickte. Mit großer Mühseligkeit hatte er sich eine zackige, aufrechte Haltung hinter dem Tresen eines der besten Osloer Hotels zugelegt – er sackte in sich zusammen, als er Ronnys Rotweingrinsen sah, ging augenblicklich in Verteidigungsposition. Der Kunde am Tresen schien diese wenig ansprechende Veränderung des Portiers indessen nicht zu bemerken. Er durchwühlte unverdrossen weiterhin die atlantiktiefen Innentaschen, vermutlich auf der Jagd nach dem Paß, der beweisen sollte, daß er der war, für den er sich auszugeben beliebte.

Ronny griff zu einer Zigarette, ließ sich beim Anzünden viel Zeit, versuchte gleichzeitig, Arthur zu signalisieren, daß er sich nicht allzusehr aufregen sollte. Von Ronny drohten keine Skandale. Heute nicht. Ronny hatte sorgfältig trainiert, gleichzeitig unschuldig und ein bißchen bedrohlich auszusehen, und Arthur seinerseits hatte trainiert, solche Signale zu empfangen und zu deuten. Er war Ronny schon öfter im Zweikampf begegnet, und er war aus den meisten nicht als Sieger hervorgegangen. Nun befeuchtete er mit blitzschneller Zunge seine fülligen Lippen, seine Hand fuhr immer wieder zur Trendfrisur hinauf. Arthur Lehmann war nervös, und das paßte Ronny Olsen ganz vorzüglich.

„Alles klar, Mr. Carmichael!" Arthur rang sich ein seelenloses Lächeln ab und drehte sich schwerfällig um, um den Schlüssel hervorzufischen, ohne den Gast aus den Augen zu verlieren. Der Mann schnaubte in seinen Schnurrbart und verschwand auf der Treppe. Ronny, der die ganze Zeit Gewitterwolken aus ungesundem Zigarettenrauch in Richtung Arthur geschickt hatte, ließ die Zigarette auf den Boden fallen und trat sie diskret in den Teppich.

„Auf diese Weise gibt's kein Trinkgeld, mein Junge, das raffst du wohl hoffentlich."

Arthur betrachtete, offenbar mit großem Interesse, die Haare auf seinem Handrücken. „Laß mich in Ruhe! Laß mich doch bloß in Ruhe!"

Ronny lächelte. „Gerader Kurs aufs Festland? Nicht aufgeben, Arthur. Noch zwei Jahre, und du bist ein ehrenwerter Mann wie jeder andere. Wer kümmert sich denn um die kleinen Jugendsünden? Ein paar ausgeschlagene Zähne bei einer alten Vettel, die zu blöd war, um ihre Tasche loszulassen, obwohl du doch klar und deutlich gesagt hattest, du wolltest die haben? Das schert doch wirklich kein Aas mehr, Arthur. Die Zeit vergeht, und die Leute werden mit jedem Tag weniger zimperlich."

Arthur schloß beide Augen. Er kannte Ronnys Einleitungen schon. „Was willst du hier?"

„Sie!" sagte Ronny. „Was wollen *Sie* hier! Fall jetzt um Gotteswillen nicht aus deiner neuen Rolle, bloß, weil du eine bekannte Visage siehst."

„Kannst du nicht gehen, Ronny? Ich hab einen Job zu erledigen."

„Richtig. Einen Job zu erledigen." Ronnys Hand klatschte auf den Tresen. „Aber vor allem hast du einen Job zu behalten! Vergiß das nicht, mein lieber König Arthur, vergiß das nie!" Er holte eine neue Zigarette hervor und vergewisserte sich, daß Arthurs Aufmerksamkeit in Reichweite war. „Hier ist ein Junge reingekommen, nicht wahr? So ein kleiner Broiler, den du und ich und anständige Arbeitsleute nicht sonderlich abkönnen. Vor einer halben Stunde, einer guten halben Stunde sogar. Ich nehme an, er hat dich nach der Zimmernummer seiner Mutter gefragt – oder sowas auf die Tour."

„Und wenn schon! Bitte, blas mir nicht die ganze Zeit Rauch in die Fresse!"

„Und wenn schon will ich gerne dieselbe Frage beantwortet haben. Wo steckt Mama, Arthur? In welchem Zimmer?"

„Hör zu", antwortete Arthur spitz. „Wenn du glaubst, daß ich Auskünfte über unsere Hotelgäste verkaufe ..."

„Mein lieber Arthur! Wofür hältst du mich? Ich bin doch nicht hergekommen, um etwas von dir zu *kaufen!* Nein, da enttäuschst du mich wirklich, alter Freund! Gratis will ich das, ganz gratis!"

„Verpiß dich! Mach ganz schnell, daß du hier wegkommst! Ich hab genug von Stinktieren wie dir!"

Das Wort „Stinktier" veranlaßte Ronny Olsen, seine Kinderfunkstimme augenblicklich abzulegen. Ohne, daß Arthur Lehmann das auch nur ahnen konnte, weckte dieses Wort bei ihm unangenehme Erinnerungen an die Turnstunden seiner Schultage.

„Corwig & Williams", sagte Ronny kurz. „Du kannst gut um Hilfe rufen, aber du kannst sicher sein, daß ich dich überschreie. Und ich werde 'Kokain!' brüllen. Tierisch laut." Nach einer Kunstpause von einigen Sekunden fuhr er fort: „Du mußt doch kapieren, daß du in diesem Cowboystädtchen nicht Waschpulver für eine ganze Fußballmannschaft besorgen kannst, ohne daß jemand das in die Nase kriegt? Du mußt damit aufhören, Arthur, du mußt ganz aussteigen."

Arthurs Blick suchte wieder die Haare auf seinem Handrücken.

„So, das wäre für heute die kleine Moralpredigt, Junge. Jetzt noch die Kollekte, dann sind wir fertig. Zimmernummer. Und den Universalschlüssel. Gib von deinem Überfluß. Himmel, hinter dir hängen doch Hunderte von Schlüsseln!"

Ronny lächelte wehmütig, als er die Treppe hinaufging. Die armen Schweine hatten Nr. 69 bekommen. „Jaja, die Alltagssymbolik!" Mehr konnte er nicht denken, denn eine akute Welle der Übelkeit fiel wie ein halbverfaulter Dämon über ihn her, zwang ihn zu einer kleinen Pause. Er kannte diese Anfälle schon. Sie kamen in der letzten Zeit immer häufiger. Die Übelkeit wurzelte in seinen leicht mißhandelten Innereien, hatte aber eine Tendenz, bei Aufträgen wie diesem voll zuzuschlagen. Manchmal fragte er sich, ob nicht auch trübe psychische Ursachen mit im Spiel sein könnten. Zum tausendsten Mal schwor er, nun mit den Fickjobs Schluß zu machen und zum tausendsten Mal wußte er, daß er diesen Schwur brechen würde.

Mit der steifbeinigen Entschlossenheit der Alkoholiker hielt er, die Kamera schußbereit, auf die Tür zu, und drei Sekunden darauf stürzte er ins Zimmer. „Presse!“ rief Ronny Olsen. „Es dauert nur einen Moment!“

An diese Büffelmethode würde er sich nie gewöhnen! Sie war jedesmal gleich scheußlich. Es war eine Sache, dieses ungesetzliche Gevögel in aller Heimlichkeit zu knipsen, dabei hatte er zumindest Anonymität, das Gefühl, nur ein Schatten in der Finsternis zu sein, ein Arschloch, das niemand sah oder kannte. Die Büffelmethode aber war anders. Sie erforderte, daß er zu seiner Schweinerei stand, daß er offen als Schießscheibe für Furcht und Haß anderer Menschen herhielt. Zum Ausgleich war sie weniger zeitraubend. Während er ununterbrochen die beiden fotografierte, die bisher eng umschlungen unter der Decke gelegen hatten, kämpfte er verbissen gegen den Drang, die Kamera in die Ecke zu feuern. Die armen Leute. Sie wollten es sich doch bloß ein bißchen gemütlich machen. Ein Nümmerchen so mitten am öden Vormittag. Sie bekamen, was sie wollten. Bloß saß in einem Büro in der Stadt ein schlaffer Aktienmakler, der auch seine Wünsche hatte. Bilder wollte er. Beweise. Ronny Olsen hatte im Moment keinen anderen Wunsch, als den ganzen Film zu verknipsen, die Treppe hinunterzustürzen und sich ins Regenwetter draußen zu retten.

Der Knabe hatte vermutlich die erste Runde hinter sich gebracht, und als sie unterbrochen wurden, gab sich Frau Lind gerade Mühe, seinen Fahnenmast zu neuen Ehren aufzurichten. Dem entsetzten Gesichtsausdruck des Knaben nach zu urteilen, knickte der Fahnenmast jählings ab, als der Mann mit dem Fotoapparat seinen Einzug hielt. Frau Lind gab jedenfalls auf und schaute ebenfalls hervor. Sie hielt den Mund und versuchte gar nicht erst, sich zu bedecken. Der Knabe dagegen mußte sich alle Mühe geben, um im Handumdrehen zum erwachsenen Mann zu werden. Er brauste auf und warf mit Schimpfworten und Drohungen um sich. Mit wütendem Gebrüll schlug er die Decke zur Seite und bescherte Ronny damit einen pikanten Abschluß für seine Bildserie, stürzte nackt durch das Zimmer und wollte auf den Eindringling losschlagen. Ronny, der sich gerade davon überzeugte, daß wirklich alle Bilder verknipst waren, landete einen überraschenden Schlag und traf den Knaben auf die Nase. Blut und Tränen.

„Steig in deine Lumpen! Wenn ich in der Stimmung dazu bin,

geb ich dir gleich ein Bier aus. Ich bin nicht so bescheuert, wie ich aussehen kann. Laß dich nie vom ersten Eindruck blenden, Junge!"

Inzwischen hatte Frau Lind ihr graues Heer mobilisiert.

„Es ist wohl nicht ganz sicher, daß wir beide fertig miteinander sind?" Ihr Blick richtete sich fest auf Ronny. „Oder ist schon alles fest entschieden?"

Ronny nahm ruhig den Film aus der Kamera und steckte ihn in die Tasche. *„Ganz* sicher ist das wohl nicht." Es irritierte ihn, daß er ihrem Blick nur mit Mühe standhalten konnte. Der Knabe, der sich jetzt anzog, schien verwirrt zu sein. Ronny klärte ihn auf: „'Wir beide' sind Frau Lind und ich, mein Junge. Das mit dem Bier tut mir leid, du hast es noch gut!" Er dachte: Es ist wohl nicht ganz unwahrscheinlich, daß wir uns wieder über den Weg laufen.

Puterrot und ohne ein Wort verschwand der bezahlte Liebhaber in sein feines Westend. Vielleicht mit einem bohrenden Zweifel an seinen Fähigkeiten, dem Verdacht, daß Ronny Olsen der Nächste auf Frau Linds Liste männlichen Zeitvertreibs sein könnte.

„Meinst du, er ist eifersüchtig?" Ronny brach die Stille, nachdem die Tür ins Schloß gefallen war. „In dem Alter hat man doch noch starke Gefühle!"

„Apropos Gefühle", sagte Frau Lind und zog sich die Decke züchtig über ihre Brüste, die reichlich keß ins Zimmer gewippt waren. „Was ist das für ein Gefühl, eine Ratte zu sein?"

„Nicht so toll", antwortete Ronny Olsen wahrheitsgemäß. Ihm war so schlecht, daß er bereits die Entfernung zum Badezimmer mit Blicken ausmaß. Ein einstimmiger Chor von Magen, Leber und Nieren legte ihm nahe, der Sache ganz schnell ein Ende zu bereiten. „Das sollten wir nicht weiter diskutieren. Ich nehme an, du möchtest über anderes mit mir sprechen als über meine Gefühle."

„Ja", sagte sie. „Ich glaub nicht, daß die existieren."

„Gut, lassen wir's dabei."

Sie griff nach den Zigaretten auf dem Nachttisch, zog eine Salem aus der Schachtel, hatte aber kein Feuer zur Hand. Ronny Olsen gab ihr aus seinem frischerworbenen türkisen Bic – Typ Wegwerf, 5,50 im Supermarkt – Feuer. Heutzutage können selbst Ratten es sich leisten, den Kavalier zu spielen.

„Wieviel kriegst du hierfür?" Ihre Stimme war trocken und sachlich.

Zum Glück, dachte er. Er hatte genug von der Sorte getroffen, die flehten und bettelten.

„5000. Plus Spesen. Das halbe Honorar auch ohne Resultat."

„Hohe Spesen?"

„Kaffee. Ein paarmal Taxi. Film. Nur Kleinkram."

„Und du hältst dicht, wenn ich den Film für sechs kaufe?"

„Ich halte für fünf dicht", sagte Ronny in einem Versuch, eine gewisse Ritterlichkeit zu zeigen.

Frau Lind schien davon nicht sonderlich beeindruckt zu sein. Vielleicht hatten 1000 Kronen in ihrer Welt keine große Bedeutung. „Und du kannst ... kannst ihm klarmachen, daß er keinen Grund zur Besorgnis hat?"

„Ich bin ein tüchtiger Lügner, Frau Lind! Gegen gute Bezahlung kann ich St. Petrus einreden, daß Satan ein braver Bursche ist, der es nur zu gut verdient hat, durch den Zoll gelassen zu werden."

„Das glaube ich sofort!" sagte Frau Lind. Sie griff zum Scheckbuch in ihrer Handtasche.

Ronny Olsen stand vor dem Standbild von Karl Johan auf dem Schloßplatz und fühlte sich erbärmlich. In der Senke unter ihm lag ein Oslo in Matsch und Regen. Graue Häuser, graue Straßen, ein graues Volk, als dessen Teil er sich mehr denn je fühlte. Hier in dieser matschigen Stadt hatte er sich seine Kinderschuhe abgelatscht, bis die Sohlen nicht mehr wollten, hier hatte er seine Jugend und die Hälfte der Lebensphase verlebt, die als „seine volle Manneskraft" bezeichnet werden könnte. Ronny Olsen war 42, und er fand, daß sein Leben bisher ein einziges Fiasko gewesen war. Und weit draußen, am unklaren Horizont seiner Phantasie, sah er, wie sich der Ozean der Hoffnungslosigkeit immer weiter erstreckte – nirgendwo Land in Sicht. Was hatte er Frau Lind und diesem jungen Hüpfer eigentlich getan? Er hatte sie nach besten Fähigkeiten fertiggemacht. Frau Lind hatte überlebt, weil sie geistesgegenwärtig genug war und Geld auf dem Konto hatte. Der Knabe ... Ein kleiner Furz, der sich prostituierte, weil er gerne vögelte und glaubte, unbemerkt davonzukommen. Sein Schicksal würde er anderswo treffen, Ronny hatte ihm nur den ersten Schlag von vielen verpaßt. An dem Tag, an dem der Bengel mit seiner eigenen Sexualität umgehen müßte, in einer Beziehung, in der die Hunderter nicht mit im Spiel sein würden ...

Ronny Olsen kam nicht um die Tatsache herum, daß er sein Leben auf dem Unglück anderer aufbaute, daß er seine kostbare

Zeit auf Erden damit vergeudete, im Schrotthaufen des Wohlfahrtsstaates herumzuwühlen. Er war eine Ratte. Und sein Tummelplatz war der Schrotthaufen, auf dem die Träume und Sehnsüchte der Menschen zu einer zähen, stinkenden Masse verknetet wurden. Das ärgste Problem für Ronny an diesem triefnassen Februartag war, daß er nicht so recht wußte, wohin er sich sonst wenden könnte. Es war ihm schmerzhaft bewußt, daß er in einem Blumenbeet rein gar nichts zu suchen hatte.

Müde und alkogeil kehrte er der Innenstadt den Rücken, passierte die Schilderhäuschen der Garde und steuerte die Kneipe *Krølle* an – die Quelle. Wenn Ronny Olsen so wie heute zumute war, löschte er seinen Durst im klaren Wein dieser Quelle – gab sich alle Mühe, sich darin zu ertränken.

2

Am Morgen danach ging es ihm so schlecht wie üblich. Sieben Zwerge hackten irgendwo in seinem Schädel nach Diamanten, große Werte fanden sie wohl kaum, ein Drache schlug seine Zähne in seine Leber. Stöhnend drehte er sich auf die linke Seite und fiel krachend zu Boden. Erst jetzt begriff er, daß er sich im Büro befand, daß er noch eine Nacht auf Tante Wilhelmines lebensgefährlichem, schmalem Sofa verbracht hatte. Das Sofa von Tante Wilhelmine, die um die Jahrhundertwende in die Familie seines Vaters eingeheiratet hatte, hatte sich schon öfters große Mühe gegeben, ihn ums Leben zu bringen, und hatte ihn vor ein paar Monaten bei einem Beischlafversuch nach indischem Muster fast umgebracht. Tante Wilhelmine sollte eine äußerst puritanische Frau gewesen sein, die angeblich während einer 20jährigen Ehe ihre Tugend bewahrt hatte und voller Ehren und kinderlos dastand, als die TBC an die Tür klopfte und die Befreiung von fleischlichen Trieben und Schwächen verhieß. Ganz für sich hatte Ronny das Sofa „Tante Wilhelmines Rache“ getauft und hatte sich seiner nur aus Mangel an Energie noch nicht entledigt. Es war zu schwer, er konnte sich nicht erinnern, wie es seinerzeit ins Büro geschafft worden war. Er mußte das verdrängt oder die Untat im Vollrausch begangen haben.

Die Dielenbretter waren hart und kalt. Er hatte ihren lieblosen Kuß schon öfter empfangen, aber nun kamen sie ihm besonders abweisend vor. Er kam auf die Beine, wankte zum Fenster und kratzte an der kalten, schönen Eisblume. Zehn Grad minus.

Halb im Tran bezwang er abermals die feindlichen Dielenbretter, zog den „Krisenbitter" aus dem Aktenschrank. Feuer. Kühlendes Feuer, wärmendes Feuer. Kühlt die Nerven, wärmt den Körper. Ronny Olsen war zur Stelle, dort, wo er zu dieser Tageszeit hingehörte, ein neuer Arbeitstag segelte langsam herauf. Es war zehn Uhr, eine Viertelstunde war verstrichen, aber er stand noch immer mit der Flasche in der Hand am Fenster und spähte durch die halbgefrorene Fensterscheibe hinaus. Ganz langsam näherte er sich seiner eigenen Oberfläche. Unten im Hinterhof stand ein anderer Mann beim Klapperschluck. Pelle der Eroberer kippte eiskaltes Export mit steifgefrorenen Fingern in seinen wartenden Schlund. Gelbe Signalflecken, wie in den über Nacht gefallenen Schnee geschossen, umgaben die Jammergestalt.

Ronny trat zwei Schritt zurück. Wenn der Eroberer ihn entdeckte und zu nerven anfing, würde er das Wrack heute nicht mehr loswerden. Pelle der Eroberer hatte so viele unaufgeklärte Fälle in der Birne, so viele Mysterien, für die er gerne eine Lösung wüßte. „Wo du doch Detektiv bist und überhaupt ..."

„Wo du doch Detektiv bist ..." Ronny setzte sich auf seinen ruinierten Bürostuhl und ließ seinen Blick durch den Raum wandern. Zwei Bürostühle an einem Schreibtisch. Seiner, auf dem er saß, und Lailas leerer. Der Schreibtisch war von alten Zeitungen, Papieren, Rechnungen überfüllt. Das Telefon, das lebenswichtige Telefon, ragte zusammen mit Lailas Remington gerade noch aus dem ganzen Chaos heraus. An der braungelben Wand ein schrilles Plakat aus Hawaii – es stellte den Traum dar – und darunter, direkt neben dem Aktenschrank, einige äußerst unklare Fotos von ihm und Laila auf Pauschalreise in Benidorm. Letztere repräsentierten die Wirklichkeit. Auf dem einen Bild konnte er, Zigarettenrauch und schlechter Belichtung zum Trotz, sehen, wie er und Laila den Fotografen haßerfüllt anstarrten. Auf Bild Nr. 2 saß Ronny Olsen mit blödem Lächeln auf einem Barhocker, und das letzte zeigte Lailas halbnackten Körper, zum Trocknen im Sand ausgestreckt.

„Geschmackvolles Dekor", murmelte Ronny leise und bitter und warf Tante Wilhelmines Rache einen scheelen Blick zu. Er dachte: Als Junge habe ich bestimmt davon geträumt, Privatdetektiv zu werden. Oder Kommissar, jedenfalls einer, der Verbrechen aufklärt. Himmel, ich hab doch Detektivgeschichten verschlungen wie die Christenmenschen die Bibel. Im Geiste hab ich mich selber gesehen, in einem finstren Torweg, den Hut tief ins Gesicht gezogen und eine schlenkernde Zigarette im rechten Mundwinkel. Gerecht. Aber stahlhart. Die Hände tief in den Manteltaschen und einen unergründlichen Blick in meinen eisblauen Augen. Herrgott! Ich bin ein Mann, der gesehen hat, wie Träume in Erfüllung gehen ...

Aber die schönsten Träume sind und bleiben doch die unerfüllten.

Schritte auf der Treppe. Schwere Schritte leichter Füße. Ronny versteckte die Flasche wieder im Aktenschrank.

Laila sah an diesem schicksalhaften Februarmorgen aus wie ein Blechkanister. Ihre kurzen gebleichten Haare standen nach allen Seiten ab, ihr Gesicht war voller alter Schminke, und die Kälte hatte ihrer Haut ein rauhes Rot verpaßt. Die Röte hätte vielleicht wie ein frischer Windstoß in einem ansonsten erschöpften Gesicht wirken können, aber aus irgendeinem Grund ließ sie Laila nur noch versoffener und aufgedunsener aussehen als sonst.

„Sag nichts!" bat Ronny. „Laß mich raten. Hast du versucht, mit bloßen Händen einen Zug anzuhalten? Hast du dich mit einem schizophrenen Wildschwein geprügelt? Oder bist du ganz einfach mit deinem Scheißbullen auf die Rolle gegangen?"

„Halt die Fresse!" riet Laila. Sie riß sich den Lammfellmantel von der Schulter und schmiß ihn aufs Sofa. „Halt die Fresse und wirf einen Blick auf dich selber!"

„Eine kleine Runde mit dem Knüppel, hm?"

„Er hat einen wunderbaren Knüppel, Ronny. Wunderbar. Können wir mit dem Scheißgefasel aufhören und an die Arbeit gehen?"

Ronny hob die rechte Hand. Sie war schwer. „Friede! Hast du die Zeitungen mitgebracht?"

„Njet. Was liegt heute an?"

„Ich geh bloß schnell die Zeitungen kaufen", sagte Ronny Olsen.

62 Treppenstufen führten vom 2. Stock zum Hof hinunter. Es war ihm unmöglich geworden, sie nicht zu zählen. Gute Zwangshandlung, dachte Ronny. Lenkt die Aufmerksamkeit von den grünen Steinwänden im Treppenhaus ab, und wenn man wirklich Schwein hat, dann vergißt man den Kloakengeruch vom kaputten Klo im ersten.

Ronny und Laila Olsen hatten sich ein wirklich elendes Büro zugelegt. Daß sie überhaupt Kundschaft bekamen, war nur dem Telefon zu verdanken. Die Leute fanden im Telefonbuch die

Detektei Olsen, wenn es im Leben zu viele Verwirrungen und ungelöste Rätsel gab. Laila und Ronny Olsen. Im Volksmund hieß die Detektei Olsen „Detektivbüro Darling". Weder Laila noch Ronny verfügten über ein besonders ansprechendes Äußeres, aber beide beherrschten die Kunst, sich zusammenzunehmen, sich am Riemen zu reißen, wenn ein neuer Kunde gekeilt werden sollte. Reiner Mentholatem und strahlende Zähne, frischüberholt mit Zahnweiß oder Zigarrenasche. Außerdem hatten beide gute Telefonstimmen. Und die Konsultationen fanden zumeist in irgendeinem Restaurant statt, weit entfernt von dem dunklen Zimmer in der Toftesgate, Grünerløkka, Oslo 5. Das war nicht billig, aber Ronny und Laila hatten keine Hemmungen, die Konsultationen auf die Rechnung zu setzen, wenn die Stunde der Abrechnung nahte. Meistens war die Kundschaft dumm genug, das zu akzeptieren. Erleichtert, weil die beiden Kristallgehirne in ihr lächerliches Leben wieder Ordnung und Symmetrie gebracht hatten. Dazu gehörte oft so wenig. Die Bestätigung des alten Verdachts, daß der Ehemann ein wenig zu munter mit dem Schwanz wedelt, wenn er zu Tagungen muß. Eine Untersuchung, die es an den Tag bringt, daß der das Vertrauen aller genießende Industriearbeiter Fredriksen im Lager Plastikaschenbecher mopst. Die Wirklichkeit kommt wieder ins Gleis, das Leben in Legoland geht weiter. Die Leute sind so glücklich, wenn ihnen irgendein Trottel den Sündenbock mit Namen und Adresse liefern kann. Das Gefühl, sich zu prostituieren, und das auf eine simplere Weise als die Frauen, die sich unten auf dem Bankplatz die Gesundheit wegfroren, war weder Ronny noch Laila fremd.

Im Briefkasten im Treppenhaus lag ein einsamer Drohbrief vom Finanzamt. „Wenn Sie nicht innerhalb usw." Ronny riß ihn ruhig in Fetzen und warf die Schnipsel den Dielenbrettern zum Fraß hin. Das Ehepaar Olsen hatte im Laufe der Jahre zu Staat und Steuer ein gelinde gesagt platonisches Verhältnis entwickelt. Was man nicht hassen mag, ignoriert man nach besten Fähigkeiten. Ronny Olsen lächelte müde und trat in die arktische Temperatur hinaus.

Arktis! Zur Kälte auch noch Wind. Blöde Schneeflocken, die um die Ecke schwirrten. Der Himmel war finster, böse, hier waren noch weitere Gemeinheiten zu erwarten. Er zog sich den Mantelkragen über die Ohren und dachte an Juli, sonnenwarme Felsen im Wasser, nackte Hintern. Wir Nordländer sind wie Bären. Wir halten Winterschlaf, aber in unserem Gehirn, wir träumen, um zu überleben.

Harry an der Ecke war nicht in Superstimmung. Seine Lippe hing, sein Blick war bleich. Ronny dachte, daß vielleicht noch andere heute einen Neujahrsgruß vom Finanzamt bekommen hatten.

„Heißa, Harry! Ich hätte gern drei Zeitungen und eine doppelte South State ohne Filter und drei Export für meine Süße. Ich hoffe, ich stör dich nicht bei deinen Fluchtplänen!"

„Hast du Geld?" Harry unternahm nicht einmal den Versuch, als der schleimende Krämer aufzutreten, der er im Grunde war.

„Aber Harry! Red keinen Quatsch! Du weißt doch, daß ich am Monatsende bezahle!"

„Von welchem Monat?" fragte Harry.

Ronny verkniff sich ein paar Säuerlichkeiten, bezahlte bar und beschloß, in Zukunft bei Achmed einzukaufen. Achmed war zwar auch ein Geizkragen, hatte aber keine so freche Klappe wie Harry.

Er klemmte sich die Zeitungen unter den Arm und wünschte, er könnte an einen besseren Ort gehen als in das verdreckte Büro, zu einem anderen Menschen als seiner verkaterten Frau. Man kann träumen, man kann wünschen ... Ronny Olsen ging zurück ins Büro und zu Laila.

Bei Stufe 37 bohrte sich das Stilett in seine Leber. Sonst kam er immer weiter. Er blieb automatisch stehen und warf dabei einen Blick auf die Titelseite vom *Dagbladet.* „Norweger in Hamburg tot aufgefunden!" Die dicken Schlagzeilen waren von einem großen Foto des Hamburger Hafens begleitet, schwarze abgeblätterte Stahlskelette vor hellem Himmel. Untertitel: „Polizei tippt auf Mord."

Er ging weiter und dachte vage an Norweger, die sich mit ausländischem Billigschnaps amüsieren. Erreichte Stufe 62, erreichte das Büro, erreichte Laila.

„Mord in Hamburg. Sollen wir den Fall übernehmen?" Die Tür fiel krachend hinter ihm ins Schloß.

„Ich hab aufgeräumt", sagte Laila. „Den Schreibtisch ausgegraben. Ein Kerl hat angerufen und wollte wissen, was sein Fall macht."

„Pettersen. Glaubt, seine Alte hätte einen Liebhaber."

„Und?"

„Irrt sich. Die hat mindestens drei. Ich ruf ihn an, wenn ich in Stimmung bin."

„Der Teufel soll die Fickjobs holen", meinte Laila. „Ich wünschte, wir kriegten mal einen richtigen Fall."

„Die Fickjobs halten uns am Leben, Laila. Wenn die Leute

nicht mit ungebärdigen Tieren zwischen den Beinen rumliefen, dann hätten wir schon längst einpacken können."

„Wir sind doch verdammte Luder!" Laila lachte. „Pfui Teufel, was für ein Job!"

„Wir leben. Das ist das Wichtigste." Und Ronny dachte, als er ihr erschöpftes Gesicht betrachtete: Aber auch nur noch haarscharf!

„Ich raff das nicht, Ronny. Ich kapier nicht, daß die Leute soviel Kohle hinblättern, bloß um zu erfahren, daß irgendwer ein Verhältnis hat."

Nicht alle erfahren so was gratis, dachte Ronny. Er gab keine Antwort.

Sie entdeckten es gleichzeitig. Laila las *VG*, Ronny noch immer *Dagbladet*. Derselbe Name. Im Ganzen dieselbe Geschichte.

Bernard!

3

Als sie vor zwei Tagen gefunden wurde, hatte die Leiche keinerlei Papiere bei sich, war inzwischen aber schon identifiziert. Die Leiche in Hamburg war einst ein quicklebendiger Mann von 42 Jahren gewesen, sein Name hatte Bernard Lindquist gelautet. Bernard Lindquist, ein enger Freund von Laila und Ronny.

„Wann ist Bernard noch verschwunden?" fragte Ronny, nachdem sich der erste lähmende Schock gelegt hatte.

„Vor zwei Monaten", antwortete Laila. „Fast auf den Tag genau vor zwei Monaten."

Ronny wühlte in Klein- und Großhirn, suchte nach Daten, klaren Erinnerungen. Laila hatte recht. Vor zwei Monaten, um den 15. Dezember, hatten die Zeitungen eine Suchmeldung gebracht, und die gesuchte Person war Bernard Lindquist. Bernard war verschwunden, war zumindest nach einer Reise in die Niederlande und Belgien im Oktober nicht in seine Wohnung in Oslo zurückgekehrt. Bernard war Schriftsteller und Freelance gewesen. Nur wenige seiner Bekannten hatten die Suchmeldung ernst genommen. Nach allgemeiner Auffassung war er im Suff irgendwo versackt, Ronny und Laila hatten über die ganze Angelegenheit nur gelacht. Aber nun appellierte Bernards Verschwindenummer nicht mehr an die Lachmuskeln von Laila und Ronny Olsen. Sie saßen einander mit ihren Zeitungen gegenüber und ließen ihre Blicke die triste Umgebung durchstoßen und sich auf Erinnerungen richten, die im Moment jedenfalls licht wie die Sommersonne erschienen.

Tot, tot, tot. Bernard war tot. Ronny dachte ziemlich träge, daß er einen guten Freund verloren hatte, ein neuer toter Freund fügte sich glatt in die Reihe derer ein, die bereits früher denselben Weg gegangen waren. Aber diesmal war es anders. Wenn in den Zeitungen die Wahrheit stand, dann konnte kaum Zweifel daran bestehen, daß Bernard ermordet worden war. Der Rest der dahingegangenen Garde hatte sich mehr oder minder halbherzig selber ums Leben gebracht.

Laila sagte: „Ich faß es nicht! Ich raff es ganz einfach nicht, es ergibt keinen Sinn für mich!"

Laila hatte einen doppelten Verlust erlitten. Sie hatte einen guten Freund verloren. Und einen guten Liebhaber.

„Er war bisexuell", sagte Ronny schließlich. „Es gibt genug Leute, die Männerliebhaber hassen."

„Er war auch Journalist", erwiderte Laila leise, und Ronny mußte widerwillig vor sich selber zugeben, daß meistens Laila die Punkte davontrug. „Manche Leute hassen Journalisten."

„Ja", sagte Ronny. „Ja."

Laila öffnete ein Bier, lehnte sich im Bürostuhl zurück und dachte an Bernard Lindquist. Er war viele, viele Jahre lang ein naher Freund gewesen. Und nachdem alle Welt eingesehen hatte, daß ihre Beziehung zu Ronny nicht mehr von der festgezimmerten und heiligen Sorte war, war er bisweilen auch ihr Liebhaber gewesen. Bernard hatte ihr etwas gegeben, was sie bei Ronny schmerzlich vermißte, und was sie bei anderen Männern in dieser Stadt vergeblich gesucht hatte: Lebensfreude. Den Willen zu leben, sich zu entfalten. Mit Bernard zu schlafen war wie eine Energiespritze gewesen, wie eine Injektion seiner Freude, dazusein, dazuzugehören. Und Gott, der in seinem hohen Himmel saß und den heiligen Ehebund gestiftet hatte, mochte wissen, daß sie das gebraucht hatte.

Und nun war Bernard tot. Tot, fort für immer. Es wirkt so ungerecht, dachte sie, als sie nach einer von Ronnys Zigaretten griff. Unkraut wie Ronny und ich soll weiterwachsen, wenn Blumen wie Bernard ohne Vorwarnung ausgerupft werden.

Auch Ronny dachte an Bernard. Seine Gedanken richteten sich zwar nicht auf das rein Sexuelle, aber auf seine Weise dachte auch er über Bernards Lebenskraft nach. Aus irgendeinem Grund hatte sie sich an Bernard Lindquists Beinen festgemacht. Er sah Bernards lange Beine vor sich, damals, als sie bei der Schulmeisterschaft zusammen gerannt waren. Bernards Beine hatten immer vorne gelegen, waren unschlagbar gewesen. Und der alte Turnlehrer Andersen sagte: „Es kommt auf den Willen an, Jungs. Auf den Willen!"

Ronny Olsen war immer ganz hinten gewesen.

Tot. Bernard weilte unter den himmlischen Scharen, hatte seine Schreibmaschine mit Harfe und Posaune vertauscht. Bernard Lindquist war von irgendeinem Hirni ermordet worden, dem es auf den Geist ging, daß er Quartalsschwuler, Journalist oder Schriftsteller war. Oder sonstwas. Irgendwer hatte ihn, diesen lieben Mann, als so bedrohlich empfunden, daß er, sie, oder alle zusammen, sich genötigt gesehen hatten, ihn aus dem Weg zu räumen. Wenige töten gern, dachte Ronny. Morde geschehen entweder im Affekt oder weil alle anderen Wege und Möglichkeiten versperrt sind. Bernard Lindquist mußte sterben, aber ich kann nicht verstehen, warum.

Er las den Artikel im *Dagbladet* noch einmal. Viel Geschrei und wenig Ei. Bernard Lindquist war vor zwei Tagen aus dem verdreckten Wasser des Hamburger Hafens gefischt worden und war bereits über eine Woche tot gewesen. Die Todesursache war noch nicht festgestellt, aber es wurde angedeutet, daß die Leiche arge Kopfverletzungen hatte. Außerdem war eine Kette mit von der Partie. Um seine langen Läuferbeine hatte jemand eine Kette gewickelt. Die Kette war losgerissen, als er gefunden wurde, und der Kriminalreporter zog den kühnen Schluß, daß daran ursprünglich etwas Großes, Schweres befestigt gewesen war, etwas, das Bernard Lindquists Körper lange unter Wasser halten sollte.

Ronny und Laila kam diese Theorie nicht unwahrscheinlich vor.

Laila trank ex. „Wir müssen mit Tante Åse reden." Sie stellte die Flasche auf den Tisch und rülpste diskret. „Das müssen wir!"

„Arme Tante Åse!" meinte Ronny. „Haben wir das Geld für den Bus?"

4

Seit die Männer von der Kriminalpolizei mit ihrem gräßlichen Foto dagewesen waren, hatte Åse Marie Bakke die Zeit im Grunde mit Weinen zugebracht. Vor einem Tag hatte sie sie hereingelassen, und sie stellte zu ihrer Verwunderung fest, daß sie immer noch Tränen auf Lager hatte. Ach, die Männer waren schon rücksichtsvoll gewesen, das war es nicht. Aber sie waren eben *Männer* mit Haut und Haaren, wenig geschickt im Umgang mit den Gefühlen anderer Menschen. Außerdem waren sie in einer Behörde tätig, wo Tod und Gewalt nicht zu den Seltenheiten gehören, und obwohl sie ihr wirklich die allerschlimmste Nachricht gebracht hatten, hatte über ihren Worten und ihren Fragen doch eine unangebrachte Alltäglichkeit gelegen. Sie taten ihr fast leid. Sie hatten so grau und erschöpft gewirkt und trotzdem versucht, Mitleid und Taktgefühl zu zeigen. Sie hatten sich wirklich Mühe gegeben. Aber hinter der Teilnahme hatte sie die Routine erahnt, hinter ihrem mitfühlenden Nicken den Wunsch, Åse Marie Bakke so schnell wie möglich verlassen zu können. Und sie hatten ihre kostbare Zeit wirklich nicht länger als nötig mit Beschlag belegt. Es *war* Bernard, den das von ihnen mitgebrachte Foto zeigte, und daß er tot war, brauchte ihr niemand zu erzählen.

Laila Olsen schellte an der Tür. Das Treppenhaus, in dem sie und Ronny standen, hatte Ähnlichkeit mit dem in der Toftesgate, wo ihr Büro lag, und dem in der Helgesensgate, wo das Ehepaar sich allergrößte Mühe gab, aus einem Zimmer plus Küche geringen Standards ein „Heim" zu machen. Aber alte Mietskasernen unterscheiden sich nirgends besonders voneinander. Vor allem dann nicht, wenn sie Spekulanten oder Banditen mit weißem Kragen gehören. Dieses Haus in der Schweigaardsgate gehörte zu Oslos schlimmsten, und Tante Åse beklagte sich immer wieder über die undichten Stellen in den verrotteten Fensterrahmen, durch die die Gicht gekrochen kam. In einem ganz anderen Teil der Stadt saß ein Mann und verdiente Geld daran, daß Leute wie Åse Marie Bakke langsam in Auflösung übergingen.

An diesem Vormittag sah sie aufgelöster aus als sonst. Ihre grauen Haare schienen grauer, die Falten tiefer geworden zu sein – ihre lieben blauen Augen, in denen immer ein Lächeln gelegen hatte, waren matt vom Weinen. Als sie in der Türöffnung stand und zu ihnen aufschaute, erinnerte sie Ronny vor allem an einen zerzausten kleinen Spatz. Dann stimmt es also, dachte er. Dann war es wirklich kein Namensvetter von Bernard, der da unten in Hamburg das Freischwimmen nicht geschafft hatte.

„Das tut uns so leid, Åse", sagte Laila. Sie fiel ihr um den Hals. „Herrgott, wir können es noch immer nicht ganz glauben!"

„Kommt rein", piepste Åse Marie Bakke und drückte Laila fest an sich. „Mach ja die Tür zu, Ronny."

Ronny machte die Tür zu. Danach stand er etwas hilflos neben den beiden Frauen, strich Åse vorsichtig über die Haare, fand aber keine Worte.

„Wir haben Kaffee und einen Kuchen mitgebracht", brachte er schließlich heraus, mit belegter, fremder Stimme. „Ich setz eben Wasser auf, geht doch schon ins Wohnzimmer."

Åse befreite sich. „Aber ich kann doch ..."

„Nein, nein", sagte Laila. „Komm ins Wohnzimmer. Ronny ist doch so häuslich! Er schafft es sicher, Wasser in den Kessel zu füllen und den Kuchen aus dem Zellophan zu nehmen!"

Der Kuchen schmeckte nach Zellulose, angereichert mit Zitrone und Zucker. Ronny würgte ihn mit schwarzem Kaffee herunter, während er das vertraute Wohnzimmer betrachtete. War es wirklich möglich, daß sich nichts verändert hatte, seit er und Bernard als Kinder hier gespielt hatten? Es sah so aus. Doch, es gab natürlich einen Fernseher. Farbe, Typ Reise. Er hatte sich eingestellt, nachdem Bingo in Norwegen eingeführt worden war. Tante Åses Glückstreffer. Davon hatte es in ihrem Leben nicht allzu viele gegeben.

Ansonsten war alles noch genauso wie damals. Das schwarze Klavier stand an der einen Querwand und war sicher noch genauso verstimmt wie damals, als er und Bernard wie die Besessenen geübt hatten, um ein neuer, vierhändiger Jerry Lee Lewis zu werden. Dieselbe gelbe Leinendecke lag über dem Deckel, und auch die Kristallvase mit eingraviertem Wikingerschiff und Grüßen aus Norwegen stand an ihrem Platz. Alles wie damals. Auf dem abgenutzten Teppich hatten sich die Katzenpisseflecken vermehrt, aber er konnte auch als der alte durchgehen. Die schweren Möbel standen noch immer fest auf ihren Löwenfüßen, wenn Åse auch zugegeben hatte, daß sie bisweilen in Gefahr gerieten, wenn das Thermometer auf 20 Grad minus sank. Wer weiß schon, daß die Alten in Oslo jeden Winter frieren, daß Stühle und Tische zum Raub der Flammen werden, wenn die Kälte die einfachen Fensterscheiben durchdringt? Die Alten wissen es, dachte Ronny. Und die Hausbesitzer. Höflicherweise hatte er den Mantel ausgezogen, aber er bemerkte, daß Åse zwei Strickjacken und einen dicken Schal trug, und daß sie in der Wohnung mit Stiefeln herumlief.

Er kam zur Sache. „Wann hast du eigentlich zuletzt von ihm gehört?"

„Von Bernard? Ach, das ist ziemlich lange her. Die Polizei hat auch danach gefragt. Ich weiß nicht ... auch wenn sie sehr höflich waren, hatte ich doch das Gefühl, daß sie argwöhnisch waren, wenn ihr versteht, was ich meine. Nicht, daß sie das so offen gesagt hätten, aber ... ja, eine alte Frau hat schließlich ihre Intuition, nicht wahr? So, als ob Bernard sich in irgendwas Ungesetzliches verwickelt hätte. Ich hab wahrheitsgemäß gesagt, daß ich seit Oktober, seit er gefahren ist, nichts mehr von dem Jungen gehört habe. Direkt nach seiner Abreise hab ich eine Postkarte bekommen, aus Amsterdam, das weiß ich noch, da waren so viele schöne Tulpen drauf."

„Hast du die Karte noch?" fragte Laila mit einem kurzen Seitenblick auf Ronny.

„Natürlich hab ich die Karte noch, Liebes! Du glaubst doch wohl nicht, ich würde eine Karte von meinem Jungen wegwerfen?" Ihre Stimme wurde dünner, und sie wischte sich eine Träne aus dem Auge, als sie aufstand und zur Kommode neben der Tür hinüberging. Ronny gab Laila das Zeichen für „dünnes Eis", und sie nickte vorsichtig.

Warum hab ich danach gefragt? dachte Laila. Das ist doch kein verdammter Job! Oder doch? Widerwillig mußte sie zugeben, daß sie mitten in ihrer persönlichen Trauer auch eine Spur von beruflicher Neugier empfand. Von den Tulpen aus Amsterdam war es weit bis zum Kloakenwasser in Hamburg, und irgendwo auf diesem Weg mußte es Spuren geben, die erklärten, warum Bernard nicht mehr unter den Lebenden weilte.

„Hier ist sie", sagte Åse, und dann durchbrach ihre Tränenflut wieder den Damm. Ronny war schon aufgesprungen und führte sie zu einem Sessel. „Na, na, Åse! Laß es doch fließen. Du brauchst Zeit, und die brauchen wir auch."

„Aber ich kann doch nicht bis zum Jüngsten Tag weiterheulen!" Sie verbarg das Gesicht in den Händen und schniefte. „Verflixt, soviel hab ich nicht mehr geweint, seit Alf im Chinesischen Meer geblieben ist."

Laila nahm die Karte vom Tisch. Sie zeigte wirklich ein Tulpenmeer, weiße, rote, gelbe. Im Hintergrund gab es eine Windmühle und einige Niederländerinnen in ihren bekannten Trachten. „Liebe Mama! Gut in Amsterdam angekommen, wo ich einen Wagen mieten und nach Süden fahren will. Der Flug war gut – die ganze Zeit schönes Wetter. Liebe Grüße, dein Bernard."

„Mama". Bernard hatte seine Tante Åse immer „Mama" genannt. Vielleicht kein Wunder, denn seine leibliche Mutter hatte er kaum kennengelernt, hatte jedenfalls keine Erinnerung mehr an sie. Fünf Monate, nachdem sie den Jungen geboren hatte, belohnten die Deutschen sie mit einer Passage auf dem Frachter *Donau,* da sie immer noch mit jüdischem Blut in den Adern herumlief. Norwegen – Deutschland. Einfache Fahrt. Der Junge wurde in letzter Sekunde von Åse und Alf Bakke gerettet – Bernards Vater nahm noch in derselben Woche seine Stiefel vom Haken und schloß sich dem bewaffneten Widerstand an. Das sollte ihm dann auch eine Fahrkarte nach Deutschland eintragen. Er kam jedoch irgendwie zurück, auch wenn das Rote Kreuz seine Heimreise finanzieren mußte. Aber es hieß, daß es ihm in den Lagern nicht sehr gut gefallen hatte. Ja, so wenig hatte ihm die deutsche Verpflegung zugesagt, daß er unmittelbar nach seiner Heimkehr einen überzeugenden Versuch startete, sich zu Tode zu trinken. Damit war er nun, fast vierzig Jahre später, immer noch beschäftigt, und die Wahrscheinlichkeit, daß es ihm eines Tages gelingen würde, stieg immer mehr. Laila hatte nie daran gezweifelt, daß er sein Projekt am Ende erfolgreich beenden würde. Lars Petter Lindquist würde an dem Tag, an dem der Tod es wollte, mit erhobener Flasche über die Ziellinie gehen, und wenn er in seinem Leben auch nicht oft gesiegt hatte, so würde dieser Tod über die Nazifolterer und Sadisten siegen: Sie hatten ihm nur ein Auge nehmen, ihn zum Krüppel schlagen und auf ewig seine Nerven ruinieren können. Und dabei waren sie wohl kaum von der schlaffen Sorte gewesen, sondern von dem Typ, der gern die Nacht zur Hilfe nimmt, wenn der Tag nicht lang genug ist. Nein, Lindquist senior war ein sturer Bock. Er wollte leben, und er wollte nach Hause. Nach Hause in die Gossen des Vaterlandes, heim zu Methylalkohol und Spiritus und echtem Schnaps für die Sonntage. Es kam gar nicht in Frage, ihm einen kleinen Jungen von vier Jahren zu überlassen.

„Der Junge bleibt bei mir!“ So hatte Tante Åse eine historische Rede in einem öffentlichen Bürokratenbüro im wundersamen Jahr des Herrn 1945 beendet. Und Bernard blieb.

„Er war so lieb, wißt ihr. In dem Jungen steckte doch nichts Böses. Warum kann jemand es auf ihn abgesehen haben? Nein, dafür muß es eine verständliche Erklärung geben. Oder was meint ihr, ihr seht doch oft sowas?“ Tante Åse sah von Laila zu Ronny. Ronny hätte um ein Haar eine giftige Antwort über die Fälle, mit denen er meist zu tun hatte, von sich gegeben, nahm sich aber noch rechtzeitig zusammen.

„Tja ...“ sagte Laila.

Ronny dachte: Verständliche Erklärung? Es gibt keine verständliche Erklärung dafür, daß ein Mann mit eingeschlagenem Schädel und einer Kette um die Beine aus dem Wasser gefischt wird. Das ist, gelinde gesagt, un-verständlich. Er sagte nur: „Eins steht fest, Åse, ein Selbstmordkandidat war Bernard nicht."

„Er hat auch nicht besonders viel getrunken", fügte Laila eilig hinzu, und schenkte sich tugendhaft mehr Kaffee ein. „Das kann also keine Rolle gespielt haben."

Keiner trinkt wohl so übermäßig, daß er sich eine Kette um die Beine wickelt, ehe er zufällig im Suff ins Wasser fällt, dachte Ronny.

„Neiiin", sagte Åse zu den Schatten an der Wand. „Alkohol ..."

„Hast du mit Lars Petter gesprochen?" Ronny dachte, wo sie das Thema nun schon angeschnitten hätte ...

„Nein. Nein, hab ich nicht. Ich ... Himmel, ich konnte einfach nicht. Ja, ihr wißt doch, wie er ist. Es ist sicher für den Armen genauso schrecklich, aber ich hatte einfach keine Kraft, nachdem ich das erfahren hatte." Sie setzte sich gerade und hob mit zitternden Händen ihre Kaffeetasse. „Aber er ist ja in guten Händen." Sie lächelte schief, als sie die Tasse mit der linken Hand stützen mußte. „Ich meine ... nicht allein, jedenfalls."

„Nein", sagte Laila. „Ewaldsen ist in Ordnung. Nicht wie diese anderen christlichen Heinis. Ja, er ist jetzt doch in der *Tür*?"

„Doch, sicher. Und das bleibt er auch, bis er stirbt, das denke ich jedenfalls."

Ganz sicher, dachte auch Ronny und schüttelte ablehnend den Kopf, als Åse ihm die Kaffeekanne reichen wollte. Er hatte schon längst zuviel Hausfrauendröhnung eingegossen, in Magen und Darm brummte und pfiff es, er schwitzte heftig am ganzen Körper. „Hat er etwas darüber gesagt, was er da unten in Holland und Belgien vorhatte?"

„Nein. Nur, daß er eine Weile verreisen und vielleicht Stoff für ein Buch sammeln wollte. Außerdem wollte er wohl Reisereportagen schreiben, das hat er im Ausland doch immer gemacht. Nein, ich glaube, er hatte nichts Besonderes vor. Er war doch so – reiste meistens aufs Geratewohl. Er hatte wohl ein Stipendium oder sowas bekommen und wollte wahrscheinlich die Gelegenheit ausnutzen, um mal was Neues zu sehen."

Laila nickte und fragte sich, seit wann es üblich war, im Oktober Stipendien zu verteilen. Im vorigen Jahr hatte sie Bernard Lindquist eine ganze Woche lang über eine Absage hinwegtrösten müssen. Und diese Woche war im März gewesen.

„Wir müssen wohl gehen", sagte Ronny. „Du hast doch unsere Nummer, wenn irgendwas anliegt?"

„Doch", antwortete Åse Marie Bakke. „Die Beerdigung ist am Freitag. Das Bestattungsunternehmen hat alles arrangiert."

5

Schweigaardsgate 70 ist ein dreistöckiges Steinhaus und seine Fassade unterscheidet sich nicht sonderlich von den übrigen Bauten im Viertel. Ein schmutziggelbes Haus zwischen schmutziggrün und schmutziggrau – von außen ist dem Haus nicht anzusehen, daß es der Gemeinde gehört, von der Heilsarmee geleitet und von Säufern bewohnt wird. Das Haus blickt auf den Harald Hårdrådes Plass und von allen Fenstern dieser Seite aus kann der Hinkelstein des Wikingers Harald, der so hart regiert hat, bewundert werden. Auch der Hinkelstein hat sich als hart genug erwiesen, um zumindest zwei betrunkene Fahrer ums Leben zu bringen, die angeblich auf die blödsinnige Idee gekommen waren, die Inschrift auf dem Stein vom Steuer aus lesen zu wollen. Also echt – man kommt doch nicht mit dem Auto, um verstorbene Wikinger zu ehren! Jedenfalls nicht Harald Hårdråde.

An diesem Spätwintertag schien sich niemand sonderlich für Harald oder für seinen Platz zu interessieren. Die wenigen, die draußen zu sehen waren, eilten weiter, ohne auch nur einen Blick auf den braunen Stein zu werfen, und der Verkehr in der Schweigaardsgate floß im vernünftigen Schneckentempo dahin. Ronny und Laila kamen von der *Planke*, dem Stadtplatz der Trinker unterhalb der Gefängnismauer. Dort hatte es mehr als genug Spuren gegeben, aber die Kippen und die leeren Flaschen an der Mauer erzählten, daß sich die Gesellschaft anderswohin verzogen hatte. Das Ehepaar Olsen hatte auch nicht damit gerechnet, dort irgendwen zu finden. Nicht jetzt, nicht bei einem Wetter, das jeden zur Flucht nach Sibirien verlocken könnte. Es war ein paar Grad wärmer geworden, aber der Wind war stärker, und draußen war es fast nicht auszuhalten. Das Schneegestöber wehte fast waagerecht von Galgeberg im Norden herein, es klebte an den Hausmauern wie Meeresschaum an einem stürmischen Tag an den Felsen. Nein, Ronny und Laila hatten nicht mit einem Erfolg bei der *Planke* gerechnet. Sie hatten diesen Weg einfach nur eingeschlagen, weil sie in der Nähe das Alkoholmonopol besucht hatten. Eine halbe Flasche Wodka für den alten Guerillero in der *Offenen Tür*. Das brauchte er an einem Tag wie heute. Fanden Ronny und Laila. Die Flasche wurde auf Lailas etwas schlaffem Bauch körperwarm. Erfüllt von einer desperaten Willenskraft hatten sie beschlossen, nichts für den eigenen Verbrauch zu kaufen, Leber und Nieren, Kronen und Öre zu schonen. Beide wußten, daß sie diesen kühnen Entschluß später bereuen würden, wenn der Abend mit Fernsehspiel und Langeweile näher rückte. Aber vorläufig richteten sie einander mit Sprüchen darüber auf, daß sie doch noch nicht so tief gesunken wären, daß sie sich nicht ein oder zwei Abende die Woche zusammennehmen könnten.

Sie erreichten Nr. 70 und gingen hinein.

Leif Ewaldsen füllte den Bürostuhl der Wachstube gut aus. Er war ein Mann um die 60, mit weißen, nach hinten gekämmten Haaren, und wenn eine Lebensmittelknappheit einträte, würde er zu denen gehören, die am meisten zuzusetzen hätten. Sein gerötetes Gesicht strahlte Ruhe und Zufriedenheit mit dem Leben aus, und die dicken Finger waren über einem Bauch gefaltet, der in den Raum hineinragte. Seine Daumen drehten sich träge umeinander, und an den Schreibtisch hatte er eine Kriminalzeitschrift gelehnt. Leif Ewaldsen hatte durchaus nicht den Herrn, dem er diente, vergessen, befand sich nun aber gerade mitten in einem illustrierten Bericht aus Sussex, England, wo ein verrückter Ehemann seiner Gattin den Kopf abgeschnitten und ihn dann öffentlich auf einem Zaunpfahl zur Schau gestellt hatte. Leif Ewaldsen konnte solche Ehemänner nicht verstehen. Ihnen vergeben – ja. Sieben mal siebzig mal konnte er Leuten vergeben, die anderen die Köpfe abschnitten und dieselben auf ihren Zaunpfosten zur Schau stellten, aber sie *verstehen* – nein! Im Laufe eines bald 40jährigen Zusammenlebens mit seiner lieben Klara war ihm nicht einmal der Gedanke gekommen, ihr den Kopf abzuschneiden, geschweige denn die Nachbarn zu Zeugen einer so widerwärtigen Untat werden zu lassen. Es muß an der Zeit liegen, dachte Ewaldsen mit einem langsamen Kopfschütteln. Es muß die Zeit sein, die solche Menschen schafft! Doch dann fiel ihm ein Mann aus einer ganz anderen Zeit ein, ein Mann namens Johannes, der in dieselbe unangenehme Lage geraten war, festlich angerichtet auf einer Schüssel, auf Wunsch einer bösen Frau. Und Ewaldsen sah ein, daß es ein zeitloserer Zeitvertreib sein müßte, den Leuten die Köpfe abzuschneiden, als er zunächst vermutet hätte.

Die Tür im Flur wurde geöffnet. Jahrelang trainiert, legte er automatisch den Kopf schräg, um das schwache Klirren in einer von vorsichtigen Fingern getragenen Plastiktüte zu hören, konnte aber nur das Geräusch von Stiefeln wahrnehmen, die langsam und methodisch auf einer Matte abgewischt wurden. Gäste, dachte Ewaldsen. Die da gehören nicht hier ins Haus!

„Na, Ewaldsen“, sagte Ronny und grüßte mit erhobener

Rechten. „Wie steht's in der Schweigaardsgate denn mit den Sündern?"

„Ach, danke. Wer mag, findet genug zu vergeben", antwortete Ewaldsen und lachte schallend. „Nein, das ist wirklich nett! Die Olsenbande persönlich! Komm her, Laila, und gib einem alten Mann einen Knutsch!" Er warf die Kriminalzeitschrift auf den Tisch und streckte zwei riesige Arme aus. Laila tauchte hinein und pflanzte ihm auf jede Wange einen schallenden Schmatz.

„Wie geht's denn, Väterchen? Wir haben gehört, du hättest dir neulich mal zwei Rippen gebrochen?"

„Ja, kannst du begreifen, wieso ein Mann so hart zuschlägt?" fragte Ewaldsen und führte ihre Hand über seinen schützenden Seitenspeck. „Das war natürlich Fredriksen. Er ist in alten Zeiten auf Japanfahrt gewesen und hat da irgendwelche Tricks aufgeschnappt. Kurate, oder wie das nun heißt, oder Zen. Jedenfalls hat er mir eine reingesemmelt, daß ich fast St. Petrus in der Ferne erspäht hätte. Himmel, war gut, daß er nicht auf die Nieren gezielt hat, das soll ja noch viel schlimmer sein. Ja, Fredriksen war ja nachher ganz geknickt, ist ja verständlich, und wir haben beschlossen, nicht mehr über die Sache zu reden. Ihr müßt die Klappe halten, wenn er auftaucht, er ist doch so sensibel, dieser Fredriksen, und ich möchte nicht, daß er Depressionen kriegt wie letzten Winter. Da hätte er uns hier fast ins Grab gesoffen. Das ganze Haus. Soll ich Kaffeewasser aufsetzen?"

„Nein danke!" sagten Ronny und Laila im Chor. Ronny fügte hinzu: „Wir wollten eigentlich bloß mal nach Lars Petter schauen."

„Ja, natürlich." Ewaldsen wurde sofort ernst, teilnahmsvoll im Blick. „Übel. Wirklich übel. So ein junger Spund! Ja, Entschuldigung, so kommt mir das wenigstens vor, ich hab euch doch schon als Kinder gekannt. Nein, für Lindquist ist das hart, das muß ich schon sagen. Ihr wißt ja, wie er sich ausdrückt, aber ich kenne ihn doch schon seit vor seiner Fahrt nach Deutschland, und ich kann zwischen seinen Großbuchstaben lesen. Ich habe noch keinen Mann so hart trinken sehen, wie er das jetzt tut, das kann ich euch flüstern, und ich habe doch fast alles gesehen!"

Ronny und Laila schwiegen. Sie wußten, daß Ewaldsen fast alles gesehen hatte.

„Sternhagelvoll!" fuhr Ewaldsen fort. „Rund um die Uhr sternhagelvoll. In den letzten zwei Jahren hat er sich fast ganz ans Bier gehalten, aber seit dem letzten Herbst steht er wieder auf

Schnaps, und das bringt ja allerlei Unannehmlichkeiten mit sich, wie ihr sicher wißt. Heute hat er sich bei Karl Rennert ein blaues Auge gefangen, aber ich wollte mich nicht einmischen, ich glaube, ehrlich gesagt, daß er das verdient hatte. Ja, er liegt oben. Ich hab ihn vor zwei Stunden ins Bett gesteckt, und er ist sicher bald wieder nüchtern und reif für die nächste Runde."

„Hat er Post von Bernard bekommen?"

„Da bin ich nicht so sicher, aber wahrscheinlich nicht, schließlich hat er ihn doch suchen lassen. Ja, ich hab ihm übrigens dabei geholfen. Es mußte doch über mich gehen, und auch über Åse Marie, sonst hätten die sicher das Ganze nicht ernstgenommen. Zuerst wollte er unbedingt, daß wir in der Armee das übernehmen sollten, aber ich fand, es wäre besser, es zuerst bei der Polizei zu versuchen. Ja, die Polizei war ja auch hier, nachdem sie Bernard da unten gefunden hatten, aber ich kannte den Jungen ja gut genug, um ihn auf dem Foto zu erkennen. Ich habe ihnen gesagt, sie könnten sich die Mühe sparen, mit Lars Petter zu reden, er war ja nicht mal imstande, sein eigenes Gesicht wiederzuerkennen. Ich hab ihn später an dem Tag in mein Büro geholt und es ihm so schonend wie möglich beigebracht, aber ihr wißt ja ... jedenfalls liegt er oben."

Ein ätzender Geruch von altem Zigarettenrauch, vermischt mit dem unbestimmbaren Aroma von Bier. Vage, aber spürbare Ausdünstungen von zehn, fünfzehn Männern, die nicht die Gewohnheit haben, sich zu waschen. Ein süßer, wunderlicher Geruch. Nicht schlimm, eigentlich, nur fremd, selten in einer Gesellschaft, die jeden Tag farb- und geruchloser wird. In Wirklichkeit war es der Geruch von ruiniertem Leben, der ihnen entgegenschlug, aber weder Ronny noch Laila dachten so weit, als sie die Treppe zum zweiten Stock hinauftrampelten und oben die braune Doppeltür erreichten. Sie traten ein und blieben einige Sekunden im langen Gang stehen. Vor ihnen lag der große Schlafraum, in dem vier Männer mit wechselndem Glück zusammen kampierten. Links lagen Küche und Aufenthaltsraum und ganz am Ende des Flurs das Zimmer der Alten, der wirklichen Veteranen, die seit ihrer Konfirmation energisch gezecht und insgesamt an die 150 Jahre in der Herberge verbracht hatten. Ein Dreipersonenzimmer. Rechts lagen ein Zweipersonenzimmer und das einzige Einzelzimmer der Etage. Letzteres bewohnte der epileptische Säufer des Hauses. Seine Anfälle waren so schlimm, daß Ewaldsen es für angebracht hielt, ihn ein wenig von der Gemeinschaft zu isolieren.

„Wir müssen der Sippe doch auch guten Tag sagen!“ Ronny nickte in Richtung Aufenthaltsraum, wo Lärm zu hören war. Lachen und eindringliches Suffgefasel, Kristoffers bekannte Drohrufe. „Du weißt doch, es kränkt sie, wenn sie hören, daß wir hier waren und nicht reingeschaut haben!“

„Aber klar!“ sagte Laila und ging auf den Aufenthaltsraum zu. „Natürlich will ich meine Jungs begrüßen!“

Die Jubeljungs brachen in Jubelrufe aus, als Laila die Schwelle überstieg und die Jacke dichter an sich zog, damit keiner die Flasche auf ihrem Bauch sah.

Gerede und Umarmungen. Die Frau, die sich hier herauf traut, ist automatisch Prinzessin in König Alkohols innerster Schatzkammer, und der arme Teufel, der Laila Olsen nicht kennt und zu unfeinen Ausdrücken greift, bekommt Ärger. Ronny dachte voll Grausen zurück an den neuen Mann, der Laila einmal als Fotze bezeichnet hatte, weil sie nicht für ihn ins Alkoholmonopol gehen wollte. Die Jungs an der *Planke* hätten ihn fast totgeschlagen, und der einzige Grund, daß er gerettet wurde, war, daß Laila für den Armen ein gutes Wort einlegte, als sie merkte, wie ernst die Lage war.

Nun erhob sich Fredrik Kvarten in übermäßigem Rausch und fand schließlich das Gleichgewicht, indem er seine Hand auf das schlafende Haupt von Olaves Grønn plazierte. „Alle mal herhören! Hööört doch mal, verdammte Pest! Laila Olsen ist das tollste Mädchen, das jemals in Oslo einen Furz losgelassen hat. Oder etwa nich? Und wenn Ronny, der hier neben ihr steht, nich nett zu ihr ist, gibts hier in der Tür 16 Mann, vor denen er sich in Zukunft lieber hüten sollte! Alles klar?“

„15!“ korrigierte Fibert. „Lasse hat sich doch am Mittwoch den Hals gebrochen.“

„Alles klar!“ Ronny grinste. „An dem Tag, wo ihr den Korken in die Flasche steckt, hör ich auch auf, meine Alte zu vermöbeln.“ Feierlich nahm er eine Schnapsflasche entgegen, die Jonny Araber Jensen hinter seinem riesigen Körper in einer Sofaecke verborgen hatte. Wischte sie mit der Handfläche ab und setzte die Flasche an den Mund. Nicht zuviel, nicht zu wenig. Es gibt ungeschriebene Gesetze. Er reichte die Flasche an Laila weiter, die diese Gesetze ebenfalls kannte. Nimmst du zuviel, dann bist du ein gieriges Arschloch, nimmst du zu wenig, dann hältst du dich für was Besseres. Ronny Olsen schluckte den 45prozentigen Alkohol hinunter, spürte, wie der Schluck seinen Magensack erreichte wie ein neutralisierender Gegenschlag gegen Tante Åses Kaffeesatz. Er rülpste. „Und wie steht's mit Lars Petter?“

„Ach, der verdammte Dreckskerl!“ rief Fredrik Kvarten und bekam den Schnaps in den falschen Hals.

„Der kann uns leid tun!“ brüllte Niels mit den Tätowierungen. „Der kann uns verdammt leid tun!”

„Leid tun, meine Fresse, du blödes Wickelkind! Haben Karl und ich vielleicht irgendwem leid getan, als wir unten im englischen Kanal lagen und Motoröl kotzten, während uns die Torpedos um die Ohren flogen? Ja? Karl! Nun sag denen schon, wie das war, Karl!“

Karl schüttelte den Kopf und drehte sich zum Fenster. Er hatte es schon vor vielen Jahren aufgegeben, zu erklären, „wie das war“.

„Lars Petter hat die verdammten Torpedos verdammt noch mal nicht auf dein Arschloch abgefeuert!“ schrie Niels wütend. „Der Mann saß doch in Deutschland im KZ! Und jetzt hat er auch noch seinen Jungen verloren!“

„Und was hab *ich* verloren? Das werd ich dir erzählen, du bemaltes Arschloch, du ...“

Laila und Ronny zogen sich diskret zurück.

In dem engen Zweierzimmer war der Geruch noch aufdringlicher. Der Vorhang war zugezogen, nur ein kränkliches graues Licht, das die Ecken nicht erreichte, kam von draußen herein. Ein schlichtes Zimmer, ohne irgendwelche Finessen. Zwei Betten mit Nachttischen, ein Tisch, zwei Stühle. Ein Stahlschrank für Kleider, auf dem Boden eine blauweißgestreifte Plastikmatte. Auf den ersten Blick schien es hier drinnen kein Leben zu geben. Das Bett neben der Tür war sauber gemacht, zwei Stiefel standen ordentlich davor. Das andere Bett stand am Fenster und auch dort schien es kein Leben zu geben.

Laila beugte sich über das Bett, zog die Decke beiseite und schüttelte den schlafenden Mann leicht an der Schulter. „Lars Petter!“ Er lag auf dem Bauch, hatte sein Gesicht im Kissen vergraben, auf dem sich eine ansehnliche Menge Schuppen aus seinen dünnen grauen Haaren verteilt hatte. Er fuhr augenblicklich aus dem Schlaf hoch, ließ sich aber wieder zurückfallen, als er das Gewicht seines eigenen Katers zu spüren bekam. Zwei Augen, eins aus Glas und ein echtes, starrten die beiden mißtrauisch an.

„Wir wollten bloß mal vorbeischauen.“ Ronny nahm sich eine Zigarette, zündete sie jedoch nicht an.

„Wir haben es heute morgen in der Zeitung gelesen“, ergänzte Laila und setzte sich ungebeten auf die Bettkante.

„Der Junge ist tot!“ sagte Lars Petter Lindquist mit Grabesstimme und schlechtem Atem. „Was zum Teufel wollt ihr denn noch hier?“

„Wir wollten bloß sagen, daß uns das schrecklich leid tut“, fuhr Laila fort. „Und dann wollten wir gern wissen, wie es dir jetzt geht.“

„Danke. Mit mir geht's bald zum Himmel, und das wißt ihr schon lange. Ich werd Bernard da oben im Palmengarten treffen. Und Rakel auch.“

„Hast du irgendeine Vorstellung, was passiert sein kann?“ Laila holte die Flasche unter ihrer Jacke hervor und stellte sie auf den Boden, in Reichweite des Bettes. Lindquist konnte endlich seinen Blick auf etwas richten.

„Wie zum Henker soll ich wissen, in was für Unsinn er da unten geraten ist? Er ist tot, mehr weiß ich nicht. Weg!“

„Ja“, sagte Ronny. „Keinen Kontakt mehr mit ihm, seit du ihn vermißt gemeldet hast?“

„Himmelarsch! Soll das hier für mich sein?“

„So war das geplant!“ antwortete Laila. Lindquist zerrte den Korken profihaft mit brutalem Ruck aus der Flasche.

„Kontakt! Ich hab ihn doch so gut wie nie gesehen! Ließ seinen Vater hier liegen und wie einen blöden Kadaver verrotten. Ja, danke! Aber ich hab Lunte gerochen, als keine Post von ihm kam. Er hat immer viel geschrieben, wenn er im Ausland war, das muß ich ihm lassen.“ Er nahm einen Schluck, ehe er weitersprach: „Er hat mir aus Amsterdam geschrieben, kurz nach seiner Abreise. Später – nichts. Und da hab ich begriffen, daß irgendwas nicht stimmte.“

„Und du hast keine Ahnung, was ihn nach Hamburg verschlagen hat? Ich dachte, er wollte nach Holland und Belgien?“ Laila versuchte, nur einigermaßen interessiert zu klingen, aber das gelang ihr nicht.

„Hau ab da, Laila, ich muß pissen! Ich weiß überhaupt nichts.“ Er schlug die Decke zurück und stieg aus dem Bett, in Unterhosen mit Hängehintern und sonst gar nichts. Taumelte barfuß zur Tür und hinaus.

Laila zuckte resignierend die Schultern, Ronny dagegen hatte plötzlich viel zu tun. „Paß auf die Tür auf!“

„Was meinst du?“

„Was ich sage, zum Henker! Paß auf die Tür auf und gib mir ein Zeichen, wenn er kommt!“

Laila stellte sich neben die Tür und Ronny machte sich über die Nachttischschublade her. Leere Tabakpackungen, Kippen, ein Rest Kautabak. Der obligatorische Stapel halbpornographischer Zeitschriften und alter Zeitungen. Dazwischen lagen zwei Postkarten. Die eine war fast identisch mit der Karte, die Åse Marie bekommen hatte und war am selben Tag in Amsterdam aufgegeben. Die andere Karte zeigte eine barbusige Frau mit herausfordernd rausgestrecker Zungenspitze, unter der in gelben und grünen Buchstaben „Reeperbahn – Hamburg“ prangte. Ronny Olsen drehte rasch beide Karten um, las sie und legte sie zurück. Er hatte gerade die Schublade zugeschoben, als Laila sich räusperte. Lars Petter Lindquist bat sie einige Sekunden später kurz und bündig, sich zum Teufel zu scheren. Das Ehepaar Olsen beschloß, lieber nach Hause zu gehen.

„Spuck's aus!“ sagte Laila, als sie kurz darauf draußen im Schneegestöber standen und auf ihren Bus warteten. „War etwas Interessantes bei seiner Korrespondenz?“

„Zwei Karten“, antwortete Ronny, er krümmte sich, um seiner Feuerzeugflamme Schutz zu gewähren. „Die eine war uninteressant, sie war aus Amsterdam, und drauf stand so ungefähr derselbe Pißkram wie auf der von Åse Marie.“

„Und die andere? Hier! Nimm mein Feuerzeug!“

Ronny drehte die Flamme auf max. und versengte sich den rechten Nasenflügel. „Etwas stimmt da nicht“, sagte er, als er schließlich fertiggeflucht hatte. „Er schreibt: ‘Stalins Augen sind noch blind’. Und kein Wort mehr. Nichtmal einen Gruß!“

„Stalins Augen sind noch blind!“ wiederholte Laila. „Himmel, und ich dachte, der Typ hätte sogar bei hellichtem Tag Gespenster gesehen!“

Der Bus kam. Durchschnitt das Schneetreiben wie ein rotes Messer. Ronny fragte sich, wann und wie der verstorbene Mann aus Stahl seine Sehfähigkeit hätte zurückerlangen sollen.

6

Der alte Mann, der ihnen seinerzeit den burgunderroten Volvo-PV verkauft hatte, hatte beteuert, daß ein Auto wie dieses neun Leben hätte. Nun, fast 15 Jahre danach, mußte Laila ihm recht geben. Es war eine Tatsache, daß die Karre in ihrem und Ronnys Besitz das Unglaublichste durchgemacht hatte. Aber dennoch, dachte sie, ist es auch eine verdammte Tatsache, daß diese Leben immer kürzer werden, und daß es immer teurer kommt, ihn aus dem Grab zu holen. Sie hatte die Anschaffung eines zeitgemäßeren Gebrauchtwagens vorgeschlagen, aber Ronny hatte ihr einen dermaßen kummervollen Blick zugeworfen, daß sie nicht das Herz gehabt hatte, darauf zu bestehen. Außerdem – auch sie hing an diesem alten Klapperkasten. Der PV war das Auto der Erinnerungen; Bruchstücke großer Teile ihres Erwachsenenlebens hatten darin stattgefunden. Von hastigem Gevögel auf stillen Waldwegen bis zur anständigen Fracht ihrer kleinen Schwester an dem Tag, an dem sie zum erstenmal heiratete, in einer Kirche weit draußen auf dem Land.

Laila strich liebevoll über das blanke Steuerrad und lächelte wehmütig. 5000 Eier hatte es diesmal gekostet, den PV aus der Garage zu bekommen.

Und sie dachte an ihr eigenes Leben. Ihr einziges. Ihr eigenes Leben, ihr Leben mit Ronny. Früher hatte sie ihr eigenes Leben und ihr Leben mit Ronny für dasselbe gehalten. Aber das war viele böse Jahre her. Sie spürte, daß das Leben, das sie jetzt lebte, gestohlen war. Stückchen für Stückchen hatte sie es zurückgenommen, hatte die Reste aus dem verlöschenden Gluthaufen, zu dem ihre Ehe nach und nach geworden war, davongekarrt.

Sie betrachtete sich selber im Rückspiegel und beschloß, eine neue Schicht Rosa auf die wunden Lippen aufzutragen. Im Anfang war das Wort, dachte sie, als sie den Lippenstift aus ihrer Handtasche fischte. Und das Wort war bei Ronny Olsen. Himmel, der Junge hatte vielleicht reden können. Nein, hatte sie gesagt, nein, nein, nein! Aber aus irgendeinem Grund, den vermutlich nur Männer verstehen konnten, hatte er statt Nein „Ja" gehört. Sie drehte den Lippenstift heraus und malte, dann kniff sie die Lippen zusammen. Nein, hatte sie gesagt, und dann hatte er sie unter die Tribünen des Stadions geführt und ihr seinen süßen kleinen Schniedel gezeigt. Damit hatte er in zehn Sekunden eins zu null erzielt, ohne an die Konsequenzen oder an die Tatsache zu denken, daß sie dastand und blutete. Später hatte er aufrichtig bereut, hatte Selbstkritik geübt und begonnen, an den Tankstellen Kondome zu kaufen. Breitbeinig, wund und blutig hatte sie sich nach Hause geschleppt und gewußt, daß sie nun eine Frau war, was immer das bedeuten mochte. Und daß Ronny der *Mann* war, verstand sich gewissermaßen von selbst. Ronny mit den lieben Augen und den guten Händen. Ronny, der ein Nein für eine Lüge hielt. Es war das Jahr 1957, sowohl sie als auch Ronny waren über 16, sie hatten, juristisch gesehen, nichts Verbotenes getan. Aber Lailas Mutter, die nur wenig juristisches Interesse hatte, war beim Anblick von Lailas blutiger Unterhose und steifem Gang so wütend geworden, daß sie ihr augenblicklich eine schallende Ohrfeige und eine Woche Hausarrest verpaßt hatte. Später dachte Laila, daß im Grunde alles in dieser Woche geschehen war, in der sie allein auf ihrem Zimmer saß und schmollte. Sie hatte sich nach ihrem Verrückten krank gesehnt. Und als sie endlich freigelassen wurde, sündigten sie glücklich über vier Stunden lang in Ronnys Keller, ohne daß es auch nur im entferntesten so weh getan hätte wie beim ersten Mal.

Dann kam der schicksalhafte Frühling 59, als Ronnys Pariser platzte und ihre Regel für die nächsten Monate ausblieb. „Wir heiraten natürlich", sagte Ronny keß. Er hatte auf Raten ein Moped gekauft und einen Job als Zeitungsbote. An seinem Optimismus war damals nicht viel auszusetzen gewesen.

Laila Olsen fragte sich, ob die frühe, höchst unerwünschte Schwangerschaft und die isolierten Jahre danach vielleicht der Grund dafür waren, daß sie sich in den letzten Jahren so wenig versagt hatte. Daß sie keine Jugend gehabt hatte und verzweifelt nach allem verlangte, was ihr einen Hauch von Leben geben konnte. Oder hatte es etwas mit dem Kind zu tun? Hatte etwas sie kaputtgemacht, als sie das tote Mädchen geboren hatte?

Die Frau, die aus dem Holzhaus gegenüber kam, blieb auf der Straße stehen und ging mühselig den Inhalt ihrer Tasche durch. Vielleicht wollte sie sich vergewissern, daß Schlüssel und Portemonnaie nicht noch in der Wohnung lagen – vielleicht war diese umständliche Prozedur auch nur eine fixe Idee, eine Art Zwangshandlung. Laila hatte diese Szene schon öfter von Bernards Fenster aus beobachtet. Und nun hatte sie sich eine eiskalte Stunde gelangweilt, um sie wiederzusehen. Die Frau ihrerseits war mit ihrem Tascheninhalt zufrieden, zog ihren Wollschal gerade und ging langsam den Trondheimsvei hinunter. Bei ihrem Tempo würde sie in zehn Minuten den Supermarkt erreichen, keinesfalls früher. Es war kurz nach zehn, und Laila hatte ausgerechnet, daß sie etwa eine halbe Stunde haben würde. Wenn die Dielenbretter in Bernards Wohnung nicht so morsch wären und bei jedem Schritt knirschten, hätte Laila in der vergangenen Stunde etwas Vernünftigeres anfangen können, als in einem eiskalten Auto unsäglich zu leiden. Warten, dachte Laila. Ich glaube, ich hab mein ganzes Leben lang nichts anderes getan, als gewartet!

Die Tür war leicht. Sie hätte das Schloß mit der Scheckkarte erledigen können, nahm aber doch lieber den Dietrich. 30 Sekunden, und sie war drinnen. Sie und Ronny hatten einst Knutzon, „der Katze", 1500 Kronen für einen Einblick in die Wunderwelt der Schlösser bezahlt, und dieses Geld war gut angelegt. „Die Katze“ war seit 30 Jahren in der Branche und hatte nur neun davon gesessen. Das galt in den Kreisen, die sich auf andererleuts Erbsilber verstanden, für „bestanden“.

Sie mußte dreimal schlucken, ehe sie den Kloß in ihrem Hals bezwungen hatte. Genau hier, auf der Fußmatte in der Diele, hatte eine ihrer glühendsten Begegnungen stattgefunden. Sie waren wie zwei Kinder lachend die Treppe hinaufgerannt und hatten es nicht einmal mehr bis zum Sofa im Wohnzimmer geschafft. Weg mit den Kleidern, irgendwohin – die harte Unterlage hatte sie gar nicht bemerkt.

An den Haken zu ihrer Linken, neben dem großen Monetplakat, hing eine Auswahl seiner Jacken. Die Cordjacke und die dicke Lederjacke, die so gut roch. Was hatte er wohl auf der Reise angehabt? Vielleicht den langen Mantel. Der hing jedenfalls nicht hier. Auf der Kommode lagen zwei leere Päckchen Tabak und aus einem mit Münzen gefüllten Einmachglas ragten zwei Strohhalme. Bernard hatte immer seine Taschen leergemacht, wenn er nach einem unternehmungslustigen Abend nach Hause kam. Das Krisenglas. Fast wie Ronnys Krisenbitter im Büro. Sie zog die oberste Schublade heraus und sah vorsichtig den Inhalt durch. Bernards Unterhosen und T-Shirts. Nicht viele. Schublade Nr. 2 enthielt Hosen und Hemden, sie überprüfte sorgfältig alle Taschen, fand aber nichts. In der dritten und letzten Schublade lag in einsamer Majestät ein benutztes Taschentuch, es war nicht geheimnisvoller als die meisten benutzten Taschentücher. Sie durchsuchte die Jackentaschen, fand ein Päckchen Kondome, die kaum schuld daran sein konnten, daß man Bernard in Hamburg umgebracht hatte. Der kleinen Kochnische widmete sie zehn Minuten, fand aber nur Gegenstände, die durchaus in eine Küche gehörten. Sie registrierte, daß Bernard vor seiner Abreise noch gespült hatte, was vielleicht als ungewöhnlich, keinesfalls aber als verdächtig gelten konnte. Wenn es in dieser Wohnung überhaupt etwas von Interesse gab, was sie bezweifelte, mußte sich ihre Suche auf das Wohnschlafzimmer konzentrieren. Die Polizei war vor ihr hier gewesen, damit mußte sie zumindest rechnen, andererseits mußte das nicht bedeuten, daß sie reinen Tisch gemacht hatte. Sie konnte durchaus davon ausgehen, daß sie, die Bernard gekannt hatte, Details bemerken würde, die das Gesetz übersehen hatte.

Sie sah sich von der Türschwelle aus um. Schreibtisch, Bücherregale, Tisch und Sessel – alles war noch genauso wie bei ihrem letzten Besuch. Die Schreibtischplatte war übersät mit

Zetteln und Notizen, Briefstapeln und Postkarten. Sie zwang sich dazu, alles gründlich durchzusehen. Wenn Tante X aus dem Stockwerk unter ihr inzwischen nach Hause kommen sollte, mußte sie eben ihr Glück mit einem Bluff versuchen.

Die Post wies nichts Interessantes auf. Hauptsächlich Briefe von Schriftstellerverband und Bank. Die Mitteilungen des Schriftstellerverbandes enthielten interne Informationen, die außer Schriftstellern – wenn überhaupt – niemanden interessierten – die Briefe der Bank waren allesamt milde Drohbriefe, Andeutungen, was geschehen würde, wenn Bernard wider Erwarten sein überzogenes VISA-Konto nicht wieder auffüllte. Echte Schriftstellerpost! Auch bei der privaten Post brauchten sich Lailas Augenbrauen nicht zu heben, mit Ausnahme von drei ziemlich heißen Briefen einer geheimnisvollen Ragna in Ålesund. In allen drei Briefen schrieb sie, daß sie ihn seit seiner Lesung und der folgenden Nacht nicht vergessen konnte. Sie freute sich auf den Tag/die Nacht, wenn sie sich wieder sehen/vögeln würden. Auf den Tag/die Nacht konnte sie warten, bis sie schwarz wäre. Bei toten Männern ist nur wenig Wärme zu finden. Ich hätte ihn gern mit dir geteilt, Schwesterchen, aber er ist weg, weg ...

Den grauen Ordner fand sie in der untersten Schreibtischschublade. Ein normaler grauer A4-Ordner, er lag auf einem Stapel unbeschriebenen Schreibpapiers. Ein so dünner Ordner konnte unmöglich viel enthalten, aber quer über den Deckel hatte Bernard in seiner schrägen, unschönen Handschrift etwas geschrieben. „Stalins Augen" hatte Bernard Lindquist geschrieben, und Laila Olsen stellte auf einmal fest, daß sie ein Herz in der Brust hatte.

Im Ordner gab es nur ein Blatt. Sie nahm sich nicht die Zeit zu lesen, was darauf stand, registrierte nur, daß es aussah wie ein chaotisches Stichwortregister, und daß eine Namenskolonne die linke Seite des Bogens bedeckte. Ohne zu zögern, faltete sie den Bogen zusammen und steckte ihn in ihre Bluse. Noch zehn Minuten. In einer gedrechselten Holzurne fand sie Bernards Adreßbuch. Ein kleines, schwarzes Notizbuch, in dessen Rücken ein Bleistift steckte. Sie hatte es schon früher gesehen und wunderte sich darüber, daß Bernard es auf seine Auslandsreise nicht mitgenommen hatte. Sie steckte es zu dem Bogen und untersuchte in den letzten Minuten die Bücherregale, ohne etwas Interessantes zu finden.

Der Volvo gurrte in seiner alten Manier, als sie kurz danach die wenigen hundert Meter zum Büro fuhr. Sie stellte ihn im Hinterhof ab, schloß ab und rannte die Treppen hinauf, ehe Pelle der Eroberer die Flasche vom Mund nehmen konnte.

Ein Zettel von Ronny lag auf dem Schreibtisch, er war mit der Straßenbahn nach Grefsen gefahren. Sie kannte den Fall. Frau Bessegg glaubte, ihr Mann habe ein Verhältnis mit seiner Sekretärin. Und da hatte sie doppelt recht, denn Anton Bessegg hatte zwei Sekretärinnen. Der arme Ronny, dachte Laila mit schiefem Lächeln. Heute abend wird er bestimmt wieder das heulende Elend kriegen. Sie setzte sich auf ihren Bürostuhl und holte Notizbogen und Adreßbuch aus ihrer Bluse.

In dem kleinen Buch fand sie hauptsächlich Adressen von Bekannten, die garantiert nichts mit Bernard Lindquists Tod zu tun hatten. Sie notierte die ihr unbekannten Namen, es würde kein Problem sein, die nachher zu überprüfen. Das Adreßbuch war ein Schuß in den Ofen.

Der Notizbogen war auch nicht sonderlich aufschlußreich. Eine Reihe unbekannter Namen, einige Daten aus den Jahren 1939 bis 1945. Ansonsten gab es nur noch einzelne Wörter. Es war für andere als Bernard unmöglich, ihnen einen Sinn zu entlocken. Vielleicht war das der zarte Keim eines Buches, sie wußte es nicht, hatte im Grund keine Ahnung, wie Schriftsteller arbeiteten. Bernard hatte erzählt, da gäbe es große Unterschiede. Es gäbe Autoren, die einen fast mathematisch genauen Plan machten, andere, denen alles erst beim Schreiben einfiele, und daß er selber irgendwo dazwischen hinge. Sie hielt allerdings zwei Dinge für wichtig: Das eine war „KPD-Hamburg“, es stand schräg in der rechten Ecke des Bogens. Das andere war einer der Namen auf der langen Liste. Sämtliche Namen wirkten deutsch oder osteuropäisch, nur ein einziger war zweifellos norwegisch: Alfred Larsen. Von diesem Namen, der mitten in der Kolonne der ausländischen stand, führte ein Pfeil quer über den Bogen. Und am Ende des Pfeils war mit rotem Kugelschreiber ein Viereck gezeichnet. In diesem Viereck fand sie den Namen Dieter Schraub und unter dem Namen eine Adresse in Hamburg. Dieter Schraub stand durch einen dünnen Bleistiftstrich mit einem Namen weiter unten in Verbindung. Willy Brock, keine Adresse. Tatsächlich wohnte nur Dieter Schraub irgendwo, wenn sie dieser Liste glauben wollte.

Und jetzt? dachte Laila mutlos. Romanpersonen können mich höchstens in eine erfundene Geschichte hineinziehen. In diesem

Fall nirgendwohin – das Buch ist ja noch nicht geschrieben ...

Spontan rief sie bei der Auskunft an. Während sie eine Zigarette rauchte und dem elektronischen Piepen im Hintergrund lauschte, dachte sie: Es könnte doch sein!

Dieter Schraub in Hamburg hatte Telefon. Ein seltener Luxus für eine fiktive Romanperson. Laila knackte ein hinterbliebenes Bier und prostete der Wand zu.

7

„KPD“, sagte Ronny und schaltete die Glotze ein. „Das weiß ich sogar.“

„Müssen wir gerade jetzt das Ding anstarren?“ Laila schaute ihn feindselig an.

„Ich will doch Denver nicht verpassen.“

„Zum Teufel mit Denver! Mach den verdammten Apparat aus und erzähl mir was von der KPD!“

„Dafür brauch ich die Glotze nicht auszumachen“, antwortete Ronny und betrachtete den flimmernden Schirm. „Das geht schnell.“

„Nun erzähl schon, eh du über dieser alten Fallon alles vergißt.“

„Krystle“, korrigierte Ronny und nahm einen üppigen Schluck aus dem Brandyglas. Das Bild stand jetzt. „Krystle ist meine Freundin!“

„Du besoffener Wichser!“ Laila packte die Flasche und füllte ihr eigenes Glas.

„Die KPD war die erste Partei in Deutschland, die von Hitler verboten wurde“, erklärte Ronny. „Witzigerweise wurde sie auch nach dem Krieg wieder verboten. Irgendwann in den fünfziger Jahren, soviel ich weiß.“

„Warum denn? Ich meine, warum wurde die Partei nach dem Krieg verboten?“

„Da hab ich wirklich keine Ahnung, Süße. Die neuen Machthaber konnten Kommunisten wohl auch nicht leiden, nehme ich an. Diese Leute waren ja nirgendwo willkommen, außer dort, wo sie hingehören – im Kreml und so.“

„Ich dachte, du hättest damit geprotzt, daß du das letzte Mal die Kommunisten gewählt hättest?“

„Doch nicht die Moskau-Kommunisten, du blöde Kuh!“

„Tut mir leid“, sagte Laila. „Doof von mir. Die KPD war natürlich moskau-orientiert.“

„Ja. Um nicht zu sagen, Moskau-dirigiert. Genosse Mao hatte seine Millionen unten im Chinaland damals ja noch nicht auf Vordermann gebracht. Nein, natürlich waren die Moskau-Kommunisten Stalinfreaks – Himmelarsch, der war doch damals der große Held."

„Natürlich. Du, Ronny, bitte – mach doch die Glotze aus! Ich springe allmählich an."

Ronny drehte sich langsam um. „Auf den Brandy oder auf den Fall Bernard Lindquist?"

„Auf Bernard und den Brandy."

„Okay." Ronny hob den Daumen und verödete die Mattscheibe. „Vergessen wir für diese Woche die Probleme der amerikanischen Oberklasse. Konzentrieren wir uns auf Brandy Special und den seligen Bernard. Ja, Himmel, das stinkt doch meilenweit gegen den Wind. Ich raff bloß nicht, wie wir Kohle aus der Sache herausquetschen können."

„Herrgott", sagte Laila. „Hast du denn gar keine Gefühle?"

„Doch, Laila. Ich kapier bloß nicht, wie ich davon leben soll!"

„Aber du springst doch auch an?"

„Ich schalte ja Denver nicht aus, um dich anzuglotzen."

„Heute abend wird's ja wieder richtig gemütlich", sagte Laila. „Was wissen wir eigentlich?"

„Nicht viel." Ronny lehnte sich im Sessel zurück, hielt sich die Hand vor die Augen und dachte laut nach. „Wir wissen, daß Bernard tot ist. In Hamburg ermordet. Wir wissen, daß er am 12. Februar im Hafenbecken gefunden worden ist, und daß er seit etwa einer Woche im Wasser gelegen hatte. Das haben wir den Zeitungen entnehmen können, ansonsten wissen wir nur noch, daß Lars Petter irgendwas verheimlicht, jedenfalls wußte er, daß Bernard in Hamburg war."

„Oder er hat es gewußt, als er die Karte bekam", meinte Laila. „Er kann es ja vergessen haben."

„Stimmt, aber das glaub ich nicht so recht."

„Ich auch nicht."

„Dann wissen wir, daß Bernard an einem Buch arbeitete, das möglicherweise den Arbeitstitel 'Stalins Augen' hatte, und das wahrscheinlich irgendwie mit dem Krieg zusammenhängt, weil auf dem Bogen, den du gefunden hast, die Jahreszahlen 1939 – 1945 stehen."

„Und dann haben wir Dieter Schraub", fuhr Laila fort. „Der einzige Typ auf der Liste, der eine Adresse hat, und noch dazu in Hamburg, wo sie Bernard gefunden haben! Wir können davon ausgehen, daß Dieter Schraub eine wichtige Person ist."

„Ja“, sagte Ronny. „Aber was ist mit den Verbindungslinien zu Alfred Larsen und diesem Willy ...“

„Brock. Willy Brock. Das können wir natürlich nicht wissen. Aber das macht nichts. Wichtig ist, daß wir Adresse und Telefonnummer von diesem Schraub haben, und daß wir davon ausgehen können, daß die Bullerei sie nicht hat.“

„Wieso bist du dir da so sicher?“ Ronny schaute sie zweifelnd an.

„Ich glaube, sie hätten diesen Bogen mitgenommen, wenn sie ihn gesehen und interessant gefunden hätten. Warum sollten sie nicht? Wenn sie da gewesen sind, dann waren sie in der Wohnung eines Toten, und das war ihnen auch verdammt klar. Sie können die Adresse natürlich notiert haben, aber ehrlich gesagt, glaube ich das nicht.“

„Kannst du das herausfinden?“ Ronnys Blick war schwer zu deuten.

„Du meinst ... durch Bernt?“

„Zum Beispiel. Du mußt ihn doch noch anders verwenden können als bloß als Massagestab!“

„Kann sein!“ Laila wollte jetzt keinen Streit.

Ronny stand auf und drehte eine Runde im engen Wohnzimmer. „Aber egal, ob wir Vorsprung vor der Bullerei haben oder nicht, selbst wenn wir die ganze Sache klären können, dann führt uns das rein finanziell nirgendwohin.“

„So schlecht geht's uns nicht!“ sagte Laila schnell. Ihr war es schnurz, daß damit deutlich wurde, daß sie sich diesen Aspekt schon überlegt hatte. „In den letzten drei Wochen haben wir fünf Liebhaber und einen Betrüger verkauft – das können wir uns leisten. Wir könnten ... wir könnten es als Urlaub betrachten!“

„Hamburg-Urlaub im Februar“, meinte Ronny düster. „Ich bin mit einer Geisteskranken verheiratet!“

„Genau!“ Laila reckte den Hals. „Dann sagen wir's so: Du fährst zu Ostern nach Ibiza!“

„Wir hätten noch eine Pulle kaufen sollen“, meinte Ronny leise.

TEIL 2

DER ALTE MANN IM SCHRANK

1

Die Nacht auf den 20. Februar war eine harte Nacht für Kronprinz Harald. Nicht für den Mann, der sicher in den Armen seiner Sonja lag, sondern für das Schiff, das sich langsam und standhaft durch die dunklen Wogen nach Kiel durchschlug. Im Skagerrak herrschte eine steife Brise, und die Reisenden, die mit besserer Behandlung gerechnet hatten, als sich das Schiff in den Schutz Skagens begab, sahen sich getäuscht. Das Unwetter hielt sich, das Meer war erst milder gestimmt, als sie das Fahrwasser zwischen Jütland und Seeland erreichten. Es war inzwischen halb drei Uhr nachts, und die meisten hatten das Essen, das sie sich reichlich optimistisch einverleibt hatten, als das Schiff noch im Oslofjord herumplatschte, längst ausgespuckt.

Auch Laila Olsen war in mieser Form, als sie gegen sieben aufwachte. Brechreiz und dröhnende Kopfschmerzen. Aber ihre Qualen hatten wenig oder nichts mit den tosenden Wogen zu tun. Sie war seestark geboren, hatte nie gewußt, was Seekrankheit bedeutete. Dagegen verfügte sie über eine reiche Erfahrung mit den Wellen, die in allerlei Flaschen herumgluckern, und diese Krankheit wurde mit jedem Tag nur noch schlimmer.

Graukalter Morgen beim Einlaufen in Kiel – graukalter Morgen in Laila Olsens Innerem. Sie saß in der Cafeteria Sandefjord und stocherte zerstreut in einem Brot mit toten Krabben, während sie mit der anderen Hand ein Glas mit lebensspendendem Pils aus der Brauerei Ringnes lenkte. Ihr Dasein bestand aus einer Ansammlung von Widerwärtigkeiten, sie haßte alles, was sie sah. Alle ihre guten Vorsätze waren zuschanden geworden. Nur Gott wußte, zum wievielten Mal, und der Teufel mochte wissen, daß der liebe Herr Seine Peitsche über Seiner Erde schwang. Sie hatte einen Aufpreis für eine Zweibettkabine bezahlt und das Glück gehabt, allein zu bleiben. Nun fragte sie sich, ob das Geld für den Aufpreis wirklich so gut angelegt gewesen war. Ob es nicht leichter gewesen wäre, sich am Riemen zu reißen, wenn sie ihre Kabine mit Fremden geteilt hätte. Mit Leuten, auf die sie Rücksicht nehmen mußte. Denn es lag Laila Olsen nicht, auf sich selber Rücksicht zu nehmen.

Sie lächelte das Bierglas auf dem Tisch an. Sie hatte dem

Spiegel hoch und heilig versprochen, nicht mehr als zwei Drinks in der Bar zu sich zu nehmen. Dieses Versprechen hatte sie gehalten. Aber die zollfreie Whiskyflasche war fast leer. Naja – immerhin hatte ihr bleischwerer Kopf nicht allzuviel gekostet. Sie hatte einsam in der Kabine gesessen und an Bernard Lindquist gedacht. Ein Glas war dem anderen gefolgt. Aber die Fragen hatten sich nur aufgetürmt. In was, zum Teufel, konnte ihr armer kleiner Bernard in Hamburg denn bloß hineingeschlittert sein? Halb sichtbare Pfeile zeigten auf den Krieg. Die Jahreszahlen von 1939 bis 1945 hatten auf dem Exposé gestanden, das sie gefunden hatte. Falls es sich dabei um ein Exposé handelte. Sie konnte da ja nicht sicher sein. Es konnte auch ein uralter Merkzettel sein. Ein Merkzettel im Zusammenhang mit irgendeiner Zeitung oder Zeitschrift. Sie wußte, daß Bernard schon mehrmals in Deutschland gewesen war, und daß er darüber in Norwegen einige Artikel veröffentlicht hatte. Dann gab es noch diese Adresse. Dieter Schraub – ein Mann, der in Hamburg wohnte. Und es war die unbestreitbare Wahrheit, daß Hamburg der Fleck auf der Weltkarte war, der hinter Bernards Leben einen Punkt gesetzt hatte. Danach war ihr alles durcheinander geraten, sie hatte die Flasche zugedreht und sich schlafen gelegt und dabei gedacht: Auf jeden Fall habe ich diesen Dieter. Wenn der ein Schuß in den Ofen ist, dann macht Laila Olsen Ferien in Hamburg mit Bratwurst und Bier! Und als sie die Augen schloß: ... Stalins Augen.

Der Bus nach Hamburg hielt nur 50 Meter vom Fähranleger in Kiel entfernt. Laila schauderte im Seewind und hielt ihren blauen Koffer in krampfhaftem Griff. In der linken Hand trug sie die Stange Pall Mall, den Whiskyrest von der vergangenen Nacht und zwei Flaschen Ringnes Pils. Der Wind war so früh am Morgen eiskalt, wirkte aber erfrischend. Nachdem sie den Koffer im Gepäckraum untergebracht hatte, blieb sie trotz der Kälte draußen stehen, bis der Fahrer ihr mit der Hupe ein Zeichen gab. Nächste Station Hamburg, Laila Olsen! Und, mit einem Gedanken an Bernards eiskalten, nassen Körper: Nächste, gute Frau, nicht letzte!

Der Bus, der Laila durch die ziemlich nichtssagende Landschaft zwischen Kiel und Hamburg gebracht hatte, setzte sie vor dem grauen Hauptbahnhof ab. Laila blieb ziemlich blöd mit dem Koffer in der Hand stehen und ließ ihren Blick über die kreideweiße Fassade des Schauspielhauses und über die Hotels auf beiden Seiten schweifen. Hotels im Zentrum einer der größten Städte Europas, hier roch es schon von weitem nach Geld. Sie dachte an die Drohbriefe der Bank, die Bernards Schreibtisch verziert hatten. Dieses Schicksal wollte sie sich ersparen. Ihren Ausschweifungen zum Trotz behielt Laila Olsen Brieftasche und Scheckkarte gut im Griff. Außerdem hatte das Vögelchen Bernt ihr in der Nacht vor ihrer Abreise ein Liedchen gesungen. Hotel Pension Nord, hatte er unmusikalisch gegrunzt, während er sie unter sich ins Laken preßte. Dieses Hotel lag angeblich nur einen Steinwurf entfernt. Und schon nach 50 Metern konnte Laila das Gewimmel von Hotelschildern sehen. Dicht an dicht lagen die Hotels, die meisten klein, unansehnlich, mit wenig protzigen Eingängen. Hier und dort standen Frauen herum und warteten auf Männer mit hungrigen Hämmern und fetten Brieftaschen; kleine Bars und Nachtclubs lagen dicht an dicht. Laila Olsen beschloß, daß sie die Bremer Reihe leiden mochte, noch ehe sie das weiße Schild von Hotel Pension Nord weiter unten in der Straße erblickt hatte.

Die Dame hinter dem Tresen schüttelte bedauernd ihre künstlichen Locken. Auch wenn Laila Maria geheißen hätte und per Esel und mit einem Knäblein im Bauch ganz aus Nazareth gekommen wäre, hätte sie kein Quartier gefunden.

„Bedaure! Versuchen Sie's in einem der anderen Hotels in der Straße!"

„Ich hoffe, es ist nicht, weil ich aus Norwegen komme?"

Die Frau hinter dem Tresen musterte sie mit neuem Interesse. „Haben Sie ihn gekannt?"

„Ich habe über den Fall nur in der Zeitung gelesen."

„Krach. Nervkram. Er war ja still und ruhig, aber er hat schlechte Reklame für uns gemacht."

Laila nickte. „Ich verstehe. Hat er lange hier gewohnt?"

„Zwei Tage. Bitte, fragen Sie nicht weiter, ich kann ja doch nur die Schultern zucken. Die Polizei ... ja, Sie verstehen ... Ein Mann ist tot, ja und? Jeden Tag sterben Menschen auf unserem Planeten, manche haben das Pech, von anderen ermordet zu werden."

„Wie wahr!" stimmte Laila Olsen zu. Sie nahm ihren Koffer hoch und ging. Auf der Treppe begegnete ihr eine der Frauen, die vorhin draußen herumgelungert hatten. Hautenge Seidenhose und gebleichte Haare. Keuchend dahinter: eine graue Büroratte mit schräggezogenem Hut.

Stundenhotel, dachte Laila. Ich hätte nicht um einen ganzen Tag bitten dürfen.

Sie überquerte die Straße und bekam ein Zimmer im Bremer Hof, nachdem sie der rezeptionseigene Chow-Chow zuerst gründlich abgeleckt hatte. Ein Zimmer im Erdgeschoß, Fenster zum Hof – eng und dunkel, aber sauber. Laila Olsen war zufrieden. Zufrieden und zum Umfallen müde. Sie trank ihre beiden Bierflaschen aus und legte sich schlafen.

In Oslo war Ronny Olsen zu diesem Zeitpunkt hellwach und mit gar nichts zufrieden. Zum einen hatte er bei einem Suchauftrag einen dicken Bock geschossen. Zwei entsetzte Eltern aus Tvedestrand, die fürchteten, ihr erstgeborener Sohn könnte sich in der Tigerstadt in Sex- und Drogengeschichten verwickelt haben, hatten ihn engagiert. Daraufhin hatte er alle Ecken und Winkel der Stadt durchkämmt, hatte seine Beziehungen spielen lassen, aber ohne Ergebnis. Voller Wut hatte er den Auftrag zurückgegeben und den Alten natürlich nur den Grundbetrag abluchsen können. Dazu zog er sich eine Schimpfkanonade sowie korrekte Beschuldigungen von Heidentum und Unglauben zu. Zum anderen hatte er den üblichen Kater und zum dritten mußte er widerwillig zugeben, daß er ziemlich sauer war, weil Laila sich auf diese Weise verpißt hatte. Nach Hamburg fahren und ihn mit den ganzen betrogenen Eheleuten und elenden Ladendieben hier sitzen lassen! Und gleichzeitig: Die Gewißheit, daß sie eigentlich in ihrem guten Recht war. Immerhin zog Laila die meisten Fische an Land, das mußte er einfach zugeben. Ohne sie würde er das Bankkonto niemals auf einem einigermaßen anständigen Niveau halten können. Die 5000, die er vor einigen Tagen aus Frau Lind herausgequetscht hatte, waren seit langer Zeit sein erster Beitrag zum gemeinsamen Konto gewesen.

Er trottete aus der Küche, pißte ins Waschbecken und warf einen finsteren Blick in den Hinterhof. Die große schwarze streunende Katze, die auf dem Dach des Lagerschuppens lag, starrte wütend zurück.

Hinterhöfe! dachte Ronny und schüttelte den Schwanz. Mein ganzes Leben hab ich nun schon Aussicht auf Hinterhöfe. Graue Hinterhöfe, wo die Sonne nie richtig auf Asphalt und Pflastersteine scheint, Hinterhöfe mit trägen Katzen und wütenden Katzen, vögelnden Katzen und sterbenden Katzen. Hinterhöfe mit Außenklos in Reih und Glied wie hier, Hinterhöfe mit umgestürzten Mülltonnen, Dreck und Mist. Hinterhöfe, in die bedrängte Suffköppe geschlichen kommen, und wo sie ihre Visitenkarten festen und flüssigen Charakters hinterlassen. Hinterhöfe! Allein schon das Wort hasse ich.

Das verräucherte Wohnzimmer ließ ihn auf der Schwelle zurückzucken. Ronny Olsen zog seinen Mantel an und ging. Vielleicht würden sich seine Gedanken an der frischen Luft bessern. Das ging ihm oft so. Im engen Zimmer in der Helgesensgate 9 hatte er nur wenige kluge Gedanken ausgeheckt. Im Büro übrigens auch. Deshalb ging Ronny Olsen spazieren, atmete die kalte Luft ein und gab sich größte Mühe, intelligent zu sein.

Aber das gelang ihm nicht so recht. Der Gedanke an einen goldenen Halben bei Krølle lenkte ihn die ganze Zeit ab, und dann war noch das mit Laila ... Oft verspürte er monatelang nicht den kleinsten Hauch von Eifersucht, ja, im Grunde glaubte er, sie endgültig überwunden zu haben. Aber es konnte vorkommen, wie jetzt, wenn sie allein verreiste, daß dieses böse Gefühl wieder in ihm auftauchte – wie ein Gespenst aus der Zeit, als er noch jung und verliebt gewesen war. Daß sie ihn noch vor wenigen Tagen verlassen hatte, um die Nacht mit diesem Polizisten zu verbringen, machte ihm nicht viel aus. Aber jetzt ... Er dachte, es käme vielleicht daher, daß er sie nicht erreichen könnte, nicht einmal, wenn er sie brauchte ...

Er legte eine Pause ein, um wieder zu Atem zu kommen. Na gut, Ronny. Sie ist in Hamburg und macht, was zum Teufel sie will. Heute abend ruft sie an und sagt, wo sie wohnt. Dann kann ich sie erreichen. Telefonisch. Und ihr Scheißbulle, dieses unausstehliche Arschloch mit der arroganten Miene, hat in dieser Nacht immerhin etwas mehr als bloß heiße Spritzer von sich gegeben.

Obwohl Lailas „Scheißbulle“ nicht das geringste mit dem Fall Lindquist zu tun hatte – er arbeitete bei der Verkehrspolizei – hatte er einige Einzelheiten über den Fall gewußt. In Polizeikantinen wird genausoviel getratscht wie in den Kantinen anderer Arbeitsplätze. Und auf Lailas Aufforderung hin hatte er am nächsten Tag sogar noch weitere Auskünfte besorgt. Was sie nach seinen Gesprächen, sie Wange an Wange, er Wange an Telefonhörer, hatten feststellen können, war folgendes: Zwei Mann von der Mordkommission waren noch am selben Tag, an dem Åse Marie Bakke und Leif Ewaldsen Bernards Identität endgültig bestätigt hatten, nach Hamburg gefahren. Sie schienen aber keine wesentlichen Neuigkeiten mit zurückgebracht zu haben. Als einzigen konkreten Hinweis hatte Laila den Namen des Hotels erfahren, in dem Bernard gewohnt hatte, aber der stand am Tag nach ihrer Abreise dann auch in den Osloer Zeitungen. Laila hatte ihrem polizeilichen Liebhaber gegenüber angeführt, daß die beiden Sendboten in Hamburg doch zumindest hatten herausfinden müssen, wieso es dort möglich gewesen war, Bernard so schnell zu identifizieren – er hatte doch keine Papiere bei sich, als er gefunden wurde! Aber Bernt Agder, wie der „Scheißbulle" hieß, wenn nicht Ronny von ihm sprach, hatte nur geantwortet, daß er sich das auch schon gefragt habe. Und als er die Frage einem Fahnder in der Mordkommission direkt gestellt hatte, hatte er keine Antwort bekommen. Auf Bitten der deutschen Polizei hatten sie Bernards Wohnung durchwühlt, wie Ronny und Laila ja angenommen hatten. Sie hatten nach Adressen, vor allem ausländischen, gesucht, nach Personen, mit denen Bernard möglicherweise Kontakt gehabt hatte. Gefunden hatten sie lediglich die Adresse einer gewissen Susan McKinsky, aber die mußte als „kalt" gelten – schließlich wohnte sie in einem australischen Dorf. Bernt Agder betonte, daß es sich nur um eine vorläufige Durchsuchung der Wohnung gehandelt habe, und daß nun die Spezialisten alles zerlegen würden. In der Wohnung hatte es wohl viel Papier gegeben, es würde lange dauern, das alles durchzusehen ...

Mit anderen Worten: Laila Olsen hatte im richtigen Moment zugeschlagen.

An das alles und an andere Informationen, die ihnen eher zufällig zuteil geworden waren, dachte Ronny Olsen, nachdem er wieder zu Atem gekommen war.

Stalins Augen sind noch blind, dachte er. Noch blind ... Und auf dem grauen Pappordner, den Laila in der Schreibtischschublade gefunden hatte, hatte Bernards leicht erkennbare Handschrift „Stalins Augen" geschrieben. Wenn „Stalins Augen" einfach der Arbeitstitel des Buches war, an dem er vor seinem Tod gearbeitet hatte, konnte die Karte an seinen Vater ganz einfach bedeuten, daß er in leicht theatralischem Ton mitteilen wollte, daß er sich festgefahren hatte oder noch nicht richtig in die Gänge gekommen war. Ronny blieb stehen, überlegte sich das noch einmal und schüttelte energisch den Kopf. Er wühlte in seinen Taschen nach Zigaretten und ging dann weiter. Diese Überlegung war zu dünn, wahrscheinlich ganz daneben. Zum einen hatte es den Alten nie interessiert, was Bernard literarisch gerade so trieb. Und wenn Bernard es ausnahmsweise doch einmal auf einem Brief oder auf einer Postkarte erwähnt hatte, dann war es doch sehr seltsam, daß er sonst nichts geschrieben hatte, keinen Gruß, gar nichts!

Ronny Olsen betrat den Tabakladen gegenüber dem Krankenhaus, kaufte 20 South State ohne, bezahlte mit einem 50er und hatte schon das Ende der Straße erreicht, als der ehrliche Verkäufer ihn mit dem Wechselgeld erreichte. Ronny bedankte sich zerstreut, steckte das Geld in die Tasche und ging schlafwandlerisch weiter in Richtung SAS-Hotel. Wieso in aller Welt hatte der alte Säufer diese verdammte Karte unbedingt verheimlichen wollen? Es war eine blöde Lüge gewesen, eine unmögliche Lüge. Wenn die Polizei oder sonstwer gründlich arbeiteten, würde sie wie eine Seifenblase bei steifer Brise platzen. Ganz einfach, weil mindestens noch eine Person im Haus von dieser Karte wissen mußte. Die Putzfrau Maren, einer der beiden Zivildienstler, die dort arbeiteten, die feste Nachtwache oder Ewaldsen selber. Alle Post für die Bewohner landete im Briefkasten im Treppenhaus und der war immer verschlossen. Nur das Personal hatte einen Schlüssel. Und Ronny wußte, daß ein Brief oder eine Karte tagelang auf dem Schreibtisch in der Wachstube liegen konnten, wenn Lars Petter Lindquist richtig an der Flasche hing, was im Moment nachweislich der Fall war. Und dort würde eine Karte auf jeden Fall gelesen werden. Von einer oder mehreren Personen. Bombensicher! Die Knaben im Haus quatschten gerne eine Runde mit der Wache, während sie Kräfte sammelten, um die Treppe hinaufzukommen. Eine farbenfrohe Postkarte ist wie ein Magnet im trüben Alltag. Man hebt sie hoch, ganz zerstreut, wirft einen Blick auf die schönbusige Frau und dreht die Karte um. Vielleicht nur, um zu sehen, wer sie bekommen soll. Liest „Lars Petter Lindquist" und hat den Satz daneben auch schon mit aufgeschnappt. Dazu braucht man nicht sonderlich neugierig zu sein. Naja, es konnte eine blinde Spur sein, ein Schuß in den Ofen, wenn er sich zu sehr auf die Karte fixierte. Die geheimnisvollen Wörter konnten ein Witz sein, ein privater Witz zwischen Vater und Sohn. Konnten auf ein gemeinsames Erlebnis anspielen, irgendsowas. Aber Lars Petter Lindquist war irgendwie nicht der ganz große Humorist! Außerdem gab es da diese Parallele, dieselben Wörter auf dem Ordner ... Und die Geheimniskrämerei des Alten ...

Ronny machte eine gereizte Handbewegung, wie um diese Spekulationen zu verjagen, von denen er sich nun umzingelt fühlte. Weggeworfene Zeit! Herrgott, wenn ich hiermit weitermache, dann weiß ich, was zuallererst auf dem Programm steht: Lars Petter Lindquist den Saft ausquetschen, bis er mir erzählt, was *er* über die Sache weiß. Etwas weiß er. Die Büffelmethode bei einem alten Alkoholiker, der gerade seinen einzigen Sohn verloren hatte ... Der Gedanke gefiel ihm überhaupt nicht. Andererseits war Ronny völlig klar, daß er es tun würde, wenn er seine Neugier im Laufe der nächsten Tage nicht loswerden könnte.

Im Parkveien sah er den „Pastor" vor sich. Der Mann ging schnell in Richtung Drammensveien, war an seinem charakteristischen leicht schaukelnden Gang und an den auf dem Rücken, unter dem riesigen Rucksack gefalteten Händen gut zu erkennen. Seine graumelierten Haare waren im Nacken lang, fielen ein gutes Stück über den Kragen der verdreckten grünen Daunenjacke. Ronny Olsen holte rasch auf, aber es kostete Kraft und Schweiß. Der Pastor verfügte über eine fast sportliche Kondition, das war eine Laune der Natur, ganz unlogisch. Der Mann gehörte zu den sehr seltenen, die offensiv vorgingen, statt Flaschen an der Wache in der „Tür" vorbeizuschmuggeln: Wilden Blickes, die Biertüte krampfhaft umschlungen, stürmte er herein und rannte die Treppen in den zweiten Stock hinauf. Die Flaschen wurden blitzschnell an geheimen Orten versteckt, selbst das kleinste Detail war vorausgeplant. Und wenn die Wache im verzweifelten Versuch, das Tempo des Pastors zu erreichen, hinterher gestürmt kam, saß derselbe mit sanfter Miene auf der Bettkante und war aufrichtig empört über die entsetzliche Beschuldigung, verbotene Flaschen ins Haus gebracht zu haben.

Aber jetzt ist er trocken! dachte Ronny. Er hat seinen Flaschensammlersack auf dem Rücken und ist trocken wie eine Wüste.

Der Pastor hatte nämlich einen Alkoholzyklus von sechs Monaten. Sechs Monate mit, sechs Monate ohne. Im August drehte er den Verschluß von der Flasche auf, wenn die Dunkelheit näherrückte, und im Februar, wenn die Tage wieder länger wurden, drehte er ihn wieder zu. Frühling und Sommer verbrachte er im Gebet zum „Herrn Jesus Christus, dem Zimmermannssohn aus Nazareth", während er Tag und Nacht Flaschen sammelte, um seinen nächsten Absturz besser finanzieren zu können. Der Pastor bekam nur eine magere Rente. Er hatte sich im Krieg nicht besonders bemerkbar gemacht.

Ronny Olsen stupste den Rucksack an, lustig klirrten die leeren Flaschen. „Guten Tag, Pastor – du bist am Werk, sehe ich!"

Der Pastor wandte Ronny sein aufgedunsenes Gesicht zu.

Schwere Augenlider über geschwollenen Wangen. In einigen Wochen würden der Blick klarer, die Gesichtszüge schärfer werden. „Ach, du bist's, Ronny!" Er blieb stehen und streckte einen grauen Handschuh mit abgeschnittenen Fingern aus. Die frostroten Finger des Pastors ragten aus der grauen Wolle hervor. Auf Ronny wirkte dieser Anblick fast obszön, einen Moment lang sah er den Schnauzer seiner Nachbarin vor sich, den ficksüchtigen Hund Baldrian. Ein kleiner roter Schwanz vor grauem Hintergrund, wenn Baldrian sich voller Lust und Eifer auf jedes Menschenbein stürzte, das ihm in die Nähe kam. „Bald ist Frühling, Ronny! Kannst du es schon in der Luft spüren? Bald ist Frühling, und möge der Herr Jesus Christus, der Zimmermannssohn aus Nazareth, uns eine segensreiche Zeit gewähren!"

„Das wird schon klargehen, Pastor! Und du bist trocken wie die Sahara, sehe ich!"

„Das Alte ist vorbei, Ronny. Es ist vorbei. Der Herr hat die Bürde von meinen müden Schultern genommen und mir neues Leben gegeben."

„Gut zu hören, Pastor, wirklich toll!" Und Ronny dachte: Wenn der Herbst kommt, wird der Herr dich wieder anschirren. Aber eine Illusion, die sich sechs Monate lang hält, ist trotzdem nicht zu verachten. Die Leber weiß solche Possen zu schätzen.

„Auch du solltest dich vor Gottes Antlitz verbeugen", riet der Pastor und starrte gierig die Zigarettenpackung an, die Ronny aus der Tasche zog. Ronny bot ihm eine an und nahm selber auch eine. Er gab beiden Feuer.

„Du wohnst doch noch in der *Tür,* oder? War neulich da, hab dich aber nicht gesehen."

„Das ist ein schlimmer Ort, Ronny. Ein böser Geist lastet auf diesem Haus."

„Aber du hältst trotzdem aus?"

„Nein, Ronny, das alte Leben ist vorbei, das hab ich doch gesagt."

„Meinst du, du hast dir ein Zimmer genommen, Pastor? Endlich?"

„Naja, das nicht gerade ..." Der Pastor schlug die Augen nieder und blies auf die Zigarettenglut. „Nein, ich wohne in *Kroghen** – vorläufig, natürlich. Nur vorübergehend. Ich hab da schließlich nichts zu suchen, bei all den Säufern."

„Rausgeworfen, also?" Ronny wußte, daß niemand freiwillig

* Kroghen: von der Gemeinde betriebenes Nachtasyl in Oslo

aus einer Herberge zu *Kroghen* umzog. *Kroghen* ist die letzte Station vor der Gosse. Oder die Station danach.

„Nicht gerade rausgeworfen, Ronny. So würde ich das nicht nennen. Es hat sich ein Glaubenskonflikt zwischen mir und dem Major ergeben. Ja, es ist schlimm, daß so etwas unter christlichen Brüdern vorkommen kann, aber ich muß dir sagen, daß *er* nicht auf *mich* hören wollte, nicht umgekehrt."

Ronny nickte und beschloß, den „Glaubenskonflikt" zu übergehen. Major Ewaldsen hatte sich sicher nicht wegen der Problematik der Erwachsenentaufe gezwungen gesehen, den Pastor hinauszuwerfen.

Er fragte: „Wann ist das denn passiert?"

„Um Weihnachen, Ronny. Um Weihnachten! Kannst du dir so etwas Gemeines vorstellen? Von einem Christen? Mich hinaus ... Zwei Tage nach Weihnachten Glaubenskonflikte heraufbeschwören! Ja, ich habe ihm natürlich vergeben, das ist es nicht, aber ..."

„Hast du gehört, daß Bernard tot ist? Der Sohn von Lars Petter?"

„Was? Der Sohn von Lars Petter ist tot? Nein, nein! Ja, ich bin ja nicht so gut mit Lars Petter zurechtgekommen, aber das ist wirklich schlimm. Ja, da hat er wohl Krebs gehabt? So alt kann er doch noch gar nicht gewesen sein. Nein, ich sag ja immer, wenn diese Schweinerei erst einmal ausgebrochen ist ... Du hast nicht zufällig noch eine Zigarette?"

„In Hamburg umgebracht worden." Ronny holte wieder seine Zigaretten aus der Tasche und stecke dem Pastor vier Stück zu.

„Umgebracht? In Hamburg?" Der Pastor steckte die Zigaretten in die Tasche. „Aber Herrgott, wer in aller Welt hatte denn was gegen ihn? Gegen den lieben Jungen? Ja, sein Vater ist ein Geizkragen – Gott möge mir vergeben, aber das ist wahr. Aber der Sohn, das war doch ein ganz anderer Typ, das steht fest. Als er zuletzt da war, das muß Anfang Oktober gewesen sein, hat er seinem Vater eine ganze Flasche Schnaps mitgebracht. Und du kannst mir glauben, ich hab meinen Teil davon abbekommen." Er lächelte. „Ich seh das jetzt ja anders, aber der Gedanke zählt schließlich, oder? Ach, und er hieß also Bernard ..."

„Hast du damals mit Lars Petter zusammengewohnt?"

„Ja, sicher! Wir haben ja ... äh, ziemlich starke Stimmen, Lars Petter und ich, und ... naja, der Major beschloß also, daß wir das Zimmer teilen sollten. Das gefiel mir nicht, das kann ich dir sagen, aber ich beugte mich demütig der Autorität, die der Major im Haus hatte. Ja, das tat ich, als ..."

„Ich wollte gerade zu *Krølle*", sagte Ronny Olsen. „Kommst du mit? Ich spendier ein Mittagessen."

„Hm", der Pastor dehnte das Wort aus. „Aber Bier will ich wirklich nicht. Die Zeit ist vorbei, Ronny, siehst du! Ganz vorbei. Der Herr hat ..."

„Nun komm schon, Pastor! Ich hab Durst!"

Es war halb fünf, bei *Krølle* war fast kein Mensch zu sehen. Hinten im Lokal saßen zwei junge Mädchen, die offenbar nach der Skitour ein Bier trinken wollten, jedenfalls wies ihre Kleidung darauf hin. Rote Kniebundhosen und dicke Pullover, die Anoraks hingen über den Stuhllehnen. Neben der Tür, unter dem Fernseher an der Wand saßen zwei ältere Burschen und glotzten Eisschnellauf. Anwar, in der burgunderroten Kellnerjacke, stand mit gekreuzten Armen da und betrachtete Bjørg Eva Jensen, die eine Russin über das Eis jagte. Komisch, dachte Ronny, fünf Jahre in Norwegen, nach 25 in Pakistan, und schon hat er den Wintersporttick, unter dem ich niemals leiden werde. Er grüßte und zog den Pastor in eine Nische.

Der Pastor wollte Leber, Ronny schnitt Grimassen bei dieser Wahl und entschied sich für Scholle. Er bestellte unbarmherzig Weißwein für sich und Mineralwasser für den Pastor.

„Mineralwasser ist das Wahre!" verkündete der Pastor mit schwankender Überzeugung in der Stimme, als die Getränke auf den Tisch kamen. „Du solltest mit diesen Kinderstreichen aufhören!" Er nickte mit aufgesetztem Ekel in Richtung Weinflasche.

„Okay, okay! Trink du dein Superwasser. Du warst dabei, als Bernard im Oktober zu Besuch war, ja?"

Der Pastor schlug seine Goldzähne in die Leber und redete mit vollem Mund. „Natürlich war ich da, Ronny, natürlich! Du glaubst doch wohl nicht, ich hätte auch nur einen Schluck aus dieser Flasche bekommen, wenn ich nicht zur Stelle gewesen wäre! O nein, da kennst du den Geizkragen Lars Petter nicht! Ich sag dir eins, als der Mann im Toto gewonnen hatte, konnte er einem armen Teufel nicht mal genug für Tabak und Kaffee leihen. Er ..."

„Worüber haben sie geredet? Lars Petter und Bernard, meine ich."

„Weiß nicht", sagte der Pastor und blickte demonstrativ in

die andere Richtung. „Der Junge wollte wohl hören, wie es seinem Vater ging, nehme ich an."

„Ja, sicher. Aber dafür brauchten sie doch wohl nicht lang? Der war doch bestimmt stinkbesoffen wie immer."

„Hör mal", sagte der Pastor. „Wenn du so wohnst wie ich, ich meine, wenn du Jahr für Jahr mit Kumpels so zusammenwohnst und gewissermaßen nie ... wie soll ich sagen ... Privatleben hast, dann findest du es nicht richtig, zuzuhören, wenn die Leute Besuch haben. Außerdem lag ich im Bett und war ziemlich ... äh, müde. Und dann sind sie gegangen, nachdem dieser Bernard eine Weile dagesessen hatte. Sagten, sie wollten mich nicht stören. Der Sohn sagte das. Hat mir Schnaps in eine Bierflasche gegossen, als sie gegangen sind. Du hättest die Visage von Lars Petter sehen sollen!"

„Aber du hast nicht gehört, was sie gesagt haben, Pastor?"

„Lars Petters übliches Gerede. Der Krieg, weißt du. Gestapo. SS. Das Ganze. Er war reichlich voll, und dann kommt das Ganze. Immer."

„Nichts mehr ... nichts anderes?"

„Was sollte das denn sein?" Der Pastor trank Wasser und unterdrückte ein Schaudern. „Doch, sie haben über Åse Marie gesprochen, die kennst du wohl. Lars Petter hat eine Masse Unsinn geredet, schreckliche Ausdrücke verwendet, um es so zu sagen. Und Bernard hat die ganze Zeit versucht, ihn zu dämpfen, ihn gebeten, den Mund zu halten, soweit ich mich erinnere." Der Pastor lachte und legte das Messer beiseite. „Ja, und dann hat Lars Petter seine russischen Sprüche gebracht, weißt du. Das tut er oft, wenn jemand ihm Vorwürfe macht."

„Russische Sprüche? Davon hab ich noch nie gehört. Kann Lars Petter Russisch?"

„Sicher. Behauptet er. Brabbelt ab und zu drauflos, es klingt wenigstens Russisch. Einmal hat er mir erzählt, er hätte das von seinem Vater gelernt, der war wohl zusammen mit Nansen und Quisling und der ganzen Bande da, als die Bolschewiken ihre Revolution gemacht hatten und am Verhungern waren."

„Meinst du den Völkerbund?"

„So hieß das wohl."

„Aber, Pastor, was bedeutete denn dieses russische Gebabbel?" Sofort, nachdem er das gesagt hatte, kam Ronny sich dumm vor.

„Mensch, Ronny! Das kann ich doch nicht wissen. Nur Quatsch wahrscheinlich."

„Weißt du noch, ob Stalin erwähnt wurde?"
„Stalin war ein Heide, Ronny. Ein verhärteter Heide." Der Pastor warf mit blitzschnellem Messer die Soßenreste ein. „Nein, ich kann mich nicht an Stalin erinnern." Eilig fügte er hinzu: „Aber du darfst nicht vergessen, daß ich auch nicht zugehört habe."
Weggeworfenes Essen, dachte Ronny. Er sagte: „Und dieser Totogewinn, den du erwähnt hast ..."
„Der von Lars Petter?"
„Ja."
„20000. Ein paar Wochen vorher. Und der Mistkerl wollte das nicht mal feiern! Naja, es wären doch bloß ein paar Kronen für Tabak und Kaffee gewesen!"
Jawoll, dachte Ronny Olsen. Da haben wir immerhin das Stipendium. „Noch ein Wasser, Pastor? Ich bezahle."
„Ich muß gehen, Ronny. Ich muß wirklich gehen. Das hier ist im Grunde kein Ort für mich, weißt du. Danke für das Essen, hoffentlich kann ich es unten behalten."

2

Laila Olsen erwachte aus traumlosem Schlaf. Es war Abend in Hamburg. Die Uhr auf dem Nachttisch zeigte sieben und Lailas Form war wesentlich besser als vor sechs Stunden, als sie zu Bett gegangen war. Sie war hungrig und durstig, und sie war gespannt auf die Gegend, in der Bernard die letzten Stunden seines Lebens verbracht hatte. Sie duschte und zog saubere Sachen an, und als sie kurz darauf auf der Treppe stand und die Geräusche der fremden Stadt einsog, fühlte sie sich wie ein neuer Mensch. Zuerst, dachte der neue Mensch, will ich etwas zu beißen. Und ein Bier.
Während sie durch die Bremer Reihe schlenderte, versuchte sie sich vorzustellen, welche der Kneipen und Bars, die sie passierte, Bernard besucht haben könnte. Nur wenige wirkten sonderlich anziehend auf sie. Sie bildete sich ein, daß es Bernard ähnlich gegangen sein müßte. Alle gehörten zur „vier Stufen nach unten"-Kategorie, Kellerlokale mit dickem, farbigen Glas zur Straße hin. Sie hörte deutschen Umpa-Pop und mußte unwillkürlich lächeln. Bernard hatte diese Musik gehaßt. Sie konnte viele Lokale ausschalten, wenn sie nur kurz hineinschaute und einen Blick auf die Musikbox warf. Aber nicht jetzt. Dieser Abend gehörte ihr, nur ihr. Die Erleichterung,

endlich einmal aus Oslo herauszusein, ohne Ronny, sprengte ihr die Brust. Das Wetter war schlimm, Wind und Schneeregen, aber sie spürte in sich eine Wärme, die sie schon lange nicht mehr erlebt hatte. In ihrer Tasche knisterten vier neue Hundertmarkscheine, sie fühlte sich frei. Sie bog am Hansaplatz links ab, passierte einige kleine Läden und einen Supermarkt und erreichte die verkehrsreiche Lange Reihe. Auf der anderen Straßenseite lag ein Platz. Parkende Autos, langweilige Laternen, einige nackte Laubbäume und zwei Arbeitsbaracken. Einige enge Gassen führten hinein in die Dunkelheit.

Max. Die Beach Boys mußten der Grund sein, aus dem sie schon wenige Meter hinter der Langen Reihe stehenblieb. *Max und Konsorten.* Gelbes Licht über gelber Fassade. Laila betrat *Max und Konsorten.*

„Barbara Ann" hämmerte ihr aus zwei Lautsprechern an der Wand entgegen. Laila war richtig gerührt und mochte das Lokal sofort. Nicht nur wegen der Musik, die 1983 als antiquarisch gelten mußte, als Katalysator schöner Träume für die meisten über 30. Nein, *Max* war ein Ort, wo sofort die Atmosphäre zu spüren war, ein Ort, der swingte. Das Lokal selber schien schon seit sehr langer Zeit als Kneipe benutzt zu werden, Bänke und Tische, die vergilbte Tapete, alles war abgenutzt, poliert von Zigarettenrauch und Schweiß. Die Leute redeten laut und lärmend, gemischtes Publikum. Meistens leicht freakig, aber nicht extrem. Am Tresen hing ein Mann in ihrem Alter über seinem Bier, tadellos angezogen im blauen Anzug, in eifriger Diskussion mit einem Punk in Leder und mit steifer Mohikanerfrisur. Die Lachsalven der beiden konnten darauf hinweisen, daß sie geistig nicht allzu weit voneinander entfernt waren. Mix bei Max, dachte Laila. Hier hätte es Bernard Lindquist gefallen! Laila fand einen Platz an einem der großen Tische am Fenster, lehnte sich an den Fensterrahmen, saß unter riesigen Grünpflanzen und bestellte Pils und Spaghetti Bolognese.

Klaus und seine Freunde erschienen um kurz nach zehn. Laila hatte es noch nie erlebt, daß eine Männerbande in Lederkleidung, mit Nieten und Anarchosymbolen auf den Jacken, höflich fragte, ob sie sich an ihren Tisch setzen dürften. Sie hatte den Mund voller Spaghetti und konnte nur energisch nicken. Vier Lächeln dankten ihr, offen, warm. Klaus bestellte eine Runde Bier für sich und die Seinen. Dann erzählte er, daß er Klaus hieß. Seine lederbekleidete Familie war vorerst namenlos.

Es swingte. Laila fand direkt den richtigen Summton, als sich herausstellte, daß sie es mit Motorradleuten zu tun hatte, und sie ihrerseits brachen die Verbindung nicht ab, obwohl Laila sich ziemlich bald als Privatdetektivin vorstellte.

„Geil! Findest du oft Mörder?"

„Meistens kleine Ganoven wie euch."

„Hans! Noch ein Bier für die Dame!"

Die Stunden fegten vorbei wie gutgetrimmte Tausendkubiks auf trockener Bahn. Laila mochte Klaus mit dem mageren Gesicht und den grauen, intelligenten Augen. Aber sie beschloß trotzdem, allein in ihr Zimmer im Hotel Bremer Hof zurückzukehren. Fast sicher.

Keiner hatte von einem toten Norweger gehört, der bei der Kajüte *Klaus Störtebeker* an Land getrieben worden war.

Das grüne Telefon stand auf einer Weinkiste neben dem Bett und schellte wütend. Ronny, der sich bis vor wenigen Sekunden in einem fast paradiesischen Traumzustand mit nackten Frauen und kaltem Weißwein befunden hatte, fuhr jählings hoch. Im Traum war die Idylle davon beendet worden, daß die Polizei in der Tür stand und wie besessen schellte, aber in Wirklichkeit war es eben das verdammte Telefon. Er griff nach dem Hörer und schickte Laila in Hamburg einige bittere Gedanken. Der Teufel hole die blöde Kuh! Er hatte bis fast zwei Uhr auf ihren Anruf gewartet, dann war er ins Bett gegangen und hatte sich alle Mühe gegeben, an etwas anderes zu denken. Er hatte wie ein Stein geschlafen. Ein Blick auf die Uhr, als er abnahm: Fast halb vier.

Es war nicht Laila Olsen, die anrief. Es war Ewaldsen in der *Tür.*

„Ronny! Bist du das, Ronny?"

„Ja."

„Hier ist Leif. Leif Ewaldsen aus der *Tür.* Du, hier ist etwas Schreckliches passiert! Kannst du rüberkommen? Ich meine, jetzt sofort? Ich ... ich habe die Polizei noch nicht angerufen, ich wollte erst kurz mit dir reden."

Ronny spürte eine kalte Hand auf der Schulter. Er hatte noch nie gehört, wie Ewaldsens Stimme derartig hysterisch wurde. „Was ist denn los?" Er glaubte, es schon zu wissen und behielt recht.

„Lars Petter. Jemand hat Lars Petter umgebracht. O, Herr Jesus, das sieht hier vielleicht aus!“

„Hast du einen Krankenwagen verständigt?“

„Glaub mir, Ronny, das hat Zeit!“

„Zehn Minuten, Ewaldsen. Zehn Minuten!“ Ronny Olsen warf den Hörer auf die Gabel und sandte ein Stoßgebet zum Höchsten, daß der PV anspringen möge.

Ausnahmsweise hörte oben irgendwer zu.

3

Die Übelkeit nahm zu. Er schluckte und schluckte, aber die Speicheldrüsen produzierten unaufhaltsam immer nur noch mehr Flüssigkeit. Es war, als ob sein Mageninhalt in der Speiseröhre dauernd stieg und sank wie eine Quecksilbersäule, die abwechselnd einem Eisklumpen und einer glühenden Zigarette ausgesetzt war. Ronny Olsen drehte sich abrupt um, rannte durch den langen Flur zur Toilette, die ganz hinten neben dem „Greisenzimmer“ lag. Resolut steckte er den Zeigefinger in den Hals, und die Scholle von *Krølle* sprudelte hervor wie ein Geysir. Er ging in die Küche, spülte unter dem Wasserhahn seinen Mund aus und kam sich wieder einigermaßen wie ein Mensch vor. Seine Gedanken standen noch still, seine Aufnahmefähigkeit jedoch war tadellos. Er fühlte sich klar und wach, hundert Prozent fit.

Ewaldsen rang seine dicken Hände. „Ja, ich mußte auch zur Toilette. In all den Jahren hab ich ja vieles gesehen, aber das hier ...“

Ronny, der ebenfalls ein gut Teil von den Schattenseiten des Daseins gesehen hatte, konnte nur stumm nicken.

Lars Petter Lindquist lag auf dem Rücken und sein totes Auge starrte leer an die Decke. Das Glasauge war herausgerollt und lag auf dem Boden, die Pupille richtete sich auf die Plastikmatte. Von dem leeren Loch, wo sie einst gesessen hatte, führte ein tiefer Schnitt, der fast die Nase entfernt hätte, bis hinunter zum unrasierten Kinn. Dort hatten Axt oder Säbel eine Wendung gemacht und fast das ganze Fleisch, das sich dort befunden hatte, weggekratzt. Weißer Knochen vor rotem Hintergrund. Aber es war der nächste Treffer, der aus dem kleinen Zweibettzimmer die Miniaturausgabe eines Schlachthofes gemacht hatte. Jedenfalls war Ronny ganz sicher, daß dieser Schlag zuletzt gefallen war. Wenn dieser der erste gewesen wäre, dann wäre der Schnitt im Gesicht restlos überflüssig gewesen. Der Mörder hatte zweifellos zuerst auf die Halsregion gezielt und erst beim zweiten Mal Glück gehabt. Auch diesmal hatte er schräg zugeschlagen, die Wunde verlief fast parallel zur ersten, allerdings etwa 10 Zentimeter darunter. Sie hatte Lars Petter Lindquists Kopf fast von seinem Körper getrennt und beide Halsschlagadern zerfetzt. Das vom Alkohol stark verdünnte Blut des alten Mannes war unglaublich weit gespritzt, und Ronny wunderte sich darüber, wieviel davon überhaupt noch in dem kleinen Körper gewesen war. Die Zimmer in der Schweigaardsgate 70 haben hohe Decken, aber das Blut war bis zur Gipskante unter der Deckenleiste gespritzt. Die Wand hinter dem Bett war übersprüht, wie von einem verrückten Maler bemalt, der nur eine Farbe kannte. Das Bettzeug war blutdurchtränkt, und unter dem Bett hatte sich eine große Pfütze gebildet, die gerade zu gerinnen begann. Es gab ansonsten an den unglaublichsten Stellen Blut: an der Tür, fast vier Meter von Lindquists Kissen entfernt. Unter dem zweiten Bett, das diagonal an der anderen Zimmerseite stand. Wenn der Mörder keinen Regenmantel getragen hatte, mußte er nach getaner Tat triefnaß gewesen sein.

„Wer wohnt im Moment mit ihm zusammen?“ fragte Ronny und zeigte auf das unberührte andere Bett.

„Carsten Lande“, sagte Ewaldsen. „Der ist heute Nacht auf der Ausnüchterungsstation. Die haben gegen neun angerufen.“

„Carsten Lande ...“ Ronny suchte in seiner Erinnerung vergeblich nach einem Gesicht.

„Glaub nicht, daß du ihn kennst. Er ist neu hier. Ist letzte Woche aus Kroghen übergesiedelt.“

„Achso. Zur Ausnüchterung. Da kann er aber verdammt froh sein. Das muß die vernünftigste Sauferei seines Lebens gewesen sein! In der ganzen Welt gibt’s kein besseres Alibi! Und wenn er hier gewesen wäre ...“ Ronny schüttelte den Kopf.

„Von meinen Jungs hat das keiner getan! Unmöglich!“

„Glaub ich auch nicht. Pennt die ganze Bande?“

„Kein Mucks zu hören. Zum Glück“, fügte Ewaldsen hinzu und schluckte.

„Und du? Wie hast du das entdeckt?“

„Ach, Ronny, er hat so entsetzlich geheult, daß ich dachte, die Fensterscheiben platzen. Und dann ...“

„Ein Geheul, das dich unten in der Wachstube geweckt hat, aber sonst keine Seele, weder im ersten noch im zweiten Stock?“

„Das ist nichts Ungewöhnliches, mein Junge. Er hat sicher den ganzen Verein geweckt, aber niemand hier würde aufstehen und kucken, woher der Krach kommt, so lange der sich schnell wieder legt. Daß irgendwer mitten in der Nacht Anfälle kriegt und durchdreht, ist in diesem Haus wirklich nicht ungewöhnlich, das darfst du nicht vergessen. Das ist hier schließlich kein Hotel! Ich hätte ihn ja auch nicht weiter beachtet, wenn nicht ..."

„Wenn nicht?"

„Wenn ich nicht gehört hätte, wie direkt danach jemand die Hintertreppe hinuntergerannt ist. Erst da hab ich befürchtet, es könnte etwas Schlimmes passiert sein. Verstehst du, Ronny, niemand hier im Haus könnte die steile Hintertreppe hinunterrennen!"

„Gut. Darüber reden wir später. Jetzt mußt du sofort die Polizei anrufen. Die werden ohnehin stocksauer sein, weil du zuerst mich verständigt hast.

„Ich mach's sofort. Es war vielleicht dumm, dich zuerst anzurufen, aber du weißt ja, wie das ist ... man kommt so durcheinander ... ich brauchte einfach einen bekannten Menschen, wenn du verstehst." Ewaldsen blickte Ronny unglücklich an. „Ich hab doch auch Angst gehabt, vergiß das nicht."

„Das gehört zu den wenigen Dingen, die ich sehr gut verstehe. Bring das jetzt in Ordnung, ich bleib hier."

„Meinst du, ich hab dich in Schwierigkeiten gebracht? Du könntest doch einfach gehen, ehe sie auftauchen."

„Ewaldsen! Ich stehe doch im wahrsten Sinne des Wortes mittendrin!" Ronny hob einen Fuß etwas an. Er hing im Blut fest, klebte am Boden. „Wenn ich wirklich Schwierigkeiten kriegen will, dann hau ich jetzt ab! Aber mach dir doch keine Sorgen um mich. Du hast auch so schon genug am Hut."

„Stimmt, ich finde, es reicht. Aber du hast wohl recht. Wenn die Polizei kommt, gibt's Verhöre und solchen Kram." Er ging.

Ja, dachte Ronny Olsen, als er mit dem Toten allein zurückblieb. Massenhaft Kram! Er machte einen langen Schritt über die große Blutpfütze, zog sich die Pulloverärmel über die Finger und öffnete die Schublade.

Jemand hatte die Karte aus Hamburg mitgenommen. Jemand hatte ganz einfach alles mitgenommen, was in der Schublade gewesen war. Hatte es eilig! dachte er. Der Mörder war bestimmt nicht scharf auf die öden Wichsvorlagen.

Die Polizei kam in zwei Rudeln. Nach nur zehn Minuten hielt mit kreischenden Bremsen ein Einsatzkommando vor dem

Haus, Ewaldsen schickte sie sofort in den zweiten Stock. Eine Minute darauf war ein Krankenwagen mit zwei Weißkitteln zur Stelle. Ihnen wurde der Befehl erteilt, in der Wachstube zu warten, bis man Verwendung für sie hätte.

Ronny Olsen stand immer noch im Zimmer und versuchte, den süßen, ekelerregenden Blutgeruch zu ignorieren. Er verspürte eine krankhafte Sehnsucht nach einer Zigarette, aber etwas sagte ihm, daß diese Zigarette nicht besonders anregend auf seinen frisch geleerten Magen wirken würde. Er ließ das Päckchen in der Tasche stecken.

Der erste Polizist blieb abrupt auf der Schwelle stehen, schluckte schwer und starrte die Leiche an. Ronny schätzte ihn auf etwa 25–30, und offenbar hatte der Knabe noch nicht viel in dieser Richtung miterlebt. Im Laufe einer Sekunde wurde er weiß wie ein Laken. „Ganz ruhig!“ sagte er, „immer ganz ruhig bleiben!“

Ronny war nicht sicher, ob sich der Polizist an ihn wandte oder mit sich selber sprach. Vielleicht kamen ihm ganz unbewußt die Lehren aus der Polizeischule wieder hoch. Er wirkte völlig erschlagen. Die beiden anderen reagierten in etwa wie ihr Kollege, und Ronny dachte, daß ihnen deswegen niemand auf der Welt Vorwürfe machen konnte. Sie waren im selben Alter wie der erste, ein Mann und eine Frau. Die Frau sagte: „Herr Jesus!“ und blieb stocksteif auf der Schwelle stehen. Der Mann, ein kräftiger blonder Bursche, versuchte mit aller Kraft, eiskalt zu wirken, was ihm aber nicht sehr gut gelang. Nachdem sich der erste Schock gelegt hatte, zog er auf echte Bullenmanier mit Blick auf Ronny ein paar Sprüche ab: „Wer sind Sie?“ Und: „Wer hat das getan?“ Vor allem die letzte Frage veranlaßte Ronny zu der Annahme, der Supermann sei gar nicht so super.

Er beschloß, sich die Zigarette doch zu gönnen. Ehe er sie anzündete, sagte er: „Du mußt wirklich entschuldigen, Herr Polizist, aber wir haben es einfach noch nicht ganz geschafft, den Mörder zu entlarven. Ansonsten heiße ich Ronny Olsen.“

„Ein ... ein Freund von mir“, stammelte Ewaldsen, der endlich wieder dazustieß, nachdem er die Weißkittel untergebracht hatte. „Er ... er ist kurz vor euch gekommen.“

Ronny, der ein besonders schlechtes Verhältnis zur Polizei im allgemeinen und zu Grünschnäbeln wie diesem im besonderen hatte, tat zwei tiefe Zügc an seiner Zigarette und sah Ewaldsen an. „Du kannst mit deinen Erklärungen warten, bis die Jungs von der Mordkommission auftauchen. Das hier sind doch bloß Wickelkinder!“

In den Mundwinkeln des Energischen zuckte es, er sagte aber kein Wort. Ronny zwängte sich an den Uniformierten vorbei in den Flur. Die Polizistin packte ihn sofort am Arm. „Du bleibst hier, nicht wahr?"

„Natürlich, Schwesterchen! Ich wollte bloß eine Wand zum Anlehnen. Eine, die nicht vor Blut trieft."

Sie schien Ronnys Erklärung plausibel zu finden.

Zwanzig Minuten später erschien die Elite. Zwei Autotüren knallten und Ewaldsen rannte nach unten, um sie in Empfang zu nehmen. Aber die Weißkittel hatten ihnen den Weg offenbar schon erklärt, und er brauchte seinen dicken Körper nicht über viele Treppenstufen zu bewegen, bis sie ihm entgegenkamen. Ronny mußte vor ihrer Ruhe und Gefaßtheit den Hut ziehen. Sie waren Leute, die nicht wegen ein paar Liter Blut an Wänden und Decke aus den Pantinen kippten.

„Ewaldsen?" Die Stimme war scharf und bestimmt.

„Ich bin das! Er liegt oben."

„Hauptkommissar Holm, Mordkommission."

Er fegte in den Flur und die Anwesenden zogen sich automatisch zurück, um ihm Platz zu machen. Hinter ihm kamen noch zwei Mann. Einer trug eine schwarze Tasche, und Ronny tippte auf den Polizeiarzt.

Holm blieb für wenige Sekunden auf der Türschwelle stehen, während er das Zimmer mit zwei flinken braunen Augen überflog. „Aha", sagte er ziemlich ruhig. „Heute Nacht sind wir also nicht ohne Grund aus den Betten geholt worden!" Er drehte sich abrupt um und wäre fast mit dem Energischen zusammengestoßen, der verwirrt zwei Schritt zurücktrat.

„Wie heißen Sie?"

„Sinnlie. Arne Sinnlie."

„Alles klar, Arne Sinnlie. Mach, daß du zum Wagen kommst und sag allen Streifenwagen, sie sollen alles überprüfen, was im Moment in dieser Stadt herumkreucht und -fleucht!" Er zeigte auf das Zimmer, auf das Blut, das überall herumtropfte, und fuhr leicht sarkastisch fort: „Ich gehe davon aus, du weißt, worauf die achten sollen?"

„Glaub schon", sagte Sinnlie, der jetzt bedeutend zahmer geworden war. Allen hier war klar, daß er daran schon längst hätte denken sollen. Er machte auf dem Absatz kehrt und rannte davon.

„Nun gut", sagte Holm und fuhr sich mit einem weißen Taschentuch über die Stirn. „Dann geht's los."

Hauptkommissar Holm von der Mordkommission war ein Mann, der daran gewöhnt war, seine Truppen zu dirigieren, und er tat es mit nüchterner Entschlossenheit. Zuerst beauftragte er die Polizistin, neugierige Zuschauer zu verjagen, die nun begannen, ihre Köpfe aus den umliegenden Zimmern zu stecken. Fredrik Kvarten rieb sich in der Tür des Vierbettzimmers die Augen, angetan mit einer langen weißen Unterhose, vorne mit einem großen gelben Fleck garniert.

„Geht wieder ins Bett!" kommandierte Ewaldsen, ehe die Polizistin zum Zug kam.

„Wasnlos?" Kvarten kratzte sich hemmungslos am Hintern. „Darf man hier nich mal mehr pissen oder was? Bullerei und son Mist – is was passiert oder?"

„Piß und geh wieder ins Bett", befahl Ewaldsen.

Gegen Morgen trafen immer noch neue Polizisten ein. Die vom Einsatzkommando wurden in Hinterhof, Eingang und den verschiedenen Etagen postiert, und „meine Jungs", wie Holm sie nannte, von der Mordkommission, machten sich an die technischen Untersuchungen. Der Polizeiarzt hatte eine leichte Aufgabe, er verschwand nach einer Stunde.

„Jaja", sagte Holm und ließ sich von Ewaldsen mit steifem Nicken eine Tasse Kaffee reichen. „Und nun zu uns!" Sie saßen in der Wachstube und hatten das Rollo vor dem Türfenster heruntergezogen, um nicht von den Polizisten, die im Flur hin- und herliefen, gestört zu werden. Ewaldsen hatte hinter dem Schreibtisch Platz genommen, und Ronny Olsen und Holm hatten ihre Stühle an die andere Seite gezogen. Ronny dachte, wenn Holm so arrogant wäre, wie er wirkte, hätte *er* sich hinter den Schreibtisch gesetzt. Aber Holm hatte nur den Kopf geschüttelt, als Ewaldsen das vorschlug.

Ewaldsen seufzte tief. „Nun, Holm – ich hab ja in all den Jahren, seit ich mit Alkoholikern jeder Sorte arbeite, allerhand mitgemacht, sogar Mord, aber das hier ..."

„Wieviele Männer wohnen hier im Haus, Ewaldsen?" Holm kam sofort zur Sache.

„Im Moment 15", antwortete Ewaldsen und zeigte auf ein Kistchen aus Buchenholz, das vor ihm auf dem Schreibtisch stand. „Hier haben wir den ganzen Verein. Mit Geburtsdatum und voller Karriere."

„Gut", sagte Holm. „Aber heute Nacht waren wohl nicht alle zu Hause?"

„Alle, mit Ausnahme von Lande, dem Zimmernachbarn von

Lindquist. Der ist am frühen Abend auf die Ausnüchterungsstation gebracht worden."

„Rufen Sie da an!" befahl Holm.

Ewaldsen tat wie ihm geheißen und Holm übernahm sofort den Hörer. 30 Sekunden später legte er ihn dröhnend wieder auf die Gabel. „Lande ist immer noch da. Fürs Erste sind sie mit ihm fertig. Sagen Sie, wer hat die Schlüssel zu diesem Haus, Ewaldsen? Denn nachts ist hier doch sicher abgeschlossen?"

„Die Eingangstür und die Tür zum Treppenhaus werden jeden Abend um elf abgeschlossen. Pünktlich. Du hast sicher gesehen, als du angekommen bist, daß es auch eine Tür zum Hinterhof gibt. Die ist immer abgeschlossen. Wer hier nach elf noch hereinwill, muß ans Fenster der Wachstube klopfen. Ich habe Schlüssel, dann die drei Nachtwachen, die beiden Zivildienstler, ein fester Mitarbeiter und Maren, die Putzfrau. Sonst hat niemand Schlüssel, glaube ich."

„Sind Sie nachts immer hier?"

„Nein. Aslak, einer der Zivis, ist krank, und deshalb mußte ich einspringen. Normalerweise schlafe ich zu Hause, aber ich muß sagen, daß ich froh bin, daß ich heute Nacht hier war. Aslak ist nicht von der stärksten Sorte, wenn ich das mal so sagen darf."

„Aha", sagte Holm, der noch keine Miene gemacht hatte, zum Notizblock zu greifen. „Und während der Nacht hat niemand hier ans Fenster geklopft?"

„Niemand. Ich habe einen leichten Schlaf, und ich wäre sofort wachgeworden."

Ronny ging davon aus, daß Holm zu demselben Schluß kam wie er, nämlich, daß der Mörder nicht durch die Eingangstür gekommen war. Jedenfalls nicht nach elf.

Und richtig. „Und wie sieht's im Hinterhof aus?", wollte Holm wissen. Er fügte hinzu, fast für sich selber: „Ich muß nachher mal einen Blick hineinwerfen."

„Er muß über den Hinterhof ins Haus gekommen sein", sagte Ewaldsen. „Ganz klar! Die Zäune zu den Nachbargrundstücken sind nicht besonders hoch und ich glaube nicht, daß die anderen Hofeingänge hier überwacht werden."

„Aber wie kann der Betreffende in den zweiten Stock gelangt sein? Du hast doch gesagt, die Tür zum Treppenhaus wäre abgeschlossen gewesen?"

Sofort zeigte Ewaldsens joviale Maske einen kleinen abweisenden Zug. „Das ist leider kein Problem, Holm. Die Hintertreppe führt vom Hof bis zum Dachboden, und ich kann nicht behaupten, die Tür sei besonders gut gesichert. Das Schloß ist zerbrochen, seit ich hier bin. Ein Fußtritt und die Tür ist offen. Und wie ich schon gesagt habe, als du gekommen bist: Ich habe jemanden die Treppe hinunterrennen hören, nachdem Lindquist so schrecklich geheult hatte."

„Ja, das hast du erwähnt. Meinst du, es war eine Person oder mehrere?"

„Ich würde annehmen, es war bloß eine, aber ganz sicher kann ich das natürlich nicht sagen. Ich war ja nicht so ganz wach, und ich hätte keinen Unterschied gehört, wenn mehrere hintereinander weggerannt wären."

„Hm. Da ist noch eins, Ewaldsen. Wer könnte von dem defekten Schloß wissen? Ich meine, wird die Tür normalerweise benutzt?"

„Nein, eigentlich geht nur selten jemand in den Hinterhof. Aber ich fürchte, dieses Ungeheuer, das da oben zugeschlagen hat, hat sich alle möglichen Informationen verschaffen können. Er kann sogar hier gewesen sein, um sich alles anzusehen. Im Laufe eines Tages kommen so viele Leute her, und es läßt sich nicht verhindern, daß manche hereinschneien, die hier nichts zu suchen haben. In dieser Stadt frieren viele und wissen nicht wohin."

Holm runzelte die Stirn. Er schien sich nicht darauf zu freuen, ein ganzes Korps sinnentleerter Trunkenbolde mit üppiger Phantasie verhören zu müssen.

„Und Sie, Olsen, wie kommen Sie ins Bild?" Stechende Marderaugen richteten sich jetzt auf Ronny. Er registrierte augenblicklich, daß Holm wieder auf „Sie" umgestiegen war.

„Ich fürchte, Ewaldsen hat sich eine kleine Unregelmäßigkeit zu Schulden kommen lassen. Es ist ja verständlich, daß jemand in so einer Situation etwas verwirrt reagiert. Ich meine, ein Mord ist ja keine Alltagskost ... für die meisten von uns. Er hat mich sofort angerufen, ich bin ein alter Freund von ihm, und ich wohne nicht weit weg, in Grünerløkka. Und ich war einfach vor euch hier."

Holm nickte. „Was haben Sie für einen Beruf, Olsen?" Ronny hatte den Verdacht, daß der Mann das bereits wußte.

„Privatdetektiv", sagte Ronny und schluckte zweimal. „Und um es gleich hinter uns zu bringen: Ich habe Lars Petter Lindquist und seinen Sohn Bernard sehr gut gekannt – den, der vor einigen Tagen in Hamburg ermordet aufgefunden worden ist."

Hauptkommissar Holm fixierte Ronny mit Blicken. Lange. Dann lachte er. Ein kurzes, aber bemerkenswert herzliches Lachen, ein Lachen, das nicht recht zu der trockenen, sachlichen Maske paßte, die er bisher gezeigt hatte. „Ei, ei, ei! Ja, wenn ich mir das recht überlege, dann habe ich von Ihnen wohl schon gehört, Ronny Olsen! Sind nicht Sie und Ihre Frau vor einem Jahr bei Reeder Arnoldzsen eingebrochen und haben Ihre Gründe nicht so recht erklären können, als Sie auf frischer Tat ertappt wurden? Ich meine, mich an so etwas erinnern zu können?"

„Wir hätten ihn erledigen können, wenn ihr nicht so schnell zur Stelle gewesen wärt. Er war und ist ein Schwindler, und das weißt du so gut wie ich! Wenn ihr nicht ..."

„Nun, nun – *ich* hab euch den Spaß doch nicht verdorben, oder? Schwindel und Steuerbetrug sind nicht gerade mein Ressort. Nein, Sie müssen entschuldigen, wenn ich lache, Olsen, aber ich mußte gerade an Kriminalromane und Fernsehserien denken. Der clevere Detektiv, der Polizei immer einen Schritt voraus. Das ist doch fast das Klischee, nicht wahr?"

„Ja, sicher." Ronny hatte das Gefühl, lächeln zu müssen, was ihm aber nicht gelang.

„Aber das sind Bücher und Fernsehen, Olsen!" Nun klang seine Stimme wieder schärfer. „Ich möchte annehmen, daß Sie nur in Ihrer Eigenschaft als Freund Ewaldsens hier sitzen?"

„Nein. Auch, weil ich unfreiwillig als Zeuge in einen Mordfall verwickelt bin, bei dem du das Verhör leitest!" sagte Ronny mürrisch. „Schieß los!"

Und dann schoß Holm los. Er zielte gut, Ronny fiel es jedoch nicht sehr schwer zu parieren. Seine Unwissenheit war ein Vorteil. Zumeist konnte er sich an die Wahrheit halten, mußte jedoch einige Einzelheiten überspringen, von denen nur er und Laila wußten, wie die Karte aus Hamburg und den geheimnisvollen Dieter Schraub. Wahrscheinlich, dachte Ronny Olsen, schwelt nur mein altes Mißtrauen gegen die Polizei in meinem Unterbewußtsein. Vielleicht wäre ich offener, wenn er nicht so frech gewesen wäre, diese alte Kiste mit Arnoldzsen hervorzuzerren.

„Haben Sie Lindquist besucht, nachdem Sie erfahren hatten, daß sein Sohn in Hamburg gefunden worden war?"

„Bitte, hör mit diesem Sie-Quatsch auf! Ja! Am selben Tag, an dem der Name in den Zeitungen veröffentlicht wurde."

„Hat er dir irgend etwas gesagt, was vielleicht wichtig für diesen Fall ist?"

„Für *diesen* Fall oder für den Mord an Bernard?"

„Tja ... auch, wenn wir jetzt zu Beginn unserer Ermittlungen noch nichts sicher sagen können, so ist doch die Frage, ob wir hier nicht nach einer Verbindung suchen müssen."

„Ganz recht. Das müßt ihr! Ich habe nicht vor, den Cleveren zu spielen. Nein, er hat behauptet, er hätte überhaupt keine Ahnung. Hätte nicht mal gewußt, daß Bernard in Hamburg war, und war überhaupt reichlich abweisend."

„Behauptet, sagst du. Heißt das, daß du ihm nicht so recht geglaubt hast?"

„Ja. Aber das kann ich nicht begründen, außer, daß ich das Gefühl hatte, daß er etwas verheimlichte."

„Aha. Aber daß du ihm diese Frage überhaupt gestellt hast, bedeutet im Grunde doch wohl, daß du ihn nicht bloß als Seelsorger aufgesucht hast?"

Ronny seufzte. „Bernard war ein guter Freund von mir, Holm! Außerdem bin ich neugierig, wahrscheinlich habe ich deshalb auch diesen Beruf gewählt. Herrgott, Holm, ich lebe nicht davon, daß ich aus Jux und Dollerei Fälle aufkläre. Ich lebe von Fällen, für die die Leute mich engagieren, für die sie mich bezahlen. Ich habe keine Zeit, mich mit unbezahlter Arbeit wie dieser zu beschäftigen."

„Das ist gescheit von dir, Olsen", sagte Holm langsam. Er schaute auf die Uhr. „Meinst du, es ist zu früh, um deine Frau anzurufen? Ich würde mit ihr auch gern ein paar Worte wechseln."

„Laila ist in Urlaub. In Hamburg. Und ich weiß nicht, wann sie zurückkommt." Ronny krümmte sich.

„In Urlaub in Hamburg! Nein, sowas. Und auf unbestimmte Zeit, ja, das ist wirklich nicht übel. Da unten ist jetzt sicher wunderbares Wetter. Ja, ja, Olsen – das Leben besteht wirklich aus vielen kleinen Zufällen. Aber du als Detektiv weißt das ja sicher!"

Das Lachen, das jetzt folgte, war wirklich nicht mehr herzlich.

Einer der Fahnder von der Mordkommission steckte den Kopf zur Tür herein. „Im Haus sind 15 Mann, und obwohl niemand behaupten könnte, ihre Klamotten wären besonders sauber, gibt es bei ihnen doch keine Spur von Blut. Auf der Hintertreppe und dem Zaun zum Nachbargrundstück dagegen haben wir äußerst klare Spuren gefunden. Kaum Zweifel, daß wir den Fluchtweg jetzt kennen!"

„Aha. Danke", sagte Holm.

Ronny Olsen durfte um neun Uhr gehen.

4

Laila rief an, als Ronny gerade den Telefonstecker herausziehen wollte, um ein paar Stunden lang ruhig zu schlafen.

„Hallo, ich bin's!"

„Achwas! Ist in Hamburg jetzt Abend, oder was? Ich hab' bis halb zwei und länger auf einen Pieps von dir gehört!"

„Tut mir leid, Ronny! Ich bin hier unten ein bißchen abgestürzt, verstehst du."

„Kann ich mir vorstellen. Knallgeiler Fredi und so weiter, wenn ich mich nicht sehr irre."

„Red keinen Quatsch, Ronny – ich hab ein bißchen zuviel getrunken, das ist alles. Überhaupt keine Vögeleien! Ich bin gerade aufgewacht und war ganz allein."

Dann war er wohl schon weg, dachte Ronny. Er sagte: „Okay, im Grunde wollte ich auch über anderes mit dir reden. Hier oben ist der Bär los!"

„Wie meinst du das?"

„Ich meine, daß irgendein Blödmann versucht hat, Lars Petter Lindquist mit dem Buschmesser zu enthaupten. Es ist nicht ganz gelungen, aber Lars Petter ist jedenfalls mausetot. Pfui Teufel, du hättest sein Zimmer sehen sollen! Da sah's aus wie im Schlachthof!"

Laila konnte nur „O nein!" herausbringen.

„Ich fürchte, das ist kein böser Traum, Laila. Ich hab mir gerade geronnenes Blut von den Schuhsohlen gewaschen."

„Ja", wurde fast unhörbar am anderen Ende der Leitung gemurmelt.

„Die Karte aus Hamburg war weg. Das konnte ich feststellen, ehe die Mordkommission in die Arena getobt kam."

„Verdammt! Ronny, ich fürchte, das ist ein dickes Ding!"

„Sieht nicht aus wie eine Bagatellsache! Um ehrlich zu sein, ich glaube, ich kann mich in der nächsten Zeit nicht so recht auf das Sexualleben unserer bourgeoisen Kundschaft konzentrieren."

„Du?"

„Ja?"

„Können wir das nicht übernehmen, ganz ernsthaft?"

Ronny zögerte. Dann sagte er: „Ich bin auch schon auf den Gedanken gekommen, Laila. Wir kriegen ja doch keine Ruhe im Hintern, ehe wir nicht alles, was wir können, gemacht haben, um in dieser Soße auf den Grund zu kommen. Und dann hab ich mir noch was überlegt ..."

„Was denn?"

„Daß ich demnächst auch runter kommen sollte. Später. Im Moment würde sich das wohl nicht so gut machen – ich steh ja bei diesem Hauptkommissar Holm auf der Liste."

„Als Verdächtiger, meinst du?"

„Das nicht gerade. Aber es schmeckte ihm nicht so recht, daß ich im Haus war, weißt du. Ich hatte das Gefühl, er glaubte, ich wüßte etwas über diesen Fall, womit ich nicht rausrücken wollte. Du hättest übrigens seine Fresse sehen sollen, als ich ihm erzählt hab, daß du gerade in Hamburg bist."

„Mußtest du das denn sagen, du Idiot? Dann muß der Bulle doch alles kapieren."

„Benutz mal kurz deinen Grips, Frau! Die Bullerei ist doch nicht unser Feind! Jedenfalls im Moment nicht. Außerdem mußt du doch einsehen, daß es keinen Sinn hat, in so einem Fall Lügen zu servieren. Der Typ wollte mit dir sprechen. Ich hab gesagt, daß das nicht geht, und dann mußte ich ihm doch verdammt nochmal auch erzählen, warum nicht."

„Es gibt eine Million Orte auf diesem Planeten, die nicht Hamburg heißen, weißt du. Aber egal, du hast schon öfter ins Förmchen geschissen, ohne uns damit umzubringen. Nun mußt du eben vorläufig in Oslo bleiben. Komm lieber erst her, wenn klar ist, daß alle Spuren nach Hamburg führen. Und sammel um Gottes Willen in der *Tür* soviel wie möglich über den Mord. Im Moment passiert doch alles in Oslo, du Dussel!"

„Hab ich doch gesagt, zum Henker! Ich bleibe vorläufig hier, hab ich gesagt. Aber gib mir deine Nummer, damit ich dich erreichen kann."

Er bekam die Nummer und sie sprachen eine Weile über den Mord an Lars Petter. Als sie auflegen wollten, sagte er: „Laila?"

„Ja?"

„Paß auf dich auf! Ich meine ... der, oder die, die rumrennen und Leute ins Wasser schmeißen oder ihnen den Hals durchschneiden, sind ein bißchen anders als die, mit denen wir normalerweise zu tun haben!"

„Weiß ich doch, Ronny. Ich werd ganz vorsichtig sein." Sie machte eine kleine Pause, dann sagte sie: „Du, ich bin hier wirklich allein."

Ronny lachte. „Alles klar, Laila! Kuß!"

„Kuß!"

Er legte auf. Blieb auf der Bettkante sitzen und wickelte seine Haare, die reichlich lang geworden waren, um seine Finger, während er sich fragte, warum Laila und er sich am

Telefon viel besser verstanden als in nächster Nähe. Er konnte sich nicht erinnern, wann er zuletzt einen Kuß von ihr bekommen hatte.

Laila erhob sich in Hamburg aus dem Bett, als Ronny sich in Oslo unter den Federn zusammenkuschelte. Sie fühlte sich ungeheuer wach und auf Draht. Energisch verdrängte sie alle Gedanken an den Mord an Lindquist senior, duschte, zog sich an, und begann den Tag damit, sich nach einer passenden Frühstücksgelegenheit umzusehen. Nachdenken wollte sie erst beim Kaffee, dann waren ihre Gehirnzellen immer leichter auf Trab zu bringen. Sollte sie wieder Max ansteuern? Sie beschloß, lieber in Richtung Hauptbahnhof zu gehen. Als sie die Kirchenallee erreicht hatte, bog sie links ab und entschied sich spontan für *Nagel. Nagel?* Irgendetwas verband sie mit diesem Namen. Erst als sie sich einen Strammen Max bestellt hatte, fiel es ihr ein: die Hauptperson in Hamsuns „Mysterien“, der Mann, der am Ende ins Wasser geht. Sofort stieg Bernards Bild vor ihr auf, und plötzlich hatte sie doch keinen Appetit mehr aufs Frühstück. Sie bat um ein Bier, um dem Appetit auf die Sprünge zu helfen, danach erschien ein riesiger Strammer Max, dann Kaffee.

Sie schauderte beim Gedanken an die Beschreibung, die Ronny ihr von Lars Petter und seinem Zimmer gemacht hatte.

Vater und Sohn ermordet. Bernard hier unten in Hamburg – Lars Petter in Oslo, nur wenige Tage, nachdem Bernard hier unten gefunden worden war. Es mußte einen Zusammenhang zwischen beiden Morden geben. Plötzlich überkam sie der Gedanke: Himmel, das erste, was Ronny jetzt machen muß, ist, herauszufinden, in welchem KZ Lars Petter gesessen hat. Kann das hier in Hamburg gewesen sein? Hat es hier in der Nähe Lager gegeben? Könnte Bernard vielleicht an einer Biographie seines Vaters gearbeitet haben? Dann wäre es sicher möglich, daß er über Informationen gestolpert ist, die irgendwen hier bedrohen könnten. Ein Kriegsverbrecher, der nach dem Krieg ungeschoren davongekommen war? – Das war, soviel sie gehört und gelesen hatte, wirklich nicht schwer gewesen. Angenommen, irgendwo in diesem Land säße jemand ganz oben und fühlte sich von dem, was Bernard und sein Vater wußten, bedroht. Ein Massenmörder aus Kriegstagen würde ein oder zwei Leben sicher nicht so ernst nehmen, wenn sie seinen Status und seine Stellung gefährdeten. Zum ersten Mal hatte sie das Gefühl, daß sie langsam eine gewisse Ordnung in ihre Gedanken brachte, ein Muster, in dem sie alles, was sie sicher wußte, unterbringen konnte. Und zum allerersten Mal, seit sie ihre Nase in diesen Fall gesteckt hatte, verspürte Laila Olsen Angst. Wenn der Feind zum Beispiel eine Neonazigruppe wäre, dann würde sie es mit Kräften zu tun haben, denen sie schwerlich allein standhalten könnte. Eine Wolfsmeute ... Sie wandte sich eilends um, aber da saß nur ein dicker Brocken von einem Bauarbeiter.

In der U-Bahn studierte sie den Stadtplan und prägte sich die Straßennamen ein. Sie konnte es nicht ausstehen, wie eine blöde Touristin mit der Karte in der Hand herumzurennen.

Die Fahrt ging an der Elbe entlang, wo sich auf dem anderen Ufer in beide Richtungen der riesige Hamburger Hafen erstreckte. Eine zaghafte Sonne überzog Kräne und Schiffe und die Riesendocks von Blohm & Voss mit bleichem Licht. Ohne es zu wissen, fuhr sie in hohem Tempo genau über die Stelle, an der vor etwas über einer Woche Bernard Lindquist an Land getrieben worden war. Lailas Gedanken waren gerade ganz woanders – sie dachte darüber nach, daß alles, was sie sah, diese ganze riesige Stadt, in weniger als 40 Jahren erbaut worden war. Vom alten Hamburg war kaum ein Fetzen mehr übrig gewesen, nachdem die Alliierten in den letzten Kriegsjahren immer öfter ihre Begrüßungsflüge geschickt hatten. Mit deutscher Gründlichkeit und amerikanischem Geld hatte die Stadt sich aus den Ruinen erhoben, und im Laufe unglaublich kurzer Zeit ihre jetzige Gestalt angenommen. Mit ihrer angeborenen Skepsis grübelte Laila darüber nach, was das deutsche Volk den USA wohl verkauft haben könnte, ehe es die berühmte Marshallplan-Hilfe erhielt. Was konnte ein zerstörtes Land, ein Land ohne Ehre, ohne Lebensmittel, am Rande der totalen Auflösung zu verkaufen haben? Laila Olsen konnte nur eine Antwort finden: Die Deutschen mußten ihre Seele für dieses Geld verkauft haben. West-Deutschland war wieder aufgebaut worden, und mehr noch, das Land konnte jetzt als Europas mächtigster Staat gelten. Und das weniger als 40 Jahre, nachdem Deutschland den größten Krieg aller Zeiten verloren hatte.

Vor St. Pauli ging die Bahn in den Untergrund und trat am Schlump schließlich wieder ans Tageslicht. Laila fiel auf, daß die Häuser zwischen Schlump und Sierichstraße zumeist älter waren als in der Innenstadt. Häuser, die um die Jahrhundertwende errichtet worden waren. Schöne, gepflegte, alte Mietshäuser, umgeben von Rasenflächen und Bäumen. Ab und zu überquerte die Bahn Kanäle, die im Sonnenlicht glitzernd unter ihr lagen – über Nacht war eine dünne Schneeschicht gefallen, und Laila dachte zum ersten Mal, daß Hamburg eine schöne Stadt sei. Das hatte sie nicht erwartet, als sie vor einem Tag aus dem Bus gestiegen war. Sie fühlte sich wohl und fragte sich, worüber sie mit Dieter Schraub reden sollte, falls er zu Hause war. Das würde sich schon zeigen, zuerst wollte sie sich den Mann ansehen und sich ein gewisses Bild von ihm machen.

Schaudernd überlegte sie, daß sie ja nicht wußte, wo er überhaupt stand – nicht einmal, ob er der Wolfsmeute angehörte, die sie sich vorhin bei *Nagel* vorgestellt hatte. Sie beschloß, vorsichtig zu sein, mit nichts herauszuplatzen. Es mußte doch für eine aufgeweckte Frau, die noch dazu den Kurs „Der Faschismus und wir" bei der sozialdemokratischen Jugend Norwegens mitgemacht hatte, möglich sein, einen Nazi zu wittern? Vielleicht. Laila Olsen beschloß, weder sich noch diesen Kurs überzubewerten. Vor allem letzteren nicht.

Sie ging die Treppen der U-Bahnstation hinunter, kaufte am Kiosk am Ausgang Blumen und bog nach links ab. Nach zehn Minuten hatte sie die Maria-Louisen-Straße erreicht und konnte schon bald die hohen Buchen des Stadtparks vor sich sehen. Groß und schlank ragten sie gen Himmel, ihre Äste sahen aus wie Arme – theatralisch nach der schwachen Sonne ausgestreckt, wie im stillen Flehen um einen Frühling. Im Grasweg fegten die Autos an ihr vorbei. Es glitzerte auf nassen Dächern und Motorhauben. Laila Olsen blieb sicher auf dem Bürgersteig und dachte, daß sie für eine Weile den Tod satt hatte. Sie konnte sich einen neuen Frühling und einen neuen Sommer gut vorstellen. Und dachte ziemlich keß: Und weder Mercedesse noch eine verrückte Wolfsmeute soll mich daran hindern!

Grasweg 17 lag nicht direkt an der Straße, ein weißes dreistöckiges Haus mit braunen Fensterrahmen und Blenden. Ein schmaler Durchgang führte links vom Haus in den Hof, ein Hof, der im Sommer sehr schön sein mußte. Bäume und Büsche und Plattenwege, die zu den verschiedenen Eingängen führten. Jetzt konnte sie sehen, wie groß das Haus war, viel größer, als die verhältnismäßig schmale Straßenfront verriet. Laila studierte die Namensschilder neben den Türklingeln und fand Schraub fast sofort, drückte versuchsweise auf die Türklinke. Kein Grund, einen Mann alle Treppen herunterzulocken, wenn es nicht unbedingt nötig war. Schließlich konnte er 90 sein,

Herzfehler und Beinprothesen haben. Vielleicht war er auch kein Nazi.

Dieter Schraub wohnte im ersten Stock, darauf wies jedenfalls das Namensschild hin, aber Laila erhielt beim Schellen keine Reaktion. Ein weiches Ding-Dong erklang in der Wohnung, ein menschliches Geräusch ließ sich nicht vernehmen. Nach dem dritten Versuch hörte sie auf der Treppe hinter sich Schritte. Eine ältere Frau mit blassem Gesicht und lächerlichem rosa Hut kam angekeucht, in der einen Hand einen Einkaufskorb, in der anderen eine überfüllte Tragetasche. „Ich glaube, der ist in München", sagte sie, setzte den Korb ab und preßte sich eine magere Hand auf die rechte Seite.

Vielleicht hat sie Ärger mit der Leber, dachte Laila. So wie Ronny. Sie sagte: „Wissen Sie, wann er zurückkommt?"

„Nein", antwortete die Frau und massierte noch immer ihre Leber, oder was es sonst sein mochte, mit ihren dünnen Fingern. Sie lächelte schwach. „Aber er bleibt immer eine Weile, wenn er schon mal losfährt. Sie wissen doch ... die Enkelkinder!"

„Selbstverständlich!" antwortete Laila. „Das ist klar. Na gut, haben Sie vielen Dank!" Sie drängte sich lächelnd an der Frau vorbei und ging. Sie hatte das unangenehme Gefühl, daß ihr ein mißtrauischer Blick folgte, als sie die Treppe hinunterging.

Beim nächsten Mal ruf ich zuerst an, dachte sie. Ich muß dabei ja nicht mit ihm *reden.* Nur anrufen, um zu hören, ob er da ist, und dann auflegen. Großvater – jaja, damit ist der gute Dieter wenigstens altersmäßig einsortiert! Er gehört sicher so ungefähr zum gleichen Jahrgang wie Lars Petter Lindquist.

Im Hotel versuchte sie, Ronny im Büro und in der Wohnung zu erreichen, hatte aber keinen Erfolg.

5

Was Ronny Olsen in dem Moment trieb, als Laila ihm in ihrem Hotelzimmer in Hamburg einen leicht genervten Gedanken widmete, soll hier nicht vom Schleier des Geheimnisses verhüllt werden. Er trieb etwas höchst Schmerzhaftes, was aber außer für ihn selber keine besondere Spannung mit sich brachte. Denn Ronny Olsen befand sich just in diesem Moment auf seinem Etagenklo in der Helgesensgate 9, wo ihn Hämorrhoiden und Kälte schier umwarfen. Er hatte keine Möglichkeit, das Telefon zu hören, das auf dem Nachttisch klingelte. Und wenn er es gehört hätte, hätte er es unmöglich rechtzeitig erreichen können, da er sein anrüchiges Geschäft erst zur Hälfte verrichtet hatte.

Ronny Olsen vollendete sein Vorhaben mit einer Grimasse in seiner unrasierten Visage, verfluchte Oslos über 4000 Etagenklos im allgemeinen und sein eigenes, ziemlich schrottreifes, im besonderen. Als er wieder in der Wohnung war, hatte Laila den Hörer schon lange auf die Gabel geworfen.

Ronny wählte die Nummer der Ausnüchterungszentrale. Es wurde fast sofort abgehoben.

„Ausnüchterung!“

„Ja, hallo, mit wem spreche ich?“

„Vigdis“ antwortete die Frauenstimme am anderen Ende. „Vigdis Torvaldsen!“

„Guten Tag, Vigdis Torvaldsen! Ist Jonny im Dienst?“

„Eigentlich nicht, aber er war eben hier und wollte irgendwas holen. Wart mal einen Moment, ich seh nach, ob er noch im Haus ist!“

Vigdis Torvaldsen suchte und fand, und 30 Sekunden später konnte Ronny Jonnys irritierte Stimme hören. „Ja?“

„Jonny?“

„Ja, zum Teufel! Was soll der Quatsch, ich will nach Hause und schlafen.“

„Hier ist Ronny! Ronny Olsen. Grünerløkkas Poirot.“

„Ei der Daus! Und jetzt willst du das Geheimnis des Bermudadreiecks aufklären und ich soll der erste sein, den du in alles einweihst? Super, Ronny, aber ich glaube, ich ziehe das Bett vor. Du kannst es mir nächstes Mal erzählen, wenn sie dich hier anschleppen.“

„Hast du Carsten Lande noch da, Jonny? Carsten Lande aus der *Tür?*“

„Ich für meinen Teil habe niemanden hier, ich hab nämlich schon seit Stunden Feierabend, und seitdem hab ich mir die Zeit mit idiotischen Telefongesprächen und notwendigen Erledigungen vertrieben.“

„Ist er da, Jonny?“

„Ja, er ist hier. Hätte schon längst rausgeworfen werden müssen!“

„Kann er aufrecht stehen?“

„Das ist mir scheißegal – er muß hier jetzt raus! Wir sind

schließlich kein Hotel. Vorhin waren sie immer noch mit ihm am Diskutieren."

„Übernimm die Diskussion, Jonny! Das heißt, hör mit dem Diskutieren auf und ruf ein Taxi. Schick ihn als Paket in mein Büro – sofort!"

Pause. „Ich nehm ihn im Taxi mit und lad ihn bei dir ab, und du bezahlst die Rechnung so großzügig, daß ich noch nach Torshov komme. Okay? Sonst scheiß ich auf dich und deine Zechkumpane."

„Abgemacht!" sagte Ronny. „Ich steh vor dem Haus. Und, du?"

„Ja?"

„Die Bullerei ist noch nicht bei euch gewesen?"

„Die Bullerei? Himmelarsch, die bringen uns doch rund um die Uhr immer neue Ware!"

„Ich meine die seriösen Knaben, die ohne schwarze Jacke und Schiffchenmütze."

„Die haben hier doch nichts verloren."

„Sag das nicht", meinte Ronny und legte auf.

Auf dem Weg ins Büro ging er bei Achmed vorbei und kaufte eine Plastiktüte Export, und er kam gerade zu Hause an, als ein Taxi mit quietschenden Bremsen anhielt und mit elegantem Heckschwung an die Schneekante glitt. Ein Mann in Ronnys Alter kam heraus, in einem Tempo, als wäre er von einer Kanone abgeschossen worden. In Wirklichkeit war es nur Jonny, der dem Mann einen soliden Schubs gegeben hatte. Carsten Lande lag auf den Knien am Straßenrand, torkelte wie ein leerer Sack und kotzte und fluchte abwechselnd.

„Tut mir leid!" rief Jonny durch die offene Autotür. „Aber ein bißchen frische Luft kann dir wirklich nur guttun, Carsten!" Und zu Ronny, der seine Biertüte abgestellt hatte, um Carsten Lande auf die Beine zu helfen: „Er hatte angefangen zu würgen, und da dachte ich, es wäre das Beste, ihn ganz schnell rauszuwerfen. Sonst hättest du auch noch die Teppichreinigung bezahlen müssen, fürchte ich. Übrigens läuft das Taxameter, ich brauch 'nen Hunderter!"

Ronny führte Carsten Lande an eine Wand, wo er ihn abstellte. Den Hunderter hatte er schon in der Hand, er rannte zum Wagen zurück und steckte ihn Jonny zu. „Hier! Danke für deine Hilfe!"

„Keine Ursache, Ronny. Meine Fresse, was willst du bloß mit dem Wrack?"

„Nur ein bißchen über Gott und die Welt plaudern!"

„Da habt ihr genug zu tun, denke ich. Wenn du glaubst, du könntest aus dem Arschloch Infos rausquetschen, dann wirst du eine Enttäuschung erleben, fürchte ich."

„An Enttäuschungen bin ich gewöhnt", sagte Ronny Olsen und warf die Autotür ins Schloß. Einen Moment lang sah er den stocksauren Taxifahrer, der mit dem rechten Fuß aufs Gaspedal trampelte.

Der Mann an der Hauswand hatte inzwischen die letzte Galle ausgekotzt und schielte mißtrauisch zu Ronny Olsen herüber. „Bis' du'n für einer? Was soll der Scheiß?"

„Ich hab hier etliche Export zu vertrinken." Ronny hob die Plastiktüte hoch. „Wenn du mir ein bißchen hilfst, schaffen wir das in einer Stunde." Er führte Carsten Lande durchs Eingangstor.

Carsten Lande war einst ein schöner Mann gewesen. Aber zwischen damals und heute mußten einige hundert Liter Schnaps unterschiedlichster Qualität liegen. Wer nun die zerstörte Gestalt betrachtete, die wie Espenlaub im Herbststurm zitterte, und das aufgedunsene Gesicht voller alter und neuer Veilchen, brauchte einige Phantasie, um dahinter das Glanzbild eines jungen Mannes mit lichten Zukunftsaussichten zu erkennen. Mehr Phantasie als Ronny Olsen besaß. Ronny brauchte seine Phantasie jedoch nicht zu bemühen, er konnte auf seine Erinnerung zurückgreifen, und die war bei ihm wesentlich besser entwickelt. Carsten Lande? Nein, einen Carsten Lande kannte er nicht. Aber an den Mann, der ihm jetzt gegenüber saß, konnte er sich sehr gut erinnern. „Stenz" war Carsten Lande damals genannt worden, als er Anführer einer Bande aus Sinsen war. Aber Ronny Olsen ging davon aus, daß dieser Spitzname inzwischen in Vergessenheit geraten war. Carsten Lande, alias „Stenz", war früher zur See durchgebrannt, und Ronny hatte ihm im Laufe all dieser Jahre nicht einen Gedanken gewidmet. Als er zwei Bier öffnete und das eine über den Tisch schob, fragte er sich, wo auf diesem Globus, in welchem Hafen „Stenz" seinen klaren Blick verloren hatte und was aus der weißen Perlenschnur geworden war, die hinter hellroten Lippen auf der Lauer gelegen hatte. Er sagte: „Du kennst mich nicht mehr. Das spielt keine Rolle. Du bist mal auf einem Fest mit meiner Alten abgehauen, aber das ist schon lange vergessen, deshalb sitzt du nicht hier. Ich heiße Ronny Olsen."

„Ich kenn dich nicht, nein!" Carsten griff nach der Flasche und Ronny hoffte, er würde vorsichtig anfangen, da er selber mitten in der Schußlinie saß, wenn Carsten Landes Magen sich querstellte und die Annahme von kaltem Export verweigerte.

„Du bist gestern wohl reichlich abgestürzt?"

„Muß wohl stimmen. Der Teufel soll diesen Scheiß-Jonny holen. Dem hätten sie schon längst die Eier abschneiden sollen."

„Jonny ist in Ordnung, nur ein bißchen mental in der Birne. Ist aber nicht seine Schuld, seine Alten hatten nicht viel zu vererben. Außerdem wollte ich gar nicht über Jonny reden. Weder über Jonny noch über alte Zeiten."

„Und worüber willst du dann reden? Wozu zum Teufel wolltest du mich überhaupt hierhaben? Himmelarsch, das ist doch die reine Entführung!"

„Wenn du mehr Lust hast, das Bier stehenzulassen und in dem Scheißwetter draußen spazierenzugehen, will ich dich wirklich nicht aufhalten."

„Hab's nicht so gemeint. Aber was zum Henker willst du von mir? Detektiv hat Jonny gesagt. Ein Scheißdetektiv. Stimmt das?" Carsten Lande bückte sich eilends zur Plastiktüte und zog ein weiteres Bier heraus. Er und sein Magen waren nach dem kleinen Intermezzo wieder gute Freunde.

„Stimmt. Der Rest kommt später, wenn du wieder einigermaßen in Form bist. Trink und mach's dir gemütlich, ich werf mal einen Blick auf die Zeitung, wenn du nichts dagegen hast. Das Klo ist auf dem Treppenabsatz."

Der einzige Mord, über den etwas in der Zeitung stand, war der an Bernard. Der „Hamburgmord", wie er getauft worden war. Die Journalisten käuten unverdrossen alte Ware wieder und fragten zwischen den Zeilen, was die Polizei wohl trieb. Das fragte Ronny Olsen sich auch.

Nachdem Carsten Lande seinen lechzenden Innereien fünf Export beschert und sich dabei gierig von Ronnys Zigaretten bedient hatte, sah er langsam einigermaßen lebendig aus. Ronny legte die Zeitung beiseite, hob seine eigene Bierflasche, die er so gut wie nicht angerührt hatte, und sagte: „Skål, Carsten Lande! Auf dein Leben!"

„Wie meinst du das?" Carsten Lande ging in Drohhaltung. Offenbar hielt er es für gemeine Ironie.

„Du fühlst dich gerade zwar nicht so ganz toll, aber deine Sauferei gestern hat dir das Leben gerettet. Ob du es glaubst oder nicht, jedenfalls hat im Laufe der Nacht ein böser Mann die *Tür* besucht und Lindquist als Hackklotz benutzt. Ich bin ganz sicher, daß er dir auch ein paar Hiebe spendiert hätte, wenn du zu Hause gewesen wärst – ich glaube nicht, daß er von der kleinlichen Sorte war!"

Lande sah ihn mit mißtrauischem Blick an. „Du bluffst! Du bluffst, du Arsch! Wer würde denn mit der Axt auf Lars Petter losgehen, zum Teufel!"

„Ja, das kannst du wohl fragen. Aber tot ist er und tot bleibt er, das ist verdammt sicher. Verstehst du, wenn beide Halsschlagadern durchtrennt sind, ist es für so einen Körper gar nicht leicht zu wissen, was er mit dem ganzen Blut anfangen soll."

„Aber ..."

„Kein aber bitte. Hör zu." Ronny Olsen fing an, sich in Carsten Landes Gesellschaft zu langweilen. „Es gibt etwas, das ich wissen muß, und ich muß es jetzt sofort wissen. Hast du gestern allein getrunken oder mit irgendwem zusammen?"

„Teils, teils, würde ich sagen. Aber ..."

„Halt die Fresse und beantworte meine Fragen, es ist vielleicht wichtig."

„Alles klar, mach weiter. Krieg ich noch ein Bier?"

„Immer zu. Erzähl mir, was du gestern gemacht hast. Ich hoffe, du hast nicht für den ganzen Tag Filmriß."

„Filmriß? Landes Carsten? O nein, das kommt ja so selten vor ... was ich gestern gemacht hab, sagst du. Kann das denn ..."

„Ja, das kann!"

„Alles klar. Carl Rennert und ich sind so gegen neun Uhr morgens losgegangen, um ein paar Bierchen zu kippen, wir waren ein bißchen angeknackst, wenn du kapierst. Sind zu diesem Indianer an der Ecke gegangen, um uns was zum Wachwerden zu holen."

„Gut, *und dann?*"

„Jetzt reg dich doch nicht so auf, verdammte Pest! Øyvind, der Zivi, hatte gerade Dienst, und der ist in Ordnung, nimmt's nicht so genau, also haben wir die Flaschen mit raufgenommen und oben getrunken. Danach hab ich ein paar Stunden geknackt, und als ich wieder aufgestanden bin ..."

„Zement mal! War Lindquist auch im Bett, als du dich hingelegt hast?"

„Klar doch – der stand immer erst mittags auf. Und in der Nacht davor hatte er einen Höllenlärm gemacht, deshalb lag er noch immer wie tot da, als ich nach dem Mittagessen weggegangen bin."

„Lindquist war also die ganze Zeit im Bett?"

„Die ganze Zeit."

„Weißt du noch, wann du das Haus verlassen hast?"

„Tja ... so gegen drei, denke ich."

„Und wohin bist du dann gegangen?"

„Ich war pleite, deshalb bin ich zur *Planke* gegangen, um zu sehen, ob einer von den Jungs da ist – im Haus gab's gerade keinen Tropfen."

„Und gab's auf der *Planke* einen Tropfen?"

„Nein, da gerade nicht. Nur Finn und diese Bande waren da, und die hatten nur ein paar lausige Bier und brüteten darauf rum. Aber später, du, später!"

„Was ist später passiert, Carsten?" Ronny beugte sich interessiert über den Schreibtisch.

„Also, später am Nachmittag tauchte Kristoffer auf, und der sagte, er wollte mit mir sprechen. Ich hatte gar keinen Bock drauf, mit Kristoffer zu reden, weil ich ihm ein oder zwei Hunderter schuldete und dachte, der wollte jetzt vielleicht Ärger machen, aber ..."

„Du, ein Momentchen. Wer ist Kristoffer?"

„Kennst du Kristoffer nicht?" Carsten Lande warf Ronny einen Blick zu, als habe der gerade geleugnet, König Olav von Norwegen zu kennen.

„Nein, tu ich nicht. Erzähl!"

„Du verpfeifst mich nicht?"

„Ich verpfeif dich nicht."

„Kristoffer Larsen ist unser Sonntagsmann, verstehst du."

„Aha. Selbsternannter Alkoholmonopolist, mit Sonntagsöffnung und strammen Preisen. Weiter!"

„Ja, also – Kristoffer kommt also auf mich zu und sagt, er müsse mit mir reden. Reden, sag ich – was zum Teufel haben wir zwei beiden denn zu bequatschen? Ja, ich hatte doch Muffen wegen den beiden Hundertern, kapierst du. Kristoffer kann mir ganz schön viel Ärger machen, wenn er will. Und als ob er wüßte, was ich gerade dachte, sagte er, ich könnte den alten Kram vergessen, er wollte über was ganz anderes mit mir reden. Er schlug vor, wir könnten doch zu seinem Auto gehen, das stand ganz in der Nähe."

„Und du bist mitgegangen?"

„Klaro! Auf der *Planke* gab's ja doch nichts zu holen. Ich hab gedacht, vielleicht hätte er ja was zum Wärmen, und außerdem war ich auch ein bißchen neugierig. Krieg ich noch eins?" Versuchsweise streckte Carsten die Hand nach der Plastiktüte auf dem Boden aus.

„Ich hab doch gesagt, du könntest kippen, soviel du willst.

Verdammt bescheiden für einen verkaterten Mann!"

„Als wir zu seiner Karre kamen", fuhr Carsten fort und öffnete eine weitere Bierflasche, „sagte er, ich sollte einsteigen, und dann sind wir losgefahren. Er hat gesagt, er wollte Schnaps holen, den er Lars Petter versprochen hätte, und wenn ich dafür sorgen könnte, daß Lars Petter den auch kriegt, würde für mich auch ein Schluck dabei rausspringen. Er hat gesagt, Lars Petter hätte schon für den ganzen Wichs gelöhnt. Ich weiß noch, daß ich das ein bißchen komisch fand, weil Lars mir kein Wort von dem Schnaps gesagt hatte, aber ich hab natürlich gesagt, das wär in Ordnung, und Kristoffer ist mit seiner Riesenmühle losgepflügt. Echter Chevy oder so was."

„Und wo seid ihr gelandet?"

„Ja, stell dir vor, draußen bei Lysaker! Am Arsch der Welt! Wir sind fast bis ans Meer gefahren, in die Nähe von Fornebu. Ich bin im Auto sitzengeblieben, und Kristoffer ist verschwunden. Er war nur ein paar Minuten weg, dann brachte er *den* Wahnsinnseimer angeschleppt."

„Eimer? Eimer mit Schnaps?"

„Ja. Fünf Liter polnischen Wodka, direkt aus Jaruzelskiland! Meine Fresse, ich wär glatt vom Stengel gekippt, wenn ich nicht schon gesessen hätte."

„Und mit dem Eimer seid ihr zur *Tür* gefahren?"

„Nein, das war ja der Mist", sagte Carsten und sah plötzlich ein wenig beschämt aus. „Verstehst du, Kristoffer mußte noch was erledigen und hat mich in Skøyen abgesetzt. Hat mir die Kohle für den Bus gegeben und war weg."

„Und da hast du an dem polnischen Wodka geschnuppert?"

„Ja, verdammt, was hättest du denn gemacht? Ich war so krank, daß ich kaum aufrecht stehen konnte, und es war arschkalt!"

„Sicher!" sagte Ronny. „Ich hätte auch ein bißchen am Korken gedreht."

„Ja, nicht wahr?"

„Aber du hast das verdammte Faß doch nicht ganz allein leergetrunken?"

„Natürlich nicht. Du weißt doch, wie das ist – die alten Jungs tauchen überall auf. Hab an der Bushaltestelle einen Kumpel getroffen, und danach ist alles ins Schwimmen geraten. Den Bus haben wir natürlich verpaßt. Ja, an andere Einzelheiten von gestern kann ich mich nicht erinnern, aber ich kann dir verdammt gut beschreiben, wie das war, als ich von Jonnys Scheißgefasel wachgeworden bin."

„Unnötig. Aber ich brauch die Adresse von diesem Kristoffer. Hast du die im Kopf?"

„Yessir!" Ronny erhielt die Adresse.

„Okay", sagte Ronny. „Ich glaube, wir beiden haben vorerst nichts mehr zu bequatschen. Aber hör mal!"

„Ja?"

„Tu mir einen Gefallen. Erzähl der Bullerei nicht, daß du mit Ronny Olsen über den ganzen Kram geredet hast. Okay?"

„Meinst du, die Polypen wollen mit mir reden?" Carsten Lande, ehemaliger Schönling und Bandenchef aus Sinsen, schien sich nicht sonderlich auf ein Treffen mit dem Arm des Gesetzes zu freuen.

„Ich *weiß,* daß die mit dir reden werden. Erzähl ihnen, wozu du Lust hast, von mir aus die Wahrheit, aber laß mich bitte raus."

„Aber klar!" versprach Carsten und machte große Augen. „Glaubst du, ich kann für meine Kumpel nicht die Fresse halten, oder was?"

Kumpel! dachte Ronny Olsen. Ich muß mich wirklich am Riemen reißen!

6

Er versuchte, Laila im Hotel anzurufen, als er Carsten die Treppe hinuntergegossen hatte. Sie war ausgegangen, aber er konnte so viel Deutschkenntnisse zusammenkratzen, um eine Nachricht zu hinterlassen: Ronny anrufen! Sie rief zweieinhalb Stunden später an.

„Hallo, ich bin's."

„Gut. Erinnerst du dich an den 'Stenz'?"

„Den 'Stenz'?"

„Ja, diesen Bestseller aus Sinsen. Der war so eine Art Anführer von dieser Clique, die auf alten MZs und Zündapps rumgebrettert ist."

„Achso!" sagte Laila. „Jetzt hab ich ihn. Der war toll."

„Alles klar. Schmink dir diesen verträumten Tonfall ab, der ist nämlich gar nicht mehr so schmuck. Ich hab ihn gerade aus dem Büro geschafft, und obwohl ich eine Menge Export in ihn reingegossen hatte, sah er vor allem aus wie eine überfahrene Qualle."

„Verträumter Tonfall? Himmel, ich hab schon so lange aufgehört zu träumen! Aber sag mal, Ronny, diese Telefongespräche sind teuer. Könntest du vielleicht bald zur Sache kommen?“

„Sicher. Er heißt eigentlich Carsten Lande, und wie du dich vielleicht erinnerst ...“

„... ist das der Knabe, der die Ehre hatte, mit Lars Petter das Zimmer zu teilen. Meine Güte, Ronny, Mamas Computergehirn läuft ja wie geschmiert.“

„Schön. Er hat die Nacht bei der Ausnüchterung verbracht, und ich hab ihn ins Büro bringen lassen. Ich hab ihn vor der Bullerei erwischt, und das, was er erzählt hat, war sicher die Kohle für das Taxi wert.“

„Inwiefern? Der hatte doch unmöglich etwas Interessantes über den Mord an Lars Petter zu berichten?“

„Gerade darum wollte ich ihn doch zu fassen kriegen!“

„Aha!“ sagte Laila. „Langsam dämmert's mir.“

„Es hätte ein Schuß in den Ofen sein können, aber ich war ziemlich sicher, daß dem nicht so war. Ein gewisser Kristoffer, ein Alkdealer, hat ihn in den Busch gefahren und mit ein paar Litern polnischen Wodkas ausgesetzt. Kannst du dir eine bessere Garantie dafür vorstellen, daß er letzte Nacht nicht in der *Tür* auftauchen würde?“

„Ich würde fast sagen, das müßte eine Garantie dafür sein, daß er nirgendwo mehr auftaucht.“

„Das hätte dabei rauskommen können, aber in Skøyen hat er wohl unerwartet Hilfe gefunden. Kennst du diesen Kristoffer?“

„Aber sicher. Der wohnt irgendwo in der Oslogate. Die meisten gehen zu ihm. Zu ihm, oder zu einem, der Tonne genannt wird.“

„Ich werde Herrn Kristoffer pressen, ich werde ihn richtig ausquetschen. Ich fahr jetzt sofort hin, das muß ich, wenn ich vor dem Gesetz bei ihm sein will. Aber erzähl von Dieter Schraub. Hast du ihn erreicht?“

„Dieter ist Großvater und wohnt in einem richtig netten Haus bei einem riesigen Park. Mehr weiß ich nicht, er ist nämlich nicht zu Hause. Eine Nachbarin sagt, er sei in München.“

„Wenn das stimmt“, sagte Ronny, „dann finde ich, du solltest versuchen, einen Blick in seine Bude zu werfen. Meinst du, das geht?“

„Kann schon sein. Der Gedanke ist mir übrigens auch gekommen – Herrgott, ich kann doch nicht hier rumsitzen und die Hände in den Schoß legen!“

„Stimmt. Wann kann ich dich am besten erreichen?“

„Morgens früh, natürlich.“

„In Ordnung. Sonst alles klar?“

„Alles unter Kontrolle. Arschkalt, aber bei dir ist es wohl auch nicht besser."

„Sicher nicht", antwortete Ronny. Aber als er auflegte, fühlte er sich heiß bis in die Fußsohlen. „Kristoffer", murmelte er. „Ich hoffe, du bist nicht losgezogen, um ein neues und besseres Amerika zu entdecken!" Und mit einem Schaudern: „Oder um die Möglichkeit für ein Leben nach dem Tode zu untersuchen."

Er schloß hinter sich das Büro ab und ging.

Es regnete, als Laila Olsen an diesem Abend den Bremer Hof verließ. Sie konnte nicht begreifen, daß der Regen nicht in Form von Eiskristallen fiel, denn es war hundekalt. Es muß am Wind liegen, dachte sie, der Regen kam flach aus der Luft, die Tropfen trafen sie im Gesicht wie Geschosse. Für eine Großstadt wie Hamburg waren wenig Menschen unterwegs, wahrscheinlich nur die, die aus irgendeinem Grunde mußten. Laila Olsen hatte das Gefühl, zu dieser Gruppe zu gehören.

Sie versuchte noch einmal, Schraub von einer Zelle im Hauptbahnhof anzurufen. Sie ließ es lange klingeln, aber ohne Ergebnis. Sie hatte am Nachmittag immer wieder angerufen, wollte sicher gehen, daß sie hier in Deutschland nicht plötzlich auf frischer Tat ertappt würde. Sie konnte sich kaum vorstellen, daß ihr ein Gespräch mit Schraub unter solchen Umständen besonders Freude machen würde. Es war acht Uhr, als sie in der Sierichstraße ausstieg. Von einer Telefonzelle aus rief sie ein letztes Mal bei Schraub an, aber auch diesmal ohne Erfolg.

Aus den vier Fenstern, die im Grasweg Nr. 17 auf die Straße blickten, strömte Licht in die winterliche Dunkelheit. Laila Olsen ließ sich davon nicht anfechten. Sie verfügte über reichliche Erfahrung in ungebetenen Besuchen, und sie wußte, daß der beste Zeitpunkt für einen Einbruch nicht etwa die Nacht war, sondern acht, halb neun Uhr abends, wie jetzt – oder ganz einfach mitten am Vormittag.

Sie durchquerte schnell den Hof und musterte die Fenster im Haus. In den meisten war Licht, aber nirgendwo war ein Mensch zu sehen. Drei Fenster im ersten Stock waren schwarz, und wenn sie sich nicht total verrechnet hatte, dann gehörten die zu Schraubs Wohnung. Sie hatte das Schloß in seiner Tür genau studiert, und sie konnte sich nicht vorstellen, daß es ihr nennenswerte Probleme bereiten würde.

Sie hatte Glück. Wie beim letzten Mal war die Haustür offen. Es war immer ein größeres Risiko, eine Haustür zu knacken. Sie schaltete das Flurlicht nicht an, sah aber, daß über den Briefkästen ein Schild hing, das verkündete, die Tür sei nach neun Uhr abzuschließen. Fehler! Das hättest du dir gleich merken müssen. Sie könnten genausogut um acht abschließen! Egal, gute Frau, es gibt immer was zu lernen!

Sie blieb am Flurende stehen und horchte, hörte aber nur das ferne Rauschen des Straßenverkehrs und eine Fernsehstimme, die wahrscheinlich aus einer der Wohnungen im Erdgeschoß stammte. Sie schien äußerst eifrig – vielleicht handelte es sich um ein Fußballspiel.

Eins zu null für Laila Olsen, dachte sie kurz darauf, als sie nach zwei vergeblichen Versuchen den richtigen Schlüssel fand und Dieter Schraubs Wohnungstür öffnen konnte.

Doch gleichzeitig wurde sie getroffen, wie von einem Fausthieb in den Bauch. Sie schwankte. Hinter ihr fiel langsam die Tür ins Schloß.

Der Mann hinter dem Tresen in dem kleinen Tabakladen in der Oslogate versuchte, seine Gereiztheit zu verbergen. Der Penner in dem alten Flohmarktmantel war vor fast einer halben Stunde gekommen, hatte eine Wurst mit Brot gekauft und sich dann häuslich niedergelassen. Frech und dreist hatte er sämtliche Herrenzeitschriften im Regal durchgeblättert und sich nun in den halb verdeckten Stapel mit härteren Sachen vertieft, die der Inhaber nicht ganz legal auf Lager hatte, da so etwas recht oft verlangt wurde. Der Mann hinter dem Tresen beschloß, daß eine Wurst mit Brot eine Freikarte für einen vierzigminütigen Aufenthalt in seinem Laden darstellte. Wenn der Penner dann noch nicht verschwunden wäre, würde er sich zuerst einige Male laut räuspern, und wenn dieser Hinweis nicht verstanden würde – den Kerl auffordern, zu verschwinden.

Ronny Olsen bemerkte die Irritation des Mannes nicht, er hatte mit seiner eigenen mehr als genug zu tun. Er verfolgte ziemlich halbherzig die Bildergeschichte über das Schulmädchen Lisa, das auf dem Heimweg von einem Besuch bei ihrer Großmutter einen netten alten Mann mit ausgebeulter Hose trifft, mit dem sie sofort nach Hause geht, um einen Blick auf sein Briefmarkenalbum zu werfen. Schon im Treppenhaus fühlt Lisa sich „so randy“, daß sie kurz in den Hammer des Mannes beißt, den dieser mit größter Selbstverständlichkeit mitten auf der Treppe zwischen Erdgeschoß und erstem Stock ausgefahren hat. Das nächste Bild zeigt die Wohnung, in der sich zufällig noch zwei weitere Philatelisten aufhalten. Sie bücken sich über ihre Briefmarkenalben und haben ihre Geheimnisse hervorgezogen, die dem Leser munter entgegenstrotzen. Danach geht es Schlag auf Schlag – von vorne, von hinten und von der Seite, bis in der Abschlußszene jeder Mann sein Loch findet und selbiges nachdrücklich abdichtet. „I'm so happy that I could die!" ruft Lisa nach Ansicht des Verfassers. Aber für den scharfen Beobachter ist es unmöglich zu verstehen, wie sie überhaupt etwas sagen kann, so verstopft wie sie ist.

Frenetisches Räuspern hinter ihm. Ronny ließ genervt die Zeitschrift sinken und warf einen Blick aus dem Fenster. Noch immer kein roter Chevy. Eine große, leere Lücke zwischen einem Lastwagen und einem PV – seinem eigenen. Aber kein Chevy.

„Du!" Der Ladeninhaber hatte ausgeräuspert. „Mach, daß du wegkommst, hier ist keine öffentliche Bibliothek!"

„Nein, das sicher nicht!" Ronny seufzte tief. „Ich bleib noch ein bißchen, gib mir lieber noch eine Wurst."

„Und wenn ich sage, du sollst abhauen?"

„Dann sage ich, du sollst dich zum Teufel scheren."

„Na gut, ich will nicht mit dir diskutieren. Mach, daß du wegkommst, sonst ruf ich die Polizei!"

Ronny ging langsam durch den Laden, fischte eine Schokoladenmaus aus einer Schüssel auf dem Tresen, kaute sie sorgfältig und lächelte böse. „Mach das doch einfach, lieber Freund! Ruf die Polizei an. Die geraten vor Begeisterung bestimmt außer sich, wenn die hören, daß du deine Kunden nicht loswirst, weil sie sich so für all den illegalen Pornoscheiß interessieren, der hier bei dir rumliegt!"

Er bekam seine Wurst.

Gerade, als er beschlossen hatte, ins Büro zurückzukehren und etwas Vernünftigeres zu tun, als ungebetener Gast in einem Tabakladen zu sein, erschien der Chevy. Er parkte genau da, wo Ronny es prophezeit hatte. Ein etwas dicklicher Mann stieg aus, Ronny schätzte ihn auf Ende 50. Er trug eine dunkle Daunenjacke und eine fesche Fuchsfellmütze. Er schloß sein Auto sorgfältig ab, ging schnell die Treppe hinauf und ins Haus.

Kristoffer Larsen war entschieden nicht von der geselligen Sorte. „Nein", sagte er beharrlich. „Hier kommt keiner rein, den ich nicht kenne."

„Dann müssen wir uns ganz schnell kennenlernen!" antwortete

Ronny Olsen. Er trat zwei Schritt zurück und versetzte der halboffenen Tür einen gezielten Tritt mit dem rechten Fuß. Kristoffer, der nicht daran gewöhnt war, auf diese direkte Art Freundschaften zu schließen, konnte sich nicht mehr in Sicherheit bringen, als die Tür nach innen sauste, sie traf ihn voll auf der Stirn. Sein untersetzter Körper schlug zwischen Kleiderbügeln und Nippessachen auf. Ronny Olsen trat ein, schloß vorsichtig hinter sich die Tür und nahm seinen neuen Bekannten in Augenschein.

Kristoffer lag auf der Seite auf dem Flickenteppich in der Diele und hielt sich die Hände vors Gesicht, wobei er seltsame Kehllaute von sich gab. Im Fallen hatte er einen Garderobenständer und ein schmales Wandbrett mitgerissen, das offenbar für Ziergegenstände, Schlüssel und alles, was man aus den Taschen räumt, benutzt wurde, halbleere Zigarettenpackungen und dergleichen. Der Mann mußte einen Schweinefimmel haben, denn um ihn herum lagen auf dem Boden vier verschieden große Porzellanausgaben dieses Tieres, sowie zwei schwarze aus Plastik.

Was die Leute so alles sammeln! dachte Ronny und erinnerte sich an eine Wohnung, in die er einst eingebrochen war, und wo er über hundert verschiedene Aschenbecher gefunden hatte – gestohlen in den Restaurants der ganzen Welt!

„Na, komm schon hoch, Schweinehirt!“ Er ging vorsichtig, um die Porzellanschweine nicht zu zertreten. Einem Mann eine Tür in die Fresse hauen ist eine Sache – ihm sein Hobby nehmen eine ganz andere. „Ronny Olsen ist mein Name, und ich will keinen teuren Schnaps von dir kaufen. Nun komm schon!“ Er bückte sich und packte Kristoffer am Arm, versuchte, ihn auf die Beine zu ziehen. „Wir beide haben etwas zu besprechen, verstehst du?“

„Wichser!“ stöhnte Kristoffer. „Verdammter Wichser!“

Ronny, der einen Moment lang befürchtet hatte, zu energisch vorgegangen zu sein, atmete erleichtert auf und ließ den Arm los.

In der Küche herrschte eine schreckliche Unordnung, aber im Flaschenfach unter dem Spülstein war alles peinlich genau sortiert. Ronny zählte 22 ganze und 14 halbe Smirnoff. Von polnischem Wodka keine Spur. „Netten Barschrank hast du hier!“ rief er dem Mann im Flur zu.

„Laß die Flaschen in Ruhe, du Wichser!“

Ronny runzelte die Stirn, steckte eine Halbe in die Jackentasche und fragte sich, warum er in der letzten Zeit so empfindlich auf Schimpfworte reagierte. Dann ging er in die Diele zurück, wo Kristoffer inzwischen schon fast auf die Knie gekommen war. Mit einem Ruck stellte Ronny ihn gegen die Wand. „So, Columbus, jetzt hörst du mir mal zu. Ich muß dir ein paar kleine Fragen stellen, und ich empfehle dir, hundertprozentig in Übereinstimmung mit Jesu Christi Lehre zu antworten! Wenn du mich anlügst, traktier ich dich noch ein paar Mal mit der Tür, eh ich dich und deine Flaschensammlung in den Justizpalast schleife. Kapiert?"

„Ich hab nichts verbrochen!" fing Kristoffer an. „Ich verkauf den Jungs im Viertel ab und zu ne Flasche, das ist alles."

„Vergiß die Flaschen. Ich komm nicht von der Guttemplerjugend! Ich weiß, daß du jeden Sonntag Sozialarbeiter bist und das ist mir scheißegal. Ich hab schon öfter Idealisten wie dich getroffen, und ich bin nicht von der prüden Sorte." Ehrlich gesagt, dachte er, hab ich Leute wie dich auch ein- oder zweimal aufsuchen müssen. Er erinnerte sich mit Schrecken an einen Weihnachtsmorgen, als Laila und er außer ihrem kalten Schweiß nichts zu trinken hatten.

Im Wohnzimmer gab es Ledersessel, einen Farbfernseher und ein Videogerät. Bücherlose Bücherregale, angefüllt mit Nippes und Videokassetten. Ein hellrotes Porzellanschwein von der Größe eines Menschenkopfes starrte sie leer an. Ronny ließ sich in den nächstbesten Sessel fallen, Kristoffer sank schwer aufs Sofa. Er sah Ronny skeptisch an.

„Lars Petter Lindquist ist heute Nacht ermordet worden. Hast du das gewußt?" Ronny griff zu seinen Zigaretten, ließ den anderen aber keine Sekunde aus den Augen. Ronny Olsen hatte gutes Training darin, die Reaktionen von anderen zu deuten, er wußte, es war ungeheuer schwer für jemanden, der schon Bescheid wußte, Überraschung zu heucheln, wenn eine Bombe wie diese platzte. Solche Personen sind im Grunde nur in den Büchern von Agatha Christie zu finden. Kristoffers Reaktion wies darauf hin, daß er nicht die geringste Ahnung davon hatte, daß jemand Lindquist vor wenigen Stunden erschlagen hatte. Sein Gesicht, das bis eben noch rot vor Empörung und Tür gewesen war, war nun aschgrau geworden. Sein Mund war weit aufgerissen, eine groteske Grimasse, aber es kam kein Wort heraus. Es war ganz deutlich, daß der Mann zwei und zwei immer wieder zusammenzählte, aber nirgendwo eine vier finden konnte. Ronny fuhr fort: „Die Einzelheiten kannst du in den Abendzeitungen lesen, ich hab keinen Bock, die jetzt auszuquatschen. Was ich wissen will, ist, was du gestern mit Carsten Lande angestellt hast."

„Angestellt?" Kristoffer schien noch immer nicht so recht zu wissen, auf welchem Globus er sich befand. Diesem Mann schien es ganz fremd zu sein, daß jemand etwas anstellen könnte. „Lars Petter ist tot, sagst du?"

„Ich habe gesagt, daß er ermordet worden ist, aber egal – er ist tot. Seine Seele ist in Luft aufgelöst, und er hat einen Namenszettel am großen Zeh."

„Aber dann ... wer kann denn ..."

Nicht schon wieder, dachte Ronny. Er unterbrach Kristoffer: „Kannst du versuchen, eine Antwort auf meine Frage rauszuwürgen, oder muß ich sie aus dir rausquetschen?"

„Carsten? Was hat der denn damit zu tun?"

Ronny sprang auf und traf Kristoffer Larsen mit der flachen Hand. „Ich frage. Du antwortest! Einfache Regel! Soll ich noch mal von vorne anfangen?"

Nach dem brennenden Schlag ins Gesicht flossen die Tränen. „Aber ich hab Carsten doch nichts getan! Wirklich nicht!"

Ronny setzte sich wieder, versuchte, seine Wut unter Kontrolle zu bringen. „Gestern bist du auf der *Planke* aufgetaucht und hast Carsten in deinem Auto mitgenommen. Stimmt das oder stimmt das nicht?"

Kristoffer sah ihn lange an. „Das stimmt."

„Na gut. Ihr seid in die Stadt gefahren und habt eine nette Konditorei gesucht, wo ihr dann bei Kopenhagenern und Kaffee gesessen habt, ja?"

„Das nicht gerade."

„Das nicht, aha. Was habt ihr denn sonst gemacht – ganz genau, meine ich!"

„Wir sind in Richtung Fornebu gefahren, und da hab ich Carsten ein Fäßchen polnischen Wodka gegeben."

„Für einen Schwarzhändler bist du wirklich ein lieber Mann, Kristoffer! Fährst einfach in deiner roten Mühle bei der *Planke* vor, bittest Carsten, Platz zu nehmen, und dann fährst du den erschöpften jungen Mann aus der Stadt, damit er ein bißchen frische Luft in seine kaputte Lunge kriegt. Aber damit nicht genug. Onkel Larsen hat tatsächlich auch noch ein ganzes Faß polnischen Wodka auf Lager und das schenkt er seinem Freund Carsten. Einem Mann, der ihm noch ein paar hundert Eier schuldet!"

„So war das doch nicht. Ich schuldete Lars Petter den Wodka, und da hab ich ihn durch Carsten abliefern lassen."

Ronny schüttelte den Kopf. „Ehrlich, ich dachte, du hättest gerafft, daß ich mit mir nicht spaßen lasse, Kristoffer?"
„Hab ich auch."
„Ach ja? Aber dann raff *ich* nicht, warum du einfach weiter lügst! Verstehst du, Kristoffer, ich werd dich zum Invaliden schlagen, wenn du so weitermachst!"
Zu Ronnys grenzenlosem Erstaunen ging Kristoffer Larsen nun hoch. „Was zum Teufel geht dich das denn an? Bist du ein Bulle? Bist du ein Bulle, frag ich!" Er sprang auf und stand drohend mit geballten Fäusten da. „Du kannst nicht einfach herkommen und Fragen stellen, ist das klar? Ich stell hier die Fragen!"
„Setz dich! Du kannst das hier als vorsichtiges Aufwärmen betrachten. Wenn die Bullen eintreffen, nehmen sie dich härter ran, sehr viel härter!"
Die Luft pfiff aus dem Ballon, Kristoffer Larsen hatte seine ganze aufgesparte Frustration und Verzweiflung in seinen Ausbruch gelegt, nun hatte er nichts mehr zu geben. „Meinst du, die Bullen kommen her?"
Ronny gab sich alle Mühe, etwas freundlicher zu reden. Schließlich sprachen sie ja trotz allem über den Untergang der Welt. „Ja, damit mußt du wohl rechnen, Kristoffer. Du mußt einen Teil von deinem Flaschenlager in der Küche wegschaffen."
„Ich kapier das alles nicht!"
„Du hast gesagt, du wärst Lars Petter den Wodka schuldig gewesen, aber das ist natürlich eine glatte Lüge. Zum einen wird in deinem Laden nicht im Voraus bezahlt, zum anderen wäre es ja wohl natürlicher, ihn Lars Petter direkt zu liefern. Die absolut schlechteste Methode, die du dir ausdenken konntest, war, Carsten Lande aufzulesen und ihn mit soviel Schnaps auszusetzen, daß er damit ins Paradies gelangen könnte. Mit dieser ganzen Geschichte mußt du weiter als bis bloß nach Fornebu! Wer hat dir gesagt, du solltest dafür sorgen, daß Carsten Lande gestern so nachdrücklich voll war, daß er frühestens heute wieder in der *Tür* aufkreuzen konnte?"
Kristoffer starrte den Teppich an, dann erhob er sich, diesmal langsam, und trat ans Fenster. Er blieb stehen und blickte auf die verkehrsreiche Straße hinunter, während er nervös an der Gardine zupfte. „Ich konnte doch nicht wissen, daß da was faul dran war ..."
„Richtig. Das konntest du nicht wissen!"
Sichtlich erleichtert angesichts dieses unerwarteten Wohl-

wollens, fuhr Kristoffer fort: „Er ... ich meine, ich hab ihn bei Lompa kennengelernt. Montagabend. Ich hatte mich gerade gesetzt und einen Halben bestellt, da kam er und setzte sich zu mir an den Tisch. Er hat natürlich erst gefragt, ob das in Ordnung wäre. Und weil gerade keine Bekannten da waren und ich allein dasaß, hatte ich natürlich nichts dagegen."

„Norweger?"

„Nein. Pole. Lag hier im Hafen. Aber er sprach brauchbar Englisch, und das tu ich auch."

„Und was hat er gesagt?"

„Zuerst haben wir so über alles mögliche gequatscht, ich fand es doch interessant zu hören, wie es in Polen so aussieht und so. Nach ein paar Halben kam dann heraus, daß der Typ schon mehrmals in Norwegen gewesen war, und daß er einige von den Jungs aus der *Tür* kannte. Er hatte da mal übernachtet, weißt du – durfte im Aufenthaltsraum knacken, weil er so blau war und weil es draußen so kalt war. Er hat unheimlich nett über Carsten und Lars Petter gesprochen, vor allem über Lars Petter, weil der ihm am nächsten Morgen geholfen hatte, wieder auf die Beine zu kommen."

Affengeil! dachte Ronny. Carsten Lande ist ganz neu in der *Tür*. Das einzige, was er von diesem Polen gesehen hat, war sein Schnaps, das ist so sicher wie das Amen in der Kirche!

„Ja, und dann haben wir über die Jungs geredet, ich kenn doch die ganze Bande. Aber später, weißt du, als wir ein bißchen breit waren, hat er mich gefragt, ob ich ihm den Gefallen tun könnte. Oder diesen Job übernehmen, sollte ich vielleicht sagen, ich bin ja für alles bezahlt worden. Er hat gesagt, er wollte Lars Petter gern einen guten Schluck zukommen lassen, weil er damals so toll zu ihm war. Auf seinem Kahn hatten sie fast 1000 Liter Wodka, er hat unheimlich damit geprotzt, wie gut er gerade dran war." Kristoffer drehte sich um und lächelte schief. „Und du weißt doch, das interessiert mich."

„Verständlich. Was ist dann passiert?"

„Dann hat er mir genau gesagt, was ich machen sollte. Ich fand die ganze Kiste ja ziemlich komisch, aber ich mochte den Typ, und außerdem sollte für mich ja auch nicht schlecht was dabei rausspringen. Tausend Kronen auf die Hand und soviel Wodka wie ich wollte, zu 30 Kronen den Liter – und das ist verdammt billig ... wie heißt du noch?"

„Ronny Olsen."

„Ja, das liegt weit unter Listenpreis, Ronny Olsen."

„Das weiß ich. Wann wolltest du einkaufen gehen?“
„Heute.“
„Und?“
„Aber die Ärsche waren nicht mehr da, verstehst du! Im ganzen Hafen gab’s keine Kraków aus Polen!“
„Bist du gerade von da gekommen?“
„Ja, hab überall nachgesehen, aber sie waren weg.“
„Hat der Typ seinen Namen gesagt?“
„Ja, aber Herrgott, an den kann ich mich nicht erinnern! Massenhaft c’s und z’s und so. Er hat gesagt, ich sollte nach Jan fragen, wenn ich aufs Schiff käme, aber ich glaub, das war nur so eine Art Spitzname.“
„Wie hat Jan ausgesehen, Kristoffer?“
Kristoffer beschrieb genau, wie Jan aussah. Alter ungefähr wie Ronny Olsen.
„Und der Wodka?“
„Den hat er mitten in der Nacht gebracht.“
„Hierher zu dir?“
„Ja.“

Als Ronny wieder draußen auf der auspuffgasreichen Straße stand, hatte er das Gefühl, daß etwas ganz schrecklich nicht stimmte. Vom Büro aus rief er die Hafenbehörde an und erfuhr nach vielem Hin und Her, daß seit über zwei Wochen kein einziges polnisches Schiff in Oslo eingelaufen war. Und in der nächsten Zukunft wurde auch keins erwartet. Das östlichste, was er finden konnte, war die Marlene – ein Zehntausendtonner. Aber der kam aus der DDR.

7

Lailas Begegnung mit Dieter Schraub fiel ganz anders aus, als sie sich das damals, als sie unter Bernards Notizen seine Adresse fand, vorgestellt hatte. Nachdem sie einige Sekunden lang mit der Übelkeit gekämpft und sie endlich besiegt hatte, indem sie sich ihren Schal auf Mund und Nase preßte, ging sie durch die vier Zimmer der Wohnung. Sie traf ihn im Schlafzimmer, genauer gesagt, im Kleiderschrank, wo er zusammen mit drei farbigen Hemden und einem Paar Schuhe ein eher kümmerliches Dasein fristete. Die Enge schien Schraub nicht sonderlich zu stören. Irgendwer hatte ihn für immer über alles Leid erhoben und war dabei gründlich vorgegangen. Die Nylonschnur, die sich um den

Hals des alten Mannes spannte, war etwa 2 Millimeter dick und hatte tief ins Fleisch eingeschnitten. Sie war jetzt kaum mehr zu sehen, weil Kopf und Hals in langsamer Verwesung aufgequollen waren. Es war nicht leicht, sich ein Bild von dem früheren Aussehen des Mannes zu machen.

Laila schloß die Schranktür und dachte eine Sekunde daran, vielleicht ein Fenster aufzumachen, ließ den Gedanken aber sofort wieder fallen. Sie mußte hier durch und zwar jetzt, allein. Die Polizei anzurufen, kam nicht in Frage.

Die Wohnung schien frisch renoviert zu sein. Alle Zimmer waren weiß gestrichen und Fenster und Rahmen, kürzlich eingesetzt, waren dunkelbraun. Sie untersuchte das Schlafzimmer sorgfältig, das neben einem schmalen Bett nur einige Kriminalromane und einen Stapel Unterwäsche und Socken enthielt. Die Leiche, die Jacken- und Hosentaschen zu untersuchen, fiel ihr nicht ein. Sie konnte sich kaum vorstellen, daß der Mörder etwas von Wert dort vergessen haben könnte. Überhaupt war es wenig wahrscheinlich, daß sie in der Wohnung etwas Interessantes finden würde. Sie konnte nur hoffen, sich ein gewisses Bild der Person Dieter Schraub machen zu können. Und wo sie nun schon einmal hier war, verschlossene Türen und die Ausdünstungen des Todes überwunden hatte, hatte sie nicht vor, aufzugeben, ehe sie nicht mit aller Kraft versucht hatte, herauszufinden, warum der Tod im Grasweg 17, Eingang B, erster Stock angeklopft hatte.

In der Küche waren alle Schubladen geöffnet, ein hoher Lebensmittelschrank stand offen und war offenbar durchsucht worden. Konservendosen und Tüten mit Reis und Körnern aller Art lagen wild durcheinander. Der Kühlschrank war leer bis auf einen Liter Milch, eine alte Gurke und zwei Astra-Pils. Sie suchte vergeblich einen Datumsstempel auf der Milch. Auch der Topfschrank und die Besteckschublade konnten ihr nicht erzählen, warum und wann Dieter Schraub eine Nylonschnur um den Hals bekommen hatte.

Das Badezimmer war sauber und ordentlich, ohne irgendwelche Unregelmäßigkeiten. Alles wirkte gepflegt, als wäre es gerade erst geputzt worden. Vielleicht hatte Dieter die letzten Stunden seines Lebens damit verbracht, Kloschüssel und Badewanne zu schrubben. Das Medizinschränkchen konnte berichten, daß Dieter Verdauungsprobleme gehabt hatte, und das Aspirinröhrchen wies darauf hin, daß ihm ab und zu ein Kater an der Hirnrinde gekratzt hatte. Keine Schlafmittel. Kein Valium.

Laila nahm sich das Wohnzimmer vor. Als erstes fiel ihr auf, daß die Einrichtung im Wohnzimmer, wie eigentlich in der ganzen Wohnung, auffällig neu und modern war. Dieter Schraub war ein älterer Mann gewesen, als man ihn ermordet hatte, aber was sie in der Wohnung bisher an Möbeln und Geräten gesehen hatte, konnte kaum älter sein als zehn, fünfzehn Jahre. Das Wohnzimmer hätte aus einem IKEA-Katalog ausgeschnitten sein können, wenn sie von der Unordnung absah. Schubladen waren herausgezogen und umgekippt, Bücher lagen über den Boden verstreut. Unterwegs zum Schreibtisch am Fenster bemerkte sie zwei Titel. Willy Bredels „Die Väter" und Franz Josef Degenhardts „Zündschnüre".

Der Schreibtisch war blank und nackt. Briefe und Papiere waren über den Boden verstreut, es sah aus, als habe jemand sie einzeln von der Tischplatte genommen, gelesen und auf den Teppich segeln lassen. Die Schubladen waren ausgeleert, der Inhalt ebenfalls verstreut. Laila ging in die Knie und sah alles genau durch. Hauptsächlich Quittungen für bezahlte Waren und Dienste, einzelne Briefe, die meisten in München abgestempelt. Sie überflog alle, fand aber nur Phrasen und alltägliche Aufzeichnungen – alle waren mit „Deine Lieselotte" unterschrieben. Der kleine Franz bekam Milchzähne und Viola lag mit Mumps im Bett. Auf einem Extrablatt hatte eines der Kinder mit kräftigen Filzstiftstrichen ein Haus gemalt.

Laila suchte überall, fand aber nichts, was auch nur im entferntesten eine Erklärung dafür bieten konnte, warum der Kleiderschrank zu Dieter Schraubs privater Grabkammer geworden war.

Während sie ihr Ohr an die Tür preßte, um sicher zu sein, daß ihr beim Hinausschleichen niemand begegnen würde, fiel ihr Blick auf zwei Bilder an der Wand. Das kleinere, ein Foto von einer Bleistiftzeichnung, war gerahmt und stellte viele abgemagerte Männer um einen Tisch dar. Sie trugen Sträflingskleidung und seltsame Käppchen. Der Zeichner hatte die Leere in ihren Blicken, ihre Apathie, ganz hervorragend wiedergegeben. Die Zeichnung war mit *F. Mogens* signiert, und das Bild war im Jahre 1942 entstanden. Das andere war ein mehrfarbiges, etwas schrilles Bild von Lenin.

Laila Olsen öffnete die Tür und mischte sich unmerklich unter Hamburgs mehr als anderthalb Millionen starke Bevölkerung, die immer noch ein schlagendes Herz in der Brust trug.

TEIL 3

DAS LAGER

1

Åse Marie Bakke warf einen Blick in die Schweigaardsgate, wo große Schneeflocken in riesiger Menge fielen. Sie saß neben Ronny Olsen auf dem Sofa, und ihre Kaffeetasse stand unberührt vor ihr. Ihr Blick war so fern, sie sah durch Schneetreiben und triste Nachbarhäuser hindurch, sie sah einen Frühling, mit Fliederduft in dem kleinen Garten in Kampen, eine Flasche Rotwein auf einem flachen Tisch, an dem vier junge Menschen saßen. Sie selber und Alf, der sich gerade in diesem Frühling einen neuen Hut angeschafft hatte – nur Gott wußte, woher das Geld gekommen war, schließlich war Alf arbeitslos. Und ihnen gegenüber hatte Rakel mit ihrem neuen Freund gesessen, mit Lars Petter Lindquist. Sie wußte noch, daß sie ihn attraktiv gefunden hatte, gefährlich attraktiv. Rakel war an diesem Sonntagnachmittag so aufgeregt und froh gewesen, hatte die mageren braunen Hände von Lars Petter einfach nicht loslassen können.

Sie sagte: „Du weißt doch, Ronny, er war schließlich nicht ... ja, wie soll ich sagen ... nicht wie wir. Nicht überlegen oder so, aber die Zeiten damals waren härter, und Ost und West waren in dieser Stadt schärfer getrennt als heute. Überleg doch mal, bei uns ging die ganze Straße stempeln. Keiner hatte Arbeit! Mein Vater und meine beiden Brüder lungerten den ganzen Tag herum. Und Alf ... sicher, ab und zu konnte er ein paar Stunden im Hafen arbeiten, aber das kam nicht oft vor."

„Ich hab ja gewußt, daß er nicht gerade aus einer Arbeiterfamilie stammte, aber willst du sagen, er war aus einer feinen Familie?" Ronny nahm einen diskreten Schluck aus der mitgebrachten Bierflasche.

Åse lachte ein bißchen traurig. „Fein, was heißt fein! Aber die hatten schon gute Zeiten gesehen, das ist klar. Als Rakel ihn kennenlernte, war von der Idylle wohl nicht mehr soviel übrig. Lars Petters Vater war Anwalt oder sowas Tolles, glaub ich, und er hatte wohl auch einen Berg Aktien. Aber Aktien waren damals ja die reine Lotterie. Naja, jedenfalls ging alles den Bach runter. Sie durften weiter in ihrem Haus wohnen, aber das war wohl eher eine Gnade. Lars Petter war damals schon aus dem Nest geflogen, er hatte ein Mansardenzimmer am Hafen."

„Junger Mann aus guten Haus wird zum Hafenburschen? Meine Güte, sowas hab ich noch nie gehört."

„Er wurde zu Hause rausgeschmissen. Sein Vater soll ein harter Brocken gewesen sein. Und das gilt ja wohl auch für Lars Petter, der ist sein Leben lang ein Wildfang gewesen. Doch, er kam wirklich aus einer feinen Familie, wenn er auch ein Kuckucksei war. Aber für uns, die wir hier in absoluter Armut lebten, gehörte er ja doch 'zu den anderen'. Unsere Familien waren nicht durch unglückliche Aktienkäufe in den Dreck geraten. Jedenfalls nicht durch Käufe, die sie selber getätigt hätten. Aber es war leicht, Lars Petter zu mögen, verstehst du! Das ist sicher schwer zu verstehen für dich, du kennst ihn ja bloß so. Damals steckte er voller witziger Einfälle und Humor, ließ sich von nichts herunterziehen. Als er vom Konkurs seines Vaters erzählte, hat er über alles gelacht und gemeint, jetzt sollte der Alte eben für sein Brot arbeiten wie andere Leute auch. Naja, das bewies ja eigentlich bloß, daß er reichlich wirklichkeitsfern war, er war doch einer der wenigen, die überhaupt Arbeit hatten."

„Wann hast du ihn kennengelernt, Åse?"

„Lars Petter Lindquist habe ich am 20. Mai 1932 kennengelernt", sagte Åse mit einem kleinen Lächeln.

„Das weiß ich so genau, weil Alf am 20. Mai Geburtstag hatte. Er wurde 32, und an dem Tag war wunderschönes Wetter."

„Du, verzeih die Unterbrechung, Åse, aber irgendwer hat gesagt, Lars Petter hätte Russisch gekonnt. Wo kann er das gelernt haben?"

„Ach, so toll war das wohl nicht. Ich hatte eher den Eindruck, daß er mit einzelnen Sätzen um sich warf, um anderen zu imponieren. Obwohl, wer weiß – er hatte einen klaren Kopf, verstehst du, war zwar kein Licht in der Schule, dazu war er zu unruhig, aber intelligent war er. Sein Russisch hatte er wohl bei seinem Vater aufgeschnappt, der soll es fließend gesprochen haben. Er war in den 20er Jahren dort gewesen, zusammen mit Nansen und dem ganzen Verein. Und genau wie dieser verdammte Quisling ist er als Mitläufer geendet, als 1940 die Deutschen kamen. Ich weiß noch, daß Lars Petter vor Wut außer sich war, als er hörte, sein Vater sei in die NS*

* NS: Nasjonal Samling, Vidkun (Quislings norwegische Nazipartei)

eingetreten. Der Kontakt zu seinen Eltern war schon seit Jahren erbärmlich gewesen, nicht zuletzt wegen Rakel, die natürlich nicht gut genug war. Aber als sein Vater sich offen als Nazi bekannte, brach Lars Petter den Kontakt endgültig ab. Er ging nicht einmal zur Beerdigung seiner Eltern. Sie sind beide kurz nach der Befreiung bei einem Autounfall ums Leben gekommen."

„Das kann ich verstehen", sagte Ronny. „Wenn ich bedenke, daß er und Rakel in deutsche Lager verschleppt worden waren. Da unten hat er ja wohl sein Leben verloren, auch wenn er auf gewisse Weise noch nach Hause gekommen ist."

„Es war schrecklich, Ronny! Ich glaube fast nicht, daß du dir das vorstellen kannst. Die Deutschen haben Rakel eines Abends abgeholt, das war 1942, und es war ja nur der reine Zufall, daß ich Bernard retten konnte, ehe diese Teufel mit ihr abzogen. Es war nämlich so, verstehst du, daß Lars Petter genau diese Woche Nachtschicht hatte, und Rakel war ein paar Stunden an diesem Abend bei Alf und mir gewesen. Bernard schlief damals schlecht, das war wirklich eine Plage, er hielt seine Mutter Nacht für Nacht wach, und sie war gesundheitlich nicht gut drauf. Aber als sie gegen elf Uhr losgehen wollte, war das Kerlchen endlich eingeschlafen, und wir wollten ihn nicht wecken. Ich weiß noch, daß ich zu Rakel gesagt habe: 'Laß den Kleinen heute hier und sorg dafür, daß du ein paar Stunden Schlaf kriegst. Wenn er heute Nacht schläft, ist es gut, und wenn er nicht schläft, macht es auch nichts!' Bernard kannte mich ja, und eine schlaflose Nacht würde mir nicht schaden. 'Laß den Kleinen heute hier ...' Ja, genau das hab ich damals gesagt." Åse Marie sah nachdenklich aus. „Und Rakel, die Arme, war froh darüber. Sie wohnten damals ja ganz in der Nähe, sie konnte ihn am nächsten Morgen leicht abholen. Aber es kam dann ja ganz anders ..." Åse Marie zog sich wieder in ihre Gedankenwelt zurück und saß einige Sekunden lang unbeweglich da. Dann fuhr sie fort: „Weißt du, Ronny, ich bin ja nicht religiös. Ich glaube, und das habe ich immer getan, daß der Mensch allein auf der Welt steht und daß wir selber versuchen müssen, zurechtzukommen. Aber das mit Bernard, daß er gerade in dieser Nacht hier war, das ist eine Sache, an die ich später oft gedacht habe, das kann ich dir sagen. Weißt du – am nächsten Tag habe ich Gott gedankt, als wir erfuhren, was passiert war. Mit gefalteten Händen und allem, was dazu gehört! Das war wirklich der erste Dank, den der Knabe da oben von mir gehört hatte, seit ich ein kleines Mädchen war. Komisch, nicht wahr?"

„Doch", sagte Ronny und dachte an all die Kinder, die in dieser Nacht *nicht* bei einer Nenntante geschlafen hatten. „Das habe ich ja schon oft gehört, aber wie ... ich meine, es mußten sich doch ganz praktische Probleme ergeben? Die, die Rakel abholten, wußten doch wohl, daß sie ein Kind hatte?"

„Sicher. Blöd waren die Nazis ja nicht, und sie wußten natürlich längst, wer in dieser Wohnung lebte. Was Rakel ihnen erzählt hat, kann niemand wissen, aber so wie ich sie gekannt habe, hat sie sicher dicht gehalten. Bernard war drei Tage in dieser Wohnung, dann wurde uns zur Flucht nach Schweden verholfen. Drei nervenaufreibende Tage, das kann ich dir sagen, denn der Junge hat in der ganzen Zeit nur für wenige Sekunden seine Sirenen ausgestellt! Das Ganze hätte nie gut gehen können, wenn das Haus hier nicht ganz und gar frei von Nazidreck gewesen wäre. Aber das konnten wir doch nicht sicher wissen! Nein, es war schlimm."

„Und Lars Petter?"

„Der ist noch in derselben Nacht gewarnt worden. Er hat sich sofort abgemeldet, um das mal so zu sagen, und ist in einem Keller hier in Oslo in Deckung gegangen. Er war ja schon im Widerstand und hat dann nach wenigen Tagen die Stadt verlassen. Er wußte, daß wir den Jungen hatten und in Sicherheit waren, das konnten wir ihm über Kontaktleute mitteilen lassen."

„Das reine Märchen", sagte Ronny. „Aber dann kam eine Maus, und das Märchen war aus für Lars Petter Lindquist?"

„Ja, das war im nächsten Jahr. In Trondheim. Er und zwei andere wurden denunziert, und die Nazis stürmten die Wohnung, in der sie sich gerade aufhielten. Einer wurde sofort umgebracht, Lars Petter und der andre wurden nach Deutschland gebracht. Das heißt, sie mußten vorher ein paar Monate in norwegischen Gefängnissen verbringen. Nachher hat er mir erzählt, daß es wie eine Erleichterung für ihn war, als er schließlich erfuhr, daß er nach Süden gebracht werden sollte! Er hat ja nicht viel erzählt, als er nach Hause kam, aber ich weiß, daß er bei der Folter in Norwegen sein Auge verloren hat. Vielleicht auch seinen Verstand, was weiß ich. Der arme Lars Petter, es war schlimm für ihn, wirklich! Und jetzt sind er und Bernard tot. Und hier sitz ich, ich alte Haut ..."

„Weißt du, Åse, es muß einen Zusammenhang zwischen den beiden Morden geben. Ich bin ganz sicher, daß es irgendwo eine Erklärung gibt und deshalb bin ich hier und frage dich aus."

„Aber lieber Junge, ich erzähl dir gerne alles, was ich weiß. Aber was kann ich denn schon bieten, was diese schrecklichen Dinge erklärt? Ich sitz hier allein und draußen gleiten die Jahre vorbei, ich weiß doch fast nichts. Alles, was ich noch habe, sind die Erinnerungen!"

„Richtig. Und genau für die interessiere ich mich! Irgendwas sagt mir, daß das alles etwas mit dem Krieg zu tun hat, und meine Erinnerungen an damals sind reichlich unklar. Weißt du zum Beispiel, wo er in Deutschland war, in welchem Lager?"

„Ach, er hat wohl die ganze Runde gemacht. Ich weiß, daß er in Bergen-Belsen und in Sachsenhausen war. Aber als 45 der Frieden kam, war er in Neuengamme, und da hatte er über ein Jahr zugebracht. Ich weiß noch, daß er einmal erzählt hat, er hätte niemals überleben können, wenn sie ihn nicht nach Neuengamme verlegt hätten. Dort war es wohl etwas weniger schrecklich als in den übrigen Höllen. Komisch übrigens – denn sie haben kurz vor Kriegsende sein Rückgrad gebrochen, das muß dort passiert sein."

„Sag mal ..." Ronny blickte sie interessiert an. „Wo würdest du Lars Petter so rein politisch einordnen? Ich meine, damals, als er solche Interessen hatte. Kann er Kommunist gewesen sein?"

„Aber nicht doch. Kommunist war er nicht. Wie die meisten von uns hat er die Sozialdemokraten gewählt, aber ich glaub nicht, daß er Mitglied war. Wir waren allesamt nicht parteipolitisch aktiv, aber wir engagierten uns ja doch, und wenn er kommunistische Sympathien gehabt hätte, dann wüßte ich das. Wir diskutierten dauernd, wir steckten doch allesamt mitten im Elend, lange bevor die Deutschen kamen. 1932, in dem Jahr, in dem ich Lars Petter kennengelernt habe, waren in diesem Land über 100 000 arbeitslos, und im Herbst und Winter stieg die Zahl auf 160 000! Vergiß das nicht! Es war doch unmöglich, da gleichgültig zu bleiben!"

„Aber Lars Petter kam aus dem Westend ..."

„Ich hab doch gesagt, daß er intelligent war." Åse Marie lächelte süß. „Außerdem war er selber Arbeiter, auch wenn er aus dem feinen Westen kam."

„Hast du eine Ahnung, warum sie ihn zu Hause rausgeworfen hatten?"

„Ich glaube, es gab keinen besonderen Grund, er hatte im

Grunde nichts gemacht. Es kam wohl eher daher, daß er da einfach nichts zu suchen hatte. Er kam wohl vor allem mit seinem Vater nicht zurecht. Von der Mutter weiß ich nichts. Ach, das alles ist so lange her, Ronny!"

Offenbar nicht lange genug, dachte er.

Nach seinem Besuch bei Åse Marie fuhr Ronny mit der 17 zur Bibliothek. Einige Minuten später saß er hinter einem riesigen Stapel Kriegsliteratur im Lesesaal. In einem dicken, in Leder gebundenen Band über den Zweiten Weltkrieg fand er eine Karte von Deutschland. Auf dieser Karte waren die Grenzen zu den Nachbarländern mit dünnen Strichen auf das weiße Papier gedruckt. Die größeren Städte waren eingezeichnet, aber keine Straßen, keine Höhenlinien. Dagegen sah es aus, als habe irgendein Deutschlandhasser die Karte mit einem Schrotgewehr beschossen. Überall gab es schwarze Punkte, dicht an dicht. Ronny Olsen hatte die Übersichtskarte über deutsche Konzentrationslager des Zeitraums 1933 – 45 gefunden. Er fand Sachsenhausen und er fand Bergen-Belsen. Und nachdem er eine Weile gesucht hatte, fand er auch Neuengamme. Ganz in der Nähe von Hamburg.

2

Hauptkommissar Carl Stertz von der Hamburger Polizei hatte die norwegische Presse restlos satt. Seit sie vor zwei Wochen diesen toten Norweger in der Elbe gefunden hatten, hatte er sie fast ununterbrochen an der Strippe. Stertz hatte für Presseleute ohnehin nur wenig übrig, aber das Benehmen dieser Norweger ging ihm noch zusätzlich auf den Keks. Natürlich hatte er unter seinen eigenen Landsleuten noch viel schlimmere Exemplare der Spezies getroffen, er würde um nichts in der Welt die Aussage eines Kollegen kritisieren, der behauptet hatte, Leute von „Bild" und anderen Springerblättern müßten als die reinen Ratten betrachtet werden. Trotzdem fand er es leichter, mit ihnen fertigzuwerden als mit diesen Ausländern. Das mußte an der Haltung liegen, die sie an den Tag legten. Eine Leiche, ein Mord – gut, das war eine Tragödie und ein Verbrechen. Guter Stoff. Carl Stertz konnte gut verstehen, daß ein Mord wie dieser gutes Material für die Presse war, wenn der ganze Fall für ihn auch im Grunde nichts anderes war als ein Job, der getan werden mußte. Aber eine ganze Hundekoppel nach

Hamburg zu schicken! Vor weniger als zwei Jahren war in Finnmark ein Deutscher unter mehr als seltsamen Umständen tot aufgefunden worden, aber Stertz glaubte nicht, daß die deutschen Zeitungen ein ganzes Journalistenheer nach Nordnorwegen geschickt hatten. Von den norwegischen Berggipfeln rückte eine Kompanie an, sobald einem der Ihren draußen in der weiten und gefährlichen Welt etwas zustieß! Wieviele wohnten da oben? Drei, vier Millionen? Er lächelte etwas müde und dachte, daß die sich wohl allesamt persönlich kannten, daß sie deshalb mit weit aufgerissenen Augen und hängender Zunge angewetzt kamen.

Trotzdem – es gab Anzeichen dafür, daß es sich um mehr handelte als um einen normalen Mord im Affekt. Und jetzt, wo er aus Oslo erfahren hatte, daß auch der Vater dieses Bernard Lindquist ermordet worden war, hatte er beschlossen, seine anderen Fälle so weit wie möglich abzugeben. Das Problem war nur, daß auch andere Staatsangestellte langsam ein Interesse an dieser Sache entwickelten. Und Carl Stertz war nicht sehr dafür, daß andere ihre Suppe aus demselben Teller aßen wie er.

Vorsichtig wurde an die Tür geklopft, und ein Polizist tat kund, daß „die Frau aus Norwegen" soeben eingetroffen sei.

Laila hatte lange für und wider erwogen. Die ganze Nacht lang hatte sie gegrübelt. Sie war so unsicher gewesen, daß sie den Hörer nicht abgenommen hatte, als Ronny wie abgemacht um neun Uhr morgens anrief. Wollte nicht, daß er sich in eine Entscheidung einmischte, die sie allein treffen mußte. Sie hatte sich wie ein Arschloch gefühlt, als das Telefon neben ihr losklingelte, die Gewißheit, daß er sich um sie Sorgen machte, quälte sie. Aber sie hatte den Hörer nicht abgenommen. Als im Zimmer wieder Stille herrschte, hatte sie sich angezogen und gespürt, daß kein Weg an Stertz vorbeiführte, wenn sie in diesem Fall weiterkommen wollte. Das Problem war, daß sie nicht so recht wußte, welche Rolle sie spielen oder welche Karten – und wieviele – sie auf den Tisch legen sollte. Als sie diesen Stertz schließlich an der Strippe hatte, hatte sie sich als Journalistin ausgegeben, aber dann sofort begriffen, daß sie einen Fehler begangen hatte, als am anderen Ende der Leitung Schweigen folgte. Sie hatte hinzufügen müssen, daß sie außerdem mit dem Ermordeten eng befreundet gewesen war und daß sie über Informationen verfügte, die unter Umständen von Bedeutung sein könnten. Er hatte sie sofort an einen seiner Untergebenen verwiesen, aber sie war stur geblieben und Stertz oder keinen verlangt. Die reine Love-Story, hatte sie gedacht, als sie auflegte und Zeitpunkt und Adresse notierte.

Als sie nun diesem Stertz gegenübersaß, fühlte sie sich allerdings ziemlich sicher, daß aus dieser Begegnung keine Liebe erwachsen würde. Der Mann war groß, ja, ein Riese. Nicht direkt fett, nur an allen Gliedern unnormal groß. Gewaltige Schaufeln von Händen und auf breiten Schultern einen Stierschädel mit sandfarbenen Haaren. Vom Nacken war kaum etwas zu sehen. Laila Olsen kam nicht umhin, Stertzens Frau – falls er eine hatte – einen Gedanken zu widmen. Himmel, dachte sie schaudernd. Wenn er da unten genauso groß ist! Das wäre ja wie eine umgekehrte Geburt!

„Nun gut", sagte Stertz. Er klatschte beide Handflächen auf die Schreibtischplatte, es klang wie zwei Koteletts, die den Zinktresen eines Schlachters treffen. „Und was haben Sie mir zu erzählen, was ich noch nicht weiß?" Er legte den Kopf zurück und blickte sie aus Augen an, die nicht gerade vor Neugier blitzten.

„Darf ich rauchen?" Laila mußte sich arg zusammenreißen, um sich nicht über den arroganten Tonfall dieses deutschen Bullen aufzuregen.

„Wenn das sein muß."

Laila steckte sich eine Zigarette an und rückte dichter an den Schreibtisch, auf dem sie eine Porzellanschale sah, die möglicherweise als Aschenbecher diente. Sie blies den Rauch demonstrativ geradeaus. „Zuerst muß ich Ihnen ein Geständnis machen, Herr Stertz."

„Sie haben Herrn Lindquist nicht gekannt?"

„Doch! Sie können mir glauben, ich habe ihn sehr gut gekannt! Aber es ist so, Herr Stertz, daß meine Schreibfähigkeiten so begrenzt sind, daß ich kaum einen normalen Brief zustande bringe."

Einen Moment lang sah es aus, als wollte sich Herrn Stertzens ohnehin schon reichlich trüber Sinn noch verdüstern, dann brach plötzlich die Sonne hindurch, er lächelte. Es war kein schönes Lächeln, aber Laila atmete erleichtert auf und dachte, daß der Riese wohl nichts Besseres produzieren könnte. Niemand sollte erwarten, daß Riesen wie Elfen lächeln!

„Ich bin Privatdetektivin", sagte Laila. Und sie registrierte sofort, daß Stertz nicht laut und herzlich lachte, wie es zu Hause in Norwegen üblich war.

„Aha! Aber sagen Sie, Frau Olsen – deshalb brauchten Sie mich am Telefon doch nicht zu belügen!“

„Ich konnte doch nicht sicher sein. Die Polizei in Norwegen ... es fällt mir nicht immer leicht, ihr Vertrauen zu gewinnen, wenn Sie verstehen.“

„Ich verstehe. Aber ehrlich gesagt, meins haben Sie im Grunde auch nicht. Wer hat Sie denn für diesen Fall engagiert? Die Familie?“

„Nein. Im Grunde kümmere ich ... mein Mann und ich kümmern uns eigentlich nicht um solche Fälle, im Grunde war es ein ziemlicher Zufall, daß ich nach Hamburg gefahren bin. Sie verstehen, Bernard Lindquist war ein sehr guter Freund von uns. Wir kannten ihn, und wir kannten seinen Vater.“

„Ich habe natürlich mit Oslo gesprochen. Schlimme Sache!“ Stertz nickte ernst.

Laila drückte ihre Zigarette aus und zündete sofort eine andere an. „Schlimm. Und unbegreiflich. Ich möchte, daß Sie wirklich verstehen, daß ich im Grunde diesen Fall nicht bearbeite, ich bin aus Neugier gekommen, das ist alles.“

„Und Ihr Mann?“

„Er ist in Oslo und neugierig.“

„Und Ihre Neugier hat Frucht getragen, ist es so?“

„Verzeihen Sie, Herr Stertz, aber ich habe gelernt, niemals etwas zu verschenken. Ja, sie hat Frucht getragen, aber ich würde gern einige von Ihren Äpfeln dafür eintauschen. Ich kann zwar nicht schreiben, aber sicher kann ich die Geschichte für eine schöne Summe verkaufen, wenn ich einen Schritt vor den Journalisten liege.“

War sie zu weit gegangen? Etwas sagte ihr, daß dieser Mann gefährlich werden konnte, wenn sie ihm zu hart auf die Zehen trat.

Aber Stertz war ziemlich ruhig. „Ich gehe davon aus, Frau Olsen, daß Ihnen bekannt ist, daß Sie sich hier nicht auf dem Obstmarkt befinden. In diesem Haus werden Informationen weder ge- noch verkauft. Wir besorgen uns durch sorgfältige Arbeit, was wir brauchen und reichen es völlig gratis an die Gerichte weiter. Wenn Sie etwas über diesen Fall wissen möchten, verweise ich Sie auf die Pressekonferenz, die Ende der Woche stattfindet. Ich werde dafür sorgen, daß Sie hereingelassen werden, auch wenn Sie nicht schreiben können.“ In seiner Stimme lag jetzt etwas, das ein baldiges Ende dieses Gesprächs signalisierte.

„Herr Stertz, ich habe etwas Wichtiges zu sagen! Ich meine

das ernst. Ich bin nicht hergekommen, um Ihnen Unsinn zu erzählen!"

„Dann spucken Sie's aus, Mensch!" Stertz ließ seine Koteletts wieder klatschen, und Laila dachte, daß es auf dieser Welt wohl nur ein Volk gab, das das Wort „Mensch" wie ein Schimpfwort klingen lassen konnte. „Spucken Sie's aus oder verschwinden Sie von hier, ich habe keine Zeit für lange Verhandlungen! Wenn Sie wüßten, wieviele Trottel im Laufe eines Tages mit 'wichtigen' Informationen in diesem Haus ein- und ausrennen, würden Sie verstehen ..."

„Zu denen gehöre ich nicht, guter Mann!"

Stertz sah sie lange wortlos an. Dann öffnete er eine Schreibtischschublade, nahm eine Pastillenschachtel heraus und wühlte eifrig mit seinen Fleischklumpen darin herum. „Was möchten Sie denn am Liebsten wissen, Frau Olsen? Machen Ihnen der Vor- oder der Nachname des Mörders die meisten Probleme?"

„Ich wüßte gern, wie ihr die Leiche so schnell identifizieren konntet. In den norwegischen Zeitungen stand, Bernard hätte keine Papiere bei sich gehabt. Trotzdem konnte sein Name fast sofort veröffentlicht werden. Am längsten muß es gedauert haben, die Bilder nach Norwegen zu schicken, um die Identität bestätigen zu lassen. Darüber habe ich viel nachgedacht, Stertz. Denn Bernard war ja nicht gerade ein internationaler Star."

Stertz warf einen kleinen Fliegendreck von einer Pastille mit verblüffender Präzision in seinen Schlund und nickte zufrieden. Das konnte er nun wirklich verraten, die Frage sollte auf der bevorstehenden Pressekonferenz sowieso beantwortet werden. „Ist das alles?"

„Nein. Ich wüßte auch gern, was ihr in seinem Hotelzimmer gefunden habt."

Wieder nickte Stertz. Hier konnte er ihr geben, was er wollte. „Und was würden Sie mir denn wohl dafür geben, Frau Olsen?" Nun schien er sich zu amüsieren.

„Einen Namen. Eine Adresse. Einen deutschen Namen. Eine Adresse in Hamburg. Ich bin die einzige, die diese Information hat, und, glauben Sie mir, Stertz – sie wird Sie sehr interessieren!"

„Ich bin nicht so sicher, ob Sie die Richtige sind, um sich über meine Interessen zu äußern, Frau Olsen. Aber egal, woher haben Sie diese Adresse?"

„Aus Bernards Wohnung in Oslo."

„Und warum glauben Sie, daß die Polizei in Oslo sich nicht um diese Adresse gekümmert hat, wenn diese Person denn so wichtig für den Fall ist?" Noch immer behielt er seinen kühlen, etwas herablassenden Tonfall bei, aber sie merkte, daß sie ihn jetzt hatte. Stertz war ins Rutschen gekommen, ob er das nun zeigen mochte oder nicht.

„Hauptsächlich, weil die Polizei in Oslo weder Namen noch Adresse hat. Ich habe sie eigenhändig aus Bernards Wohnung gestohlen, ehe die Polizei mit ihren Untersuchungen richtig in Gang gekommen war."

„Was? Sie sind eingebrochen?"

„Das ist mein zweites Geständnis."

„Aber begreifen Sie nicht, daß Sie dadurch vielleicht die Nachforschungen behindert haben?"

„Das Risiko habe ich auf mich genommen, und jetzt weiß ich, daß ich gar nichts behindert habe! Wenn Sie mich wegen dieses Einbruchs der norwegischen Polizei ausliefern wollen, dann bitte sehr! Aber denken Sie daran, ich habe die Adresse, und ich habe sie *hier!*" Laila tippte sich an die Schläfe. „Und meine Lust zur Zusammenarbeit sinkt weit unter den Nullpunkt, wenn ich auch nur eine Viertelstunde in einer Zelle verbringen muß!"

„Sie sind bemerkenswert, Frau Olsen! Ja, wirklich. Sagen Sie, möchten Sie noch mehr gestehen?"

„Vorläufig nicht."

Er lächelte. „Am 6. Februar, also nur wenige Tage, ehe er ermordet aufgefunden wurde, wurde Bernard Lindquist von der Polizei in Escheburg verhaftet und dann nach Hamburg gebracht, weil er hier sein Zimmer hatte. Als wir einige Tage später die Leiche fanden und auf unseren Vermißtenlisten keinen Passenden finden konnten, haben wir die Listen von Interpol durchgesehen. Bernard Lindquist war dort vorhanden, wie Sie vielleicht wissen, und wir hatten ihn ja seit kurzem im Archiv. Schon am nächsten Tag haben wir sein Hotel gefunden."

„Bernard verhaftet? Escheburg – wo liegt das?"

„Nicht weit entfernt, östlich von Hamburg."

„Aber was in aller Welt hatte er denn angestellt, er hatte doch nie Ärger mit der Polizei!"

„Er muß ähnliche Schwächen gehabt haben wie Sie", sagte Stertz und lachte. „Er hat versucht, in ein Konzentrationslager einzubrechen!"

3

Die Sonne befreite sich vorsichtig aus der dunklen Watte über dem Kessel von Oslo, als Ronny eine Stunde später die Bibliothek verließ. Unten in der Akersgate herrschte zähflüssiger Verkehr, ein Fluß von Ratenzahlungs-Problemen, Rostangriffen und mäßig zufriedenen Norwegern. Ronny dachte an seinen PV, dem er an diesem Morgen kein Lebenszeichen hatte entlocken können. Vielleicht hatte Laila recht, vielleicht mußten sie sich einen Gebrauchtwagen anschaffen, auf den mehr Verlaß war als auf diese alte Kiste. Wenn sie jetzt schon streikte, nur wenige Tage nach der letzten Wartung ...

Unten im Zeitungsviertel studierte er die Aushänge. Des einen Tod, des anderen Brot. Was sonst in der Welt geschah, war für Leute, die nur Zeitungen lasen, schwer zu ermitteln. Überall dominierten die Lindquists, von oben, von unten, von vorne und von hinten. Kinderbilder, Jugendbilder, Bilder von jähem Tod und schlechter Verfassung. Fotografien, auf denen eingezeichnete Pfeile zeigten, hinter welchen Fenstern diese unbegreiflichen toten Männer, kurz bevor der Todesengel erschien, geschlafen hatten. Man spekulierte und grübelte, mehr konnten die kühnen Ritter des modernen Journalismus vorerst nicht tun – denn die Polizei hatte den Wölfen keinen einzigen Bissen hingeworfen. Nur nach einem weißen, möglicherweise cremegelben BMW, der seinerseits vielleicht ein Mercedes war, wurde gefahndet. Holm versicherte jedoch, daß alle verfügbaren Kräfte auf den Fall angesetzt waren und bat das Norwegische Volk um Hilfe und Unterstützung.

Und das Norwegische Volk, das nun einmal an einer bittenden Hand nicht vorübergehen kann, trat in Aktion. Ja, aus den Spekulationen in der Presse ging ganz klar hervor, daß die Vortruppen des Volkes schon längst eingegriffen hatten. Sie ließen sich wirklich nicht lange bitten! Hatte Witwe Gregersen, die nur 50, 60 Steinwürfe vom Tatort entfernt wohnte, in der schicksalsschwangeren Nacht nicht ein *grausiges* Lachen gehört? Und als sie, voller banger Ahnungen, aufgestanden und ans Fenster getreten war, hatte sie nicht DEN MÖRDER (?) beobachtet, der quer über der Straße an einem Schaufenster sein Wasser abschlug, – *torkelnd* vor Mordlust! Und ein Junggeselle in Tøyen war bereits am Morgen nach dem Mord von nicht weniger als drei Nachbarn angezeigt worden. Er hatte sich immer abseits gehalten, konnten die Nachbarn berichten, und in der fraglichen Nacht war er betrunken mit blutbespritzter Arbeitsjacke nach

Hause gekommen. Die Polizei fand schnell heraus, daß der Mann nach einer Scheidung unter argen Depressionen litt, und daß es sein Beruf war, die Tiere zu schlachten, die die Nachbarschaft mit dem größten Vergnügen verzehrte.

Ein Auto, dachte Ronny. Die müssen doch mehr haben als bloß ein Auto, das sie nicht einmal beschreiben können.

Er überquerte die Straße und ging zur Imbißbude vor Pilestredet 1. Würstchen. Ich müßte mir mal ein richtiges Essen kochen. Teuer ist es auch! Er bestellte zwei Würstchen mit Krabbensalat.

Als er vor dem Imbiß stand und aß, fiel sein Blick auf die Fassade des Hauses Nr. 1. Das gelbe Steinhaus war offenbar frisch verputzt und machte wirklich etwas her. Seit er mit Bernard hier gewesen war, hatte die Tür ein neues Schild bekommen. Das Schild maß über einen halben Meter und war aus blankem Messing. Es hing links von der Eingangstür und verkündete aller Welt, daß hier, in Pilestredet 1, der Verlag Nybrott residierte. Ronny konnte dieses plötzliche Bedürfnis von Verlagsseite, seine Adresse auf diese Weise auszuposaunen, nicht begreifen. Denn Bernard hatte erzählt, daß die Firma für diverse Gläubiger in der Stadt ein beliebtes Jagdobjekt sei. Ronny öffnete die schwere Teakholztür und machte sich daran, die steile Treppe in den zweiten Stock hochzusteigen."

Die Eingangstür des Verlages war ziemlich geschmacklos mit Reklameaufklebern für die Bücher des Verlages zugepappt. Als Ronny anklopfte und die Tür einen Spalt öffnete, begriff er sofort, warum Nybrott keine Angst mehr davor hatte, sich auf der Straße bekanntzumachen. Der Verlagshund Fredrik kam mit einem langen Sprung, mit schäumendem Maul und gierigem Knurren auf ihn zu – Ronny konnte gerade noch die Tür wieder zuschlagen.

„Ruhig!" hörte er von innen. „Leg dich, Fredrik! Hörst du!" Fredrik schien aber nicht der Typ zu sein, der sich so ohne weiteres menschlicher Dressur unterwirft, und soweit Ronny mitbekam, stand er immer noch hinter der Tür. Ronny, der einen ängstlichen Moment lang einen wutschäumenden irischen Wolfshund erblickt hatte, beschloß, vor der Tür zu warten, bis der Kampf innen entschieden war. Aber plötzlich wurde die Tür aufgerissen und er stand Hund und Herrn von Angesicht zu Angesicht gegenüber.

Der Mann, der etwa Mitte 30 sein mochte, trug Jeans und ein kleinkariertes Flanellhemd und seine langen Haare sahen aus wie eine mißlungene Kopie der Mähne von Hendrix. „Ich hoffe, du bringst weder Gedichte noch Rechnungen“, sagte er und grinste. „Dann laß ich den Hund los!“

„Halt das Viech fest!“ bat Ronny und versuchte, das Lächeln zu erwidern. Er hatte in seinem Leben noch keinen größeren Hund gesehen. „Ich bring noch nicht mal schlechte Prosa!“

Fredrik gab nicht auf und versuchte, sich durch die Beine seines Besitzers zu pressen.

„Kümmer dich nicht um Fredrik“, sagte der. „Der will dich bloß begrüßen. Ganz harmlos!“ Und damit gab seine Schenkelmuskulatur nach und Fredrik warf sich mit aller Kraft auf Ronny. Ronny trat erschrocken zurück. Das Gewicht des schweren Tieres preßte ihn gegen das Geländer und er sah Sterne. Dann öffnete sich das Maul, und Ronny sah die langen, gelbweißen Säbel vor rosa Hintergrund. Die Zunge traf ihn genau über der Kinnspitze, fuhr in blitzschnellen Bewegungen auf und ab, wusch ihn gründlich im ganzen Gesicht. Ronny kniff Mund und Augen zu und versuchte verzweifelt, das Tier auf Armlänge von sich abzuhalten. Herrchen zog und zerrte am Halsband und Fredrik mußte schließlich aufgeben, das Rendezvous mit Ronny Olsen war vorbei.

„Pfui, schäm dich, Junge! So! Komm her!“

Ronny trottete hinter Herrn und Hund ins Büro, wobei er sich die ganze Zeit fragte, warum sein größter Wunsch als Kind ausgerechnet ein Schäferhund gewesen sein mochte.

„Warst du nicht mal mit Bernard hier? Setz dich doch. Schmeiß die Telefonbücher einfach auf den Boden!“

„Ja“, sagte Ronny und schaufelte sich Platz. „Aber heute komm ich allein.“

„Üble Geschichte“, sagte der Mann, an dessen Namen Ronny sich nun endlich erinnern konnte. Eyvind Berg. Eyvind Berg rief aus dem Nebenzimmer, wo er Fredrik aus einer großen Papiertüte Trockenfutter vorlegte: „Und jetzt haben die den Vater auch noch umgelegt, hab ich gelesen. Himmelarsch, kannst du dir vorstellen, wo die beiden da reingerutscht sind? Totale Mafiakiste, oder?“

„Ich hab gedacht, du hättest vielleicht ein bißchen Durchblick?“

„Ich?“ Eyvind hatte ihm den Rücken gekehrt und bekleckerte den Teppichboden. „Ich hab ihm auf einem Fest einmal eine geknallt, nachdem er mir aus purer Gemeinheit zwei Bowiescheiben kaputtgemacht hatte, aber den Jungen mitten im Winter ins Wasser schubsen ... nein! Und den Vater hab ich nie gesehen.“

„Ich hatte auch nicht gedacht, daß du für diese ganze Scheiße verantwortlich wärst."

„Super! Ich bin für soviel anderes verantwortlich, daß ich mir bald keinen Rat mehr weiß. So, Junge, jetzt kannst du fressen und ein paar Minuten friedlich sein!" Das Tier machte sich über das braunrote Trockenfutter mit einer Glut her, als habe es seit dem Welpenstadium strenge Diät halten müssen. „Du willst also über Bernard reden?"

„Ja", sagte Ronny. „Ich interessiere mich nicht so sehr für Bücher."

„Bücher sind Mist! Möchtest du Kaffee oder bist du mit einem lauwarmen Bier zufrieden?"

„Mit Kaffeekochen brauchst du dir meinetwegen keine Mühe zu machen."

„Hier!" Die Bierflasche beschrieb in der Luft einen wunderbaren Bogen. „Nein, weißt du, Bernard ... ich hab nicht so schrecklich viel Kontakt mit ihm gehabt. Er hat bei uns zwei Bücher gemacht, aber neben der praktischen Arbeit hatten wir nur wenig miteinander zu tun."

„Warst du sein Lektor?"

„Nein. Ivar! Komm doch mal her!"

Im anderen Zimmer schrammte ein Stuhl über den Boden. „Was ist los?"

„Hier ist ein echter Detektiv. Er will mit dir quatschen! Ich behaupte ja, es war der Oberkellner, aber ..."

Ivar kam herein und setzte sich auf einen Stapel Manuskripte in einer Ecke. Er war ein kleiner dunkler Mann mit betonten Wangenknochen, vielleicht ein Same.

Ronny begrüßte ihn. „Warst du Bernards Lektor?"

„Stimmt. Bei beiden Büchern. Das war leichte Arbeit, war nicht viel zu verändern. Bernard war der Typ, der jahrelang an einem Manuskript arbeitete, und wenn er dann endlich damit herkam, war alles klipp und klar. Wenn alle so wären ..." Ivar schlug mit der flachen Hand auf den Stapel, auf dem er saß.

„Genau!" stimmte Eyvind zu. „Bernard war so ein Schriftsteller, der es in den Fingern hatte, wenn du verstehst, was ich meine. Er hätte auch einen viel besseren Absatz für seine Bücher verdient, ja, verdammt!"

„Wißt ihr, ob er gerade an etwas arbeitete – ich meine, ehe sie ihn abgemurkst haben?"

Eyvind sagte: „Du weißt doch, Schriftsteller machen so viel Geschrei! Kaum haben sie ein oder zwei Halbe intus, und das haben sie in der Regel immer, schon fließen sie über vor Ideen und 'fast fertigen' Büchern. Und in der Hinsicht war Bernard auch keine Ausnahme."

„Doch, in gewisser Hinsicht war er das!" widersprach Ivar. „Ich meine ... er hat zwar rumgequatscht wie alle anderen, aber ich hatte den Eindruck, daß er damit erst anfing, wenn der Fisch angebissen hatte, und nicht jedesmal, wenn er die Angel gerade ausgeworfen hatte."

Eyvind lächelte Ronny an. „Ist dir seine Bildersprache aufgefallen? Das kommt davon, wenn man pro Woche 15 Manuskripte liest – das ruiniert! Die meisten Lektoren gehen mit einem Roman schwanger, weißt du, aber meistens bleibts bei der Übelkeit!" Ivar lachte.

Ronny sagte: „Ich glaube, es kann ziemlich wichtig sein, herauszufinden, ob Bernard gerade ein Buchprojekt in der Mache hatte. Könnt ihr euch erinnern, ob er sowas erwähnt hat? Ein Buch oder vielleicht einen Artikel oder sowas?"

„Nein", sagte Eyvind. „Keine Spur."

„Doch", sagte Ivar. „Er hat mit mir über ein Buch gesprochen. Ich hab es nicht sonderlich beachtet, aber soviel weiß ich noch."

Ronny wurde eifrig. „Erzähl!"

„Er hat von einem Buch gesprochen und davon, daß er genug Stoff für mehrere Artikel hätte. Aber sag mal – meinst du, das kann etwas mit dem Mord zu tun haben? Ich meine, es kommt ja vor, daß die Kritiker irgendwen restlos hinmachen, aber ..."

„Ich weiß nicht", sagte Ronny. „Aber ich hab den Verdacht, daß irgendwo ein Zusammenhang bestehen kann."

„Arbeitest du an der Sache? So ganz seriös, meine ich?" Eyvind musterte ihn skeptisch.

„Ja!" Ronny war immer leicht genervt, wenn er auf das ewige Mißtrauen der Leute gegen den von ihm gewählten Beruf stieß. „Erzähl mir von diesen Plänen, Ivar!"

„Es war im Oktober, muß an einem der letzten Tage vor seiner Abreise gewesen sein. Ich saß hier an ein paar Korrekturen, es war ziemlich spät. Bernard rief an, er hatte gesehen, daß noch Licht war. Er fragte, ob ich ihm unten aufmachen könnte, er wollte gern mit mir reden. Ich schlug vor, daß wir uns lieber später im Casino treffen sollten."

„Und worüber wollte er mit dir diskutieren?"

„Eine Diskussion wurde das nicht gerade. Aber jedenfalls erzählte er, daß er eine Idee für ein neues Buch hätte, eine richtig dicke Idee. Das einzige, was er mir erzählt hat, war, daß der Schwerpunkt der Handlung im Krieg liegen sollte, daß einzelne Handlungsstränge aber bis heute reichen würden. Ich fand das ja ehrlich gesagt nicht so sonderlich originell, aber er ließ mich gar nicht ausreden. An dem Tag, wo ich das Manuskript bekäme, würde ich anfangen, Tag und Nacht zu lesen, bis meine Augen groß und feucht wären, das könnte er garantieren. Naja, um solche Prahlereien kümmere ich mich nie besonders. Er betonte immer wieder, der Stoff wäre perfekt, weil er während der Arbeit am Buch allerlei Artikel schreiben könnte, und damit könnte er sich dann finanziell über Wasser halten. Ich sagte natürlich, daß sich das wunderbar anhörte, denn bei uns hatte er ja nicht mehr viel zu holen, da sein letztes Buch sehr schlecht ging. Ansonsten sprachen wir ein bißchen über Abgabetermine und so. Ich sagte, es käme nicht so drauf an, so lange er das Manuskript nicht erst im Spätsommer anbrächte. Ja, das war im Grunde unser Gespräch – sicher nicht so schrecklich spannend!"

„Eins wüßte ich noch gern", sagte Ronny und stellte die leere Flasche demonstrativ auf den Tisch. Eyvind ging eine neue holen. „Was macht ein Schriftsteller mit seinem Manuskript, wenn er sich lange im Ausland aufhält?"

„Für einen Detektiv drückst du dich jetzt aber unklar aus", meinte Eyvind und öffnete die Flasche mit einem Papiermesser. „Was ein Schriftsteller mit dem Manuskript macht?"

„Tut mir leid. Was ich meine, ist: Wenn ein Schriftsteller mit einem Blätterhaufen in der Tasche von Ort zu Ort reist, dann stellt dieser Haufen doch einen ziemlichen Wert dar, nicht wahr?"

„Achso, ja! Doch, es gibt viele nette Anekdoten über diverse Geisteswerke, die auf Abwege geraten sind. Nein, weißt du, ein Schriftsteller, der seine Birne nicht nur zum Ausbrüten von Romanen und Gedichten verwendet, macht natürlich immer wieder Kopien und schickt sie nach Hause. Nimm zum Beispiel Andreas Hasle. Der gibt seine Machwerke doch hier bei uns heraus und ist fast immer im Ausland, auf der Flucht vor Weib und Finanzamt. Er kopiert jedes einzelne neue Kapitel und schickt es an seine alte Mutter."

„Könnt ihr euch vorstellen, wem Bernard seine Kopien geschickt haben könnte?" Ronny lächelte. „Wohl kaum seinem alten Vater."

„Als er an 'Ein Ring aus Eisen' arbeitete, war er ja fast die ganze Zeit in Paris", erzählte Ivar. „Und da hat er seine Kopien in den Verlag geschickt. Wir stecken sie dann solange ins Archiv."

„Und diesmal?"

Eyvind zuckte die Schultern. „Ich hab von diesem Projekt überhaupt nichts gewußt."

„Ich hab nichts gesehen", sagte Ivar. „Aber es könnte ja sein ..."

„Was könnte sein?"

„Es könnte ja sein, daß Maja sie ins Archiv gestopft hat", sagte Eyvind und stand auf.

Ivar sagte: „Maja ist unsere Sekretärin, weißt du. Sie kommt dreimal pro Woche her und ist natürlich nicht verpflichtet, uns solche 'tote' Post zu melden."

„Sieh nach, ob im Archiv etwas ist", sagte Ronny.

„Schon unterwegs." Eyvind kämpfte mit einer widerspenstigen Archivschublade.

„Das kann dauern", erklärte Ivar. „Dieses unser Archiv ..."

Aber es dauerte nicht lange. Ronny saß mit hämmerndem Herzen da und wartete, während Eyvind im anderen Zimmer die Schublade durchsah. Ronny konnte Gemurmel hören, während der unorthodoxe Verleger die Abteilung L untersuchte. „Nein ... nein ... nein! Nichts! Kein Furz! Doch!"

4

Kein Wort war von dem großen Mann hinter dem Schreibtisch zu hören. Nachdem Laila Namen und Adresse des alten Mannes im Schrank genannt hatte, hatte Stertz über eine Minute geschwiegen, hatte aber keine Miene gemacht, seinen Blick von ihr abzuwenden. Dennoch sah er sie im Grunde nicht an, er schien eher in sich hinein zu schauen. In seinem Gesicht hatte sich ein Ausdruck breitgemacht, den Laila zu deuten versuchte. Sie verstand lediglich, daß der Mann angestrengt nachdachte, daß der Name Dieter Schraub auf irgendeine Weise einen Prozeß in ihm ausgelöst hatte und daß er nun nach dem Gewinn für das Gratislos suchte, das sie ihm vorgelegt hatte. Als sein Schweigen ihr langsam peinlich wurde, räusperte sie sich, und sie sagte: „Ihr könntet vielleicht überprüfen, ob ihr ihn im Archiv habt?" Sie wollte hier sein, wenn das geschah.

„Das ist durchaus nicht nötig, Frau Olsen! Ich kenne Dieter Schraub sehr gut!" Dann richtete er seinen Blick wieder starr auf sie und fuhr fort: „Sie halten einen Riesen wie mich vielleicht für einen Stier ohne Grips. Aber da irren Sie sich. In meinem breiten Schädel liegt ein Gehirn, mit dem ich sogar sehr zufrieden bin. Wissen Sie, was meine Spezialität ist?"

„Nein."

„Mein Gedächtnis, Frau Olsen. Mein Gedächtnis! Wenn Sie Dieter Schraub nennen, dann brauche ich nur mein eigenes Archiv, denn ich habe ihn selber verhaftet, und ich habe eigenhändig sein Geständnis protokolliert. Das war einer meiner einfacheren Fälle."

„Und was hatte Dieter Schraub Ihnen zu bieten – an einfachen Geständnissen?"

„Er hat mir erzählt, ganz ohne irgendwelche Aufforderungen, daß er seine Frau mit einem Schürhaken erschlagen hatte", sagte Stertz. „Solche Morde kommen ja hauptsächlich in englischen Kriminalromanen vor, aber sie lassen sich wirklich begehen, auch heutzutage in Deutschland. Ich habe es gesehen. Schraub bekam zehn Jahre, und die hatte er im Grunde verdient, auch wenn er so kooperativ war. Er hat nach vollbrachter Tat selber die Polizei angerufen, und als wir eintrafen, saß er noch immer mit dem Schürhaken in der Hand da." Stertz fuhr fort, fast wie zu sich selber: „Komisch, daß Sie gerade ihn nennen!"

Laila versuchte, sich von der Neugier nicht ganz umwerfen zu lassen. Aber ihre Wangen waren glühendheiß, als sie fragte: „Aber Herrgott, Stertz, wann ist das passiert – und warum?"

„1961. Im Dezember, direkt vor Weihnachten. Warum, fragen Sie? Darauf kann Ihnen nur Schraub antworten. Er hat klar und präzise über die technische Seite des Falles ausgesagt. Aber immer, wenn wir das Motiv berührten, war er stumm wie ein Fisch. Das hat die Verteidigung natürlich ziemlich gestört und unbedingt dazu beigetragen, daß der Mann eine relativ strenge Strafe bekam." Stertz starrte sie an, während sein rechter Zeigefinger emsig in der Pastillenschachtel grub. „Haben Sie ihn getroffen?"

„Nein!" Die Lügnerin Laila Olsen bewahrte ihre Maske mit Glanz.

Der braune A-4-Umschlag war am 23. Januar in Berlin abgestempelt. Die Adresse des Nybrott Verlages war in Bernards Schrift geschrieben. Auf der Rückseite stand: „Nur fürs Archiv! Bernard c/o Vera Schultz" und eine Adresse in Berlin.

„Ich nehm das mit", sagte Ronny.

„Du kannst doch eine Kopie machen", meinte Eyvind unsicher.

„Nein. Aber ihr könnt ruhig eine Kopie machen. Wenn ich damit fertig bin, wohlgemerkt!" Etwas in Ronnys Stimme brachte Eyvind dazu, sich kampflos zu ergeben. „Na gut, nimm hin! Aber bring es zurück, wenn du damit fertig bist."

„Vielleicht", sagte Ronny zerstreut. Er war schon auf dem Weg zur Tür.

Als er nach Hause kam, kochte er sich eine Kanne Kaffee und setzte sich an ein Kapitel aus Bernard Lindquists letztem Manuskript.

Ich weiß nicht, wie lange ich schon hier bin. Ja, ich weiß, das kann unglaublich klingen, aber im Gegensatz zu den anderen zähle ich die Tage nicht. Für mich ist meine ganze Zeit in Deutschland ein einziger Strom von Grausamkeiten, die Tage waren wie Ewigkeiten und die Nächte waren nie ruhig genug, um mir die Ruhe zu geben, die ich so sehr brauche. Wie jetzt: Es ist Nacht, es muß nach drei sein, ich sollte schlafen. Mein Körper schreit nach Schlaf, und ich fühle mich halbverrückt nach all diesem Wachen. Man bekommt so seltsame Visionen, wenn man so daliegt. Durch das monotone Geräusch von schlafenden Männern höre ich Gabrielsen weinen. Gabrielsen weint jede Nacht, ich hätte mich wie alle anderen daran gewöhnen sollen. Es ist mehr als seltsam: Hier gewöhnt man sich sozusagen an alles – man lebt in einer Hölle und sieht Satan und das Ergebnis seiner Taten an jedem Tag. Menschen, die langsam erwürgt werden, andere, die vor unseren Augen erschlagen werden. Ich bin sogar Zeuge davon gewesen, daß ein SS-Mann einem Polen beide Augen ausgestochen hat, ohne daß mich der Anblick dieser Untat besonders getroffen hätte. Dennoch: Ich bin nicht kalt, nicht gleichgültig. Wenn ich zu den Gleichgültigen gehörte, wäre ich bereits ein toter Mann, aber ich lebe, habe vieles überlebt ... Zu irgendeinem Zeitpunkt wird es einfach unumgänglich notwendig, gewisse Vorhänge vor innere Fenster zu ziehen – die äußeren Eindrücke werden in ihrer absurden Härte zu wirklich. Also gibt man contra. Alles wird auf den Kopf gestellt, man befindet sich in einem Zustand der Unwirklichkeit. Nicht einmal schallende Ohrfeigen oder ein oder zehn Peitschenhiebe bringen einen zu der Erkenntnis, daß das alles wirklich ist, daß das *deutsche Gefangenschaft ist – ein Ergebnis des Größenwahns der Nazis.*

Aber da ist Gabrielsens Weinen. Daß ich das nicht als etwas

Natürliches betrachten kann, etwas, das sich jede Nacht wiederholt, genauso sicher, wie der Mond seine Bahn über den Himmel zieht. Ich glaube ...“

Himmel! Ronny schaute auf und trank einen Schluck Kaffee. Daß das schlecht war, war eine Sache, er hatte auch keine ganz große Prosa erwartet. Bernard hatte seinen Vater rehabilitieren, ihn als Menschen, nicht nur als besoffenen Drecksack darstellen wollen. Das war natürlich lobenswert, auch wenn das Ergebnis nicht das Papier wert war, auf dem es stand. Aber was konnte er, Ronny Olsen, diesem allem entnehmen? Er überflog die übrigen zwanzig, dreißig Seiten, fand aber nur mittelmäßige Psychologie, eine Skizze eines einsamen Mannes, der in einem Konzentrationslager lag und nicht schlafen konnte.

„Tut mir leid, Bernard!“ Ronny sprach laut mit der Wand, „das einzige an diesem Kapitel, das etwas taugt, ist wahrscheinlich die Absenderadresse auf der Rückseite des Umschlages!“

5

Die beiden Männer auf den Vordersitzen des dunkelgrünen Mercedes sahen sich sehr ähnlich. Sie waren Mitte 30, hatten Gesichtszüge ohne besondere Kennzeichen und kurzgeschnittene Haare. Der eine, der Mann hinter dem Steuer, war rotblond, der andere dunkel – hauptsächlich unterschieden sie sich durch ihre Haarfarbe. Sie trugen Jeans und Lederjacken und rauchten in rascher Folge ein gemeinsames Päckchen Roth-Händle auf, das vor ihnen auf dem Armaturenbrett lag. Sie warteten.

Der eine sagte: „Glaubst du eigentlich, daß das was bringt?“

„Glauben! Ich glaub gar nichts mehr. Manchmal hab ich mich mit sowas beschäftigt, eh ich in diesen Laden eingestiegen bin, aber jetzt ... noch ein oder zwei Jahre, dann steig ich aus.“

„Meinst du das ernst?“

„Ja. Langsam seh ich ein, daß du in diesem Fach einen Glauben brauchst, ein Gefühl, daß das, was du tust, einen Sinn hat.“

„Ich hab eigentlich das hier gemeint, den Faden, den wir jetzt verfolgen.“

„Das hab ich verstanden. Aber die Frage ist für mich unwesentlich. Ich mach meinen Job, das ist alles, ich glaube überhaupt nichts."

Die beiden blieben regungslos sitzen und sagten in der nächsten halben Stunde nichts mehr.

Auf der Adenauerallee war fast kein Mensch zu sehen, als Laila zum Hotel zurückging. Die breite Straße bot dem Wind reichen Spielraum, und heute Nachmittag wußte er ihn auszunutzen. Er kam in harten, feuchten Stößen, und sie ging gebeugt, während sie ununterbrochen an Dieter Schraub und an den riesenhaften Stertz dachte, der 1961 diesen Mann verhaftet hatte. Und die ganze Zeit über hatte sie das unbehagliche Gefühl, der „Handel", den sie mit dem Kommissar getätigt hatte, wäre zuguterletzt vor allem zu seinen Gunsten ausgefallen. Nach dieser Begegnung hatte sich ihre Rolle in der Hamburger Szene beträchtlich geändert, und sie begriff plötzlich, daß sie sich beeilen mußte. Wenn Stertzens Leute im Grasweg eintrafen, und das konnte gerade jetzt der Fall sein, würde Stertz augenblicklich den brennenden Wunsch verspüren, sie wiederzutreffen. Und es war ganz sicher, daß sie dann keine Gelegenheit haben würde, irgendwelche Fragen zu stellen, sie würde selber in die Mangel genommen werden. Mit einem Schaudern ging ihr auf, daß sie wirklich in der Tinte saß und daß sie diesen Riesen niemals, niemals hätte aufsuchen dürfen. Sie war ganz sicher, daß die von ihr genannte fiktive Hoteladresse kein besonderes Hindernis für eine weitere Begegnung darstellen würde, wenn Stertz das wirklich wollte. Sie verfluchte sich selber, weil sie nicht theatralisch genug gewesen war, sich unter falschem Namen und falscher Nationalität im Bremer Hof einzulogieren, aber wer dachte denn so weit, wenn frau nur eine normale neugierige Norwegerin war? Sie tröstete sich mit dem Gedanken, daß Stertz, was immer er auch denken oder meinen mochte, nicht beweisen könnte, daß sie in Schraubs Wohnung gewesen war. Ein paar öde Stunden vor seinem Schreibtisch oder dem eines anderen Fahnders würden für sie dabei herausspringen, mehr nicht. Aber ganz sicher war sie sich da nicht. Wenn sie wirklich gründlich vorgingen, oder wenn sie einfach bloß Schwein hatten, würden ein verlorenes Haar oder einige Fasern von ihrer Kleidung sie kompromittieren können. Außerdem war da diese verdammte Kuh von gegenüber ... Fingerabdrücke hatte sie nicht hinterlassen – darüber war sie nun doch hinaus.

Ein Taxi kam ihr auf der anderen Straßenseite entgegen, und sie winkte es schnell herbei.

Im Hotel packte sie rasch und bat um die Rechnung. Sie bekam eine Quittung und außerdem ein Telegramm.

Eintreffe morgen stop nimm Doppelzimmer stop Ronny stop

Verdammt! dachte sie. Ausgerechnet jetzt! In aller Eile kritzelte sie eine Nachricht und gab dem Portier ein großzügiges Trinkgeld, um ganz sicher gehen zu können, daß sie Ronny am nächsten Vormittag ausgehändigt würde. „Es ist wichtig!" sagte sie. „Sehr wichtig!"

Der Mann nickte ernsthaft.

Sie betete, Ronny möge vor der Polizei eintreffen.

Sie stellte ihren Koffer in ein Schließfach im Hauptbahnhof und rannte zu Max. Sie waren nicht da. Natürlich waren sie nicht da. Genervt bestellte sie ein Glas Weißwein und dachte, wenn sie Klaus in jener Nacht ins Hotel abgeschleppt hätte, dann hätte sie jetzt vielleicht seine Adresse. Verdammt, verdammt, verdammt! Sie hatte ja sogar Lust gehabt. Und er auch, wenn sie sich nicht sehr irrte.

Eine Stunde verstrich, dann zwei. Laila kippte Weißwein, um ihre Nerven zu beruhigen, regte sich aber immer nur noch mehr auf. Nach zweieinhalb Stunden erschien ein Mann, den sie erkannte, er gehörte nicht zur Clique von Klaus, aber sie hatte die beiden miteinander reden sehen. Sie winkte ihn mit einer weißweinvollen, selbstsicheren Geste zu sich herüber.

Er trat an ihren Tisch, schüttelte aber ablehnend den Kopf. „Tut mir leid, ich hab weder Geld noch Lust."

„Verdammter Arsch!" sagte Laila auf Norwegisch. Und auf Deutsch: „Setz dich, du Blödmann. Meine Möse könntest du auch für eine Million nicht kaufen."

Er setzte sich, ziemlich zahm, nachdem er begriffen hatte, in welches Fettnäpfchen er da gelatscht war.

„Entschuldigung, aber ich ..."

„Ich brauch keine Entschuldigungen, ich brauch eine Adresse! Oder am besten eine Telefonnummer!"

„Kann mich nicht erinnern, daß wir uns kennen!" Seine Stimme klang schärfer, er mochte ihren Tonfall nicht.

„Dein Gedächtnis ist nicht mein Problem. Aber ich muß Klaus finden! Ich muß sofort mit ihm sprechen!"

„Klaus?" Er blickte sie verständnislos an.

„Den Motorradfreak."

„Ach, den!" Er lächelte schwach. „Du hast eine seltsame Art, einen um einen Gefallen zu bitten."

Sie legte ihre Hand auf seine. „Tut mir leid. Ich weiß, daß ich nach ein paar Glas eine große Klappe habe, aber es ist wirklich wichtig! Und eilig! Kannst du mir helfen? Ich weiß seinen Nachnamen nicht."

„Zimmermann", sagte der Unbekannte. „Wenn er Telefon hat, kann ich dir helfen, seine Adresse weiß ich nicht genau. Einen Moment!" Er stand auf und ging, um Klaus Zimmermann im Telefonbuch ausfindig zu machen.

Sie folgte ihm mit den Augen, während er im Telefonbuch blätterte und den Zeigefinger über die Seiten fahren ließ. Mit leichter Verärgerung registrierte sie, daß er es zuklappte, eine Münze einwarf und selber anrief. Er traute ihr also nicht ganz. Aber die Erleichterung, daß er jemanden antraf, erstickte den sauren Satz, den sie auf der Zunge bereit-liegen hatte. Er redete einige Sekunden lang sehr schnell, dann winkte er ihr zu. Sie stand auf und übernahm den Hörer. „Klaus?"

„Am Apparat."

„Hier ist Laila. Erinnerst du dich an mich?"

„Aber sicher. Die Detektivin aus Norwegen."

„Ich brauch dich!" fuhr es aus ihr heraus. „Ich meine, ich muß mich irgendwo verstecken. Kannst du mich ein paar Tage unterbringen?"

„Kein Problem. Ärger?"

„Und wie!"

„Was für Ärger?"

„Bullerei. Kannst du mir helfen?"

„Keine Frage. Du bist doch bei Max?"

„Ja. Ich wußte nicht, wo ich dich sonst suchen sollte."

„Gut, daß du Karl getroffen hast. Bleib, wo du bist, ich komm sofort."

6

Die Landschaft, die vor dem Zugfenster vorbeifegte, war unverkennbar norddeutsch: Weiße, verschneite Äcker, die sich bis zum blaugrauen Horizont hinstreckten. Über der Welt dort draußen lag etwas Schweres, eine Art „Ruhe vor dem Sturm". Plötzlich hatte Ronny Angst. Laila, dachte er. Ich hätte sie nicht allein fahren lassen dürfen! Diese Sache, was immer dahintersteckt, ist groß, gefährlich. Aber zwei sind immer noch stärker als eine. Und beim letzten Schluck aus der Reiseflasche: Sogar *wir* zwei!

In den Mittagsnachrichten, die er gehört hatte, als er Bernards Manuskript las, hatte die Polizei einen Mann beschrieben, mit dem sie „sehr gerne sprechen“ würde. Es war klar, daß sie ihn als nächstes überall suchen lassen würde. Der Mann sollte etwa 1,85 groß sein, dunkle Hose und Jacke tragen und gebrochenes Englisch sprechen. Der Pole! hatte Ronny gedacht. Da haben wir den Polen. Die Beschreibung stimmte mit dem überein, was Kristoffer Larsen erzählt hatte. Und noch etwas war berichtet worden: Ein Hafenarbeiter hatte bei Vippetangen einen Mantel deutschen Fabrikats gefunden. Der Mantel war teilweise verbrannt, aber die kümmerlichen Reste dafür blutdurchtränkt.

Um fünf nach halb drei fuhr der Zug in den Hamburger Hauptbahnhof ein. Ronny nahm seinen Koffer und begab sich ins Gedränge auf dem Bahnhof. Die Menschenmasse, die ihn von allen Seiten umwogte, und die fremde Sprache ließen ihn sich klein fühlen. Ich stehe hier, dachte Ronny. Ich stehe stocksteif hier rum, bis die ärgsten Hysteriker verschwunden sind. Nein – da stell ich mich hin! Zwanzig Meter entfernt sah er auf dem Bahnsteig einen Kiosk, mit Stapeln von Holsten Pils im Fenster.

Die Menschenmenge verschwand rasch über die Rolltreppen zu den „Galerien”, die sich an beiden Seiten des Bahnhofs quer über die Gleise ziehen. Ronny kaufte sich am Kiosk eine Dose Bier und fühlte sich gleich sicherer. Hoch über ihm, unter dem gewölbten Dach, flogen einige Tauben hin und her, und er beobachtete sie, während er sich das kalte Bier durch die Kehle gleiten ließ. Keine Angst, Ronny Olsen! Keine Angst! Aus, bei, mit, nach, von, zu ... wie wird das wohl mit der Sprache gehen?

In etwas steifem Deutsch konnte er dem Typ hinter dem Tresen erklären, daß der Ehemann von Frau Olsen aus Norwegen seinen Einzug hielt.

„Tut mir leid. Sie ist nicht mehr hier.“ Der Mann schüttelte brüderlich den Kopf, wie um verständlich zu machen, daß auch er seine Erfahrungen mit entlaufenen Exemplaren des schwachen Geschlechts hatte. „Aber warten Sie einen Moment, hier ist eine Nachricht für Sie!“

Ronny stöhnte laut auf, als er den Zettel las, und der

Deutsche musterte ihn mit schlecht verhohlenem Interesse.

„Lieber Ronny! Nicht hierbleiben! Egal wo, aber nicht hier. Wenn sie nicht deinen Paß sehen wollen, dann trag dich unter einem anderen Namen ein, nicht als Olsen. Ich erklär dir später alles. In der Ernst-Merck-Straße ist ein chinesisches Restaurant – wir treffen uns um acht. Nimm ein Taxi. Laila."

Verdammt! dachte er. Was in aller Welt hat sie wohl angestellt?

Laila stand fröstelnd vor dem Restaurant, als Ronny mit dem Taxi eintraf. Sie hatte beschlossen, es von seiner Verfassung abhängig zu machen, ob sie hineingingen. Wenn er zu breit war, dann würden sie lieber eine Kneipe aufsuchen.

Es sah nicht so schlimm aus. Kein Streit mit dem Taxifahrer, seine Schritte führten ihn verhältnismäßig gerade auf sie zu. Er hat wohl das Ärgste ausgeschlafen, dachte sie. Sie wußte nicht so recht, was sie beim Anblick dieser zerzausten Gestalt empfand. Erleichterung, weil er ohne Schwierigkeiten hergefunden hatte. Aber davon abgesehen war sie nicht sicher, wie sie die Gefühle deuten sollte, die in ihr herumwirbelten. Vernunftmäßig war alles in Ordnung: Es war ein Vorteil, daß sie beide hier waren, sie fühlte sich sicherer bei dem Gedanken, ihn in der Nähe zu haben. Aber über das rein Berufliche hinaus sah sie keinen Grund zum Jubeln. Ein Blick auf den lebensmüden Typen, der auf sie zukam, den verschlissenen Mantel schief zugeknöpft, stülpte ihr den Magen um. Ich brauche ihn, dachte sie. Und ich wünsche ihn zum Teufel. Er ist wie der Alkohol für mich – der Alkohol in personifizierter Form!

Sie umarmte ihn routinemäßig und die Gerüche vom Bitter einer langen Nacht schlugen ihr entgegen. „Willkommen in Hamburg, Ronny! Anstrengende Reise? Hat's auf dem Teich schwer geschaukelt?"

Er rülpste ein wenig, ehe er Worte fand, das machte er immer, wenn er zuviel Schnaps getrunken hatte. „Nicht so schlimm. Kann sein, daß die Wellen hoch gegangen sind, aber das hat mich nicht weiter gestört. Und welcher Teufel ist dir auf den Fersen, daß es nicht mehr gut genug ist, in dieser Stadt Olsen zu heißen? Ist was passiert?"

Sie waren die einzigen Gäste im kleinen chinesischen Restaurant. Sie wurden mit Verbeugungen empfangen und konnten sich einen Tisch aussuchen. Der kleine Chinese zeigte auf einen Tisch am Fenster, aber Laila wies auf eine Nische hinten im Lokal, weit entfernt von der Tür. Der Chinese lächelte noch breiter, und Laila hatte das Gefühl, daß der Mann ein außereheliches Treffen witterte.

Rindfleisch mit Broccoli und eine Flasche Blanc de Blanc. „Na“, sagte Ronny und begoß den weißen Reis mit Sojasoße. „Nun pack schon aus!“

„Gut“, antwortete Laila. „Glaubst du, das hier reicht?“

„Nein, wir brauchen noch eine Flasche, aber fürs Erste geht's. Hast du in Dieters Bude was Interessantes gefunden? Hast du mit ihm geredet, oder schäkert er noch immer mit den Enkelkindern?“

„Eins nach dem anderen“, antwortete Laila und nahm einen Mundvoll von dem dampfenden Essen. „Ja, ich hab in Schraubs Bude etwas Interessantes gefunden! Nein, ich hab nicht mit ihm geredet, und nein, er spielt nicht mit seinen Enkelkindern!“

Ronny blickte von seinem Teller auf und seine Augen verengten sich: „Wie meinst du das?“

„Ich meine, daß Dieter Schraub in seinem Kleiderschrank sitzt, mit einer Nylonschnur um den Hals, Ronny. Guten Appetit!“

Bei den Hamsunschen Romanfiguren war es völlig normal, einander Minute um Minute mit Blicken zu fixieren, ohne daß ein Wort gesagt wurde. In der Wirklichkeit kommt das nicht so oft vor. Drei, vier Minuten werden unter solchen Verhältnissen zur Ewigkeit. Und doch spielte sich dasselbe gerade zwischen Laila und Ronny ab. Ronnys Augen waren weit aufgerissen, Laila hatte fast Angst, der chinesische Koch könnte Blausäure ins Essen gegossen haben, sie wartete auf Schreie und Todeskrämpfe. Übrigens war auch sie nicht sonderlich ruhig. Ihre kesse Antwort hatte sie sich so halb und halb vorher schon zurechtgelegt, und sie hatte Ronny die Neuigkeit auf diese Weise serviert, weil sie selber ängstlich und unsicher war und versuchen wollte, Festigkeit zu finden, indem sie die Zähe spielte. Normalerweise war auch Ronny nicht auf den Mund gefallen, aber jetzt fand er keine Worte.

„Noch eine Leiche“, sagte sie und schenkte sich ein neues Glas ein. „Es wird langsam das reinste Massaker.“

Ronny blickte in die andere Richtung und fing wieder an zu essen, sagte aber immer noch nichts.

„Ich habe in seiner Wohnung noch etwas anderes von Interesse gefunden“, fuhr Laila fort. „Vor mir waren schon Leute da, und die waren bei der Untersuchung der Bude offenbar genauso gründlich wie beim Ermorden des Besitzers. Das einzige ... das einzige war ..."

„Spuck's aus!" sagte Ronny.

„Zwei Bilder an der Wand im Flur. Weiß nicht, ob sie was zu bedeuten haben. Das eine zeigt Genosse Lenin mit Spitzbart und allem was dazu gehört."

„Und das andere?"

„Eine Zeichnung. Aus einem KZ, wenn ich mich nicht sehr irre. Ich glaube, ich hab schon mal sowas gesehen."

„Neuengamme", sagte Ronny. „Ich bin hellseherisch und ich sage dir, daß die Zeichnung aus Neuengamme stammt! Jetzt zeigen die ganzen losen Fäden wenigstens in eine Richtung!"

„Du hast die Zeit wohl auch nicht vergeudet, Ronnylein?"

„Nein. Hab ich nicht. Ich hab mit Åse geredet, und ich hab mich als Lektor für einen Teil von Bernards letztem Buch versucht. Leider nur ein Kapitel. Es sollte wohl 'Stalins Augen' heißen, wenn Gott und der Verlag gewollt hätten."

Ronny erzählte ihr die Einzelheiten.

Laila war eine Weile tief in Gedanken versunken. Dann sagte sie: „Ich habe einen Fehler gemacht, fürchte ich."

„Ich auch", meinte Ronny sarkastisch. „Ich fürchte mich immer vor deinen Fehlern."

„Ich bin mit Schraubs Adresse zu den Bullen gegangen."

„Dummes Loch! Wirst du deshalb gesucht?"

„Deshalb werde ich vielleicht gesucht."

„Laß dir die Haare färben. Setz eine Sonnenbrille auf. Wo wohnst du? In einem Keller auf der Reeperbahn?"

Sie reckte den Hals. „In einer Wohngemeinschaft. Und die Adresse behalte ich für mich."

„Freie Liebe und gemeinsame Morgengymnastik?"

„Frei genug. Wir müssen uns für morgen verabreden. Ich glaube, es wird höchste Zeit, zuzuschlagen."

„Sieht so aus", sagte Ronny, über seine halbgegessene Mahlzeit gebeugt. Er konnte sich nicht erinnern, sich jemals so einsam gefühlt zu haben. Was hatte die Frau vor dem *Roten Mond* noch gesagt, als er heute nachmittag seinen Koffer an ihr vorüberschleppte? Hundert Mark?

7

Die Allee zog sich schnurgerade durch die winterbleichen Felder. Hohe Laubbäume in Reih und Glied neben dem vereisten Asphalt. Bisweilen brachte ein Windstoß den Pulverschnee, der sich auf die Eiskruste gelegt hatte, zum Aufstieben, ließ ihn spukhafte Gestalten annehmen, ehe die Kristalle auseinandergewirbelt wurden, um im grauen Licht neue Formen aufzubauen. Es war kurz nach halb zehn und obwohl sie die Heizung voll aufgedreht hatten, als sie Hamburg verließen, war es eiskalt im Volkswagen. Ronny, der zusammengekauert auf dem Vordersitz saß und die trostlose Landschaft betrachtete, hatte es schon längst aufgegeben, die Verleihfirma ob der ruinierten Heizung zu verfluchen, und er hatte Laila schon minutenlang nicht mehr deswegen beschimpft. Er zog seinen Kopf resignierend so tief wie möglich in den Mantelkragen, er sah aus wie eine leidende Schildkröte. Seine Hände waren unter der Decke versteckt, die er auf dem Rücksitz gefunden hatte, und seine Zigaretten lagen unangetastet auf dem Armaturenbrett. Ein neuer schlechter Tag in Ronny Olsens Leben. Revolution in Magen und Gedärm, Nachrichten vom Schlachtfeld, die in Form von saurem Aufstoßen in die Mundhöhle übermittelt wurden. Nerven wie flackernde, verschlissene Wimpel in steifer Brise. Hinterkopf: Bereits besiegt, dem Feind ergeben.

Auch Laila fror. Ihre Finger, die das Lenkrad umklammerten, waren steif und weiß, und der Fuß, der behutsam auf das Gaspedal drückte, war wie betäubt. Aber im Gegensatz zu ihrem verkorksten Mann verbrauchte sie nicht soviel Energie beim Nachdenken über ihr eigenes Leid. Ihr Blick war die ganze Zeit auf die Straße gerichtet. Natürlich fror Laila Olsen. Natürlich war sie verkatert und angeknackst. Aber sie schickte ihre Gedanken von sich weg, vierzig Jahre in die Vergangenheit, zu Männern und Frauen, die vor ihr über diese Straße gegangen waren. Vielleicht bei solchem Wetter wie heute. Aber nicht geschützt durch Glas und Metall, die zumindest die Windstöße milderten. Nein, die, an die sie dachte, waren in offenen Wagen oder zu Fuß hergekommen. Begleitet von Männern in grünen SS-Uniformen, gejagt von Schlägen und Tritten und höhnischen Bemerkungen in einer für viele fremden Sprache. Von der Drohung, eine deutsche Bleikugel in den Schädel zu bekommen, falls jemand noch die Kraft hatte, Stolz und Trotz zu zeigen. Historische Perspektive kann die eigene

Not lindern. Laila war weitaus weniger geplagt als Ronny.

Sie sah auf der linken Seite das Museum und bog in eine Parklücke ein. „Da sind wir, mein Junge! Gib mir eine Zigarette, bitte!“ Ronny gehorchte, er benahm sich wie ein Schlafwandler, seine Bewegungen waren langsam, mechanisch, sein Blick abweisend. Er fischte zwei Zigaretten aus dem Päckchen, zündete beide an und gab Laila eine. „Meinst du, es gibt ein Café in diesem verdammten Museum?“

„Sicher!“ Laila zog den Rauch tief in die Lungen. „Die Kohlsuppe hier soll ja berühmt sein! Jetzt reiß dich zusammen, verdammt nochmal! Wenn ich eins nicht brauchen kann, dann einen quengeligen kleinen Bengel! Wir haben hier einen Job zu erledigen, und zwar jetzt, ehe die Zeitungshunde angewetzt kommen!“

Ronny atmete schwer und blies Wolken aus Frostrauch und verbrannter Prince aus. „Du hast recht, Laila!“ Er dachte: Das ist das Verdammte an dir, mein Mädel, du hast in der Regel recht!

Sie überquerten die Straße und erreichten eine Mauer aus Stein. Ihr entlang waren überall Erinnerungsplatten in die hartgefrorene Erde eingelassen. Einige waren unter der Schneedecke kaum zu sehen, andere waren vom Wind aufgedeckt. Laila ging zwei Schritte zur nächsten Platte, wischte den Schnee mit der Hand beiseite, suchte nach Namen. Ein Wort war in die graue Fläche eingehauen – aber es war weder ein Männer- noch ein Frauenname, wie sie es erwartet hatte. „Dänemark“ stand dort. Ein Stein für jede der Nationen, die zwischen 1939 und 1945 ihre Delegationen an diesen trostlosen Ort geschickt hatten. Vorher war das Lager Deutschlands eigenen Auserwählten vorbehalten gewesen. Kommunisten, Gewohnheitsverbrechern, Juden und Homosexuellen.

„55 000!“ rief Ronny ihr zu. Er stand an der Mauer und las etwas über die Geschichte des Lagers. „Etwa 55 000 sind hier draufgegangen. Insgesamt haben hier über 140 000 gesessen. Himmel, das muß ja im Vergleich zu den großen Vernichtungsstätten wie ein christliches Ferienlager gewesen sein!“

Laila gab keine Antwort. Sie ging an den Gedenksteinen vorbei, fand Norwegen und blieb einige Sekunden stehen, während sie an Lars Petter Lindquist dachte. Sie dachte an den Mann, der heimgekehrt war und der dies hier überstanden hatte. Überstanden! Sie warf die glühende Zigarette weg und ging weiter. Hinter ihr starb zischend die Glut. Sie bog beim Mahnmal nach links ab, folgte einem Weg, der an dem modernen

Museum vorbeiführte. Sie konnte vor sich kein Gebäude sehen, wußte, daß sie in die falsche Richtung ging, daß das Lager hinter ihr liegen mußte, hinter der Mauer, aber sie ging weiter. Eine seltsame Stimmung war über sie gekommen. Eine Art Ruhe, eine Ehrfurcht vor dem Boden, über den sie ging, oder besser, eine Ehrfurcht vor den Menschen, dem Leben der Menschen, die vor ihr über diesen Boden gegangen waren. Es war, als ob dieses Gelände eine Seele besäße, einen Geist, der Stille forderte, der tief in ihr etwas Zerbrechliches anrührte. War Bernard hier mit demselben Gefühl gegangen? Hatte er in Gedanken die Schritte seines Vaters gezählt? Sicher. Der Schriftsteller Bernard Lindquist war ein Mann gewesen, bei dem alle Sinne funktionierten, der mentale Fangarme nach den unsichtbaren Strömungen ausstreckte. Aber Bernard mußte noch andere Gedanken hinter seiner hohen Stirn gehabt haben, als er hier gegangen war. Der Sohn eines Exsklaven wird nicht einfach verhaftet, wenn er sich an diesem Ort blicken läßt. Und wenn er aus Neugier oder wegen seiner Arbeit an einem Buch Neuengamme aufsuchen wollte – warum hatte er dann die Nacht gewählt, er hatte doch damit rechnen müssen, daß es hier draußen irgendeine Form von Bewachung gab. Darüber hatte sie die ganze Zeit nachgedacht, seit Stertz die Bombe losgelassen und erzählt hatte, daß Bernard in ein KZ eingebrochen war. Und nach dem, was der Kommissar ihr über Neuengamme erzählt hatte, hatte sie gewußt, daß sie herkommen mußte, hierher, in das Lager auf den Feldern hinter Escheburg. Denken! Laila Olsen, denken! Aber die Atmosphäre des Ortes brachte sie an den Rand der Tränen, machte es schwer für sie, vernünftig zu bleiben.

„Was zum Teufel suchst du denn auf diesem Weg?“ Ronnys Schritte kamen näher. „Das ist doch nicht hier passiert. Das Dorf liegt in der entgegengesetzten Richtung, gute Frau!“

Flimmern. Rotes Flimmern. Ein glühender Lavastrom, der in ihr an die Oberfläche drängte. Sie stand still, bis sie ihn dicht hinter sich hörte, fuhr herum und traf ihn mit der flachen Rechten genau über der Nasenwurzel. Er trat ein paar Schritte zurück, bückte sich und vergrub das Gesicht in den Händen. sie wartete auf Nasenbluten, aber zwischen seinen gespreizten Fingern war nichts zu sehen.

„Tut mir leid, Ronny – aber diesen Ton möchte ich hier draußen lieber nicht hören! Okay?“

Ronny richtete sich auf, schnaufte und spuckte gelbbraun. „Alles klar, Laila. Ich versteh, was du meinst. Ich dachte bloß, daß wir im Moment wenig Zeit für Gefühle haben. Du hast doch selber gesagt ..."

„Weiß ich, Junge. Weiß ich doch." Sie ging weiter.

Am Ende des Weges stand auf einem kurzen Schienenweg eine Eisenlore. Das Schild neben der Lore berichtete, daß die meisten bei der Arbeit, solche mit Lehm und Schlamm gefüllten Loren zu schieben, aufgegeben hatten. Diese Arbeit galt als die härteste, und wer daran gesetzt wurde, nahm es als Todesurteil. Über dem Text auf dem blauen Schild, das in nüchterner Sprache die unmenschlichen Arbeitsbedingungen der Gefangenen beschrieb, hatten neo-nazistische Graffitikünstler ihrem Führer mit „SIEG HEIL" und dem traditionellen Hakenkreuz gehuldigt. Ronny legte die Hand auf das bereifte Eisen der Lore und spürte, daß er kochte. Er verstand die Gefühle, die in Laila getost hatten, die dazu geführt hatten, daß sie ihm einen Schlag versetzte, bei dem ihm die Tränen gekommen waren. Laila, die hinter ihm stand, bemerkte, daß seine Hand, die sich um den Rand der Lore schloß, langsam weiß wurde, je fester Ronny zupackte.

„Komm!" sagte sie. „Jetzt gehen wir ans Werk!"

Sie machten kehrt und gingen denselben Weg zurück, den sie gekommen waren. Der Wind hatte sich gedreht, jetzt traf er sie voll ins Gesicht.

Neuengamme hatte sich weder in Größe noch in Grausamkeit mit den großen Todeslagern messen können, doch als Ronny und Laila das Lagergelände betraten, meinten sie, im Wind Klagerufe zu hören, und das Lager war größer, als sie erwartet hatten. Sie fingen beim alten Klinkerwerk an, gingen an diesem baufälligen Gebäude vorbei und mußten am Ende des Weges nach links abbiegen. Rechts befand sich ein Gittertor mit dem Schild „Halt!" Vor ihnen ragte eine Betonmauer acht bis zehn Meter in die Luft, über deren Rand sie einen viereckigen Koloß von einem Gebäude sehen konnten, mit einer Reihe von schmalen Fenstern. Am Südende der Mauer stand ein Wachturm mit großen Glasfenstern.

„Herrgott, dieses Monstrum muß doch nach dem Krieg erbaut worden sein!" Laila drehte sich fragend zu Ronny um.

„Stimmt. Während du die Gedenksteine betrachtest hast, hab ich an der Mauer ein bißchen Geschichte gelesen. Außerdem hab ich einen Blick auf die Karte da hinten geworfen. Gewisse Stellen des Geländes dürfen wir normalen Sterblichen nämlich nicht besichtigen, und diese hier gehört dazu. Ob du es nun glaubst oder nicht, das hier ist das Jugendgefängnis für Hamburg und Umgebung."

„Nein. Das ist doch nicht wahr? Sowas können die doch einfach nicht machen!"

„Warum denn nicht? Die Deutschen haben der ganzen Welt doch wirklich bewiesen, daß sie noch viel schlimmere Dinge machen können!"

„Schande! Ein Jugendgefängnis mitten im KZ! Herrgott, ich faß es nicht!"

Sie waren langsam weitergegangen und hatten dabei das Gefängnis betrachtet, wurden in ihren Überlegungen aber unterbrochen, als hinter ihnen irgendwo eine Autotür zugeschlagen wurde. Sie hatten die Querwand des Klinkerwerks passiert und sahen nun einen offenen Hofplatz. Dort parkte ein Lieferwagen und zwei Männer schoben eine Karre voller Pappkartons zu einer offenen Tür auf der anderen Seite des Platzes.

„Lager. Ein Teil von Neuengamme wird von verschiedenen Firmen als Lager benutzt. Wenn ich mich nicht sehr irre, ist das der Grund, warum vom KZ überhaupt noch etwas vorhanden ist. Gewisse Kräfte im deutschen Volk hätten es sicher sehr gern gesehen, wenn hier alles schon vor langer Zeit dem Erdboden gleichgemacht worden wäre."

„Steht nicht mehr alles?" Laila ging voraus über einen Pfad, der sich schnurgerade zwischen Land und Drahtzaun hindurchzog. Hinter dem Zaun lagen Steinbauten, alles wirkte alt und verfallen.

„Nein", sagte Ronny. „Einiges ist abgerissen. Das Schlimmste, um es mal so zu sagen. Aus irgendeinem Grund stellte ein cleverer Kopf fest, daß das Krematorium und das Haus mit den sogenannten Strafzellen in so schlechtem Zustand waren, daß sie einfach abgerissen werden mußten. Das kann ja sogar stimmen, was weiß ich – in den beiden Häusern war die Abnutzung sicher am Stärksten. Warum zum Henker können wir das Gelände nicht betreten?" Ronny warf einen gereizten Blick auf die Zaunpfosten aus Beton und den rostigen Stacheldraht, der dazwischen gezogen war. Der Zaun folgte dem Pfad über die ganze Länge des Lagers.

„Wir müssen den falschen Weg genommen haben. Hätten wirklich den Hauptweg gehen sollen, als wir den Wagen abgestellt haben. Sollen wir umkehren?"

„Nein, wir gehen weiter, wir sind doch eindeutig auf dem Touristenweg!" Ronny zeigte auf ein Informationsschild, sie waren schon an mehreren vorbeigekommen. Illustrierte Schilder, die in Texten und Zeichnungen erzählten, was die Gefangenen erlitten hatten. Laila blieb vor dem Schild stehen, auf das Ronny gezeigt hatte. Die Zeichnung zeigte Häftlinge in verschlissenen Anzügen, die einen Kanal aushoben. Auf den Anhöhen in der Nähe standen bewaffnete SS-Wachen. „Die Zeichnungen ... die müssen alle von derselben Person gemacht worden sein. Hast du gemerkt, daß es immer derselbe Stil ist?"

„Ja. Ich schätze, der Arme hatte wohl kaum damit gerechnet, ausgerechnet hier auszustellen, als er diese Bleistiftskizzen gemacht hat." Er zögerte einige Sekunden. „Sind diese Zeichnungen so ähnlich wie das Bild, das du bei Schraub gefunden hast?"

„Sie haben Ähnlichkeit, kein Zweifel. Ich hab gleich darauf geachtet, ob es derselbe Künstler sein könnte."

„Und?"

„Ist es nicht."

„Woher weißt du das?"

„Aber Ronny! Das Bild in Schraubs Flur war mit F. Mogens signiert. Und jetzt sieh dir mal die Signatur auf diesem Bild an!"

„Ja", sagte Ronny. „Sørensen."

Ronny ging weiter, um nicht zu sehr zu frieren. „Gehen wir also davon aus, daß wir es mit zwei Künstlern derselben Schule zu tun haben."

„Was ich nicht kapiere", sagte Laila, „ist, wie die Häftlinge in so einem Lager überhaupt Zeichnungen machen konnten. Wo sie Papier und Bleistift herhatten. Und ich glaube, einige der Bilder müssen während der Arbeit gemacht worden sein."

„Kaum. Auf dieser Kunsthandwerksschule stand das Handwerk im Vordergrund. Aber Sie sprechen da einen wichtigen Punkt an, mein lieber Watson! Daß diese Zeichnungen überhaupt existieren, läßt gewisse Schlußfolgerungen zu. Leider geht es dabei nur um eine Bestätigung dessen, was uns schon vorher klargewesen ist: Den Häftlingen in diesem Lager wurden die Zügel lockerer gelassen als anderswo. Neuengamme war ein Arbeitslager, kein Vernichtungslager. Wir müssen davon ausgehen, daß der Lagerkommandant ein gewisses Interesse daran hatte, die Häftlinge am Leben zu erhalten, auch wenn der Zugang an Arbeitskräften relativ gleichmäßig war."

„Ein Drittel der Insassen sind hier umgekommen!"

„Nur ein Drittel", sagte Ronny.

Sie umrundeten das Lagergelände, passierten die Hinrichtungsstätte, eine neutral aussehende Grasfläche, und näherten sich wieder dem asphaltierten Weg. An einem schmalen Kanal lag ein kleines Steinhaus idyllisch unter hohen Bäumen.

„Die Butze des Lagerkommandanten vielleicht?“ Ronny zeigte darauf. „Dann konnte er am Feierabend am Fenster stehen und der Hinrichtungsbande bei den Überstunden zusehen.“

Sie erreichten den Weg und fanden einen Eingang ins Lager. Alte Offiziersbaracken lagen am Weg. Einzelne Fenster standen offen, Vorhänge wehten hinaus in die kühle Luft.

„Bewohnt“, sagte Laila. „Ja, verdammt!“

„Die Häuser sind offenbar frisch renoviert. Wahrscheinlich wohnt hier das Personal des neuen Jugendgefängnisses. Warum auch nicht?“ Ronny zuckte die Schultern.

„Weil es geschmacklos ist!“ Laila sprach leise. „Weil das alles so verdammt geschmacklos ist, daß ich kotzen könnte!“

Ronny hielt an einer mit Steinen ausgelegten Stelle an. „Hier“, sagte er. „Genau hier sind 50 000 Menschen in Rauch aufgegangen!“

Sie blieben schweigend stehen. Schließlich riß Laila sich los und sagte mit unsicherer Stimme: „Gut, Ronny, jetzt haben wir lange genug Touri gespielt. Jetzt müssen wir ans Werk gehen.“

„Punkt eins“, sagte Ronny, „wir müssen herausfinden, wo auf diesem verdammten Gelände Bernard verhaftet worden ist. Und da müssen wir anfangen, nach Spuren zu suchen.“

„Hätte ich das bloß geahnt“, seufzte Laila und dachte, das hätte sie sicher aus Stertz herauspressen können.

„Aber das hast du nicht, meine Süße!“ Ronny klang ziemlich zufrieden. „Aber hör her: Das hier ist ein kleiner Ort. Hier gibt’s nur die Beamten vom Knast dahinten und die, die im Museum arbeiten.“

„Klingt plausibel.“

„Genau. Und die Leute in so einer Gesellschaft reden miteinander, nicht wahr? Die reden bestimmt über das wenige, was hier draußen passiert. Und so eine verrückte Kiste, daß ein Wirrkopf aus Norwegen mitten in der Nacht verhaftet wird, müssen sie einfach diskutiert haben.“

„Das Museum“, sagte Laila. „Oder vielleicht können wir mit irgendeinem Knastarsch in Kontakt kommen.“

„Ich bezweifle, ob wir überhaupt in die Nähe dieser Leute kommen“, meinte Ronny.

Ronny irrte sich. Auf halber Strecke zum Auto lag der alte Haupteingang zum KZ Neuengamme, wie es sich gehörte mit einem Schild, das nachdrücklich erklärte, daß hier das Abenteuer der Unglücklichen begonnen hatte, die von den Fronten des Dritten Reiches hereingetrieben worden waren. Ein weiteres Schild und eine Barriere machten klar, daß es für Unbefugte absolut unaktuell war, hier in den Fußspuren der Häftlinge zu wandeln. Mit deutschem Sinn für das Praktische war der alte Eingang modernisiert worden und diente jetzt zum Empfang für die jungen Gesetzesbrecher des wiederaufgebauten Deutschlands. Hinter der Barriere lag ein modernes Wachhäuschen, in dem sich zwei uniformierte Männer über ihre Zeitungen beugten. Laila schüttelte den Kopf, fand aber keine neuen Bemerkungen mehr über deutsche Geschmacklosigkeit.

„Würde mich nicht wundern, wenn die Jungs hinter dem Glas hier schon seit den dreißiger Jahren arbeiten", meinte Ronny. „Meinst du, es ist möglich, mit denen ins Gespräch zu kommen?"

„Ich will's auf jeden Fall versuchen", murmelte Laila. „Wenn die keine Lust auf ein Schwätzchen haben, sagen sie sicher Bescheid. Ich glaube, ich nenne mich in der nächsten halben Stunde Karin Pedersen und arbeite für *Aftenposten,* dann werden wir sehen, ob ein Artikel dabei rausspringt."

„Fotograf", sagte Ronny. „Ich gehe als Fotograf."

„Fein. Ein Fotograf ohne Fotoapparat wirkt vertrauenerweckender als einer mit. Alles klar, Ronny, wir machen einen Versuch. Halt du dich einfach im Hintergrund!"

Die beiden hinter der Glasscheibe legten ihre Zeitungen beiseite und betrachteten mit wachsender Skepsis, wie sich das Ehepaar Olsen dem Wachhäuschen näherte. Die Mienen der Wächter wiesen darauf hin, daß sie zwei widerwärtige Kriechtiere entdeckt hatten und sich nicht recht entscheiden konnten, ob sie sie voll Blei pumpen oder lieber einfach ignorieren sollten. Der eine nahm die Jacke vom Haken, kam heraus und ging ihr, die Hand mit deutlicher Geste auf dem Pistolenschaft, entgegen.

Laila setzte ein Lächeln auf, von dem sie hoffte, daß es so strahlend und herzlich wirkte, daß die Wachen sie augenblicklich von der Liste der Verfassungsfeindinnen streichen würden. Der Bursche ließ zumindest die Pistole an ihrem Platz.

„Hier kommen Sie nicht rein, meine Schöne", sagte er schleppend. „Der Besuchereingang ist weiter oben!"

Laila widerstand der Versuchung zu sagen, wie klein ihr

Interesse daran sei, den Eingang zu diesem oder zu anderen staatlichen Zwangshotels zu passieren. Stattdessen zuckerte sie ihre Stimme und sagte: „Sie irren sich, mein guter Mann. Ich bin gekommen, um Sie zu besuchen."

Lailas „guter Mann" fuhr zusammen, als wäre ihm mitten in der seriösen Dienstzeit ein leichtlebiger Antrag gestellt worden. Aber das Lächeln, das er sich für eine Sekunde abzwängte, entlarvte seine Phantasie, daß ihm dergleichen durchaus nicht so fern lag.

Laila schmiedete, so lange das Eisen noch glühte. „Sie müssen bitte entschuldigen, daß ich Sie mitten in der Arbeitszeit störe, Sie haben sicher Wichtigeres zu tun, als hier herumzustehen und sich mit mir zu unterhalten. Die Sache ist die: Ich bin Journalistin aus Norwegen, und ich suche Hintergrundmaterial über den Mord an einem Norweger. Wir wissen, daß die deutsche Polizei ihn hier in Neuengamme aufgegriffen hat, nur wenige Tage, ehe er tot aufgefunden wurde. Haben Sie eine Vorstellung, wo die Polizei ihn hier im Lager festgenommen hat?"

„Woher kommen Sie, haben Sie gesagt?" Der Wächter hatte Grimasse und Essigkrug wiedergefunden.

„Norwegen. *Aftenposten.* Die größte konservative Zeitung des Landes. Einen Moment, ich such schnell meinen Ausweis ..."

„Unnötig!"

Laila unterdrückte einen Seufzer der Erleichterung, denn die einzige Karte, die sie bei sich hatte, war eine Monatskarte der Osloer Verkehrsbetriebe.

„Unnötig, gnädige Frau, sie haben ihn erwischt, als er in den Nordflügel des alten Klinkerwerks einbrechen wollte."

Er zeigte in die entsprechende Richtung. „Und mehr kann ich nicht sagen. Er war wahrscheinlich voll wie eine Strandhaubitze. Sowas kommt in regelmäßigen Abständen vor. Und wenn Sie noch mehr auf dem Herzen haben, dann ..."

„Nur noch eins. Das ... was kann er denn in dem Werk gesucht haben? Irgendet ..."

„Besoffen, hab ich gesagt. Er hat sicher einen leeren Fabrikraum gesucht und ihn auch gefunden. Mahlzeit! Die Geduld eines Torwächters hat ihre Grenzen. Sogar, wenn *Aftenposten* zu Besuch kommt." Er machte auf dem Absatz kehrt und marschierte zum Wachhaus zurück.

„Herzlichen Dank!" rief Laila ihm nach. „Recht herzlichen Dank!"

Der Wächter winkte gereizt mit der linken Hand, die rechte ruhte auf dem Pistolenschaft.

„Das Klinkerwerk", sagte Laila. „Dieses alte Wrack von einem Haus, das wir zuerst gesehen haben. Was meinst du?"

„Ich meine natürlich, daß wir uns die Butze gründlich vornehmen müssen", sagte Ronny. „Genaue Untersuchung der Innereien des Wracks."

„Wenn das Haus sowas hat. Der Typ behauptete, es wäre leer."

„Die Behauptungen von solchen Cowboys sind mir egal, Laila! Leute wie er erzählen fast immer, was sie glauben, es kommt nur selten vor, daß sie irgendwas wissen!"

„Richtig. Meinst du, wir können ihm glauben, daß Bernard da hinten verhaftet worden ist?"

„Uns bleibt nichts anderes übrig. Aber ich werd erst etwas unternehmen, wenn mindestens noch eine Person das Klinkerwerk erwähnt hat."

„Das Museum", sagte Laila. „Sonst frier ich mir die Möpse ab."

Das Museum war modern und nicht sonderlich groß. Doppelte Glastüren führten in eine offene Halle, und am Ende der Halle führten zwei Treppen zu einer Galerie, wo nun fast alles, was aus dem Krieg gerettet worden war, ausgestellt wurde. Ronny kaufte an einem kleinen Kiosk unten in der Halle ein Heft, es enthielt hauptsächlich Informationen über das Museum und seine Geschichte, sowie eine Beschreibung des KZs. Irgendein deutscher Museumsheini bedankte sich bei Gott und der Welt dafür, daß dieses enorme Material aufbewahrt und herbeigeschafft worden war.

Ronny klappte mit verächtlichem Schnaufen die Broschüre zu, als sie die Treppen hinaufstiegen. „Enormes Material! Das Phantastischste an diesem Museum ist doch, wie unglaublich wenig vorhanden ist!" Er schaute sich um und schüttelte den Kopf. „Daß es überhaupt möglich war, ein eigenes Haus zu bauen, um diese Bruchstücke auszustellen, muß doch das Interessanteste am ganzen Ort sein! Das sagt ja genug darüber, daß sich das Deutsche Volk nicht gerade einig ist im Bezug auf seine Vorgeschichte. Hier hat irgendwer auf ein Museum gedrängt, während andere ihre Zeit damit verbracht haben, Material für immer verschwinden zu lassen. Himmel, das ist doch nichts!"

Laila mußte Ronny recht geben. Vor ihnen lag eine magere

Angelegenheit. An den Wänden standen Glaskästen mit Fotografien, viele davon waren nicht in Neuengamme aufgenommen, sondern in anderen Lagern. Einzelne der Bilder waren „Klassiker", – Fotos, die beide aus Büchern über den Krieg und aus immer wiederkehrenden KZ-Reportagen in Zeitungen und Fernsehen kannten. Das einzig authentische Material bestand aus einer Handvoll Fotos, die wirklich in Neuengamme gemacht worden waren, sowie Häftlingskleidung, einem Häftlingstisch mit Blechtellern, sechs echten KZ-Pritschen und wenigen anderen Gegenständen. Was für ein Ertrag von einem Ort, wo die Menschen zu Zehntausenden ausgerottet worden waren! Menschen genug, um eine mittelgroße Stadt zu bevölkern! Das einzig Interessante für sie war eine Menge Zeichnungen. Hier hingen die meisten Originale der Reproduktionen, die sie auf dem Lagergelände gesehen hatten, es gab auch einige Zeichnungen des unbekannten F. Mogens, der das Bild in Schraubs Flur gezeichnet hatte. Sowie einige äußerst humoristische Zeichnungen von langnasigen Juden, hingeschmiert von einem „unbekannten SS-Wächter". Ronny und Laila hatten die Runde rasch beendet.

Unten kamen sie mit der Dame vom Kiosk ins Gespräch. Sie bestätigte, daß irgendein Idiot vor kurzer Zeit beim Klinkerwerk verhaftet worden sei. Sie wußte nicht, daß der Mann Norweger war und Bernard Lindquist hieß und nahm an, daß er bei bester Gesundheit in irgendeinem Knast säße.

„Die gehören alle hinter Schloß und Riegel, diese jungen Vandalen!"

Erst als sie wieder draußen standen, auf Tuchfühlung mit dem eisigen Wind, begriff Ronny, daß die Frau auf die Arschlöcher angespielt hatte, die auf dem KZ-Gelände mit „Heil Hitler" um sich gesprüht hatten. Aber er glaubte nicht, daß Bernard vorgehabt hatte, Nazigraffiti zu malen, als er auf frischer Tat ertappt wurde. Außerdem war er fest davon überzeugt, daß Bernard nicht liquidiert worden wäre, wenn dergleichen in jener Nacht auf seinem Programm gestanden hätte. Nicht in diesem Land. Nicht einmal im Jahr 1983.

Laila schloß die Autotür auf, und sie stiegen ein. Sie wollte den Zündschlüssel umdrehen, aber Ronny hielt sie mit festem Griff ums Handgelenk davon ab.

„Einen Augenblick, Frau Olsen, nur einen Augenblick!"

„Was ist denn jetzt los? Willst du hier draußen in der Eisöde bleiben?"

„Ja. Ein oder zwei Minuten.“

„Irgendwas los?“

„Ja, glaub schon. Schau mal!“ Ronny zeigte auf das Handschuhfach.

„Drück dich mal genauer aus, Ronny!“ Laila war ungeduldig. „Versuch hier nicht, die Spannung hochzupeitschen! Was zum Teufel ist los mit dem Handschuhfach?“

„Die Klappe ist zu. Ganz fest zu.“

„Ich finde wirklich nicht, daß das viel ausmacht! Können wir jetzt fahren?“

„Ich finde, daß es eine Menge ausmacht, weil ich sie nicht so fest zugemacht habe. Ich habe ein paar tapfere Versuche unternommen, als wir hergefahren sind, aber es war unmöglich, die Klappe ganz zu schließen!“

„Ich hab sie nicht angefaßt.“ Lailas Stimme war fast nicht zu hören.

„Das ist mir klar“, sagte Ronny. „Fahr los. Vergiß den Rückspiegel nicht.“

„Herrgott“, murmelte Laila.

Der Rückspiegel zeigte nackte Landstraße, Schleier aus Eiskristallen, die kalten Tango mit dem Wind tanzten. Sonst nichts.

8

Die Dunkelheit hatte sich über die flachen Felder gesenkt, als Ronny und Laila zurückkehrten. Die Uhr auf dem Armaturenbrett zeigte halb zwei, der Verkehr auf der Straße war tot. Die Wartezeit in Hamburg hatten sie gut zu nutzen gewußt, hatten sich vorsichtig mit zwei Glas Glühwein regeneriert und den VW durch einen mit funktionierender Heizung ersetzt. Es war ein neues und frischbelebtes Ehepaar Olsen, das nun wieder auf das alte KZ zuhielt. Die Heizung verströmte mit Öl vermischte Tropenluft, aus dem Radio erscholl Wencke Myhres Stimme mit einem imponierenden deutschen Popmarsch.

„Bist du sicher, daß das gutgeht?“ Lailas Stimme übertönte Wenckes.

„Natürlich bin ich nicht sicher. Wer immer heute früh unser Auto untersucht hat, ist alles andere als ein neugieriger Bengel. Wenn sie es geschafft haben, uns völlig unbemerkt zu beschatten, dann können sie das wahrscheinlich auch ein zweitesmal bringen. Außerdem muß es im Lager auch eine Form von Wachdienst geben."

„Gut, daß wir das Auto gewechselt haben."

„Ganz ohne Bedeutung. Dafür sind die zu clever."

„Vergiß nicht, daß wir heute morgen ziemlich mies in Form waren!"

„Ich hab gar nichts vergessen. Wir haben nichts anderes gemacht als Fehler, seit wir in dieses verdammte Land gekommen sind! Wir sind vorgegangen, als wären wir auf der Suche nach einer verschollenen Brieftasche, nicht nach einem Teufel, der ohne Zögern Leute ermordet. Allein schon, daß wir den Wagen angelassen haben, nachdem wir entdeckt hatten, daß sich jemand daran zu schaffen gemacht hat! Meine Fresse, Frau, wir hätten gen Himmel hüpfen können!"

„Film", sagte Laila. „Solche Bomben gibt es eigentlich bloß in schlechten Krimis."

„Ja. Dasselbe gilt für Ertrunkene mit Ketten um die Beine und mit der Axt erschlagene Greise."

„Na gut. Aber wir sind nicht gen Himmel gehüpft." Laila schaltete irritiert das Radio aus. „Die Olsenbande ist noch nicht tot, und auch wenn das möglicherweise irgendwem auf den Sack geht, müssen wir versuchen, unsere Zeit so gut wie möglich zu nutzen. Findest du, wir sind jetzt nah genug?"

„Bald. Wir müssen uns nach einem Parkplatz umsehen."

„Ich hab Schiß!" sagte Laila. „Himmel, was hab ich einen Schiß vor der Sache!"

„Da rein!"

Sie fuhren auf einen Rastplatz, etwa einen halben Kilometer vor der Abfahrt nach Neuengamme. Das kurze Wegstück lag öde und verlassen unter den Kiefern, und die Bänke, die in regelmäßigem Abstand hier aufgestellt waren, hatten weiße Tischdecken aus feinkörnigem Schnee erhalten. Dieselbe unberührte Decke lag auf dem Boden und verkündete, daß im Laufe der letzten 24 Stunden niemand hier gefahren war. Laila fuhr langsam so weit wie möglich von der Straße fort und parkte zwischen zwei Kiefern.

„Noch mal", sagte Ronny müde, als sie geparkt hatten. „Drehen, wir müssen mit dem Bug zur Straße stehen."

„Richtig. Verdammt!" Sie ließ den VW wieder an und drehte.

„Mir gefällt das nicht!" sagte Ronny. Er starrte mürrisch in die Dunkelheit. „Irgendwas sagt mir, dieser Bruch wird zu dem Wichtigsten gehören, was wir je unternommen haben. Ich hoffe, wir haben nichts vergessen."

„Lampe“, sagte Laila. „Plus Reservebatterie. Und deinen Werkzeugkasten. Du mußt den Inhalt durchsehen, ehe wir losgehen.“

Ronny hob die schwarze Schultertasche vom Boden auf und kontrollierte den Inhalt. „Alles in Ordnung. Aber ich würde mich wohler fühlen, wenn wir auch eine Knarre hätten.“

„Ich trau dir nicht. Und mir selber auch nicht. Wenn wir beide wirklich austicken ... Wir haben eben keine Pistole. Es hat also keinen Zweck, darüber zu philosophieren. An die Arbeit, Junge! Da hinten steht ein großes abgeschlossenes Gebäude und wartet auf deine Fähigkeiten!“

Sie gingen zuerst die Hauptstraße entlang, ohne einem einzigen Auto zu begegnen, dann über die Allee zum Lager. Es war eiskalt, aber, durch Schaden klug geworden, hatten sie sich sehr warm angezogen. Ronny drehte sich immer wieder um und musterte das Gelände hinter ihnen. Kein Mensch, kein Auto, nichts. Nur schwarze Baumstämme vor schwarzer Nacht, nur der gefrorene Asphalt der Straße zu ihrer Rechten. Aus irgendeinem Grund machte die leere Landschaft ihn nervös, er bildete sich ein, daß er sich sicherer gefühlt hätte, wenn wenigstens in der Ferne Anzeichen von Leben zu sehen gewesen wären. Ronny blieb stehen, zog eine kleine Flasche Cognac aus der Tasche und reichte sie an Laila weiter, nachdem er sich zuerst gierig selber versorgt hatte.

„Wir müssen vor dem Museum links abbiegen, auf die alte Lore zu. Danach können wir durch den Wald gehen. Wenn wir unterwegs angehalten werden, dann streikt unser Wagen, und wir können kein Wort Deutsch.“

„Ja. Wenn wir von einer Wachgesellschaft oder der deutschen Polizei angehalten werden. Wenn nicht ...“

„Wenn nicht, dann hätten wir eine Knarre gebraucht. Nun los. Trink nicht alles!“

Laila nahm einen großzügigen letzten Schluck, spürte, wie der Schnaps abwärts strömte und gab Ronny die Flasche zurück. Ehe er sie in seiner Innentasche verstaut hatte, war sie auch schon an den Feldrand weitergegangen. „Suffköppe!“ hörte er sie sagen. „Wir sind verdammte Suffköppe! Wir gehörten in ein Heim, auf irgendein heimatliches Trockendock, statt mit 40 Jahren Verspätung hier Kriegshelden zu spielen!“

„Halt die Fresse!“ fauchte Ronny. „Halt bloß deine verdammte Fresse!“

Jetzt, in der Dunkelheit, wirkte das alte Klinkerwerk größer. Wie ein Berg ragte es über der schneebedeckten Grasfläche auf, der Giebel war vor dem helleren Himmel gerade sichtbar. Sie rannten über ein offenes Wegstück in den Schatten neben der Hauswand.

„Hier?" Laila atmete schwer.

„Sei nicht ganz blöd! Wir müssen auf die andere Seite, hier sind wir wie auf dem Präsentierteller."

„Meinst du denn, der Hofplatz ist nicht bewacht?"

„Ich glaube gar nichts. Weiß wenig und glaube gar nichts. Aber alle Erfahrung belegt, daß es besser ist, die Hintertür zu nehmen, wenn man die Gebote des Herrn brechen will."

Du sollst nicht einbrechen in deines Nächsten Klinkerwerk, dachte Laila. Das elfte Gebot, direkt an Ronny geschickt, Grüße, Gott.

Auf dem Hofplatz war über einer der Türen des Lagers gegenüber dem Nordflügel eine Lampe eingeschaltet, aber die Lichtstrahlen reichten nicht weit. Die Ecken auf der anderen Hofseite lagen in vollkommener Finsternis. Die beiden rannten durch den schwachen Lichtkegel, waren kaum länger als zwei Sekunden im Rampenlicht, dann hatte die Nacht sie wieder verschluckt.

„Hervorragend!" Ronny nahm die Tasche von der Schulter. „Hier ist's finster wie im Arsch. Außerdem gibt's hier ein Fenster. Wenn Bernard an dem Abend nicht restlos zugeknallt war, dann muß er genau hier eingebrochen haben."

„Versucht haben, einzubrechen", korrigierte Laila. „Wenn er hier zugelangt hat, ist er auch hier verhaftet worden. Bitte, benimm dich nicht wie ein Ochse. Stell erst fest, ob das Fenster eine Alarmanlage hat."

„Wie wahr! Ich werde so vorsichtig sein wie ein Softie in der Hochzeitsnacht! Aber du meinst doch auch, wir sollten das Fenster versuchen?"

„Aber klar. Die Fensterscheibe. Nimm den Sauger und den Diamant. Aber schau zuerst gut nach!"

Ronny ließ sich Zeit, konnte aber keine Spur von einer Alarmanlage entdecken. „Okay, Schwester. Gib mir den Diamant!" Er hatte den Sauger bereits an einer der quadratischen Scheiben beim unteren Fensterhaken angesetzt. Laila reichte ihm den Glasschneider, und Ronny beschrieb damit mit geübter Hand einen Kreis. Wenig später hielt er das runde Glasstück in der Hand. Laila nahm es entgegen und ließ es leise in den Schnee an der Wand gleiten. In der nächsten

Minute hatte Ronny das Verfahren am obersten Fensterhaken wiederholt, das Fenster öffnete sich lautlos, der Weg stand offen.

Laila schwang sich mit Hilfe von Ronny aufs Fensterbrett, dann verschwand sie in der Finsternis. Ein schwacher Aufschlag teilte Ronny mit, daß sie jetzt auf dem Fabrikboden stand. Dann schwang auch er sich hinauf und schloß das Fenster hinter sich.

Stockfinster. Kein Lichtschimmer drang in die große Halle. Sie blieben nebeneinander stehen, während die Sekunden verstrichen und warteten darauf, daß ihre Augen sich an die Dunkelheit gewöhnten. Zu ihrer Verwunderung spürte Laila Ronnys Hand, die über ihren Rücken strich.

„Nun ja", sagte er leise. „Da wären wir. Ich wüßte bloß gern, was wir hier eigentlich suchen sollen."

„Spuren", antwortete Laila. „Spuren, die uns zeigen können, ob Bernard wirklich hier drinnen gewesen ist." Sie dachte an Stertzens Worte: „Er hat versucht, in ein KZ einzubrechen!" Sie fuhr fort: „Und wenn er wirklich nicht mehr reingekommen ist, bedeutet das, daß das, was er gesucht hat, sich noch immer hier befindet."

„Was er gesucht hat? Behalt jetzt einen klaren Kopf, Alte. Wir sind nicht auf Stevensons Schatzinsel. Wir haben keinen Beweis dafür, daß Bernard irgendwas gesucht hat. Vielleicht wollte er sich hier drinnen mit irgendwem treffen!"

„Diese alte Bruchbude ist nachts ein verdammt schlechter Treffpunkt."

„Ich denk an all die osteuropäischen Namen auf der Liste, die du gefunden hast ..."

„Spionage", sagte Laila. „Okay, Spione sind nie so, wie wir uns das vorstellen, ich will dir also nicht widersprechen. Aber wenn sich Bernard an eine fremde Macht verkauft hätte, zum Beispiel an die UdSSR, dann wäre es doch total unwahrscheinlich, daß er seinen Vater da mit reingezogen hätte, einen Greis am Rande des Wahnsinns!"

„Ja, klingt unwahrscheinlich. Es sei denn, Bernard oder andere hätten Informationen gebraucht, über die nur der Alte verfügte."

„Neuengamme ist ein verdammt mieser Treffpunkt für Leute, die in Spionage machen. Wenn Bernard hier seinen Karla getroffen hat, hab ich meinen Le Carré schlecht gelesen! Nein, die Jungs machen nicht solche Dummheiten!"

„Du redest die ganze Zeit so, als ob die diesen Treffpunkt

ausgesucht hätten, Laila! Ich glaube, du solltest mal in anderen Bahnen denken."

„Gib mir so eine Bahn."

„Ich meine, daß sich der Treffpunkt vielleicht *sie* ausgesucht hat."

„Bleib auf dem Teppich, Ronny. Soll ich die Lampe anmachen?"

„Hast du sie verklebt?"

„Natürlich. Schon zu Hause."

Ronny fiel auf, daß Laila von einem „Zuhause" in Hamburg sprach. „Es werde Licht", sagte er sauer.

Es wurde Licht. Ein gelbweißer Streifen trennte die Klebestreifen, mit denen Laila den Lichtkegel der kräftigen Lampe verkleinert hatte. In dem schmalen Lichtstrahl schwebten Staubkörner in unruhiger Bahn, bewegt von dem Wind, der durch alle Ritzen und Löcher in dem morschen Dach eindrang. Laila ging gründlich wie immer vor, schickte das Licht systematisch durch die große Halle. Aber bis auf einige lange Arbeitstische schien sie leer zu sein. Die Tische standen auf Betonboden, zumeist war der Boden jedoch mit eingestaubten Brettern bedeckt. Laila beschrieb noch eine Runde mit dem Lichtkegel, dann schaltete sie die Lampe wieder aus. „Hier ist ja nicht viel zu sehen."

„Zum Glück, würde ich sagen. Stell dir vor, die ganze Halle wäre vollgestopft mit Kisten und Schrott. Dafür hätten wir doch ein Jahr gebraucht!"

Laila schaltete noch einmal die Lampe ein und untersuchte die Fensterbank und den Boden darunter. „Soviel ich sehen kann, stammen diese Spuren vom Ausflug der Familie Olsen. Nur von uns, oder was meinst du?"

„Am Fenster war auch nichts zu sehen. Die Fensterscheiben sind alt, ich hab den Kitt untersucht. Und an den Fensterhaken waren keine Spuren von irgendwelchem Werkzeug. Kurz gesagt, dein Verflossener muß woanders reingeklettert sein."

Sie richtete den Lichtstrahl voll auf sein Gesicht. „Du hast das gewußt?"

„Weg mit dem verdammten Licht! Natürlich hab ich das gewußt. Ich bin vielleicht ein mieser Ehemann, aber als Detektiv hab ich ja doch ab und zu Schwein. Ab und zu, wohlgemerkt."

„War das schlimm für dich?"

„War das deine Absicht? Daß es schlimm für mich sein sollte?"

„Nein. Getan ist getan und Bernard ist tot."

„Ich fand's besser, daß du dich mit ihm amüsiert hast, als daß du mit diesem Oslo-Bullen rumturnst."

„Halt die Fresse! Laß uns einen Blick auf die anderen Fenster werfen!"

Ronny und Laila fanden am letzten Fenster Spuren eines Einbruchs. Im Gegensatz zu Ronny hatte Bernard, wenn er hier am Werk gewesen war, die Fensterscheibe in Frieden gelassen. Sein Werkzeug hatte offenbar aus einem dünnen Messer bestanden. Spuren am morschen Fensterbrett und am Rahmen wiesen darauf hin, daß ein Gegenstand hineingedrückt worden war. Ronny und Laila rührten das Fenster, das nun fest geschlossen war, nicht an und konzentrierten sich lieber auf den Fußboden.

Sie brauchten nicht lange zu suchen. Der alte Holzboden war von Menschenfüßen betreten worden, und es konnte noch nicht lange her sein. Die dicke Staubschicht war in weitem Umkreis zertrampelt, und die beiden tippten darauf, daß Bernard nicht allein gewesen war.

„Anders kann ich mir das nicht vorstellen", sagte Ronny. „Er kann doch nicht mit sich selber getanzt haben!"

„Vielleicht ist er hier verhaftet worden?"

„Kann schon sein. Aber dann müßten wir auch an einer von den Türen Spuren finden können, ich glaub nicht, daß die Bullerei den Laden durchs Fenster gestürmt und auf demselben Weg wieder verlassen hat! Wie viele Türen gibt's hier?" Ronny starrte in die undurchdringliche Finsternis.

„Vier", antwortete Laila, ohne die Taschenlampe, die sie gerade ausgeknipst hatte, wieder einzuschalten.

„Dann sehen wir uns die mal an. Schalt das Licht ein, aber richte den Strahl auf den Boden, und halt ihn unbedingt von den Fenstern weg."

Zwei Türen konnten sofort abgeschrieben werden, sie waren mit Bolzen und Riegeln fest versperrt. Bei den beiden anderen gab es Spuren. Ronny streckte den Rücken, riskierte eine Zigarette und inhalierte begierig. „Also: Wenn er hier irgendwen treffen wollte, können wir nur von dem ausgehen, was wir gefunden haben – ein paar miese Fußspuren im Staub. Aber wenn er hier etwas gesucht hat, dann muß es klare Spuren geben."

„Wände, Boden und Decke", murmelte Laila. „Wo würdest du hier etwas verstecken?"

„Kommt drauf an", antwortete Ronny. „Kommt drauf an, welche Rolle ich spiele und welches Jahr gerade ist. Wenn ich jetzt hier etwas verstecken wollte, im Handumdrehen, dann würde ich mich wahrscheinlich auf den Boden konzentrieren, eventuell auf die Decke. Wenn ich dagegen ..." Er nahm Laila die Lampe ab und ging zur Wand.

„Wenn du dagegen Sherlock Holmes hießest und im victorianischen Zeitalter lebtest", begann Laila, aber Ronny ließ sie nicht ausreden.

„Vergiß den Krieg nicht! Wir dürfen nicht vergessen, daß der oder die, die hier vielleicht etwas versteckt haben, verdammt viel Zeit dafür hatten."

„Mit anderen Worten: Wir wissen nicht, ob hier etwas versteckt ist, wir wissen nicht, was es sein kann, und wir haben keinen Schimmer, wo es sich befindet. Meine Fresse, was für eine Aufgabe! Ob die nicht Kompetenz und Leistungsfähigkeit der Olsenbande übersteigt?"

„Ich glaube, er war hier", sagte Ronny. „Er oder andere. Und dann suchen wir nichts, weder Gold noch Wertpapiere, wir suchen einen leeren Raum."

„Dann sind wir sofort besser dran", meinte Laila und fuchtelte mit der Hand in der Luft herum.

„Kapierst du denn gar nichts? Wir müssen nach einem leeren Raum suchen, in dem dieses 'verdammte' Etwas gelegen haben kann, bis Bernard oder irgendwer sonst es herausgenommen und aus diesem Raum entfernt hat!"

„Aber Bernard kann hier nichts entfernt haben, Ronny! Die Bullen haben ihn verhaftet und garantiert sofort durchsucht. Wenn er an diesem Abend etwas Geheimnisvolles bei sich gehabt hätte, dann wüßte das Gesetz das doch wohl?"

Ronny drehte sich um. „Und was weiß Laila Olsen darüber, was die Bullerei in Hamburg hat?"

„Aber ich hab doch mit ..."

„Er hat dir gesagt, was er dir sagen wollte, sonst nichts. Er hat dir alles Unwichtige gesagt, das ihm gerade einfiel."

„Ich kapier bloß nicht, warum irgendwer Bernard danach umgelegt hat."

„Vielleicht sollte er hier einen Job erledigen. Einen Hol- und Bringjob, zum Beispiel. Bernard kann liquidiert worden sein, weil er einen Job nicht geschafft hat, den er übernommen hatte oder der ihm aufgedrückt worden war."

„Wer liquidiert Leute, die die Gesellenprüfung nicht wuppen, Ronny? Wer?"

„Zwei Branchen fallen auf, die sowas zu einer Tradition innerhalb der Zunft gemacht haben."

„Drogen“, sagte Laila mit nachdenklicher Stimme.

„Genau, gute Frau! Drogen. Und Spionage.“

„Drogen können wir abschreiben. Oder glaubst du, die hätten ihn freigelassen, wenn sie ihn mit den Taschen voll Heroin hopsgenommen hätten?“

„Die Bullen benehmen sich schon lange nicht mehr wie die Idioten, wenn es um Rauschgifthandel geht. Sie können ihn sehr gut den Wölfen vorgeworfen haben. Um herauszufinden, wer die Wölfe sind.“

„Und der Alte zu Hause in Norwegen? Der war dann wohl der Oberdealer persönlich?“ Lailas Stimme hatte einen höhnischen Ton angenommen.

„Vergiß den Totogewinn nicht!“

„20 000? Verarschen kann ich mich selber! Das sind doch kleine Fische in so einem Zusammenhang!“

Die beiden Männer im Lagerraum auf der anderen Seite des Hofes trugen dicke Lammfellmäntel, und ihre Füße waren durch solide, gefütterte Stiefel vor der Kälte geschützt. Dennoch froren sie wie die Schneider. Sie standen schon seit vielen Stunden in dem eingestaubten Raum, hatten die Arme um sich geschlagen und mit den Füßen getrampelt, um den Kreislauf in Gang und die Wärme beizubehalten, nun aber überkam sie Resignation. Der eine sagte, während er die Zigarette an den Mund führte und dabei die Glut sorgfältig mit der Hand verbarg:

„Wie lang soll das denn noch dauern? Können wir wirklich nichts Erbaulicheres unternehmen, als hier rumzuhängen und zu glotzen?“

Der andere lehnte sich schwer gegen den Fensterrahmen und betrachtete zum tausendsten Mal die toten Fliegen, ehe er seinen Blick wieder über den Hof und die Fenster des alten Klinkerwerks schweifen ließ. „Bis zum Ende der Welt und noch etwas länger!“

„Was treiben sie jetzt?“

„Moment, ich schalt gleich den Röntgenblick ein.“

„Tut mir leid. Ich dachte ...“

„Irrtum. Du dachtest nicht.“ Er lächelte müde und fuhr fort: „Sie suchen. Sie suchen wie die Blöden ...“ Er unterbrach sich. „Was zum Teufel ...“, flüsterte er. „Was zum schwärzesten Satan!?“

Der andere drückte mit gefühllosen Fingerspitzen die Zigarette aus und reckte den Hals nach der verdreckten Fensterscheibe. Im Laufe weniger Sekunden hatte er registriert, was zu registrieren war, und die Informationen an ein Gehirn weitergereicht, dessen Funktionstüchtigkeit ein wenig über dem lag, was als Durchschnitt betrachtet wird. Aber die Antwort auf die Frage, die augenblicklich in ihm aufgetaucht war, ließ auf sich warten. Er blieb vornübergebeugt mit hängenden Armen stehen, während er immer wieder einen Spruch herunterbetete: „Was zum Henker macht der alte Braunbär hier?"

Laila und Ronny hatten fast eine Dreiviertelstunde damit zugebracht, den Fußboden im Schein der Taschenlampe zu untersuchen. Nichts wies darauf hin, daß eines der Bretter im Laufe der letzten Jahre gelockert oder erneuert worden wäre. Die Nägel waren überall tief ins Holz geschlagen, die meisten überwuchert von Staub und Dreck. Nirgendwo Spuren von kürzlich benutztem Werkzeug.

„Die Wände", sagte Ronny. „Halt die Lampe mal ganz dicht ran. Ich schlage vor, daß wir die Umgebung der Fenster nur im Dunkeln befühlen."

„Bei dir klingt das ja richtig erotisch. Ich dagegen bin totmüde und durchgefroren."

„Dann scher dich doch *nach Hause* zu deinem deutschen Darling und laß dich von ihm auftauen!" Ronny war selber auch eiskalt und sauer. Er machte sich an die Untersuchung der einen Längswand. „Wir gehen davon aus, daß wir das Gesuchte in normaler Höhe über dem Boden finden. Wenn das Ergebnis negativ ausfällt, müssen wir einen Blick auf die höheren Sphären werfen."

„Willst du bis zur Decke hochgehen?" Laila legte den Kopf in den Nacken, sah aber nur die undurchdringliche Finsternis.

„Im Moment will ich so wenig wie möglich, nur deshalb halt ich durch."

Nachdem sie etwas über eine halbe Stunde gesucht hatten, fanden sie das Loch in der Mauer. Alle Fensterbänke waren mit Zinkplatten belegt, und unter einer davon, fast unsichtbar, fehlte ein halber Stein. Es war der Platte anzusehen, daß irgendwer versucht hatte, sie nach oben zu biegen. Ronny hielt die Taschenlampe dicht daneben und betastete das Loch. „Nicht gerade groß, aber es reicht. Himmel, es reicht total. Der Bruch ist frisch, dieser Stein ist erst vor kurzem ausgemeißelt worden. Die Patience geht auf, Laila!"

„Nein", sagte Laila nachdenklich. „Wenn die Bullerei auf dem Gewinn sitzt, wäre ich dafür, Rauschgift und Spionage von unserer Liste zu streichen. Wenn sie sowas bei Bernard gefunden hätten, dann kannst du todsicher sein, daß sie ihn nicht freigelassen hätten."

„Er kann es losgeworden sein, Laila!"

„Oder es hier übergeben haben, ehe das Gesetz mit ins Bild gekommen ist. Sagen wir also, er wäre draußen verhaftet worden, nachdem er hier drinnen seinen Handel getätigt hatte – dann stimmt das, was Stertz gesagt hat, nämlich, daß sie ihn entlassen haben, weil nichts gegen ihn vorlag als ein blöder Einbruchsversuch in eine leere Fabrikhalle. Es ist doch nicht so sicher, daß sie genau überprüft haben, ob er wirklich hier dringewesen ist. Sie können gesehen haben, wie er am Fenster rumfummelte und gemeint haben, daß er reinwollte, während er in Wirklichkeit versuchte, es ordentlich hinter sich zu verschließen."

„Aber sicher", sagte Ronny sarkastisch. „Sicher stand er draußen und versuchte, das Fenster richtig zuzumachen."

„Bei mir dreht sich alles", sagte Laila müde. „Alles ein einziges verdammtes Chaos. Fahren wir zurück, ja? Ich brauch ein paar solide Schnäpse und ein warmes Bett."

Laila öffnete vorsichtig das Fenster und sprang auf die Fensterbank. Mit dem Rücken zum Hof ließ sie sich vorsichtig hinausgleiten. Ronny hatte gerade die Taschenlampe auf die Fensterbank gelegt und wollte Laila folgen, als ein Megaphon wie ein Messer die Stille durchschnitt: „Polizei, Frau Olsen! Bitte, bleiben Sie ganz ruhig stehen, die Hunde verlieren bei diesem Wetter so leicht die Geduld!"

Für ein oder zwei Sekunden stand die Welt still. Ronny war, im Schutze der Dunkelheit, wie am Boden festgefroren. Laila sah aus wie eine Schaufensterpuppe. Dann wurde ein starker Scheinwerfer eingeschaltet, ein Scheinwerfer, bei dem sich niemand die Mühe gemacht hatte, das blendende Licht mit Klebeband zu mildern. Laila stand vor der alten Mauer, in Licht gebadet, sie krümmte sich unwillkürlich. Wieder erklang die Stimme: „Ganz ruhig, Frau Olsen, ganz ruhig!"

Frau Olsen folgte diesem Rat – nur über ihr Herz hatte sie keine Kontrolle – es schlug wie eine heiße, nasse Faust.

Ronny dachte später, daß er, ohne es zu wissen, ohne einen Gedanken zu denken, den Autopiloten eingeschaltet haben mußte. Ein langer Sprung nach rechts, und er war hinter der Mauer in Deckung. Wie von fremden Kräften gelenkt, fand er das Fenster mit der zersplitterten Scheibe und öffnete beide Haken. Er nahm den Stiefel zu Hilfe, Glas klirrte. Die Angst holte ihn erst ein, als er auf dem Boden landete und losrannte. Hoffnungslos, hoffnungslos! Was hatten sie gesagt? Hunde ...

Er rannte, ohne sich umzusehen. Rannte auf das Mahnmal für die gefallenen Sklaven zu, dachte: Nicht fallen, nicht fallen! Um Gotteswillen, nicht fallen! Seine Tabaklunge pfiff, und er war übel mit der linken Ferse angestoßen, als er aus dem Fenster gesprungen war, aber er spürte es jetzt nicht. Ein Meter, noch ein Meter. Vorsprung. Sie würden kommen, bald würden sie kommen. Er lief in dieselbe Richtung, aus der er und Laila vor kurzem gekommen waren, zu den Feldern und der Allee – zum Auto dort draußen in der verdammten kohlschwarzen Nacht. Sekunden. Neue Meter zwischen ihm und der Katastrophe. Im Laufen schob er die Hand in die Jacke, zog das frischerworbene Bowiemesser heraus. Mit einem Ruck war der Stahl aus der Scheide befreit.

Er hatte einen Acker erreicht, als er den Verfolger entdeckte. Einer. Nur einer. Der Hund schoß wie ein schwarzer Pfeil aus dem Wäldchen und ließ keinen Laut hören. Ronny blieb stehen und rang um Atem. Jeder tiefe Atemzug stach in der Lunge, die Wadenmuskeln waren steif. Keine Zeit zum Überlegen, keine Zeit, um sich zu fürchten. Breitbeinig stand er da und erwartete den Schäferhund, der in langen dunklen Sprüngen über den weißen Boden auf ihn zuhielt. Ronny hatte damit gerechnet, daß der Hund zuerst ein paar Runden um ihn herum drehen würde, um seine Kraft zu markieren, um ihm die Möglichkeit zu geben, sich auf den Boden zu legen, sich zu ergeben. Etwas zu spät erkannte er, daß der Hund zu energischerem Handeln erzogen worden war. Mit einem langen Sprung war das Tier über ihm. Ronny heulte vor Angst und Schmerz auf, als er spürte, wie die Zähne in seinen linken Oberarm schlugen. Er fiel um, über sich das Tier, das seinen Arm nicht losließ und ihm die Vorderpfoten auf den Brustkasten stemmte, sein schäumendes Maul war nur wenige Zentimeter von Ronnys Gesicht entfernt. Er stach zu, mußte aber eine Rippe getroffen haben. Das Messer rutschte ab, er hätte es um ein Haar verloren. Der Angriff peitschte den Hund nur noch mehr auf, Ronny spürte, wie die Kiefer sich mit noch größerer Kraft um seinen Arm schlossen. Der Hund kam keinen Augenblick zur Ruhe, er tänzelte ununterbrochen, behielt aber seinen eisenharten Biß bei. Während der Schmerz an ihm riß und zerrte, konnte Ronny den Arm so anziehen, daß das Tier ihm näher kam, dann stach er noch einmal zu. Zuerst glaubte er, ihn verfehlt zu haben, er hatte keinen Widerstand gespürt. Aber das scharfe Messer steckte bis zum Schaft in der Kehle des Hundes. Die Kiefer um Ronnys Arm lockerten sich augenblicklich und der Hund fuhr gurgelnd mit gesenktem Kopf zurück. Blut sprudelte aus seiner Schnauze. Das Messer steckte ihm noch immer in der Kehle. Ronny kam auf die Beine und schwankte ein paar Schritte vorwärts. „Na, na, Bonzo! Ganz ruhig!" Der Hund beobachtete ihn und näherte sich vorsichtig. Schüttelte mehrmals den Kopf, um den brennenden Fremdkörper loszuwerden, aber ohne Ergebnis. Ronny wußte genau: wenn noch immer Kraft in dem Bengel steckte, wenn der Hund jetzt einen Ausfall gegen ihn machte, verrückt vor Schmerzen und Scham, dann würde er eine Begegnung mit diesen gelbweißen Sägen erleben, die er lange nicht vergessen würde. Er stürzte sich mit heiserem Gebrüll auf den Hund. Der Hund wollte eine Finte probieren, bewegte sich aber zu langsam – Ronny trat mit aller Kraft nach dem Kehlkopf. Das Tier wurde herumgewirbelt und landete heulend auf der Seite im Schnee, scharrte verzweifelt mit den Beinen, ohne jedoch Halt zu finden. Ronny biß die Zähne zusammen und nahm sich die Zeit, seinem Gegner die Vorderbeine zu brechen, ehe er davonstürzte. Widerliches Knacken unter dem Stiefelabsatz. Und so ein Tier hatte er sich einst zum Kameraden gewünscht!

Auf den Arm, der sich jetzt wie betäubt anfühlte, wagte er nicht einmal einen Blick zu werfen. Aber er merkte, daß er bis zu den Fingerspitzen naß war und wußte, daß hier nicht der Schweiß strömte.

Hinter ihm deutsche Kommandorufe. Verbale Peitschenhiebe, bei denen sich seine Haare sträubten. Wenn sie nun zur Pistole griffen, Grund genug hatten sie ja. Er sah das wütende Gesicht des Hundebesitzers vor sich, der sein halbtotes Tier fand. Hundebesitzer sind immer Fanatiker. Ein Schuß zerriß die Nacht. Ronny wartete auf Blei zwischen den Rippen, verspürte aber keinen neuen Schmerz. Spürte im Laufen nur den leblosen, hin- und herschlenkernden Arm. Er erreichte die Allee, ging hinter einem Baum in Deckung und drehte sich um, während er um Atem, um Kräfte rang.

Sie hatten den Hund erschossen. Dort hinten, einige hundert Meter von ihm entfernt, beugten sich zwei dunkle Schatten über das Tier auf dem Boden. Die Karriere eines deutschen Polizeihundes war beendet. Zum erstenmal seit seiner überstürzten Flucht hatte Ronny das Gefühl, daß er es schaffen könnte. Er war aus reinem Instinkt losgestürzt, nun mußte das Gehirn endlich den Füßen folgen. Er rannte weiter. Versuchte nicht mehr, sich zu verstecken, rannte mitten auf der Straße, zu beiden Seiten die dunklen Baumstämme wie stumme Sekundanten.

Sirenengeheul. Sie kamen! Noch zweihundert Meter bis zum Wagen auf dem Rastplatz. Lauf, Mann, lauf! Der Himmel wohnt in einem grünen Volkswagen! Ronny forderte jetzt das Letzte von sich. In manchen Augenblicken wurde ihm schwarz vor Augen, die Wirklichkeit war eine verschwitzte, heiße, blutige Finsternis. Als er endlich das Auto erreichte, war er überrascht, der Anblick des Zieles erschien ihm unwirklich wie eine Fata Morgana. Er riß die Tür auf und sprang hinein, mit einem freundlichen Gedanken an seine Chauvihälfte – mit der größten Selbstverständlichkeit hatte er den Schlüssel an sich gerissen, nachdem Laila das Auto abgeschlossen hatte. Der Motor startete mit Gebrüll, und das Gefühl im linken Arm kehrte langsam zurück, als er auf die Hauptstraße fuhr.

Blaulicht hinter ihm auf der Allee. Die Jagd war noch nicht vorüber.

Die Lichter von Escheburg kamen immer näher. An der Ortsgrenze wurde um Geschwindigkeitsreduzierung gebeten, aber Ronny trat weiter aufs Gaspedal. Ein Paragraph mehr oder weniger ... Der Hundehalterverein lag irgendwo hinter ihm – weiter zurück, als er zu hoffen gewagt hatte, aber nicht so weit, wie ihm lieb gewesen wäre. Mit kreischenden Bremsen zwängte er den VW in eine Seitenstraße, drosselte unerwartet das Tempo, fuhr vorsichtig an Villengärten und winterschwarzen Ziersträuchern vorbei. Ihm war peinlich bewußt, daß er keine Zeit für kluge Überlegungen hatte, und so bog er in den erstbesten Hof ein, auf dem mehrere Wagen standen. Die Einfahrt ging abwärts. Ronny schaltete sofort den Motor aus und rollte leise auf Haus und Hof zu. Leise, Escheburg lag im Schönheitsschlaf. Er blieb stehen und betrachtete das dunkle Haus – kein schlaftrunkenes Gesicht zeigte sich in den Fenstern. Er schlug einen Weg ein, wo kein Weg war, über Hecken und niedrige Zäune, durch die Gärten.

Sein Arm wurde langsam zum Problem.

Es war halb fünf und Ronny Olsen hatte wirklich Angst. Die letzte Stunde hatte er hinter einer Garage mit dem Versuch zugebracht, seinen zerbissenen Arm zu verbinden und wieder zu Verstand zu kommen. Er hatte Angst. Er konnte sich nicht daran erinnern, jemals solche Angst gehabt zu haben. Es mußte an dem Bewußtsein liegen, sich in einem fremden Land zu befinden, einem Land ohne Bekannte, daß er diese schreckliche Paranoia entwickelte. Wenn er die langsam unerträglichen Schmerzen und die Tatsache, daß er gejagt wurde, hinzunahm, dann wirkte die Lage wirklich hoffnungslos. Er verfluchte Laila, die Kontakt zur Bullerei aufgenommen hatte, vor allem aber verfluchte er sich selber. Er war selber schuld daran, daß er jetzt hier saß, wie eine blutige Lappenpuppe. Er konnte sich nicht einmal mit der Überzeugung aufmuntern, daß all sein Leid den Preis wert sein würde, wenn am Ende alles gut ginge. „Urlaub", hatte Laila gesagt, als sie Kurs auf Deutschland aufgenommen hatte. Urlaub! Unbezahlte Arbeit, hohe Ausgaben, und soweit er sehen konnte – nirgendwo eine Aussicht auf Gewinn! Urlaub! Wenn er nicht bald ins Warme und in kundige Behandlung kam, dann könnte er bald für immer Urlaub vom problematischen Menschenleben machen!

Steif und eiskalt kam er auf die Beine und steuerte das Loch in der Hecke an, durch das er gekommen war. Dahinter lag ein breiter Graben und hinter dem Graben die Villenstraße, auf der er vor wenigen Stunden seinen heroischen Einzug gehalten hatte. Wenn sie jetzt Posten aufgestellt hatten ... Wenn sie immer noch hier suchten ... Na los, Ronny! Du brauchst einen Arzt, eine Tetanusspritze, was weiß ich nicht alles. Mußt vielleicht genäht werden. Los jetzt, ehe ein gewisser Villenbesitzer einen gewissen VW mit Blut auf den Sitzen mitten in seinem ehrenwerten Hinterhof findet! Wenn sie dich finden ... Nicht daran denken! Er taumelte durch die Hecke, kletterte auf die Straße und ging in Richtung Zentrum.

Das Taxi kam plötzlich aus einer Nebenstraße. Ronny winkte mit dem gesunden Arm, und der Fahrer steuerte den Bordstein an. Ronny bezweifelte keine Sekunde, daß der Mann hinter dem Steuerrad die wichtigste Person war, die er in diesem Jahr getroffen hatte.

Der Mann war eine Frau. Rötliche Haare über schmalen Schultern. Ein blendendes Lächeln, bis sie seinen Arm entdeckte. Sie war schön. Schön und verängstigt.

„Autounfall", sagte er und ließ sich auf den Rücksitz fallen. „Nach Hamburg."

„Du brauchst einen Arzt", sagte sie und gab Gas. „Das kann hier am Ort gemacht werden."

„Keinen Streit anfangen. Hamburg, hab ich gesagt. Ich hab kein Vertrauen zu Dorfärzten."

„Ich hab Angst!" sagte sie ehrlich. Besorgter Blick im Rückspiegel.

„Ich auch", antwortete Ronny Olsen. „Ich hab eine Scheißangst." Er sah die Spitzel vor sich, die jetzt sicher jedes Krankenhaus der Gegend belagerten. „Aber bitte, ruf jetzt nicht wegen mir all deine Taxidriver-Kumpel an! Ich bin unbewaffnet, und wie du sicher sehen kannst: vollständig harmlos! Aber hör mal, ich hab ein Problem ..."

„Das glaub ich sofort!" kam es kurz und bündig vom Vordersitz. „Ihr Arm sieht nicht gut aus, und Sie haben heute Nacht keinen schlimmeren Autounfall als ich erlebt."

„Sie haben ganz recht", sagte er ehrlich und höflich. „Das war eine glatte und schlechte Lüge."

Er hatte seine Zeit gut genutzt. Hatte ihre Tasche gesehen, sie lag vorn auf dem Boden, hatte den gelben Aufkleber „Atomkraft? Nein Danke!" bemerkt, hatte Brechts Stücke gebunden auf dem Armaturenbrett entdeckt. Wenn er sich nicht sehr irrte, stand Frau Fahrerin ein Stück links von der Mitte.

Er sagte: „Es war ein Hund. Ein verdammter Köter. Ich gehe davon aus, daß du Günter Wallraff kennst?"

„Sicher. Was hat der damit zu tun? War das sein Hund?"

„Ich bin sein dänischer Halbbruder."

„Werd mal ein bißchen deutlicher."

„Ich mache Reportagen, so ähnlich wie er."

„Und du erwartest, daß ich dir das glaube?"

„Nein. Ich bitte dich bloß darum."

„Und? Wenn ich dir glaube?"

„Dann denk mal genau nach. Geh dein Archiv durch und überlege, ob du irgendwen kennst, der sich diskret um meinen Arm kümmern kann." Er fügte hinzu: „Der Hund gehört einem alten Nazi, dem meine Reportagen gar nicht recht gefallen. Außerdem hat er Kontakte, unter anderem bei der Polizei. Ich kann nicht in ein normales Krankenhaus gehen, fürchte ich."

„Ich glaub dir nicht", sagte sie kalt, und er fragte sich, wo ihre Angst geblieben sein mochte.

„Mach was du willst, ich kann nicht mehr ..."

Das letzte von dieser Taxifahrt, an das er sich erinnerte, waren ihre Augen im Spiegel. Große, braune Augen, die Skepsis ausstrahlten, seiner Ansicht nach eine etwas zu große Portion Skepsis. Aber noch etwas lag in diesem Blick. Neugier. Wie alt mochte sie sein? Vier-, fünfundzwanzig. So in etwa. Und er dachte, als sich die Finsternis über ihn senkte, und als er spürte, daß er keinen Widerstand mehr leisten konnte: Wer sich in dem Alter nicht von Neugier leiten läßt, ist ein geschlagener Mensch!

9

Mit Erik Satie erwachen. Fortsetzung eines milden Traumes, der eben in die Vergessenheit glitt. Weiche Wellen von Klaviertönen. Melancholische Signale eines Toten an einen noch Lebenden. Er blieb mit geschlossenen Augen liegen und lauschte auf Aldo Ciccolinis Interpretation von der Rêverie de l'enfance de Pantagruel, es war wie ein Gruß aus der Vergangenheit – Tante Åses blasse weiße Finger auf gelbweißen Tasten. Guter Wille, ungestimmtes Klavier und steife Finger. Das hier, das war perfekt ...

Er setzte sich jählings auf, und sofort erfaßte ihn der Schmerz. Ein hämmernder Schmerz im linken Arm, der Arm war verbunden, sein Oberkörper war nackt, und er lag unter einer Decke auf einem Sofa.

Das Zimmer war groß und hell, goldenes Nachmittagslicht strömte durch ein offenes Fenster herein, er hörte Verkehrslärm, aber sehr gedämpft, die Straße mußte sich etliche Etagen unter ihm befinden. Perlgraue Wände, weiße Sockel, weiße Möbel. Eine Stereoanlage, ein Tisch aus Nußbaumholz. Erik Satie.

Der junge Mann am Fenster drehte sich langsam um. Er trug verschlissene Jeans, ein Flanellhemd und Wollsocken. Ronny dachte, was für eine Disharmonie ... Das helle, saubere Zimmer. Die Musik. Und dieser Neohippie, der mit träger Hand seine zu langen Haare zurückstrich. Dann mußte er an sich selber denken und er sah ein, daß die Disharmonie vor allem darin bestand, daß *er* hier war.

Der Fremde sagte: „Na, wie fühlst du dich?“ Seine Stimme war weder teilnahmsvoll noch feindselig.

„Danke, ich glaube, ich überlebe. Welcher Planet ist das hier übrigens?“

Der andere lächelte. Ein dünnes und schwankendes Lächeln, aber immerhin. „Ich bin Max. Ich spiele den Krankenwärter.“

„Alfred Larsen. Aus Dänemark. Ist das Hamburg, was ich da draußen höre?“

„Ja. Du hast zehn Stunden lang geschlafen. Ich fürchte, ich muß dich bitten, bald zu verschwinden.“

„Sicher. Hast du was dagegen, mir zu erzählen, wie ich hier gelandet bin?“

„Wir waren nicht so begeistert, aber Lisa hat darauf bestanden.“ Er zuckte die Schultern, wie um zu verstehen zu geben, wenn Lisa auf etwas bestand, dann ...

„Wer ist ‘wir’?“

„Wir. Die Wohngemeinschaft. Wir fanden die Kiste gefährlich. Du könntest ja schließlich ein ... naja, du weißt schon."

Ronny schwang die Füße auf einen blauen Teppichboden. „Ich dachte, der Terrorismus wäre schon längst gegessen?"

„Der Terrorismus ist tot. Die Terroristen leben."

„Seh ich aus wie ein Terrorist?"

„Ja. Deshalb haben wir Lisa auch nachgegeben. Terroristen sehen nie aus wie Terroristen!" Das vage Lächeln bekam einen Anflug von Herzlichkeit. „Es interessiert uns nicht sehr, wer du bist oder was du treibst. Aber du mußt bald hier weg. Ich hoffe, du verstehst das? Wir haben dich zusammengeflickt, und du hast ein paar Stunden schlafen können."

„Ich verstehe. Habt ihr hier auch einen Arzt?" Ronny hob den linken Arm; der Verband war nicht von einem frisch eingetretenen Pfadfinder angelegt worden.

„Wir kennen Leute. Mach dir keine Sorgen, du hast einen Schutz gegen Tetanus verpaßt bekommen, und die Wunden sind sauber."

„Auch genäht?"

„Ließ sich nicht einrichten. Du wirst ein paar fiese Narben behalten, aber, wir dachten, am Oberarm wär das nicht so schlimm. Beweg den Arm so wenig wie möglich, dann heilt es. Es blutet nicht mehr."

„Kann ich ... kann ich irgendwas für dich tun ... für euch?"

„Kaum. Das Badezimmer ist draußen auf dem Flur. Erste Tür links."

Ronny erhob sich mühselig, ging auf den Flur und fand die erste Tür links. Mit bescheidener Neugier stellte er fest, daß die WG mindestens drei Männer aufweisen mußte, falls sich nicht einer mehrere Rasiergeräte leistete. Sechs Zahnbürsten in verschiedenen Farben standen unter dem Spiegel in Reih und Glied, und Toilettenpapier und Tampons wurden en gros eingekauft. Na gut. Er hatte Schwein gehabt, unglaubliches Schwein. Vielleicht war es eine Studenten-WG ... Wenn er von seinem Arm absah, der sich anfühlte, als könnte er jeden Moment abfallen, war er tadellos in Form. Er blieb vor dem blanken Spiegel stehen und studierte einige Sekunden lang das Aussehen eines Terroristen. Terroristen hatten, soviel er sehen konnte, dunkle, buschige Augenbrauen, kurze ungekämmte Haare und zwei Tage alte Bartstoppeln. Außerdem eine dicke Schramme auf der rechten Wange sowie blaurote Säcke unter den Augen. So sahen sie aus. So sahen sie nicht aus. Er konnte nicht begreifen, was ihn gerettet hatte. Mit sicheren Bewegungen rasierte er sich mit dem Rasierer, auf dem „Bert“ stand, wusch sich, so gut er konnte und kehrte zu Erik und Max zurück. Max stand noch immer am selben Fleck, sein Lächeln wirkte fast entschuldigend. „Kann ich dich jetzt rausschmeißen?“

„Ja. Ich hab noch eine Bank auf dem Programm und bin ohnehin schon spät dran. Mein Hemd?“

„Davon ist nichts mehr übrig. Nimm das hier!“ Max warf ihm eine Plastiktüte mit einem weißen T-Shirt und einem dünnen Pullover zu. „Deine Jacke ist nicht mehr das, was sie mal war, aber ich hab die ärgste Schweinerei abgewaschen.“

Ronny durchwühlte die Taschen, fand hundert Mark und ließ die Banknote aufs Sofa fallen. „Haben sie nach dir die Kneipe in St. Georg getauft?“

„Leider nicht. Behalt deine Kohle, so war das nicht gemeint.“

„Behalt du sie. Sie sind ehrlich verdient. Ich schick dir ein Exemplar von meinem neuen Buch, wenn es fertig ist.“

„Schön. Erscheint es auf Norwegisch oder auf Dänisch?“ Max versetzte ihm einen freundschaftlichen Stoß in den Bauch. „Du bist sicher in Ordnung. Terroristen sind bessere Lügner als Leute wie du.“

Leute wie ich? dachte Ronny, als er kurz danach vor dem Haus stand. Er überquerte die Straße, ging in die nächste Kneipe, bedachte die Situation bei einem doppelten Whisky. Laila – ausgeschaltet. Er war sich nicht sicher, ob er sie im Stich gelassen hatte. Sein Gepäck – im Hotel, außer Reichweite. Aber er hatte das Wichtigste. Sein Paß lag immer noch rot und klebrig in der Innentasche der ruinierten Jacke, und sein Gedächtnis funktionierte zuverlässig. Er bestellte ein Bier und einen Teller Suppe und beschloß, daß sein Aufenthalt in Hamburg für diesmal beendet sei.

TEIL 4

DIE MAUER

1

Der Zug blieb ruckend stehen. Ronny warf einen schnellen Blick auf den Bahnhof Schwanheide, der grau und langweilig vor dem Zugfenster lag, widmete seine Aufmerksamkeit dann aber der Abteiltür, die in diesem Moment aufgerissen wurde. „Paßkontrolle!"

Die Paßkontrolle der DDR arbeitet gründlich. Im kommunistischen Himmel wird nichts dem Zufall überlassen. Die beiden uniformierten Männer gingen langsam von Fahrgast zu Fahrgast und studierten dabei die Pässe. Blätterten hin. Blätterten her. Eine halbe Minute studierten sie das Bild, eine halbe Minute studierten sie eindringlich das Gesicht des Menschen, den sie vor sich hatten. Ronny dachte an St. Petrus und das Himmelstor und krümmte sich unter dem Blick eines Uniformierten, der gerade seine Arbeit im Dienste des Volkes durchführte. Sein Paß wurde ihm mit kurzem „Danke" wiedergegeben, und er atmete erleichtert auf. Zwanzig Minuten später rollte der Zug durch die Deutsche Demokratische Republik. Ronny öffnete den Reiseweißwein und aß Brote, die er auf dem Bahnsteig in Hamburg gekauft hatte. Er hatte zwar schon Schmetterlinge im Bauch, aber davon wurde er nicht satt. Die Angst, er könnte gesucht werden, hatte seit der Abfahrt vom Hauptbahnhof auf ihm gelastet, und selbst, wenn seine Paranoia sich nach der ersten Paßkontrolle auf BRD-Seite gemildert hatte, so hatten die unbewegten Masken dieser DDRlinge ihn doch arg fertiggemacht. Sein Herz hämmerte, aus den Achselhöhlen flossen kitzelnde Schweißtropfen. Wein. Mehr Wein. Zusammenfassung von Glück und Ungemach der letzten Tage. Nach der geradezu wunderbaren Heilung in der Wohngemeinschaft war er mit der S-Bahn zum Hauptbahnhof gefahren, hatte dann die Straße überquert und ein Kaufhaus angesteuert. Er hatte eingesehen, daß er sich seiner blutdurchtränkten Daunenjacke ganz schnell entledigen mußte: Die Leute machten große Augen und wichen ihm mit deutlichen Anzeichen des Abscheus aus. Fünfzig Prozent von ihnen würden sich an ihn erinnern, jedenfalls für einige Tage. Er kaufte sich eine gefütterte Lederjacke mit großen Taschen, die für hundert Mark feilgeboten wurde, bezahlte und steuerte die Toilette oben im Kaufhaus an. Schneller Wechsel, und die blutige Jacke wurde unter den Papierhandtüchern im großen Korb zurückgelassen. Der Arm tat weh, er konnte ihn kaum bewegen. Auf dem Hauptbahnhof stellte er die Abfahrtszeiten nach Berlin fest, fuhr dann mit der U-Bahn nach St. Pauli und trug sich unter falschem Namen in einem der kleinen Hotels in der Nähe der Reeperbahn ein. Er schickte Laila freundliche Gedanken, und sah sie in seiner Phantasie vor sich, in harten Verhören schwitzend, in dieser Stadt, die er inzwischen haßte. Wie lange würden sie sie wohl festhalten? Was lag überhaupt gegen sie vor? Warum waren sie da draußen in Neuengamme aufgetaucht? Sicher waren sie schon tagsüber beschattet worden. Aber von wem und warum? Ronny konnte nur annehmen, daß die Polizei Laila überwacht hatte, und der einzige billige Grund, warum sie sie im Visier hatten, war, daß sie nicht an ihre Unschuldsrolle im Fall Schraub glaubten. Hatten sie in der Wohnung des Ermordeten Spuren von ihr gefunden?

Das einzige, was er mit hundertprozentiger Sicherheit wußte, war, daß Laila verhaftet worden war, und daß er nur wenig Zeit hatte. Langsam ahnte er in diesem Fall ein Muster, aber ihm war auch klar, daß irgendwo ein Mr. X saß, dessen Hauptaufgabe darin lag, dieses Muster wieder zu verwischen. Und derselbe Mr. X hatte bereits ganz deutlich demonstriert, daß er bei seiner Methodenwahl keine kleinlichen Rücksichten nahm. Bisher drei Leichen. Mehr durften es nicht werden. Er widmete der unbekannten Frau in Berlin ein paar besorgte Gedanken und hoffte, daß außer ihm niemand zu ihr unterwegs wäre. Er würde sehr vorsichtig sein müssen, er konnte nicht sicher sein, daß er nicht schon hier im Zug beschattet wurde. Er würde nicht mit dem ersten Bus oder der ersten Bahn zu dieser Vera fahren. Natürlich würde er sie aufsuchen, aber diesmal würde er keinen Fehler machen.

Die Landschaft faszinierte ihn. Sie war flach und öde, ähnlich der, die er zwischen Puttgarden und Hamburg durchfahren hatte. Es war keine Landschaft zum Gernhaben, aber er fand sie trotzdem anziehend. Bald begriff er den Grund. Nicht die Landschaft reizte seine Neugier, nicht die weiten Felder, umgeben von hohen Bäumen, hier und dort von einer schmalen Straße durchschnitten. Nein, wichtig waren die Dinge, ab und zu ein Mensch in der Landschaft, die gewissermaßen von einer anderen Zeit erzählten. Eine verhuschte Gestalt auf einem Hof, ärmlich gekleidet, düster. Ein alter Lada, der sich mit hustendem Motor auf einem verschneiten Weg dem Waldrand entgegenkämpfte. Höfe. Häuser. Alt. Altmodisch. Ein Traktorwrack auf einem Hofplatz. Die unschönen Häuser an den kleinen Bahnhöfen.

Erinnerungen an die Kindheit: Das Norwegen der 50er Jahre hatte mit Warenmangel und Veraltung zu kämpfen, die Folge eines fünfjährigen Krieges. Während Westdeutschland mit Dollars vollgepumpt wurde, bezahlte die DDR Reparationen an die Sowjetunion und erhielt als Quittung vor allem erhobene Zeigefinger. Ronny Olsen wurde langsam neugierig auf Berlin, auf diese westliche Insel mitten im Stillen Ozean des Kommunismus. Berlin. Die Mauer. Symbol für die Unzulänglichkeit der Menschheit, für ihre Angst, ihr Mißtrauen. Eine Stadt voller diplomatischer Spiele, voller Spionage, halbausgesprochener Drohungen. Eine Stadt, in der man Europa den Puls fühlen konnte, indem man einfach die Mauer passierte, die Kontraste ermaß, roch, horchte, lernte. Eine Stadt, in der eine unbekannte Vera umherlief, vielleicht mit einem Schlüssel zu einem Drama, von dem sie nicht einmal in ihren wildesten Phantasien träumte. Oder wenn sie informiert war ... Ronny konnte sich des unbehaglichen Gedankens nicht entledigen, daß sie vielleicht schon längst Lunte gerochen haben könnte, daß der Vogel aus Berlin geflogen sei.

Bahnhof Zoo. Der legendäre Bahnhof Zoo. Er blieb im Abteil sitzen, bis alle anderen ausgestiegen waren, sammelte seine Sachen zusammen – Zeitungen, ein Buch von Desmond Bagley, für das er unterwegs keine Ruhe gefunden hatte, und ging hinaus auf den Bahnsteig. Seltsam. Unwirklich. Ronny Olsen hatte sich ein gewaltiges Bahnhofsgelände vorgestellt, viel größer als das in Hamburg. Er blieb stehen und betrachtete einen fast leeren Bahnsteig, zehnmal kleiner als erwartet. Er wußte nicht, ob er enttäuscht oder erleichtert war; er hatte Probleme mit großen Menschenmengen, Gedränge, Streß. War das Berlin?

Berlin lag eine Treppe tiefer. Erst unten in der Bahnhofshalle begriff er wirklich, daß Berlin keine Kleinstadt war, daß die Mythen über das multinationale Wirrwarr auf Wahrheit beruhten. Probleme mit unklaren Abfahrtzeiten in den verschiedensten Zungen, unterschiedliche Hautfarben, sozialer Status. Trinker, Fixer und glattpolierte Geschäftsleute wimmelten durcheinander. Hausfrauen. Alte Tanten. Eine junge Nutte, die kaum konfirmiert sein konnte und die es wohl auch nie werden würde. Lärm. Lautes Rufen: Bild-Zeitung!

Er umklammerte unnötig fest eine Einkaufstasche, drückte sich mit mürrischem, abweisendem Gesichtsausdruck an der obligatorischen Schnorrerbande am Ausgang vorbei und befand sich zum ersten Mal in Berlin.

Die Sonne tastete sich durch eilige Wolken hindurch, Lichtflecken auf nassem Asphalt. Eilige Menschen, der berühmte Kurfürstendamm, schwarz, bewegungslos, vorläufig fehlten die Blätter an den Bäumen. Er folgte der geraden Straße einige hundert Meter lang, zog sich in ein Grillrestaurant zurück und bestellte ein Bier. Ruhe. Ruhe, um den nächsten Zug zu planen, den weiteren Weg abzustecken. So weit er sehen konnte, wurde er nicht verfolgt. Das durfte er nicht vergessen: So weit er sehen konnte. Entweder niemand oder erstklassige Profis. Er trank langsam sein Bier und holte den Stadtplan von Berlin hervor. Nach kurzer Zeit fand er Veras Straße, blieb aber sitzen und trank sich sicher, ehe er hinausging und einem Taxi winkte.

Das Auto setzte ihn am Lehrter Bahnhof ab, er verstaute sein spärliches Gepäck in einem Schließfach, nahm ein Taxi zum Anhalter Bahnhof, fuhr zurück in Richtung Schöneberg, stieg unterwegs aus und nahm einen Wagen zur Ascher Straße. Es kostete ein Vermögen, aber er bildete sich ein, daß die Ausgabe sich lohnte. Neben dem Haus, in dem die geheimnisvolle Vera residierte, lag eine Kneipe, nicht zu schäbig, nicht zu fein – Ronny Olsen nahm unter dem Vorwand Platz, vorsichtig sein zu wollen. In Wirklichkeit hatte er Durst, und außerdem einen Widerwillen gegen alles, was mit diesem Fall zusammenhing. Er mußte sich eingestehen, daß ihn jetzt nicht mehr die Lust antrieb, sondern eher die Tatsache, daß er in Zusammenhänge gerutscht war, aus denen er sich nicht ohne Weiteres wieder befreien konnte. Er, Ronny Olsen, spielte in einem lebensgefährlichen Theaterstück mit, und er konnte die Bühne nicht verlassen, ehe er nicht herausgefunden hatte, was seine Rolle war. Die Heldenrolle konnte er sich gleich abschminken, aber er wollte um eine Rolle unter den überlebenden Statisten kämpfen.

In der Kneipe, die den wohlklingenden Namen *„Zapp“* trug, waren außer ihm nur zwei Menschen, ein Ehepaar in den Sechzigern, das versuchte, nicht von den Barhockern zu fallen. Es gelang ihnen nicht sehr gut, und sie waren wohl kaum Ostagenten, Killer oder Polizisten. *Wahrscheinlich nicht,* dachte Ronny, der nun im Rhythmus der Promillen swingte und überall Feinde sah. Der Kellner wirkte verdächtig reizend, das alternde Paar auf einmal erbärmlich blau. Ronny trank aus, bezahlte und ging zweimal um den Block, ehe er durch das grüne Tor schlüpfte.

Vera Schultz war schön. Nicht puppenhübsch wie Modelle und Filmschauspielerinnen, sondern ganz einfach schön. Die Nase war ein wenig zu lang, der Mund etwas zu groß, sie hatte genau die „Fehler", die den Menschen hinter der Maske zeigen. Ihre langen kupferroten Haare waren zu einer modernen Frisur auf die Seite gekämmt, sie war ganz in Schwarz gekleidet, und das stand ihr verdammt gut. Ihr Blick war skeptisch, aber nicht feindlich. Ein Blick für Vertreter oder für Gasmänner, die ihren Ausweis vergessen haben. Ronny Olsen war froh, sie zu treffen, er hatte keinen Empfang mit Blasmusik und wehenden Fahnen erwartet.

„Frau Schultz? Vera Schultz?"

„Richtig." Ihre grauen Augen musterten ihn. Sie machte keine Miene, ihn hereinzulassen.

Er stellte sich vor. „Ich war ein sehr guter Freund von Bernard Lindquist."

„Ach? Und jetzt habt ihr euch zerstritten?"

Wußte sie es wirklich nicht? Er sagte: „Bernard ist tot, Vera. Tut mir leid, ich dachte, du wüßtest das."

Vera Schultz veränderte sich erschreckend schnell. Sie erbleichte, die Haltung des schlanken Körpers, die bisher fast herausfordernd gewesen war, wurde schlaff, lebensmüde. „Tot? Du lügst? Du bluffst, nicht wahr?"

„Vera, ich habe viele Fehler und Laster, aber ich habe es noch nie komisch gefunden, falsche Todesmeldungen zu überbringen. Ich finde das nicht einmal komisch, wenn die Meldung zutrifft. Es tut mir leid ..."

„Komm rein! Du mußt mir erzählen ... wann ist das passiert? Wie? Himmel, das ist so schrecklich, willst du etwas trinken?" Ihre Selbstsicherheit saß nicht sehr tief.

Ronny trat in den halbdunklen Flur und schloß hinter sich die Tür. „Um mit der letzten Frage anzufangen – ja, bitte!"

„Bier? Whisky? Setz dich schon mal." Ein lackierter zitternder Fingernagel zeigte den Weg ins Wohnzimmer.

„Bier ist in Ordnung." Ronny Olsen, der Mann mit dem eisernen Willen. Er kehrte ihr den Rücken zu und ging in die ihm angewiesene Richtung. Er hörte, wie sie in der Küche eine Kühlschranktür öffnete.

Ronny Olsen fühlte sich immer alt, wenn er mit Zimmern wie diesem konfrontiert wurde. Er gehörte zu den Menschen, die leere Weinkisten als Bücherregale wieder auferstehen ließen, und die sich zwischen Flohmarktmöbeln, eventuell mit Einsprengseln von IKEA, am wohlsten fühlten. Er stellte fest, daß Vera Schultz von so etwas vermutlich noch nie gehört hatte. Vorsichtig setzte er sich auf ein rosa Sofa – vorsichtig, da es nur mit drei Beinen versehen war – das vierte bestand aus einem gelben Ball und Ronny mißtraute der Konsistenz. Es sah aus wie Schaumgummi, zeigte aber keine Spur von Nachgiebigkeit. Der Tisch vor ihm war asymmetrisch und sechseckig. Eine schwarze Säule aus Plastik ragte durch ein quadratisches Loch in der Tischplatte, in überwältigendem Kontrast zum Tisch, der in Zitronengelb mit türkisen Kanten gehalten war. Die Zimmerwände waren weiß, mit Kreisen und Quadraten in schreienden Kontrastfarben. Und überall, in den vielwinkligen Regalen und auf den breiten Fensterbänken: Grünpflanzen, der reinste Amazonas. Ronny lehnte sich zurück und versuchte sich vorzustellen, in was für einem Glas das Bier serviert werden würde. Er bekam ein Budweiser in der Dose und war damit zufrieden. „Sag mal, liest du keine Zeitungen?"

„Zeitungen?" Sie kostete das Wort aus wie ein Fremdwort, dessen Bedeutung ihr nicht so ganz klar war, fuhr dann aber fort: „Komm zur Sache, ja? Wenn du die Wahrheit sagst, dann hab ich einen sehr guten Freund verloren und überhaupt kein Interesse daran, um den heißen Brei herumzureden, okay?" Sie hatte plötzlich die Sicherheit von vorhin wiedergefunden. Ronny trat voll in den heißen Brei. Vera lauschte aufmerksam, nippte an einem hauchdünnen Drink, ihr Blick war nach innen gerichtet. Ronny nahm an, daß sich dort irgendwo ein Bild von Bernard befand.

Eine Dreiviertelstunde später stellte er zu seiner Überraschung fest, daß er ihr absolut alles gesagt hatte, was er wußte, und daß seine Bierdose noch immer nicht leer war. Er nahm den letzten Schluck und stellte die Dose auf den abscheulichen Tisch. Wie eine Schlafwandlerin holte sie eine neue, ihr Mund hatte einen harten Zug bekommen, und sie sagte kein Wort. Als sie zurückkam, fuhr er fort: „Ich tappe im Dunkeln, Vera. Ich bin zu dir gekommen, weil du für mich eine Möglichkeit, eine Spur darstellst. Du mußt Vertrauen zu mir haben, ich habe dir alles gesagt, was ich weiß – jetzt bist du an der Reihe. Ich will dich nicht in die Sache hineinziehen, ich bitte nur um dein Gedächtnis." Und er dachte, während er ihre intelligenten

Züge betrachtete: Das dürfte doch nicht gar so schlecht sein!

Sie sah ihn an, immer noch mit verschleiertem Blick: „Privatdetektiv. Wahnsinn. Ich dachte, sowas gäb's bloß in Büchern. Und in der Glotze. Derrick ..."

„Derrick ist bei der Polizei." Er lächelte und versuchte, seinen steifen Arm zu bewegen. „Da besteht ein gewisser Unterschied, das kannst du mir glauben!" Sie lächelte nicht, aber ihre schmalen Augenbrauen hoben sich ein wenig. In einer anderen Situation hätte er das als kleines schelmisches Signal einer Frau aufgefaßt, die ihn als Mann nicht ganz uninteressant fand.

„Ich hab Bernard schon 71 kennengelernt, Olsen. 71."

„Entschuldige, aber wenn du nicht auf dem Gegenteil bestehst, dann laß uns Vornamen gebrauchen. Ronny."

Sie fuhr fort, ungestört von der Unterbrechung: „Er wollte eine Reportage über die Kinder vom Bahnhof Zoo machen, das war lange vor all dem Geschrei über Christiane F., ich nehme an, es war damals ein guter Stoff. Mein ... ich war verheiratet und mein Mann arbeitete bei der *BZ*. Er, Peter, hatte Bernard zufällig einige Monate vorher in Oslo kennengelernt und angeboten, ihm Material zu geben. Das war Peters Ressort, er hatte damals viel mit Verbrechen und Drogen zu tun und kennt Berlin wie seine Westentasche. Also, Bernard kam und hat zeitweise bei uns gewohnt. Er hat uns dann im Jahr darauf wieder besucht, soviel ich noch weiß, aber dann kam die Scheidung, und ... naja, du kennst da ja ... man verliert den Kontakt. Ich hab ihn erst im Herbst wiedergesehen, als er plötzlich in der Tür stand."

„Moment mal! Hast du in den 12 Jahren mit Bernard gar keinen Kontakt gehabt?"

„Ab und zu einen Brief oder eine Karte. Ganz sporadisch."

„Na gut, Vera." Ronny beugte sich vor und konnte seinen Eifer nicht ganz verbergen. „Was hatte der gute Bernard diesmal auf der Pfanne?" Er dachte: Abgesehen davon, daß er sich alle erdenkliche Mühe geben wollte, um dich aufs Kreuz zu legen, was ihm sicher gelungen ist.

„Er hatte viele Bälle in der Luft, Ronny. Viele Bälle."

Und zwei brennendheiße auf dem Laken, dachte Ronny. Er sagte: „Stalins Augen, Vera. Das ist das Stichwort. Alles andere kannst du getrost vergessen. Er muß dir doch irgendwas über sein verdammtes Buchprojekt erzählt haben?"

„Ja", antwortete sie. „Etwas. Ich hatte den Eindruck, daß viel Geld dabei im Spiel war, aber ich hab nicht so recht durchschaut, ob er vom Honorar oder von anderen Geldquellen redete."

„Gehen wir davon aus, daß es sich um andere Geldquellen handelte, Vera. Schriftsteller fließen normalerweise nicht über vor Begeisterung über ihre Honorare. Was meinst du damit, daß du den Eindruck hattest, es wäre viel Geld im Spiel?"

„Er hat es gesagt ... nicht direkt, aber ..."

„Aber?"

„Ja, er hat durchscheinen lassen, daß wir ... daß wir uns keine Sorgen mehr über die Kohle zu machen brauchten, wenn das Buch in Ordnung ginge."

„Wir? Damit hat er sich und dich gemeint, ja?"

Sie wandte den Blick ab, aber Ronny konnte noch sehen, daß ihre schönen grauen Augen voller Tränen standen, es zuckte um ihre Mundwinkel. „Ich hatte gedacht ... nein, das begreifst du nicht."

„Du hattest an eine gemeinsame Zukunft mit Bernard gedacht. Himmelarsch, was ist denn daran so seltsam?" Fast hätte er gesagt: Da warst du weiß Gott nicht die erste.

„Nein, vielleicht nicht. Aber alles war so locker ... wir hatten uns nichts versprochen, hatten nichts Festes ..." Nun kamen die Tränen. „Ich hatte nicht nur ihn und er hatte nicht nur mich ..."

Nein, unter anderem hatte er meine Frau, dachte Ronny, reduzierte seine Reaktion aber auf ein verständnisvolles Nicken. „Ich verstehe."

„Nein, da bin ich nicht so sicher ... ich hab geglaubt, wir beide könnten eines Tages wirklich ..."

Bloß raus aus dem brennenden Haus, dachte Ronny. Er konnte nicht begreifen, warum sie nicht schon viel früher losgeheult hatte, beschloß aber, daraus zu schließen, daß sie nicht bluffte. Eine Lügnerin hätte ihn mit Tränen durchtränken können, sobald er seinen Spruch aufgesagt hatte.

„Ich muß nachdenken", sagte sie. „Laß uns hier weggehen. Hier ... ich kann mich nicht konzentrieren."

Hier, dachte Ronny. Hier. Neo-funktionale Vögeleien auf rosa Unterlage. Herrgott! Er sagte: „Alles klar. Ich lad dich zum Essen ein, wenn du mich heute auf dem Boden schlafen läßt."

„Und wenn ich dich bitte, dir lieber ein Hotelzimmer zu nehmen?" Die Worte kamen mechanisch wie eine eingeübte Phrase. Ronny dachte, daß solche Situationen in ihrem Leben vielleicht nicht so selten vorkämen, daß deutsche Aufreißer extravaganter wären als die Nordischen und zum Essen einzuladen pflegten, ehe sie zum Bett und zur Sache kamen.

Er sagte: „Das mit dem Essen wird sich trotzdem finden."

„Natürlich kannst du hier knacken. Aber wenn du länger bleibst, mußt du tagsüber verschwinden, dann arbeite ich. Ich brauch Ruhe, kann keine Leute in der Wohnung vertragen."

„Abgemacht. Was bist du übrigens von Beruf – Möbeldesignerin?"

„Himmel, wie hast du das erraten?" Sie blickte ihn überrascht an.

„Reiner Zufall. Komm, gehen wir. Dieser Tag ist für dich ja doch ruiniert."

„Sieht so aus."

Ronny Olsen kam sich vor wie ein Spatz mit dreckigem grauen Gefieder. Ein Gefühl, das ihm vertraut war, das nun aber durch die umwerfende Frau an seiner Seite verstärkt wurde. Vera Schultz war überrascht gewesen, als er ihren Beruf so einfach erraten hatte. Nun sah er ein, daß sie ebensogut Modezeichnerin hätte sein können, oder ganz einfach restlos verrückt, in der Resozialisierungsphase nach einem Farb- und Formschock, aus dem sie sich erst langsam freiarbeiten mußte. Mit größter Selbstverständlichkeit hatte sie sich in ein signalgrünes Cape mit rosa Futter und einen feuerroten Robin Hood-Hut geworfen. Zwei Meter langer türkiser Schal, mit eingewebten Silberfäden. Die Leute drehten sich nach ihr um. Das gefiel ihr, oder sie ignorierte es. Na gut, dachte Ronny und zog seine Lederjacke fester um sich, was ist natürlicher, als in einer Weltstadt Damen von Welt zu finden? Und er dachte weiter: Und was ist typischer, als daß Ronny aus Kampen, der wie ein Schatten durch diese Stadt gleiten sollte, grau und identitätslos, auf offener Straße mit einer Signalflagge in Grün-Rot-Rosa auftritt? Vielleicht hatte Vera Schultz noch weitere Perversitäten auf Lager? Halbverrückte Ideen, die sich erst zeigen würden, wenn diese Signalfetzen gefallen wären? Er ertappte sich dabei, wie er ihr in Gedanken die Klamotten vom Leib riß, sich mit ihr in riesigen neo-funktionalen Doppel- und Dreifachbetten in spiegelverkleideten Zimmern herumwälzte – sein Gang wurde steif, er zwang seine Gedanken zurück zu drei leblosen Männern, das half.

Sie ging schnell, er war unwillkürlich zurückgefallen, als die schweinischen Gedanken die Oberhand gewannen. Ein paar rasche Schritte und der Spatz glitt an die Seite des Flamingos. „Wohin gehen wir?"

„Nicht weit. Ich kenn ein Lokal. Fetzig. Gute Musik. Ich will dir aber erst etwas zeigen."

„Was denn?"

„Nur eine Bagatelle. Eine Mauer."

„Ach, die! Weit?"

„Die Mauer ist nie weit."

Ronny überlegte, ob sich dahinter wohl eine clevere Doppeldeutigkeit versteckte, gab diese Frage aber auf, als sie um eine Straßenecke bogen und er zum ersten Mal Europas berühmtester Betonskulptur, der Mauer, gegenüberstand. Das Monument für Freiheit, Zwang, Schande oder Stolz – je nachdem, aus welchem politischen Blickwinkel das Bauwerk gerade betrachtet wurde.

„Irgendwie hatte ich sie mir größer vorgestellt ... höher."

„Es kommt nicht auf die Größe an", sagte sie, ohne ihn anzusehen, und wieder überkam ihn das Gefühl, daß sie in doppelbödigen Sätzen sprach. „Glaub mir, sie ist verdammt effektiv."

„Erzähl mir darüber." Er holte seine Zigaretten hervor, bot ihr eine an, aber sie schüttelte den Kopf.

„Ich möchte wissen, wieso dieser unschuldige Gartenzaun Leute ums Leben bringen kann. Wachen, nehm ich an?"

„Sicher. Massenhaft Leute in der Firma. Arbeitskleidung: Uniform, mit oder ohne rotem Stern. Mit oder ohne Glauben an westliche Demokratie. Sie benutzen einfaches Werkzeug, aber es ist gut genug, um einen Körper mit heißem Blei vollzupumpen."

Ronny setzte sich wieder in Bewegung. „Starker Anblick, Vera. Im Grunde undramatisch, aber geladen. Komische Kiste."

"Ja. ich dachte, der Anblick würde dir Freude machen. Morgen mußt du nämlich auf die andere Seite. Komm, jetzt gehen wir essen!"

2

Naja, dachte Ronny Olsen. Frikadellen mit gedämpftem Kohl in einer Mensa hätte ich schließlich auch nicht erwartet! Vera schritt selbstsicher mit wiegenden Hüften vor ihm her, steuerte ihre farbenfrohen Gewänder behende zwischen langstieligen Weingläsern, Neonröhren und regenbogenfarbenen Concordefrisuren hindurch. Ronny kämpfte mühsam um eine uninteressierte Maske, eine Art „mich schockiert gar nichts"-Miene à la Narkobulle Hackman in „Brennpunkt New York". Hatte einigen Erfolg, verlor aber den strammen Zug um die Unterlippe, als er sich an einem jungen Reh mit Satanistinnenschminke und indigoblauer Staudenfrisur vorbeikämpfte. Die Brustwarzen lugten neugierig aus dafür geeigneten Löchern im T-Shirt. Die pure Wollust!

Das Lokal war überfüllt und die Synthi-Musik bestürmte die Trommelfelle. Vor ihm versuchte Vera, sich umzudrehen, was ihr auch halbwegs gelang, und seltsame Grimassen mit dem Mund zu ziehen. Ronny zuckte die Schultern, und sie reckte einen schönen nackten Arm in die Luft und richtete den roten Pfadfindernagel auf den Tresen. Er nickte. Die Sprache verstand er.

Sie sagte: „Wir trinken einen. Einen Aperitif. Cinzano oder irgendso einen Schlamm. Komm her!"

„Ich nehm Whisky als Aperitif, Frau Schultz! Bestell du, du kannst doch die Inselsprache. Und was zum Teufel meinst du damit, daß ich morgen auf die andere Seite soll?"

„Eins nach dem anderen!" sagte sie und drehte sich um. „Paula! Ein Ballantine mit Eis für den hübschen Herrn und für mich einen Roten, bitte. Hast du's verinnerlicht? Super."

Ronny konnte nicht begreifen, wie die Barfrau, die fünf, sechs Meter entfernt war, durch die Kakophonie aus Musik und Menschengekläff überhaupt etwas hören konnte. Weibliche Intuition. Er beugte sich zu Vera hinüber, hoffte, daß sein Atem sie nicht k.o. schlug und rief: „Was zum Teufel ist das für ein Ort? Zirkus Berlin?"

„Einer davon!" Sie zwinkerte. „Ich bin nicht so verrückt, wie du glaubst. Auch nicht so niedergeschlagen über Bernards Tod. Traurig, ja – aber nicht niedergeschlagen. Ich spiele mein Spiel, aber nicht mehr. Die Nachricht, die du gebracht hast, tut mir leid, Norweger, aber die große Depression schenk ich mir. Um ehrlich zu sein: Ich hab ihn gewarnt. Und jetzt hab ich selber Angst. Das war das Schlimmste an dem, was du erzählt hast – der Gedanke, daß auch für mich die Lunte brennt. Ich hätte nie auf ihn hören und ihn schon gar nicht bei mir wohnen lassen dürfen. Und ..."

„Okay, hier kommen die Getränke. Ich hab vorhin auch geblufft. Ich hab nicht vor, irgendwas zu bezahlen."

Sie lächelte und reichte ihm sein Glas. „Prost! Auf das Leben! In ein oder zwei Drinks besorgt Paula uns einen Tisch, dann können wir reden. Können uns allerlei ins Ohr flüstern, klar?"

Ronny begriff. Weit hinten in Vera Schultzens Spiel begriff

er das Muster. Im Zug hatte er über Verhaltensregeln, eventuelle Beschattung, den ganzen Kram nachgedacht. Nun wurde er bei Schlamperei im eigenen Fach auf frischer Tat ertappt, dem einzigen Fach, das zu beherrschen er bisher geglaubt hatte. Würde das Büro ohne Laila überhaupt laufen? Wenn er so weitermachte, würde es ihm Probleme machen, selbst den offenkundigsten illegalen Ficker zu entlarven, wenn er nach Norwegen und zu den dortigen Sexualneurotikern zurückkäme. Plötzlich vermißte er sie: Alle die feschen jungen Direktoren, die ihre Sekretärinnen an der Schreibtischkante vögelten, während Aktenschrank und Schreibmaschine als stumme Zeugen dieser körperlichen Überstundenarbeit eines ansonsten mit dem Hirn schaffenden Valutafreaks beiwohnten. Alle die züchtigen Hausfrauen, bei denen der gekochte Dorsch auf dem Tisch stand, wenn der Ehemann heimkehrte, die in Wirklichkeit aber keinen Hunger hatten, weil sie sich an einem langen und teueren Nachmittag in einem Hotel in der Stadt an Knabensperma überfressen hatten. Ja, er vermißte die ganze Bande. Brandstifter und Kleptomanen, Exhibitionisten und Freier, schlagende Männer und Drogendealer. Oslo erschien ihm als fröhliches Dorf am Rande der Welt, so nördlich, so kühl, daß heiße Wörter wie Mord im Wörterbuch nachgeschlagen werden mußten.

Beim zweiten Drink verkündete Paula mit Mimik und Gestik, daß ein Tisch frei sei. Ronny fühlte, wie in ihm *der Mann* und *die Neugier* um die Wette anschwollen, drängte sich unnötig brutal durchs Lokal und nahm den Tisch in Besitz. Ein Rock'n-Roll-Knabe in Leder mit Patronengürtel um die Taille kriegte eins auf die Finger, als er versuchte, mit höflichem „Bitte" den einen Stuhl an sich zu reißen. „Polizei!" sagte Ronny Olsen. „Los!"

Vera lachte. „Wie diskret!"

„Dito!" Er schnippte mit den Fingern gegen einen Zipfel ihres Capes. „Laß uns endlich Futter bestellen." Er blätterte in der Speisekarte, fand irgendwas mit Würstchen und ließ Vera einen Blick hineinwerfen. Sie entschied sich für Schalentiersalat, und sie beschlossen, die Nahrung mit aktiven Gärungspilzen in Traubensaft hinunterzuspülen. „Was zum Teufel hat diese dumme Leiche dir erzählt?" Ronny wurde langsam genervt und außerdem beschwipst. „Was weißt du?"

„Ich weiß nicht so viel. Ich fürchte bloß, andere glauben, ich wüßte viel."

„Andere? Kannst du Adressen verteilen?"

„Das jüdische Blut in meinen Adern gibt mir gewisse Vorzüge. Unter anderem bemerke ich den Geruch von Nazischweinen schon lange, ehe andere die Nase rümpfen."

„Und Bernard? Auch in seinem System floß Abrahams Blut."

Sie beugte sich über den Tisch und nahm seine Hand. „Er war geldgeil, Ronny! Total verblendet. Gefährliche Leidenschaft, das ist dir doch wohl klar. Im allgemeinen gefährlich, weil du nicht mehr durchblickst. Und im besonderen gefährlich, wenn du dich ins große Geschäft einmischst, denn um das große schwarze Geld kreisen die großen, hungrigen Wölfe. Die, die das Spiel kennen. Raffst du, was ich meine?"

„Ich folge dieser Philosophie, ja! Aber ich vermisse Konkreteres."

„Okay: Bernard war auf der Jagd nach dem großen Coup – journalistisch gesehen, aber auch in Bezug auf Kohle. Ich kann meine Seele dafür verpfänden, daß es um große Summen ging – vor allem, nachdem ich deine traurigen Neuigkeiten gehört habe. Sicher werden täglich Leute wegen Wechselgeld umgebracht, aber bei Bernard war das nicht der Fall, das kannst du mir glauben."

„Das kauf ich dir sofort ab. Niemand bringt zufällig einen Mann um, um sich dann eine Fahrkarte nach Norwegen zu kaufen und den alten alkoholisierten Vater umzulegen, um dessen Trauer zu lindern. Außerdem müssen wir noch an diesen Schraub denken."

„Richtig. Schraub kenn ich nicht, aber er paßt hervorragend ins Bild, mit all dem, was du über Neuengamme angedeutet hast."

„Was hast du mit deinem Nazigerede gemeint? Neonazis? Alte Kameraden?"

„Weiß nicht. Aber Bernard hat von einem Vermächtnis seines Vaters geredet, einem Vermächtnis, das er in Deutschland holen wollte."

„Hm. Kaum vorstellbar, daß der alte Lindquist sich ein Vermögen verdient hat, egal, wieviele Überstunden er im Lager geschoben hat."

„Das Vermögen kann auch Wissen sein, Ronny Olsen. Das ganze Vermächtnis könnte ein Name sein, eine Aussage, irgendsowas, wenn Bernard damit nur ..."

„... irgendwen so hätte ausquetschen können, daß der Saft nur so spritzt?"

„Zum Beispiel."

Ronny schüttelte den Kopf. „Unglaublich. Zu abwegig."

„Es gibt auch Menschen, die noch heute nicht glauben wollen, daß Armstrong 69 auf dem Mond herumspaziert ist!"

Es wurde serviert. Ronny versuchte, sich Bernard Lindquist als Erpresser vorzustellen, hatte aber nicht viel Erfolg. Die behutsame, ein wenig schüchterne Gestalt, die sein Gedächtnis heraufbeschwor, paßte nicht in die Rolle von Spion, Drogenhändler oder Erpresser. Es ließ sich aber nicht leugnen – in diesem Kriminalroman hatte er eine tragende Rolle gespielt, und die Kritik war gnadenlos gewesen. Hier konnte ein Teil des Geheimnisses liegen: Daß Bernard eine Rolle übernommen hatte, die er ganz einfach nicht meistern konnte. Noch etwas anderes kam mit ins Bild, nämlich die Tatsache, daß Bernard viele Jahre lang mit elenden Finanzen gekämpft hatte. Ein fettes Angebot seines Vaters, großes und schnelles Geld, hätten den ansonsten bedächtigen Bernard dazu bringen können, den Kopf zu verlieren, ins tiefe Wasser zu springen.

Ronny schob seinen Teller beiseite und rief: „Und die Mauer? Was zum Teufel soll ich auf der anderen Seite der Mauer? Willst du mich als den größten Superclown der Welt vermarkten, als den ersten Mann aller Zeiten, der den schwachsinnigen Versuch unternimmt, von West nach Ost über die Mauer zu fliehen?"

„Wir nehmen die S-Bahn, du Dussel. Kein Mensch schießt auf dich, so lange deine Papiere in Ordnung sind."

„Wir?"

„Wir. Wir müssen mit einem Mann namens Willy Kramer reden. Laß uns hoffen, daß wir sein erster Besuch aus dem Westen sind, seit Bernard vor ein paar Monaten bei ihm gewesen ist. Wenn nicht, dann fürchte ich, daß drüben jemand auf uns wartet."

Ronny konnte sich sofort erinnern, daß der Name auf Bernards Liste gestanden hatte. „Hast du die Adresse?"

„Nein, aber ich kann sie besorgen. Dabei mußte ich auch Bernard helfen. Er war sehr zufrieden, als er aus dem Osten zurückkam, ich hoffe, dir wird's ebenso gehen."

„Du brauchst nicht mitzukommen, Vera! Ich will nicht, daß du in die Sache hineingezogen wirst."

„Ich bin schon hineingezogen, kapier das doch endlich! Außerdem – du wirst mich brauchen. Dein Deutsch ist in Ordnung, aber du wirst eine brauchen, die für dich das Wort führen kann. Du wirst Anonymität brauchen, und die kannst du für dein gebrochenes Deutsch nicht haben. Fragen sind drüben schon an sich verdächtig, und ganz besonders, wenn sie in gebrochenem Deutsch vorgebracht werden. Außerdem – Spionage kann hier eine Rolle spielen, und dann ...“

3

Auf ein neues! Er konnte es nicht lassen. Obwohl ihr weites Cape alles andere als herausfordernd war, riß er es ihr schon wieder vom Leibe, kaum, daß sie sich erhoben hatte. Vielleicht gerade deswegen. Weil er wußte, daß das, was sich darunter verbarg, nicht nur herausfordernd, sondern geradezu aufreizend war. Er hatte nicht vergessen, wie sie ganz in Schwarz ausgesehen hatte – enge Hose, engsitzende Bluse. Das Schlimmste war nicht, daß ihn das von dem ablenkte, worüber er jetzt nachdenken sollte, auch nicht die Gewißheit, ein Scheißchauvi und damit fern von den Idealen seiner Zeit zu sein. Das Schlimmste war, daß er anfing, die alternden Schweine zu verstehen, die nach Lammfleisch herumjagten, die frohgemut Ehre, Ehe und Bankkonto aufs Spiel setzten, ja, die zur Not die ganze Karriere auf dem Altar der Wollust opferten. Das war das Schlimmste. Daß er anfing, die Menschen zu verstehen, denen gegenüber er doch verständnislos und abweisend sein sollte, einfach weil er von ihren Schwächen lebte und das auch noch einige Jahre lang tun wollte. Wie alt sie wohl war? Schwer zu sagen. Wahrscheinlich irgendwo zwischen 30 und 40, eher 30 als 40. Ob er sich auf sie verlassen konnte? Ihm war bewußt, daß er das ja schon getan hatte, er hatte ihr alle Karten gezeigt, die er mühselig aus dem Stock gezogen hatte. Und was hatte sie ihm dafür gegeben? Eine einzige Karte hatte sie ausgespielt, sie lag noch immer mit dem Bild nach unten, konnte sich als Pik As oder als Joker erweisen. Ronny erkannte ziemlich schnell, daß er keine Wahl hatte, und spürte zu seiner eigenen Verwunderung, daß ihm das größere Sicherheit gab. Er fühlte, daß es vertrauenerweckend war, daß sie Willy Kramers Namen genannt hatte. Wenn sie ihn über die Mauer locken wollte, um ihn daran zu stellen, hätte sie keinen Namen von Bernards Liste als Köder genommen. Wahrscheinlich ... Er konnte sich nicht von all diesen eingebildeten Weisheiten aus all diesen elenden amerikanischen Kriminalromanen befreien, die er im Laufe der Jahre verschlungen hatte. Romane, in denen als schönbusige Blondinen und gutgeformte Brünette verkleidete Schlangen ebenso häufig vorkamen wie Punkte und Großbuchstaben. Aber Larry

Kent und Carter Brown bekamen von ihnen, was sie wollten, ehe sie ihnen bei der Schlußabrechnung Handschellen anlegten ... Wäre es ein gutes Zeichen, wenn er sich mit verstohlener Hand versuchte und als Antwort ein blaues Auge einfinge? Vielleicht. Er beschloß, abzuwarten.

Er wartete ab, bis sie ihn bat, sie nicht mehr so tierisch anzuglotzen. Starker Tobak für einen Mann, der davon lebt, sich so wenig bemerkbar zu machen wie möglich. Ronny fiel ein Angebot ein, das ihm vor einigen Monaten gemacht worden war: Eine Imbißbude in der Thorvald Meyersgate stand zum Verkauf. Zu einem Spottpreis.

Als sie auf dem Rückweg an der Mauer vorbeikamen, begann es, in den kleinen Grauen zu kribbeln. Das konnten Krämpfe nach dem ansehnlichen Quantum Alkohol sein, mit dem er sie im Laufe des Tages begossen hatte, oder ein Anzeichen dafür, daß einzelne sich noch in wachem Zustand befanden. Er sagte: „Ich denke an eine Sache, Vera ..."

„Hör sofort damit auf. Ich weiß, daß das für euch Männer natürlich ist, aber ich rate dir aufs Schärfste davon ab, solange du ... wir knietief in Fragen waten, die nach Antwort schreien."

„Wenn wir wirklich verfolgt werden, gibt es nur eins, was wir für den Rest des Tages machen können, nämlich, den Schatten abhängen!"

Sie blieb stehen und nahm eine der Zigaretten, die er ihr anbot. „Danke! Wie können wir das feststellen? Ob wir beschattet werden, meine ich?" Zum ersten Mal, seit er ihr die Todesnachricht gebracht hatte, nahm ihr Gesicht wieder einen Anflug von Unsicherheit an. Sie wandte sich nun an den Profi, so wie gutbetuchte Kundschaft mit unmöblierten Wohnungen sich an sie zu wenden pflegte.

Der Profi sagte, während er den Rauch aus seinen schmutzigen Nasenlöchern strömen ließ: „Ich weiß nicht! Das heißt, ich weiß, daß es keine Möglichkeit gibt, das mit Sicherheit herauszufinden."

„Ich dachte, das wär dein Job?"

„Da hast du richtig gedacht. Ich weiß, daß ich beschattet worden bin, das habe ich durch puren Zufall in Neuengamme entdeckt. Da haben die einen unverzeihlichen Fehler gemacht, aber das Problem mit diesen Leuten, wer immer das nun sein mag, ist, daß sie sicher nicht gewohnheitsmäßig ins Fettnäpfchen treten. Beschatten ist eine Kunst, Vera, eine Kunst! Ich selber bin gut, aber dafür hab ich auch etliche Jahre gebraucht. Was mir Sorgen macht, ist, daß unsere Verfolger, wenn sie denn wirklich existieren, ungeheuer tüchtig sind. Uns kann kein ausrangierter Nazimajor an den Fersen hängen und auch keines von seinen Wolfsjungen. Die hätten das ganz einfach nicht so gut gebracht!"

„Sicher?"

Er überlegte. „Nein."

„Polizei?"

„Eher wahrscheinlich. Aber so gut hab ich sie noch nie gesehen."

Sie lächelte dünn. „Du hast das noch nie gesehen, nein. Das ist doch wohl auch der Sinn der Sache, möchte ich meinen?"

„Staatsschutz ist das Wahrscheinlichste, Vera. Sonst wüßte ich niemanden, der das hier so gut durchziehen könnte. Ich fühle, daß sie hier sind, aber ich weiß es nicht. Es ist nicht ihre Schuld, daß ich dieses Gefühl habe. Wenn sie in unserem Kielwasser schwimmen, müssen wir damit rechnen, daß sie vielleicht ein ganzes Team auf uns angesetzt haben."

„Aber wir wissen doch gar nichts!"

„Genau. Deshalb müssen wir damit rechnen, daß irgendwer hinter uns ist, um nicht zu sagen, vor uns. Und ich will sie los sein, ehe ich über die Mauer gehe."

Der Zweifel zeichnete sich jetzt deutlicher in ihren Zügen ab. „Du bist sicher, daß sie keinen Grund haben, dich zu verfolgen?"

„Nein. Aber ich bin sicher, daß ich diesen Grund nicht kenne, Vera! Du mußt mir vertrauen!"

„Was ist unser nächster Zug?"

„Daß wir uns trennen. Geh, wohin du willst, Osten, Westen, Norden, Süden – egal wohin, nur nicht nach Hause. Hast du einen Hotelnamen im Kopf?"

„Ja, Hotel Pension West. Warum in aller Welt darf ich nicht nach Hause?"

„Weil ich den Verdacht habe, daß du Besuch bekommen hast. Und wenn ich recht habe, dann fürchte ich, daß sich der enttäuschte Gast irgendwo ganz in der Nähe aufhält. Wie gesagt, es ist nicht sicher, daß sie uns gerade jetzt beschatten, und ..."

„Herrgott, und ich hab fast ein ganzes Gramm Kokain zu Hause!"

„Ein Gramm Kokain stellt kein so großes Sicherheitsrisiko dar, daß du deshalb Ärger kriegst, Vera!"

„Aber die Klamotten ... Himmel, wenn du meinst, ich könnte

so in Ostberlin aufkreuzen, ohne genauso großes Aufsehen zu erregen wie ein Eisbär in der Sahara, dann ..."

„Reg dich ab! Hör zu: Du machst kehrt und gehst den Weg zurück, den wir gekommen sind und schnappst dir das erstbeste Taxi, okay?"

„Okay."

„Das einzige, was du machen kannst, ist durch die Gegend fahren, und zwar *lange.* Nimm immer wieder einen neuen Wagen und steige in regelmäßigen Abständen auf Bus und Bahn um. Du mußt eine möglichst konfuse und verwirrende Tour durch die Stadt machen. Du hast doch Freunde hier?"

„En masse. Außerdem kenne ich die Stadt. Das wird schon gehen."

„Geh zu einer Freundin, die möglichst ähnlich gebaut ist wie du und möglichst unähnlich in ihrer Garderobe. Das erste macht vielleicht Probleme, aber ... Am besten wäre es, wenn du einen alten Anorak und eine verschlissene Cordhose leihen könntest. Wenn du dich umgezogen hast, was verhältnismäßig oben auf dem Programm stehen sollte, machst du dich an deine Rundreise. Wir treffen uns um elf Uhr heute abend im Hotel."

„Unter welchem Namen wirst du da wohnen?"

„Weiß nicht, Himmler vielleicht?"

„Nimm was Schwedisches. Axel Seeberg, zum Beispiel."

Ronny grinste. „War er gut?"

„Einer der besten."

„Und du? Behältst du deinen Mädchennamen?"

„Aber sicher. Veronika Voss. Aber wenn das nicht klappt, wenn die noch immer an uns kleben, wenn wir für Bahn und Taxi ein Vermögen ausgegeben haben?"

„Denk nicht an die Kohle. Ich werd es dir ersetzen. Das einzige, was wir machen können, ist versuchen. Und in den Osten gehen wir auf jeden Fall – mit oder ohne Assistenten!"

„Eine Kleinigkeit noch, Ronny! Ich hab den schwarzen Gürtel im Judo. Ich wollte das bloß erwähnen, für den Fall, daß irgendwer den Versuch macht ..."

Sie mußte „wir beide allein im Hotelzimmer" in seinen Augen aufleuchten gesehen haben.

Natürlich, dachte Ronny. Es muß gleich der schwarze sein!

4

Als er wieder vor Veras Haus stand, hatte es angefangen zu regnen. Ronny betrat den grüngestrichenen Eingang tief in Gedanken, das Geräusch von Stiefeln auf grobem Holzboden erreichte ihn nicht. Er ging weiter, an den Briefkästen vorbei, und erreichte den Hof. Ein Schritt zurück, der Schatten verbarg ihn. Vor ihm lag der offene Hinterhof, Damen- und Herrenräder in Fahrradständern rechts und links, Mülltonnen, eine Schaukel. Mitten auf dem Hof eine Silbertanne, die irgendwer hier gepflanzt hatte. Eine graue Katze zog sich langsam zu den Mülltonnen zurück. Kein Mensch zu sehen, nur der Klang von Stimmen auf der Straße hinter ihm, das eine oder andere Auto fuhr langsam vorbei. Der beschützende Alkoholrausch, schwach, aber gut, lebensspendend, hielt ihn dort, wo er war. Er lehnte sich an die Mauer und zündete sich eine Zigarette an. Veras Fenster, die beiden, die vom Wohnzimmer auf den Hof blickten, waren dunkel. Vage konnte er hinter den Fensterscheiben die Vorhänge ahnen, sie waren blaugrau, das hatte er sich gemerkt. War da ...? Einen Moment lang glaubte er, an einem Vorhang eine schwache Bewegung zu sehen, als habe drinnen jemand achtlos den teuren Stoff berührt. Momentan gereizt, weil er die ganze Zeit über mit einem „vielleicht" operieren mußte, riß er sich aus seiner Schrägstellung an der Mauer los und ging langsam auf den Hof. Die großen, kalten Regentropfen weckten ihn aus seinem trancehaften Zustand, aber er erhöhte sein Tempo nicht, hielt weiter auf den Eingang auf der anderen Seite zu. Lebende Zielscheibe, Ronny, mein Junge! Leichtsinn, Wahnwitz! Nein, hier machen sie mich nicht fertig. Nicht in einem Hinterhof, wo alle vier Wände Augen haben. Oder? Der Regen spülte ihm den Schweiß von der Stirn. Zwei Meter, ein Meter noch, dann die Treppe. Still alive. Er ging vorsichtig die Treppen hoch, bis er vor ihrer Tür stand. Das Schlüsselbund mit den Dietrichen in der Hand, das Ohr an der Tür. Kein Laut. Wenn sie da drinnen waren, dann standen sie wie erstarrt. Dein Zug, Ronny Olsen. Bring's hinter dich! Im stillen Haus wirkte das Geräusch des Dietrichs in der Tür wie die schiere Drescharbeit, er versuchte zu hektisch, die Tür zu öffnen, zu gewaltsam. Neuer Dietrich. Noch einer. Wenn sie nicht gesehen hatten, wie er den Hof überquerte, dann hatten sie jetzt genügend Zeit, ihren stumpfen Gegenstand hervorzuholen. Das Schloß ging mit einem plötzlichen Klicken auf, die Tür öffnete sich quietschend nach innen, aber er blieb auf der Schwelle stehen.

Fünfzehn Sekunden. Eine halbe Minute. Nichts zu hören. Rechts war die Gefahr am größten, die Dunkelheit hinter der Tür. Er versetzte der Tür einen zusätzlichen Stoß mit dem Fuß. Er hörte, daß sie gegen die Wand schlug. Niemand. Er ging hinein, vorbereitet auf Sterne, Milchstraßen, zum Schweigen bringende Finsternis. Nichts. Mit dem Puls auf 200 schloß er hinter sich die Tür. Vorsichtige Begegnung mit einem leeren Wohnzimmer, weiter in die Küche, das enge Badezimmer – das Schlafzimmer. Keine Seele. Dann die Feinarbeit. Vorsichtig durchsuchte er das Wohnzimmer nach Anzeichen dafür, daß irgendwer hiergewesen war, verfluchte sich, weil er nicht umsichtig genug gewesen war, Fallen zu legen – fand nichts.

Nachdem er über eine Stunde die Wohnung gefilzt hatte – Schränke, Schubladen, vorstellbare und unvorstellbare Hohlräume, hatte er noch immer nichts. Nichts, das darauf hinweisen könnte, daß Gäste die Wohnung besucht hatten, während er und Vera unterwegs waren. Das konnte bedeuten, daß er nicht bis nach Berlin beschattet worden war, oder daß es ihm gelungen war, sie unterwegs abzuschütteln. Es konnte auch bedeuten, daß sie warten wollten, aus welchem Grund auch immer. Eine dritte Alternative bestand darin, daß sie kein Interesse daran hatten, diese Wohnung von innen zu sehen, und schließlich: daß sie bereits hiergewesen waren, ohne erkennbare Spuren zu hinterlassen. Inzwischen war ihm mehr als klar, daß er es nicht mit Stümpern zu tun hatte, mit Leuten, die Pfützen in der Diele hinterließen oder die Blumenvasen und Nippes umwarfen, wenn sie eine Wohnung durchsuchten. Das einzige, was ihm seine Durchsuchungsarbeit eintrug, war der Eindruck, daß Vera Schultz ein ziemlich normales Leben führte. Sie belegte ihre Brote mit Käse und Schinken, las den Spiegel und hatte eine Schwäche für Kreuzworträtsel und Zeitungsausschnitte zum Thema Topfblumenpflege. Was auf einen Hauch von Extravaganz in ihrem Alltagsleben hinwies, waren das bereits erwähnte Gramm Kokain, das er ziemlich schnell fand, es war mit Klebeband unter einer der Schubladen im Küchentisch befestigt, und ein Dildo mit Batterieantrieb für drei Geschwindigkeiten, den sie ihm gegenüber nicht erwähnt hatte. Im Europa der 80er Jahre konnten weder eine Prise Rennpulver noch ein genoppter Gummipfropfen als besonders verdächtig gelten, Ronny konnte sich jedenfalls kaum vorstellen, daß ein künstlicher Penis etwas mit drei toten Männern zu tun haben könnte. Das Kokain – tja, wenn es sich um ein oder zwei Kilo gehandelt hätte ... er schrieb es ab.

Ihr Malzwhisky war rund im Geschmack und das Sofa immer noch rosa. Er schob es in eine Position, aus der er die Tür im Auge behalten konnte. Trank. Wartete. Inzwischen war es halb sechs.

Warten ist schlimm, wenn man nicht weiß, worauf man wartet. Dauernd wollte er aufspringen. Aber jedesmal überwand er diese Lust, zwang sich, ruhig zu sein. Warum war er überhaupt hierher zurückgekehrt? Er konnte sich keine klare Antwort auf diese Frage geben, die Tat, wahnwitzig, wie sie war, schien tieferen Schichten in ihm entsprungen zu sein. Leichtsinnig, gerade jetzt so etwas zu tun, natürlich – alle Vernunft sagte, daß er zuerst hören sollte, was der Mann hinter der Mauer zu berichten hatte. Er hatte Fäden zu entwirren und ein Faden zog sich rot und fett über die Berliner Mauer.

Sie kamen gegen neun. Sie machten nicht viel Lärm. Schritte auf der Treppe, fast unhörbar. Das brachte Ronny auf die Zehenspitzen. Sechsmal hatte er Schritte im Treppenhaus gehört, hatte sie deutlich gehört. Sein Herz hatte einige Extraschläge gemacht, ehe die Schritte den Treppenabsatz passiert hatten, weiter nach oben gegangen waren. Diese neuen Schritte waren wie Pantoffeln auf einem Teppich, und sie stockten vor der Tür. Stille. Er starrte auf die Tür, auf die Klinke, wartete auf das Geräusch eines Schlüssels, wartete auf eine Bewegung. Das Geräusch blieb aus, aber die Bewegung kam. Die Klinke senkte sich, die Tür ging lautlos auf.

Um Gotteswillen! Das hab ich noch nie gesehen. Was für Werkzeug haben diese Jungs? Die berufliche Neugier hielt nur den Bruchteil einer Sekunde an, sie waren schon in der Wohnung, sie waren bewaffnet und standen Rücken an Rücken, der eine deckte die Küche, der andere richtete das schwarze Loch mit sicherer Präzision auf Ronny. „Aber ich bitte Sie, Herr Olsen, bleiben Sie doch sitzen! Wir nehmen es nicht so genau mit den Formalitäten."

Der Mann, der es nicht so genau mit den Formalitäten nahm, schloß hinter sich die Tür. Er trug eine schwarze Lederjacke und Jeans. Ronny saß. Saß schwer. Suchte nach Worten, hatte aber sein Deutsch vergessen.

Der andere, der sein Gesicht noch nicht gezeigt hatte, dessen Garderobe aber den gemeinsamen Geschmack mit seinem sprechenden Kompagnon demonstrierte, verschwand außer Sichtweite, ging in die Küche, ins Bad und ins Schlafzimmer. Ronny war sich sicher, daß er mindestens so gründlich wie Ronny bei seiner Jagd auf beseeltes Fleisch vorgehen würde. Auch er würde nichts finden.

„Ich bin allein." Die Worte kamen wie eine rostige Kette, bleischwer, Eisengeschmack – er hatte seine trockene Zunge blutig gebissen.

„Bleiben Sie sitzen!"

Der Stumme kehrte zurück, hatte den Gebrauch der Sprache entdeckt. „Niemand." Er musterte Ronny kurz, steckte den Penisersatz in die Tasche und ging ins Wohnzimmer. Seine Augen waren eisblau und strahlten ungefähr ebensoviel Wärme aus wie die Gletscher Jostedalsbreen und Svartisen zusammen. Seine Haare waren blond, er hätte Hitler Modell stehen können, als er sein Rassenideal aus zwei Teilen kranker Phantasie und einem Teil Selbstverachtung zusammengemischt hatte. Ronny konnte nur hoffen, daß Hitler seinerseits kein Ideal für diese beiden darstellte.

Sie waren keine Männer von vielen Worten. Den Pistolenlauf noch immer auf ihn gerichtet, wurde Ronny durch ein Nicken zum Aufstehen gebracht. Ein kräftiger Stoß trug ihn wie einen leeren Sack quer durch das Zimmer, voll gegen die Wand. Handflächen auf die phantasievoll bemalte Fläche, die Beine ordentlich gespreizt – Durchsuchung mit deutscher Präzision und Gründlichkeit.

„Unbewaffnet."

„Das hätte ich euch auch sagen können."

„Sie können später noch genug sagen! Umdrehen, und dann setzen Sie sich wieder aufs Sofa. Wenn Sie keinen Ärger wollen, dann achten Sie darauf, daß Ihre Hände die ganze Zeit gut zu sehen sind."

„Wie wäre es mit Nachschenken?"

„Werner, hol ihm ein Glas Wasser!"

„Ich hatte im Grunde eher an Whis ..."

„Für heute haben Sie genug getrunken."

Ronny kam das nicht gerade so vor.

Sie machten es sich bequem. Zogen rosa Stühle ans rosa Sofa heran, der Mann mit dem Pistolenblick versuchte sich sogar mit einem dünnen Lächeln. Es barst wie Herbsteis unter dem Absatz, war aber ein guter Versuch. Ronny nahm an, sie wollten die Illusion der Intimität schaffen, er hatte sich selber einige Male mit wechselndem Erfolg an dieser Taktik versucht. Ronny Olsen versuchte nicht, das Lächeln zu erwidern. Er sagte: „Also, ich nehme an, wir haben ein Problem!"

Die beiden schienen nichts erwidern zu wollen, aber ihr Gesichtsausdruck wies nicht darauf hin, daß ihnen Ronnys Behauptung unbillig erschiene. „Es besteht doch eine gewisse Möglichkeit, daß die rechtmäßige Bewohnerin hier bald auftaucht."

„Man soll nie nie sagen. Aber vorläufig hält sie sich in der Krummen Straße 13 auf. Möchten Sie noch weitere Probleme zur Sprache bringen?"

„Ich glaube, eure Probleme sind wichtiger als meine. Schließlich seid ihr zu zweit und habt Freunde aus Stahl mitgebracht."

Ziemlich unsportlich zog der Germane eine Zigarette hervor, zündete sie an und sagte: „Ich heiße Werner. Das hier ist Paul. Ich weiß, wie schwierig es ist, der einzige mit einer Identität zu sein."

„Ist es nicht ein bißchen undeutsch, gleich Vornamen zu benutzen?"

„Unter uns jungen Leuten?" Er lächelte. „Wir sind Lügner. Gute Lügner. Wenn Sie wollen, können Sie uns Goethe und Schiller nennen. Spielt keine Rolle."

„Was spielt eine Rolle?"

„Sie, unter anderem."

„Wer bin ich in Ihren Augen?"

„Nun, ich muß zugeben, daß das eine gute Frage ist. Nur schade, daß Sie nicht derjenige sind, der heute Abend hier die Fragen stellt. Ich bedaure zutiefst, aber wir sind nicht hergekommen, um Sie unter dem Kinn zu kraulen."

„Überrascht, mich hier zu finden?"

„Nein. Ehrlich gesagt, wir wären sehr überrascht gewesen, wenn wir Sie nicht hier gefunden hätten. Sagen Sie, Herr Olsen, was für eine Beziehung hatten Sie zu diesem Bernard Lindquist? Oder, genauer gesagt: Was für eine Beziehung hatten Sie und Ihre Frau zu Bernard Lindquist?"

„Ich weiß nicht, mit wem ich spreche. Kann ich bei diesem Verhör rauchen?" Er wagte nicht, die Hand ohne den Segen der anderen in die Jackentasche zu stecken.

„Natürlich, Olsen. Natürlich! Wir wollen diese kleine Unterhaltung übrigens nicht gern als Verhör bezeichnen. Nur ein Gespräch, so in aller Freund ..."

„Himmelarsch!" Ronny zündete seine Zigarette an. „Hört mit diesem verdammten Schauspiel auf. Ich ... wir waren schon als Kinder mit Bernard befreundet, wir arbeiten als Privatdetektive in Oslo, und als Bernard ermordet aufgefunden wurde, ging unsere Neugier an die Decke. Daß sein Vater gleich danach mit der Axt geschlachtet wurde, hat sie nicht gerade gedämpft ...“

„Das wissen wir alles. Aber sagen Sie, Olsen – war Bernard oft auf Reisen in Deutschland?“

„Wie soll ich das wissen? Ich weiß, daß er oft auf Reisen war. Wir waren nicht so eng befreundet, haben uns nur ab und zu getroffen.“

„Aber Ihre Frau stand vielleicht in engerem Kontakt zu ihm, als Sie dachten?“

„Vielleicht ja!“

Vielsagendes Schweigen, es gab nicht viel, was diese Knaben nicht wußten. „Haben Sie irgendeine Vermutung, warum jemand ein Interesse daran haben könnte, Lindquist zu ermorden?“

„Ich will keine Vermutungen, ich will Tatsachen.“

„Das beste ist gut genug. Welche Tatsachen können Sie vorlegen?“

„Keine. Doch, zwei Leichen.“

„Falsch. Sie vergessen Schraub!“ Der Mann mit der Pistole fuhr fort: „Wie würden Sie Lars Petter Lindquist politisch einordnen?“

„Er war fast apolitisch. Halbverrückt vom Suff. Ich glaube nicht, daß er viel Zeit mit politischen Überlegungen verbracht hat.“

„Aber so war er doch nicht sein Leben lang? Soviel wir wissen, hat er ein ziemlich normales Leben geführt, bis der Krieg kam, bis ...“

„Bis er von KZ zu KZ geschleift wurde, stimmt. Vor dem Krieg war er Sozialdemokrat, und das kann er vermutlich bis zu dem Tag gewesen sein, an dem er aus dem Leben gehackt wurde.“

„Sozialdemokrat. Nun gut. Und der Sohn? Bernard?“

„Weiß nicht. Befand sich wohl irgendwo links, nehm ich an.“

„Kommunist?“

„Kaum. Kommunisten pflegen mit ihrem Glauben nicht hinter dem Berg zu halten. Vielleicht hatte er Sympathien in dieser Richtung, aber er war jedenfalls nicht organisiert. Sagen Sie, worauf wollen Sie hinaus? Wollen Sie ein Bild der Familie Lindquist als politische Bannerträger zeichnen? Als kommunistische Aufwiegler? Bernard in geheimer Mission in Deutschland, im Dienste der Revolution? Danke, ihr habt schon klargestellt, wo ihr herkommt, ihr könnt euch weitere Vorstellungen ersparen. Auf solchen Blödsinn kommt auch nur der Staatsschutz!“

Die beiden reagierten nicht darauf. Ihre Gesichter waren unbeweglich, verrieten weder Erregung noch Zorn. Der Blonde ergriff wieder das Wort. „Was wissen Sie eigentlich über Schraub?"

„Wenig. Ich weiß, daß er alt war, ich weiß, daß er im KZ gesessen hat, in Neuengamme, wenn ich mich nicht sehr irre, ich weiß, daß er seine Frau umgebracht hat, daß er seine Strafe verbüßt hat und herausgekommen ist, ehe jemand ihn umgebracht hat."

„Sie haben ganz recht, Herr Olsen, vollkommen recht. Ist Ihnen die KPD bekannt?"

„Die Kommunistische Partei. Verboten von Hitler 1933. Abermals verboten von Adenauer in den 50er Jahren. Typisch deutsche Mentalität, wenn ihr mich fragt, die Kommunistische Partei verbieten und die Nazischweine in Ruhe lassen ..."

„Danach habe ich Sie nicht gefragt! Nun gut, Dieter Schraub war bei Hitlers Machtergreifung sehr aktiv in der KPD. Er hat tatsächlich in Neuengamme gesessen und jetzt wissen Sie auch, warum."

„Die Frage ist nur, warum ihn irgendwer fast 40 Jahre später umbringt", meinte Ronny nachdenklich.

„Erzählen Sie uns, was Sie und Ihre Frau in der Wand im alten Klinkerwerk in Neuengamme gefunden haben, Olsen!"

Die Frage kam völlig überraschend, Ronny griff unwillkürlich nach dem Whiskyglas, stellte es aber mit gereizter Geste wieder weg, als ihm einfiel, daß es nur Wasser enthielt. „Wir sind zu spät gekommen. Haben nur das leere Fach gefunden. Dasselbe leere Fach wie ihr. Ihr könnt mir glauben oder es sein lassen, aber so war es."

„Sie sind wie ein Besessener davongestürzt, damit die Polizei nicht Ihre leeren Taschen findet?"

„Nein, ich bin wie ein Besessener davongestürzt, um nicht wegen Einbruchs in diese verdammte Fabrik verhaftet zu werden. Wollt ihr mich nach Hamburg zurückbringen?"

„Wir? Nein!"

„Okay, dann kann ich vielleicht gehen?"

„Noch nicht ganz. Wollen oder können Sie uns nicht geben, was Sie in Neuengamme gefunden haben?"

„Ich kann nicht. Jemand ist mir zuvor gekommen. Ich weiß genauso wenig wie ihr."

„Haben Sie es der Frau gegeben?"

Ronny antwortete nicht.

„Bitte, ziehen Sie sich aus. Alles!"

Die erniedrigende Vorstellung dauerte über eine Stunde. Jedes einzelne Kleidungsstück wurde gründlich untersucht, ebenso jeder einzelne Hohlraum in Ronnys Körper. Der Schlüssel zum Schließfach wurde in die Luft gehoben.

„Schließfach. Ich kann mitkommen und aufschließen."

„Unnötig. Im Moment ist das Schließfach leer. Wenn Sie im Laufe der Nacht irgendetwas aus Ihrem Gepäck brauchen, tut mir das leid, aber ich verspreche, daß morgen früh alles wieder an Ort und Stelle ist."

„Danke, sehr liebenswürdig. Normalerweise rasiere ich mich nur morgens, also wird es schon gehen."

„Schön, dann danke ich für Ihre Aufmerksamkeit. Sie können gehen. Das heißt, Sie müssen gehen." Ronny zuckte die Schultern und zog sich an. Waren sie wirklich so sicher, ihn nicht verlieren zu können, daß sie ihn einfach so gehen ließen? Oder war das hier, so außergewöhnlich ihm das auch vorkommen mochte, ganz einfach eine kleine Routineveranstaltung?

Im Gehen sagte er: „Nur eine Kleinigkeit, meine Herren! Laßt ihr Kokain hier liegen. Sonst würde sie mich verdächtigen."

„Wir werden Ihnen keine Schwierigkeiten machen, Olsen. Die Kunst scheinen Sie doch selber zu beherrschen. Hüten Sie nun aber bitte Ihre Zunge in Bezug auf unser kleines Stelldichein. Es gibt so viele, die das mißverstehen könnten, uns falsche Motive unterschieben ..."

„Ich werde daran denken. Leben Sie wohl!"

„Auf Wiedersehen, Herr Olsen. Auf Wiedersehen!"

Als Ronny leise hinter sich die Tür ins Schloß zog, konnte er hören, daß sie bereits die Schubladen aus der Kommode zogen.

5

Hotel Pension West liegt am Kurfürstendamm, nur wenige Minuten zu Fuß vom Bahnhof Zoo entfernt. Es gehört nicht zu den prunkvollen, heißen Hotelnamen dieser Weltstadt, liegt aber günstig und fordert keine Blutpreise. Ronny Olsen hätte sich ein weniger auffällig plaziertes Nachtquartier wünschen können, wußte aber nicht so recht, warum. Er wußte auch nicht so recht, warum er mit Taxi und Bahn gefahren war, nachdem er Veras Wohnung verlassen hatte, ziemlich träge dachte er, daß das vielleicht zur Gewohnheit würde. Spaß. Spiel. Verstecken. Sie waren so überlegen gewesen, wie er befürchtet hatte, langsam kam er sich restlos überfahren vor. Waren sie jetzt noch immer hinter ihm? Unmöglich zu sagen, er hatte getan was er konnte, bezweifelte aber, daß das genug war. Außerdem mußte er an Vera denken – sie hatte die Lage wohl nicht besser gemeistert als er, es war mehr als genug, daß sie sie bis hierhin verfolgt hatten.

Langsam ging Ronny den breiten Bürgersteig entlang, und die widerstreitendsten Gefühle zogen und zerrten an ihm. Einerseits wünschte er diese Staatsschutzpaviane dahin, wo der Pfeffer wächst, sie lenkten ihn ab, irritierten ihn, weil er nicht wußte, was sie eigentlich wollten. Andererseits – *wenn* sie Grund dazu hatten, die ganze Zeit in seinem Kielwasser zu liegen, wenn sie, was sicher der Fall war, mehr wußten als er – dann stellten sie eine Art Schutz dar, wenn der Feind einen Namen bekäme und der Name „östliche Spionage“ lautete. Ronny hatte den klaren Eindruck, daß er ziemlich in der Tinte sitzen würde, wenn er in dieses Spiel geraten wäre. Chaos. Gedankentumulte. Und er konnte die Schuld eigentlich nicht auf den Alkohol schieben. Er fühlte sich kristallklar, aber immer noch genauso unwissend. Sich dieser höchst improvisierten Konfrontation zu stellen, war gefährlich gewesen, vielleicht unnötig gefährlich. Aber im tiefsten Herzen hatte er auf einen Fisch am ausgeworfenen Haken gehofft. Sie hatten den Köder gestohlen, und, schlimmer noch, er hatte das ekelhafte Gefühl, daß der Haken in seinem eigenen Rachen steckte. Und das Gepäck ... Hier kam er angelatscht, mit Fahne, ohne auch nur soviel Gepäck wie eine halbe Plastiktüte. Er konnte nur hoffen, daß der Hotelportier nicht von der pingligen Sorte war.

Er fand bald die Pension West, die neben dem Restaurant lag, in dem er sich nach seiner Ankunft am selben Vormittag Mut angetrunken hatte. Er fuhr mit dem Fahrstuhl zur Rezeption im ersten Stock, ging durch die weiße Doppeltür. Die Atmosphäre des Hotels wirkte wie Valium auf ausgefranste Nerven. Alte Stilmöbel und monumentale Gemälde an den Wänden, schwacher Duft längst gerauchter Zigarren hing in Teppich und Tapeten. Der Portier war unter 20 und wirkte nur erleichtert, weil er kein Gepäck schleppen mußte, es gab, soweit Ronny sehen konnte, keine Piccolos. Doppelzimmer mit Bad. Meine Frau kommt später! Leider! Sein Herz sank zwei Stufen. Nur mit Dusche? Erleichterung. Gab's denn wohl eine Bar in diesem Laden? Verständnisvolles Lächeln. Es gab.

Ronny bekam den Schlüssel von Nr. 217 und fand den Weg selber.

Sie kam, als er das zweite Whiskyglas trockengelegt hatte und das dritte bestellen wollte. Er erkannte sie an der Stimme. Er war allein in der Bar, die wenige Meter von der Rezeption entfernt lag, und hatte erwartungsvolle Ohrgewinde von dem Moment an, in dem er die Doppeltür hörte. Er dreht sich erst um, als er ihren leicht schleppenden Tonfall im Rücken hörte.

„Vera!"

Sie hatte ihr Bestes getan. Getan, was er ihr aufgetragen hatte. Sie sah aus wie eine Zoologiestudentin, die frisch von einer Graswurzelaktion vor einem der unersprießlichen deutschen Atomkraftwerke zurückkehrte. Abgewetzte Jeans, Gesundheitsschuhe à la Entenfüße und dunkelbrauner Anorak, der schon an der Belagerung von Stalingrad teilgenommen haben könnte. Sie nickte kurz und lächelte dem Portier, der vermutlich auch Student war, verschwörerisch zu.

„Hier sitzt du also!" Sie ließ sich auf dem Hocker neben ihm nieder und bestellte eine Tasse Kaffee.

„Ja, hier sitze ich also. Wie war's?"

„Ich glaub, es ist gut gegangen", flüsterte sie, als der Barmann den Kaffee brachte.

Selig sind die, die starken Glaubens sind, dachte Ronny. „Wie gut du angezogen bist!"

„Ja, nicht wahr? Das erinnert mich an alte Zeiten ... und was hast du so erlebt?"

„Berlin. Ich habe Berlin erlebt." Für eine Lüge war das ja gar nicht so abseits.

„Und jetzt? Was tun wir jetzt?"

„Ja, ich wollte noch etwas trinken und dann ins Bett gehen."

„Du trinkst zuviel. Hat das Zimmer eine Dusche?"

Er nickte.

Vera Schultz hatte es sich mitten im großen Doppelbett bequem gemacht, als er gegen Mitternacht hereinkam. Die Leselampe an der Wand hinter ihr war die einzige Lichtquelle im Zimmer, sie warf goldweiße Strahlen über hellblaues Bettzeug und goldbraune Haut – sie saß im Bett, an das Kopfende gelehnt, die Decke über die Brüste hochgezogen. Aus irgendeinem Grund ließ sie das ein wenig puritanisch wirken, obwohl das wirklich nicht der richtige Ausdruck für eine Frau ist, die mit einem nach Alkohol riechenden Mann, den sie erst wenige Stunden kennt, eine Nacht im Hotel verbringt. Über einem Stuhlrücken hing ein nasses Handtuch zum Trocknen, ihre Kleider lagen ordentlich zusammengefaltet auf dem Sitz. Sein Blick fiel auf die

Unterhose oben auf dem Stapel. Seltsamerweise brachte sie ihn in Verlegenheit. Ob er auch ... Naja, duschen mußte er anständigerweise, das letzte Mal war wirklich schon eine Weile her.

Sie sagte, ohne ihn anzusehen: „Ich hab dich heute wohl ein bißchen beschwindelt. Das heißt, ich hatte es vergessen, hab nicht mehr drangedacht ..."

Erst jetzt ging ihm auf, daß sie las. Zwei weiße Briefbögen lagen vor ihr auf der Bettdecke.

„Mir ist auch aufgefallen, daß du nicht die Zuverlässigste bist, ja!" Und er dachte: Aber du hast sicher auch schon ehrlichere Leute getroffen als mich, also gleicht sich das aus.

„Was ist denn los? Ist dir plötzlich eingefallen, daß Bernard dir den Namen einer Person genannt hat, die ihm ans Leben wollte, oder was?" Er knöpfte sein Hemd auf und setzte sich auf die Bettkante, um seine Schnürsenkel zu erreichen.

„Ich hab dir doch erzählt, ich hätte nichts von ihm gehört, ehe er bei mir in der Tür stand. Aber das stimmte nicht so ganz. Ich hab das hier" – sie hielt den Brief in die Luft – „nur ein oder zwei Tage, ehe er auftauchte, bekommen. Wahrscheinlich hab ich deshalb nicht daran gedacht, als du mich gefragt hast." Sie machte einen ungeschickten Versuch, ihm die beiden Bögen zuzuwerfen. „Du kannst es ruhig lesen, aber im Grunde kann ich nicht viel Spannendes darin entdecken. Nicht mehr, als er mir erzählt hat, als er dann kurz darauf bei mir aufgekreuzt ist."

Ronny ließ den Bogen liegen.

„Okay. Und diesen Brief hast du also aus deiner Wohnung geholt, obwohl ..."

„Nein." Sie lächelte. „Vielleicht hab ich ja deshalb nicht an den Brief gedacht. Wenn er da gelegen hätte, dann hätte ich vielleicht ... Nein, ich hatte ihn als Lesezeichen in einem Buch, das ich dann einer Freundin geliehen habe, und da lag er immer noch. Sie hat ihn natürlich gelesen, aber ich kann mir nicht vorstellen, daß das etwas ausmacht."

„Hast du dein Kostüm von ihr geliehen?"

„Richtig. Katrin ist okay, du brauchst dich nicht zu ängstigen. Sie hat mich übrigens an den Brief erinnert."

„Katrin ist sicher die Zuverlässigkeit in Person. Laß sehen!" Er streckte sich über das Bett und schnappte die beiden Bögen.

Die Schrift war zweifellos echt. Das heißt, Ronny hielt sie für echt – er konnte sich nicht vorstellen, warum ein Profi sich die Mühe machen sollte, einen offenbar unschuldigen Brief wie diesen zu fälschen. Der erste Bogen enthielt nur das übliche Gewäsch, das halbverliebte Trottel einander schreiben, halbgesagte Sätze, in denen steht, daß sie sich im Grunde vorstellen könnten, mit Empfänger oder Empfängerin unaussprechliche Dinge zu veranstalten, schön verpackt in alberne Oberflächlichkeiten. Das einzige, bei dem Ronny die Augenbrauen hob, war die Tatsache, daß Bernard wesentlich kindischer gewesen war, als er angenommen hatte. Naja, er konnte sich gut vorstellen, auch irgendwann in diesen kuscheligen Tonfall zu verfallen, wenn er das für opportun hielte. Auf Bogen Nr. 2 meldete Bernard sein Eintreffen an, und bat ganz einfach darum, einige Tage bei ihr übernachten zu dürfen. „Um ganz ehrlich zu sein, Vera, ich habe einen dicken Fisch an der Angel, ich brauche aber deine Hilfe, um ihn an Land zu ziehen. Es ist eine Riesenarbeit, aber ich bin doch ziemlich zuversichtlich, daß ich es schaffen werde. Wenn du die Möglichkeit hast, möchte ich dich bitten, daß du sofort versuchst, eine Adresse in Ostberlin für mich zu besorgen. Ich suche einen Mann namens Willy Kramer und es ist unheimlich wichtig für mich, daß ich ihn finde. Du sollst das nicht umsonst tun, meine Liebe, ich kann dir eine erkleckliche Belohnung versprechen, wenn die Sache in Ordnung geht."

Der Rest des Briefes bestand aus Grüßen und Küssen, uninteressant.

Ronny ließ den Bogen sinken. „Und du hast wirklich diesen Kramer für ihn gefunden? Hattest die Adresse parat, als er kam?"

„Nein, nicht ganz genau so. Ich hatte damals gerade keine besondere Lust, die Detektivin zu spielen."

„Aber als er gekommen ist, hast du sie ihm dann besorgt?"

„So weit ich konnte. Kramer selber habe ich nicht gefunden, wohl aber seinen Sohn. Bernard ist allein rübergefahren, und als er zurückkam, war er in strahlender Laune."

„Und du wurdest reich, wie Bernard versprochen hat?" Ronny lächelte und streifte einen Schuh ab.

„Ein gutes Essen, das war alles. Himmel, ich beklag mich ja auch nicht, viel Arbeit war das nicht für mich. Aber er hat mir wirklich auf Ehre und Gewissen versprochen, daß der Nachtisch ziemlich groß ausfallen würde."

„Wohin ist er dann gegangen, nachdem er aus Ostberlin zurück war?" Ronny fiel plötzlich der Geruch seines Schuhs auf, er sprang auf und brachte die Schuhe am anderen Ende des Zimmers unter, neben der Tür. Die Socken streifte er diskret am selben Ort ab.

„Hamburg. Schon am nächsten Tag nach Hamburg. Ja, ich hab ihn nicht einmal gesehen, er hat angerufen und gesagt, er hätte sofort losgemußt. Ich hatte den Eindruck, daß alles gut gelaufen war, und jedenfalls rechnete er damit, daß er bald wieder in Berlin sein würde."

„Damit rechnete er? Na, alle können sich verrechnen!" Ronny riß sich die Hose vom Leib und schritt ins Duschkabinett. Wasser. Kaltes Wasser.

Er machte einen Versuch. Konnte sich nicht beherrschen. Eine frischgewaschene Hand suchte und fand, legte sich behutsam auf ihre rechte Hinterbacke. Warme Haut! Warme Haut! Sein Atem wurde ungebärdig, wie bei einem Siebzehnjährigen, der zum allerersten Mal ...

Sie schubste ihn weg. „Tut mir leid, Ronny – du bist einfach nicht mein Typ!"

Gehorsam zog er seine Hand zurück, drehte sich auf die andere Seite und starrte an die Decke. Gab es, irgendwo auf diesem Globus, eine Frau, die ihn als „ihren Typ" betrachten würde?

6

Am nächsten Tag war das Wetter in etwa so wie damals, als Noah seine Fähre in See stechen ließ. Offenbar hatte Gottvater im hohen Himmel sich vorgenommen, Berlin von Sodomiten und Transvestiten, Homosexuellen und Linksradikalen, Hausbesetzern und Baulöwen reinzuwaschen. Ein ziemlich harter Job in einer Stadt wie Berlin, aber Ronny, der am Fenster im ersten Stock im Foyer stand und auf den Kurfürstendamm hinabblickte, der immer mehr zum Fluß wurde, dachte, daß beim Herrn doch nichts unmöglich wäre.

„Vera, ruf ein Boot!" Er ließ die Asche genervt auf den Teppichboden fallen und sprach mit ihr, ohne sich umzudrehen. Im Foyer befanden sich nur er selber, Vera und der Portier-Student.

„Es ist schon Viertel nach, Ronny! Wenn wir die Bahn noch kriegen wollen, dann können wir jetzt keine Zeit mit Taxisuchen vergeuden."

„Hier muß es doch massenhaft Taxis geben." Aber im selben

Moment fiel ihm ein, daß es sicher noch viel mehr Menschen gab, die es gern warm und trocken hatten.

„Tauchen wir also los!"

Es war, als wenn man eine Kühlhalle mit eingebauter Dusche betrat. Eiskalte Tropfen schlugen ihnen auf dem menschenleeren Bürgersteig entgegen. Das Wasser floß zielstrebig durch den Rinnstein. Ab und zu, wenn ein Kantstein fehlte oder ein Gully verstopft war, überflutete es auch den Bürgersteig. Sie rannten die ersten hundert Meter wie die Besessenen, dann machte Ronnys Kondition nicht mehr mit, und er mußte in Trab übergehen. Er konnte ums Verrecken nicht kapieren, wie es ihm gelungen war, in der Nacht in Neuengamme durchzuhalten. Vielleicht wäre ihm das auch jetzt gelungen, wenn er einen Schäferhund auf den Fersen gehabt hätte ... Er beschloß, lieber naß zu werden, als Herz und Lungen einen Kurzschluß zu verpassen, fiel in Laufschritt zurück und winkte Vera, weiterzurennen. „Rette dich selber, du bist noch jung! Ich bin sowieso fertig!"

Er lächelte. Wasser im Gesicht. Wasser überall. Die Lederjacke schirmte ihn vor dem Ärgsten ab, aber die Hose saß bereits an ihm wie eine nasse Wurstpelle. Die Schuhe waren zwar solide, aber nicht als Pontons konstruiert und deshalb schon längst untergegangen.

Bahnhof Zoo. An einer Säule lehnte Vera und lachte, während sie sich das Wasser aus den Haaren schüttelte und auf der Stelle trat. Auch er preßte ein Quäken aus sich heraus und freute sich, als sie es als Lachen auffaßte.

„Na los, Alter! Wir müssen noch Fahrkarten kaufen!"

Der Alte machte los. Noch immer flimmerte es ihm vor Augen und sein Herz lief Marathon. Himmel, Ronny! Nimm es als Fingerzeig. Wenn du deinen Leib weiter so mißhandelst wie in den letzten zehn Jahren, endest du nach so einem Lauf noch als Leiche! Er beschloß, hinfort das Laufen seinzulassen.

Der Waggon, der sie in den demokratischen Teil Berlins bringen sollte, hatte seine besten Tage schon hinter sich. Eine eher düstere Versammlung drückte sich auf den harten Holzbänken zusammen, einige waren triefnaß, andere trugen Regenkleidung oder hielten tropfende Regenschirme vor sich auf dem Boden. Ein Kind stieß ein Kriegsgeheul aus, als der Zug sich in Bewegung setzte, und Ronny wurde sofort an den Alkoholkonsum des gestrigen Tages erinnert. Er versuchte, seine Aufmerksamkeit auf die Aussicht zu richten, aber das erschwerten die beschlagenen Fenster. Häuser und Straßen zeichneten sich in unklaren Umrissen ab, als lastete ein dichter, ungesunder Nebel auf der ganzen Stadt. Das Kind brüllte weiter, und die Mutter tat so, als hätte sie nichts damit zu tun. Ronny biß die Zähne zusammen und lächelte Vera, die ihm gegenübersaß, steif an.

„Da unten", sagte sie und zeigte in die Nebelwelt, „liegt der Reichstag. Das ist im Grunde das einzige Interessante auf dieser Strecke."

Das Gebäude sah aus wie ein riesiger Bunker, ein düsteres Steinhaus mit Fenstern, schwarz wie ausgekratzte Augen. Es lag da in einsamer Majestät, leer, verlassen.

Kurz darauf sagte Vera: „Nun sind wir drüben! Der Reichstag liegt ganz dicht bei der Grenze."

„Aber die Mauer?" Ronny hatte starke Kontrolle beim Durchqueren der Mauer erwartet.

„Von hier aus kannst du sie nicht besonders gut sehen", antwortete Vera. „Wir sind drüben."

„Und keine Kontrolle?"

„Wart's nur ab!"

Wenige Minuten darauf glitt die Bahn mit kreischenden Bremsen in den Bahnhof Friedrichstraße. Zum ersten Mal setzte Ronny Olsen seine Füße auf osteuropäischen Boden.

Der Geruch. Der Geruch war anders. Ein schwerer, satter Öldunst lag über dem ganzen Bahnhofsgelände. Bald würde sich herausstellen, daß er sich im ganzen Stadtteil bemerkbar machte.

„Niedrigoktan", sagte Vera, als sie sah, wie er die Nase rümpfte. „Daran gewöhnst du dich schnell!"

Sie folgten dem Menschenstrom die breite Treppe hinunter und erreichten die Wartehalle für die Paßkontrolle. Schlangen. Schlangen für Transit, Schlagen für BRD-Bürger auf Besuch, Schlangen für andere Ausländer, die aus irgendeinem Grund ein kommunistisches Land besehen wollten, wenn sie schon einmal auf Reisen waren. Der Zoo und Ostberlin stehen in der Regel ganz oben auf der Wunschliste der Touris in Berlin-West.

„Ich hoffe, wir sind in der richtigen Schlange gelandet", sagte Ronny und sah sich um. Die Schlangen auf beiden Seiten wuchsen rasch.

„Dem Schild nach zu urteilen ist dieser Schalter nur für BRD-linge zuständig", sagte Vera. „Aber wir lassen's drauf ankommen. Da vorne seh ich zwei amerikanische Pässe. Wenn die durchkommen, dann schaffst du das auch."

Langsam näherten sie sich der schmalen Nische, in der die Paßkontrolle stattfand. Ein flurartiger Raum mit einer verschlossenen Tür, einer Tür, nur per Knopfdruck vom Paßkontrolleur zu öffnen, der hinter schußsicherem Glas am Eingang saß. Einer nach dem anderen wurde durchgelassen, wenn der Kontrolleur den Paß gewogen und schwer genug gefunden hatte. Ronny brach in Schweiß aus. Er schwitzte immer vor Paß- und Zollkontrollen. Hatte selten Grund dazu, tat es aber trotzdem. Die Amerikaner wurden einzeln durchgelassen, jedesmal mit demselben Summlaut des automatischen Schlosses als Klarsignal.

„No problem!" Vera lächelte schwach.

Ronny nickte. No problem? Niemand, der den westdeutschen Staatsschutz im Nacken hatte, konnte vor der Paßkontrolle in Ostberlin stehen und „no problem" psalmodieren. Er wartete halbwegs darauf, den Druck einer Kalaschnikoff im Zwerchfell zu spüren, mit dem ersten Zug nach Hause geschickt zu werden. Wenn sie ihn wirklich an einem Besuch in Ostberlin hindern wollten, dann wäre es kein Problem für sie, ihn hier aufzuhalten. Eine falsche Nachricht über die Grenze. Vera lächelte glatt, reichte ihren Paß in den Schalter und bekam ihn kurz darauf zurück. Tür auf. Sie zwinkerte ihm zu und verschwand. Jetzt er. Den roten Paß vorsichtig unter der Glaskante hindurchgeschoben. Der Mann hinter dem Glas hatte kurze Haare, war peinlich sorgfältig rasiert und hatte sein Hemd noch am selben Vormittag bügeln lassen. Er blätterte langsam durch den Paß. Einmal. Noch einmal. Kontrolle des Paßbildes, auf dem Ronny Olsen idiotisch den Spiegel auf dem Osloer Ostbahnhof anlächelte. 30 Sekunden genaue Musterung des schiefen Lächelns, der unrasierten Backen und der struppigen Haare. Dann Musterung des Originals. Der graue Blick dieses Deutschen stieß mit seinem eigenen zusammen, Ronny hatte das Gefühl, daß ein Lächeln in einem solchen Zusammenhang bedeuten würde, um Ärger zu bitten. Er setzte ein steife Maske auf und starrte zurück. Der Mann nickte kurz, schob den Paß mit sicherer Hand zusammen mit dem Visum wieder hinaus und drückte gleichzeitig auf den „Akzeptiert"-Knopf. Ronny trat auf der anderen Seite mit lebhaftem Herzen ab.

Vera wartete auf ihn. „Na so was! Diese Schleuse hier muß uns doch jedenfalls von westlichen Nachrichtenheinis befreien, wenn die hinter uns her sind?"

Ronny nickte, war sich jedoch alles andre als sicher. „Was jetzt? Sind wir durch?“

„Ja. Durch die Paßkontrolle. Jetzt kommen noch Zwangsumtausch und Zoll.“

Neue Schlange. 25 Westmark wurden in 25 Ostmark verwandelt. Ronny hatte das dumme Gefühl, betrogen worden zu sein, als ihm das DDR-Spielgeld aus Leichtmetall und winzigkleinen Scheinen als Ersatz für zwei autoritär aussehende Zehnmarkscheine und ein schweres Fünfmarkstück überreicht wurde. Er fegte das Geld zusammen und passierte den Zoll, fast ohne es zu bemerken.

Zwei hochgewachsene Zöllnerinnen waren damit beschäftigt, einen der Amerikaner auf den Kopf zu stellen, er war blöd genug gewesen, „Garp“ von John Irving als Reiselektüre einzustecken, für den Fall, daß ihm der Aufenthalt im Osten zu lang würde. „But it is a present from my faaather!!!“

Die Zolldamen pfiffen drauf.

Die Ankunftshalle im Bahnhof Friedrichstraße war ein ziemlicher Kick. Eine große Halle mit nackten Wänden, gelben Fliesen und braunen Steinen. Kein Plakat, kein Zeitungskiosk, nichts brach die Monotonie der großen Flächen. Ein Halbkreis aus zwanzig, dreißig Menschen stand hinter der Tür, die von der Zollkontrolle in die Halle führte. Ansonsten wirkte der Bahnhof ziemlich menschenleer. Das pulsierende Leben der Westberliner Bahnhöfe war hier durch eine Art stillstehendes Warten ersetzt. Immerhin warteten diese Menschen auf jemanden, das Lumpenproletariat, das einen festen Bestandteil westlicher Bahnhöfe ausmacht, war hier nicht vertreten. Hier hatten alle etwas vor, hatten einen Grund, sich auf dem Bahnhofsgelände aufzuhalten. Ronny nahm an, daß ein ziemlich hoher Prozentsatz der Leute, die hier standen und die Ankommenden erwarteten, vom Staat bezahlt wurden und bei der Arbeit waren.

Sie durchquerten die halbleere Halle und traten auf die Friedrichstraße hinaus. Über ihnen verlief die Bahnlinie, bot Schutz vor dem Regen, der sich offensichtlich nicht um Ost oder West scherte. Es goß noch immer wie aus Kannen.

„Komm her!“ Vera führte ihn quer über die Straße in ein Café auf der anderen Seite. „Red nicht vom ‘Fall‘, wenn wir drinnen sind, wir haben später noch genug Zeit. Wir treffen den Sohn sowieso noch nicht gleich. Trinken wir eine Tasse Kaffee, ehe ich mich tot friere!“

Das Lokal war im gemütlichen Stil der 50er Jahre gehalten,

und die Menschen, die sich darin drängten, waren der Mode jener Zeit treu. Ronny gefiel, was er sah, es war der Hauch der eigenen Vergangenheit und der verhältnismäßig glücklichen Kindheit, der ihm hier entgegenschlug. Seine Laune hob sich, er lehnte sich zurück und zündete eine Zigarette an, während Vera Kaffee bestellte.

Der Kellner starrte ihn an, als habe Ronny sich einen Joint angesteckt, und bat ihn mit angestrengter Höflichkeit, sich diese Zigarette für eine andere Gelegenheit aufzubewahren.

Rauchverbot in einem normalen Café? Nun gut. Ronny beschloß, es bei dieser einen Tasse Kaffee zu belassen. Kaffee ohne Zigarette schmeckte ihm ungefähr wie ein Ei ohne Salz. Seine erste Begegnung mit der rührenden Fürsorge des Zentralkomitees für die volkseigene Gesundheit! Er sagte, während er die frischausgedrückte Zigarette beschämt in die Schachtel zurücksteckte: „Und wann, glaubst du, erhalten wir eine Audienz bei dem jungen Herrn Kramer?"

„Ich glaube gar nichts!"

Sofort fiel ihm ein, was sie vorhin vor dem Eingang gesagt hatte und zu seinem Ärger bemerkte er, wie er rot anlief. „Also laß uns diesen verdammten Kaffee einpfeifen, ich hasse es, an Orten eingesperrt zu sein, die von Nichtrauchern betrieben werden!"

„Na, na! Wie spät ist es?"

„Eins."

„Aha. Weiter unten in der Straße ist eine Kneipe, in der es Telefon gibt. Wir ziehen dahin um, wenn wir den Kaffee aus haben. Da kannst du rauchen und den Alkohol kippen, den du brauchst."

Sie blieben eine Weile sitzen und sprachen über die nichtssagendsten Dinge, bis sich der Boden der Kaffeetassen zeigte, dann bezahlten sie, standen auf und gingen. „An das mit dem Rauchen mußt du dich gewöhnen", sagte sie. „So ist es ziemlich oft in dieser Stadt. Ehrlich gesagt, finde ich das gar nicht so blöd."

„Bring mich in diese Kneipe!"

Die Kneipe lag im Erdgeschoß eines riesigen Neubaus, nur hundert Meter vom Café entfernt. Unpersönliches Interieur, Flaschen wie Fremdkörper in den halbleeren Regalen, die sich hinter dem Tresen durch den ganzen Raum zogen. Ronny bestellte zwei große Glas Rotwein, erfuhr, daß nur Weißwein auf dem Menü stand und zündete sich zum zweiten Mal die Zigarette an. Rot oder weiß – ihm egal. Vera ging telefonieren.

Er mußte lange warten. Nach einer Viertelstunde erschien der Wein, gleich darauf tauchte Vera auf.

„Scheiße!“ sagte sie und setzte sich. Nahm ein Glas und trank es fast ganz aus. „Gib mir ’ne Zigarette.“

Er gab ihr eine.

„Er wollte nicht. Wollte ganz einfach nicht.“

„So wenig, daß wir ihn nicht sehen werden?“ Ronny spürte einen klebrigen Klumpen im Zwerchfell.

„Ich glaub, das geht in Ordnung. Hat sicher bloß Muffen, der wird schon noch kommen.“

„Hierher?“

„Nein, er hat um halb drei Feierabend, und wir schnappen ihn uns unterwegs.“

„Du kennst ihn? Weißt, wie er aussieht?“

„Ich weiß, wie er gesagt hat, daß er aussieht. Keine Panik, ich glaub schon, daß er auftaucht.“

„Muß er geschmiert werden?“

„Vielleicht. Ich hab ihm natürlich nichts versprochen. Wenn er etwas will, muß er das selber sagen, biet ihm ja nichts an, ehe er seine Forderungen auf den Tisch gelegt hat. Soviel ich weiß, ist er hundertfünzigprozentig parteitreu, und da macht es sich schlecht, ihm westliche Währung für ein Schwätzchen mit seinem alten Vater anzubieten. Ich finde eigentlich, wir sollten mindestens zweimal ablehnen, wenn er einen Versuch macht. Es ist für uns das Beste, wenn wir den Eindruck erwecken, daß wir seinen Vater gern treffen möchten, daß es für uns aber nicht so verdammt wichtig ist, daß wir dafür bezahlen würden.“

„Klingt vernünftig. Warum rufen wir den Alten nicht einfach selber an?“

„Hauptsächlich, weil er kein Telefon hat.“

„Und der Sohn?“

„Den hab ich durch die Uniszene aufgetan. Er kennt da einige Leute.“

„Na gut. Ich kann mir vorstellen, daß es nicht so gut ankommt, wenn wir beim Einwohnermeldeamt anrufen und nach der Adresse des Vaters fragen.“

„Es kommt vor, daß Sie richtig denken, Herr Olsen. Aber der Alte ist in der Stadt, und wir werden ihn finden.“

„Das hört sich so an, als wärst du vom Virus gebissen worden?“

„Ab und zu hört es sich an, als wolltest du einen Rückzieher machen.“

Ronny trank aus. Bestellte noch einen. Vera stupste ihn in die Seite. „Nicht sauer sein!"

Was Franz Kramer dachte, als er die Straße überquerte und sich dem Paar näherte, das geschützt vor dem Regen unter einem Baldachin auf der anderen Seite stand, war schwer zu erraten. Ronny betrachtete ihn aus der Ferne, und da es ihm an hellseherischen Fähigkeiten mangelte, mußte er sich mit der Feststellung begnügen, daß Kramer junior genervt, vielleicht wütend aussah. Kramer entdeckte sie schon, als er noch hundert Meter entfernt war, er zuckte zusammen, ging aber im selben gehetzten Tempo weiter. Er trug einen dunklen Dufflecoat, eine Strickmütze und eine schwarze Hose. Er unterschied sich nicht von den übrigen Menschen, die unterwegs waren. Ronny war froh darüber, daß der Junge pünktlich kam – eventuelle Zuschauer würden es langsam schwer finden, sich zu erklären, warum ein Paar über eine Viertelstunde vor dem Schaufenster dieses Lebensmittelladens zubrachte. Das Schaufenster bot drei Dosen Sardinen, schön in Reih und Glied aufmarschiert, und einen Käse, in einer Ecke angerichtet.

„Ist er das?"

„Glaub schon. Laß mich reden!"

Als der Junge sie erreicht hatte, drosselte er sein Tempo, als fände auch er das Schaufenster ungeheuer bemerkenswert und blickte beide sauer an.

„Herr Kramer?" Veras Stimme war geladen mit Höflichkeit, Diskretion und einem schwachen sexuellen Unterton, der Ronny im Moment etwas fehl am Platze vorkam.

„Stimmt. Was wollt ihr von dem alten Mann?"

„Wir wollen mit dem Alten *reden"*, sagte Ronny. „Nur eine kleine Unterhaltung. Norwegen", fügte er hinzu, um der nächsten Frage zuvorzukommen. „Ich komme aus Norwegen."

„Um mit meinem Vater zu reden?"

„Unter anderem, um mit deinem Vater zu reden, ja!"

„Das gefällt mir nicht so recht!" sagte der andere. „Hier war schon ein Norweger ..."

„Uns gefällt das auch nicht so recht", erwiderte Ronny. „Und wir wissen, daß ein Landsmann von mir hiergewesen ist." Er fand es angebrachter, nicht zu erwähnen, daß dieser Landsmann inzwischen ins Gras gebissen hatte.

Aber Der Große Zweifel schien immer neue Heerscharen von bösen Gedanken ins Gehirn des jungen Mannes zu senden. Er wand sich. Ronny befürchtete schon, der Bursche könnte die

Beine in die Hand nehmen, in der Wolkendecke aus Niedrigoktan verschwinden.

„Das ist wichtig, Junge! Das mindeste, was du für uns tun kannst, ist, deinem Vater Bescheid zu sagen. Laß ihn entscheiden, ob er uns treffen will, steh hier nicht rum und spiel für deinen Erzeuger die Zensurbehörde!"

Vera warf ihm einen strengen Blick zu. Zu starker Tobak, sagte der Blick. Vorsicht!

„Schon geschehen", sagte Kramer jr. mit der Andeutung eines Lächelns unter dem spärlichen Schnurrbart. „Ich hab ihn gebeten, nein zu sagen, aber er kommt." Nun lächelte er wirklich. „Ich hoffe, ihr habt amerikanisches Kaugummi und Nylonstrümpfe mitgebracht? Also los, wir gehen zu mir."

Das Studentenwohnheim Clara Zetkin lag weniger als zehn Minuten zu Fuß von der Haltestelle entfernt. Sie waren mit der S-Bahn gefahren, hatten eine der farblosesten Stadtlandschaften durchquert, die Ronny je gesehen hatte. Grau, grau, nackte Flächen, Fenster ohne eine Blume, alte Bauten, wo ab und zu die Spuren von Maschinengewehrkugeln des Krieges wie Pockennarben im Verputz zu sehen waren. Alles, absolut alles wirkte verschlissen, verbraucht, rostig und verfallen. Die Menschen, die er sah – auch sie freudlos. Kein Lächeln, nur stummes Starren. Ronny Olsen fühlte sich wie in einen Aufklärungsfilm über die Gefahren des Kommunismus versetzt. Das einzig „Neue", was er sah, war möglicherweise noch schlimmer als der alte Schrott. Abscheuliche Hochhäuser, erbaut während der perversesten Stilperiode der 50er Jahre. Klötze, hochgezogen in steriler Monotonie, verblaßte Farben, kein Winkel, der die trostlose Ganzheit zerbrach. Und überall: die DDR-Flagge, die von Balkons und Fahnenstangen, von Fensterbänken und Gesimsen hing – klitschnasse Flaggen wie benutzte Kondome. Zusammen mit den verblaßten roten Fahnen stellten sie die einzigen Farbtupfer in dieser trostlosen Stadtlandschaft dar. Ostberlin war, gelinde gesagt, entsetzlich. Ronny wünschte sich westliche Dekadenz, idiotische Reklameplakate für Zahnpasta und Damenbinden, verlogene Informationen über jede Menge Scheißprodukte an allen Ecken und Enden. Farben! Farben!

„Ungewohnt?"

Ronny hatte vergessen, daß neben ihm ein waschechter DDR-Bürger ging. „Ja, sehr ungewohnt."

„Gut, daß ihr nicht so ausgeprägt westlich angezogen seid. Ich muß euch nämlich einschmuggeln."

„Wir haben den Modedreck im kapitalistischen Schweinekoben liegen lassen! Was meinst du damit, daß du uns einschmuggeln mußt?"

„Da, wo ich wohne, sind Leute wie ihr nicht erlaubt. Und um ganz ehrlich zu sein, finde ich es gar nicht toll, dieses Verbot zu brechen."

Ronny, der langsam begriff, daß der junge Kramer kaum der Typ war, der mit einer Leiter an der Mauer zum Westen erscheinen würde, brachte das Gespräch geschickt auf eine andere Schiene, während er dem regenschweren Himmel und der öden Straße mißbilligende Blicke zuwarf.

„Was für einen Eindruck hattest du von Bernard Lindquist, dem Norweger, der vor ein paar Monaten hier war?"

Kramer zögerte. „Eindruck, ich weiß nicht. Er war wohl okay, nehm ich an. Hat sich nicht besonders aufgespielt."

„Warst du dabei, als er mit deinem Vater geredet hat?"

„Nein. Ich hatte etwas anderes vor. War bei einer Abendvorlesung. Warum fragst du? Stimmt irgendetwas nicht?"

„Nein. Bleibst du heute abend zu Hause?"

„Ja. Sollte ich das nicht? Herrgott, was ist denn los? Wie gesagt, mir gefällt nicht, wie ..."

„Das versteh ich gut. Aber ich will auf deinen Vater warten, eh ich den Hahn aufdrehe. Ich glaube, das wird er verstehen. Sag mal, was macht dein Vater eigentlich so?"

„Nichts", sagte der andere mürrisch. „Das heißt, er sammelt Briefmarken. Ist Rentner. Ich begreif nicht, warum er plötzlich so interessant für Norweger und Wessis geworden ist."

Ich auch nicht, dachte Ronny. Ich hab nicht die leiseste Ahnung, warum ein DDR-Rentner so interessant ist, und wenn er noch so begeistert Briefmarken sammelt. Er räusperte sich bloß und hoffte, diese Erklärung würde vorerst ausreichen. Er war überzeugt, er würde einen Teil der Antwort wittern können, wenn er diese Schlüsselperson erst im Visier hatte. Oppositionell? Parteiloyal? Hatte das überhaupt etwas mit dem Fall zu tun?

Das Wohnheim, zu dem Kramer junior sie führte, war ein riesiges Hochhaus. Ronny zählte 21 Stock. In diesem Haus mußten Tausende wohnen können. Die Umgebung war verhältnismäßig schön – Rasen, mit Gebüsch und Bäumen bepflanzt, Hocker und Spielgeräte für die Kleinsten.

Kramer sagte, als sie sich dem Eingang näherten: „Ich muß am Wachschalter meinen Studentenausweis vorzeigen, ohne Ausweis kommt niemand rein."

„Und wir?“ Ronnys Stimme klang ängstlich.

„Kein Problem. Ihr bekommt meinen Ausweis. Stellt euch in der Schlange hinter mich. Ich geb dir den Ausweis“, er nickte Vera zu, „du zeigst ihn und reichst ihn weiter. Macht euch keine Sorgen, das wird jeden Tag gemacht, und die Wache sitzt im Grunde nur zur Zierde da.“

Der enge Flur, den sie betraten, war schwarz vor Menschen. Eine Schlange glitt langsam am Wachschalter vorbei, hinter dem eine junge Frau saß und strickte. Ihr Blick richtete sich abwechselnd nach rechts und nach links und auf die Vorübergehenden, die ziemlich träge ihre Ausweise hochhielten. Am Ende des Flurs wurden jeweils zehn von den Fahrstühlen verschluckt und nach oben verfrachtet. Es dauerte eine Ewigkeit. Der Ausweiswechsel ging glatt. Die Kontrolleurin hatte eine Masche fallen lassen und interessierte sich kein bißchen für Olsen aus Kampen.

Der Fahrstuhl jagte hinauf zum 20. Stock. Kramer lächelte. „Noch weiter. Ich wohne im 21., wir müssen noch eine Treppe hochgehen.“

Er führte sie die Treppe hinauf und durch ein Wirrwarr von Fluren und Zimmern. Blieb schließlich vor einer weißen Tür stehen und wühlte in seinen Taschen nach dem Schlüsselbund. „Hier!“

Das Zimmer sah aus wie die meisten Studentenbuden, voller Bücher und Postkarten, Plakate und Fotos von alkoholisierten Festen. Ronny setzte sich aufs Bett und griff nach seinen Zigaretten, während er Kramer einen fragenden Blick zuwarf.

„Rauch nur ruhig! Ich hol euch ein Bier. Bin sofort zurück.“ Er verschwand.

„So“, sagte Vera und setzte sich ebenfalls. „Was nun?“

„Jetzt trinken wir Bier auf einer Studentenbude in der DDR und warten.“

„Ich hoffe, er taucht auf.“

„Kann mir kaum vorstellen, der Junge hätte uns hergeschleift, wenn der Alte ihm nicht grünes Licht gegeben hätte. Er kommt, da kannst du Gift drauf nehmen. Ich hoffe bloß, daß er nicht nach langem und treuen Dienst bei der Staatssicherheit in Pension gegangen ist.“

Kramer senior traf ein, als Ronny das erste Bier getrunken und beschlossen hatte, es sollte auch das letzte sein. Vorsichtiges Klopfen, im nächsten Moment stand er auf der Schwelle. Er nickte seinem Sohn, der sofort aufgesprungen war, kurz zu, richtete zwei braune, intelligente Augen auf die beiden Besucher auf der Bettkante. Er hatte es nicht eilig, und Ronny hatte das quälende Gefühl, daß dieser Mann durch ihn hindurchsah, Gedanken und Absichten las. Er nickte kurz und erhob sich. Eine abwartende Stimmung machte sich breit, eine Art Vakuum, in dem niemand das richtige Wort zu finden schien.

„Herr Kramer?" Ronny streckte die Hand aus und kam sich aus irgendeinem Grunde wie ein Rotzbengel in Gesellschaft Erwachsener vor. Er war dieser Art von Mensch schon früher begegnet. Menschen, die durch ihre bloße Anwesenheit eine seltsame Macht über andere haben, die Stärke, Sicherheit ausstrahlen, noch bevor sie den Mund aufmachen.

Als Kramer endlich das Wort ergriff, sprach er mit seltsam milder Stimme, die einen starken Kontrast zu seinem analytischen, fast feindlichen Blick bildete.

„Es freut mich, Sie kennenzulernen, Herr ..."

„Olsen, Ronny Olsen. Ich komme aus Norwegen."

„Und das ist Ihre Frau?" Kramer hatte schon eine Hand für Vera ausgestreckt.

„Leider nein", entfuhr es Ronny. Ein fast unmerkliches Lächeln glitt über Kramer Lippen. Er stellte sich höflich vor und erhielt zum Ausgleich „Vera Schultz". Der Sohn wollte seinem Vater seinen Stuhl anbieten, aber der Alte schüttelte nur den Kopf. Er war ein schmächtiger kleiner Mann, kaum größer als 1,60, gehörte zu dieser kleinen, aber zähen Sorte, berichtete von Mühsal und Arbeit, aber auch vom Sieg über die auferlegten Anstrengungen. Er trat ans Fenster, drehte ihnen den Rücken zu und ließ seinen rechten Zeigefinger langsam durch den Tau auf der Fensterscheibe gleiten.

„Und ihr seid auf Schatzsuche?" Er drehte sich ihnen halb zu, während er sprach, wandte sich dann jedoch schnell wieder dem Fenster zu. Sein Zeigefinger malte einen Schmetterling in das beschlagene Fenster.

„Um ganz ehrlich zu sein, Herr Kramer – wir wissen nicht so recht, was wir suchen." Ronny fummelte an der leeren Bierflasche herum.

„Märchen", sagte Kramer. „Die Welt ist voller Märchen. Dieser Norweger, der vor einiger Zeit hier war, wie hieß er doch noch gleich ..."

„Lindquist, Bernard Lindquist."

„Lindquist, richtig! Lindquist." Er drehte sich wieder um, diesmal ganz abrupt. „Kennen Sie ihn?"

Ronny nickte. „Deshalb bin ich hier. Bitte, erzählen Sie mir, was er von Ihnen gewollt hat. Worauf er aus war. Schatzsuche? Meinen Sie, daß ..."

„Quatsch. Alles nur Quatsch. Ich hab es ihm gesagt, aber er ließ sich nicht erschüttern."

Ronny suchte wie ein Besessener nach seiner Autorität, fand einen Hauch davon und preßte ihn in seine Stimme.

„Herr Kramer, wir wollen nicht aneinander vorbeireden und auch nicht in Rätseln. Glauben Sie mir – Rätsel hab ich in der letzten Zeit wirklich genug gehabt. Bernard und ich sind zusammen aufgewachsen, er war ein enger Freund von mir. Ich bitte Sie nur, mir zu sagen, warum er Sie hier in Berlin aufgesucht hat."

Die Antwort kam schnell: „Er wollte eine Adresse."

„Aha. Eine Adresse. Darf ich fragen, welche?"

„Sie dürfen offenbar." Der Stimme fehlte jegliche Spur von Humor. „Eine Adresse in München. Lieselotte Lindter."

„Geborene Schraub? Dieter Schraubs Tochter?"

Kramer schien nicht sonderlich überrascht zu sein. „Ihn kennen Sie auch? Dann begreife ich im Grunde nicht, warum Sie sich die Mühe gemacht haben, extra noch herzukommen. Ja, Lieselotte ist Dieters Tochter, und Dieter war bei ihr, als Lindquist herkam. Er hatte vergeblich versucht, ihn in Hamburg zu erreichen."

„Es tut mir leid, Sie zu unterbrechen, aber es wäre so gut wie eine Lüge, wenn ich es nicht gleich klar sagen würde: Bernard Lindquist, der hier war, um Informationen von Ihnen zu erhalten, und dieser Schraub, den ich nie kennengelernt habe, sind tot. Beide sind ermordet worden, und ich bin, mehr oder weniger freiwillig, in diesen Fall verwickelt. In diesem Zusammenhang liegt noch eine Leiche unter der Erde, nämlich Bernards Vater, Lars Petter Lindquist. So! Nun wissen Sie das wenige, was ich weiß. Ich hoffe wirklich, Sie können uns weiterhelfen."

Der alte Mann am Fenster blieb wie versteinert stehen. Sein Finger, der die ganze Zeit in Bewegung gewesen war, um den Schmetterling auszumalen, hielt augenblicklich inne. Fast eine Minute verstrich, ehe er wieder Worte fand. „Mein Junge, tu deinem alten Vater einen Gefallen. Geh sofort runter und kauf eine Flasche Wodka. Schnell, bitte!" Er setzte sich auf den leeren Stuhl, als sein Sohn verschwunden war. Er schien mit offenen Augen zu schlafen.

Minuten vergingen. Absolute Stille. Der alte Mann saß halb dem Fenster zugewandt, Ronny sah sein Profil vor dem graublauen Winterhimmel, eine Farbe, die mit den scharfgezeichneten, harten Zügen im Gesicht des Mannes harmonierte. Seine Brust hob und senkte sich, aber er ließ keinen Laut hören. Eine blaue Halsschlagader pochte sanft unter den Bartstoppeln. Ziemlich leise entfuhr es ihm: „Dann hat es also doch gestimmt! Märchen werden zur Wirklichkeit. Herrgott! Ich kann es nicht glauben! Ich kann es nicht glauben, und doch ..."

„Sagen Sie uns, was Sie nicht glauben können, Herr Kramer! Ich glaube, Sie haben einen Schlüssel, um Gotteswillen, geben Sie ihn her!"

Kramer nahm eine Zigarette aus der Prince-Packung, die Ronny auf den Tisch geworfen hatte, betrachtete die unbekannte Schachtel sorgfältig, ehe er die Zigarette anzündete. Schweigen. Dann: „Stalins Augen. Unser Märchen heißt Stalins Augen. Es war ein Märchen für Häftlinge und zum Tode Verurteilte. Eins von vielen. Wir haben wohl alle gedacht, diese Häftlingsphantasien wären 45 zu Grabe getragen worden, als niemand sie mehr brauchte, um in der Nazihölle durchzuhalten. Und jetzt ... jetzt erlebe ich das hier!"

„Erzählen Sie das Märchen!" Ronny konnte seine Aufregung nicht verbergen. Der alte Mann lächelte kurz, ein freudloses Lächeln.

„Es scheint Unglück zu bringen, dieses Märchen, Olsen."

„Ich lebe vom Unglück!" Meistens vom Unglück anderer, dachte er, aber was soll's.

„Ja, ich weiß fast nicht, wo ich anfangen soll. Es ist klar, für uns hat alles in Fuhlsbüttel angefangen und ist in Neuengamme weitergegangen. Wir waren Häftlinge."

„Wir?"

„Ich. Dieter Schraub. Hunderte andere. Wir waren Kommunisten, und Ende der 30er Jahre war das in Deutschland etwa dasselbe wie die Pest. Wir mußten ins Gefängnis, allesamt, mußten aus allem, was Gesellschaft hieß, ausgemerzt werden, so gründlich, daß wir die heranwachsende Generation nicht vom rechten Weg ablenken konnten – dem Nationalsozialismus! Sozialismus! Du liebe Zeit ..."

„Sie waren also auch in Neuengamme?" Ronny war jetzt voller Eifer.

„Da war ich, ja." Kramer zögerte einen Augenblick, kämpfte mit bösen Erinnerungen. „Aber Sie sind nicht gekommen, um meine private Leidensgeschichte zu hören. Wenn Sie über ein gewisses historisches Wissen verfügen, wovon ich, ehrlich gesagt, ausgehe, werden Sie wissen, daß die Lager keine Sommerfrischen waren. Gott weiß, daß das, was in den großen Lagern in Polen passiert ist, noch wesentlich schlimmer war, aber mir wird Neuengamme immer als Hölle erscheinen. Nein, das Märchen, sehen Sie, unser Märchen, hat in der Sowjetunion angefangen. Wie es sich gehört, denn für uns Kommunisten war die Sowjetunion damals das reine Märchen. Ich weiß ja nichts über Ihre politische Einstellung, und die interessiert mich auch nicht sonderlich. Aber auch wenn Sie Kommunist sein sollten, dann glaube ich doch nicht, daß Sie verstehen können, was die Sowjetrepublik damals für uns bedeutet hat. Die Revolution von 1917 war die Erfüllung unserer Phantasien und Träume, sie zeigte, daß die Theorie in die Praxis umgesetzt werden konnte – und in *welche* Praxis! Ein ganzer Erdteil hatte das Joch abgeworfen, hatte sich nach Jahrhunderten der Unterdrückung und der Not erhoben!"

Ronny, der langsam befürchtete, der Alte könnte abschweifen, warf vorsichtig ein: „Und es war also in der Sowjetunion, daß unser 'Märchen' seinen Anfang nahm?"

„Ja. Und wir sollten es wirklich auch weiter als Märchen bezeichnen. Denn selbst, wenn sich herausstellen sollte, daß einiges davon auf Wahrheit beruht, dann ... Jagoda. Es war einmal ein Mann namens Genrich Grigoriewitsch Jagoda. Ich weiß nicht, ob der Name Ihnen etwas sagt, das ist vielleicht nicht zu erwarten. Aber drüben im Westen haben Sie sicher viele Geschichten über den KGB gehört. Nun gut. Damals, als Stalin am Ruder saß, hieß diese Organisation GPU, später NKWD. Jagoda war unter Stalin in den 20er Jahren Leiter der NKWD. Einer der Leiter. Wie Sie sicher wissen, gab es damals häufiger Wechsel."

Doch, Ronny glaubte, sich an dergleichen erinnern zu können. In Norwegen und anderen Ländern wurde zwar eher von Säuberungsmaßnahmen gesprochen, aber das spielte hier und jetzt nur eine kleine Rolle. Er ließ Kramer ohne Unterbrechung weiterreden.

„Stalin war eine vielseitige Persönlichkeit. Kein Zweifel, in vieler Hinsicht war er Gott und der Teufel gleichzeitig für das sowjetische Volk. Und die Prozesse? Nun, ich will diese Geschehnisse nicht rosenrot malen. Er ist zu weit gegangen, viel zu weit, obwohl die westliche Propaganda ihn zu einem schlimmeren Ungeheuer gemacht hat, als er war. Das russische Volk liebt Stalin noch heute, mag er auch noch so sehr aus der Mode gekommen sein. Stalin hat Hitler zuletzt das Genick gebrochen, er hat das geschafft, wozu sonst niemand die Kraft hatte. Das hat die Sowjetunion 20 Millionen Menschen gekostet, aber ich glaube, heute meint niemand, weder im Osten noch im Westen, daß dieses Opfer sich nicht gelohnt hätte! Aber, wie gesagt, er war eine harte Nuß und zweifellos zur Zeit der großen Prozesse ziemlich paranoid. Niemand saß sicher im Sattel, und den meisten war das auch klar. Einer davon war Jagoda. Und wenn ich der Geschichte glauben soll, dann muß er damals nervöser gewesen sein als die meisten. Erstens hatte er eine der gefährdetsten Stellungen, die man sich denken kann. Die großen Prozesse hatten zwar noch nicht ernstlich angefangen, aber Jagoda hatte Grund zur Nervosität. In jedem Staat oder Parteiapparat läßt sich das Privatleben, wenn es nicht hundertprozentig 'sauber' ist, gegen jemanden verwenden. Und Jagoda soll allerlei Dreck am Stecken gehabt haben. Oder, um es richtiger zu sagen: Er hatte Dreck am Stecken, über den Stalin persönlich informiert war. Und von diesem Dreck handelt unser Märchen. Jagoda hatte sich, vor den Wirren von 1917, eine Sammlung Diamanten der Sverdlowfamilie angeeignet oder schlicht und einfach gestohlen. Und ein Vertreter der Sverdlows wurde später ein enger Freund von Stalin. Sverdlow selber hatte die Diamanten Stalin gegenüber als 'Schmucksammlung' bezeichnet, aber es kann sein, daß er in Wirklichkeit nicht wußte, wovon er sprach. Der Schmuck oder die Diamanten hatten sich nie in seinem Besitz befunden. Es ist auch möglich, und das habe ich bis heute geglaubt, daß das Ganze erfunden war, eine Lügengeschichte, durch die Sverdlow Jagodas Stellung schwächen wollte. Stalin hat kaum bedauert, Sverdlow sein Ohr geliehen zu haben. Ihm war völlig klar, daß Jagoda im Moment der richtige Mann am richtigen Ort war, er wußte aber auch, daß andere Zeiten kommen könnten. Von Sverdlow hatte er erfahren, daß Jagoda eine 'Vergangenheit' hatte, eine Karte, die sich bei passender Gelegenheit ausspielen lassen würde. Ein potentielles Druckmittel, mit anderen Worten." Kramer lächelte ein wenig. „Eine ganz andere Sache ist es, daß Stalin niemals das Bedürfnis hatte, diese Karte auszuspielen. Jagoda ging in Verbindung mit einem sehr berühmten, um nicht zu sagen berüchtigten Prozeß baden, aber das können Sie in Ihren westlichen Geschichtsbüchern nachlesen. Er hatte wenig mit dem zu tun, was später geschehen ist. Jagoda wurde also geschaßt, ausgeschaltet. Aber die Diamanten hatte er. Und diese Steine, denn nun muß ich wirklich glauben, daß es sie gibt, haben drei Männern das Leben gekostet. Ich kann mir das nur so erklären."

„Aber ..." Ronny hatte die ganze Zeit wie gefesselt dagesessen, kratzte sich jetzt nervös die Kopfhaut und fragte sich, wo der Wodka denn bloß bliebe. „Wie in aller Welt konnten diese Steine, wenn sie wirklich existieren, mit Neuengamme in Verbindung kommen? Ich meine, dieses verdammte KZ ist doch der gemeinsame Nenner in diesem Fall! Sie waren da, Schraub war da und Lars Petter Lindquist war da. Und Bernard wurde da draußen auf frischer Tat ertappt!" In diesem Moment spürte er das Gewicht seines verletzten Armes, was ihn daran erinnerte, daß Bernard nicht der einzige war, der sich in jüngster Zeit in Neuengamme den Hintern versengt hatte.

Kramer setzte gerade zur Antwort an, als er von seinem Sohn unterbrochen wurde, der keuchend, mit der Wodkaflasche unter dem Arm, zur Tür hereinkam. Wortlos nahm sein Vater ihm die Flasche ab, öffnete den Verschluß und setzte die Flasche an den Mund. Der Sohn holte mit finsterer Miene Gläser aus dem Schrank.

„Alles läßt sich erklären", sagte Kramer und wischte sich den Mund mit dem Handrücken ab. „Ich kann dir nicht alles sagen, aber ich glaube, ich weiß das meiste. Die Diamanten verschwanden jetzt für einige Jahre, aber wir können davon ausgehen, daß sie noch eine Weile in Jagodas Besitz blieben. In seiner Lage konnte er sich ihrer auch kaum entledigen. Dann kam der Krieg. Je härter Hitler die Ostfront bedrängte, um so mehr vergrößerte sich täglich die Anzahl der Kriegsgefangenen. Sie kamen zu Tausenden. Auf Karren, in Waggons, zu Fuß. Russen. Polen. Ukrainer und Tschechen. Sie kamen in eine Hölle, in der viele von ihnen noch unterhalb der Juden rangierten. Einige von ihnen kamen auch nach Neuengamme. Dort waren über 20 000 Russen. Und einer dieser Russen ist 'unser Mann', der Ursprung aller Mythen – oder Wahrheiten – in Verbindung mit 'Stalins Augen'. Dieser Mann, Ronny Olsen – er war ein richtig schlauer Teufel. Er hieß Oleg Wladimir Bronowski. Wir nannten ihn nur Bronski. Und wenn die Geschichte stimmt, dann war dieser Bronski nicht irgendwer. Er war Jagodas Mann gewesen, hatte in der NKWD unter ihm gestanden und war außerdem eng mit ihm befreundet gewesen. Schon allein daß er seine Freundschaft mit Jagoda beibehalten hatte, nachdem der in Ungnade gefallen war, besagt einiges über sein Stärke. Die Nazis hatten, ganz ohne es zu ahnen, einen dicken Fisch gefangen, als sie um Brjansk ihre Netze zusammenzogen. Aller Wahrscheinlichkeit nach sollte er dort für seine eigene Organisation einen Auftrag ausführen, hatte aber auch etwas Privateres zu erledigen. Jagodas Diamanten sollten dort versteckt oder durch einen Kurier außer Landes gebracht werden. Wir können annehmen, daß Jagoda, wenn er noch lebte, oder seine Familienmitglieder konkrete Pläne hatten, nach Kriegsende anderswo ein neues Leben anzufangen. Das alles sind Spekulationen, aber sie sind nicht ganz dumm. Im Lager war die Rede von heimlichen Geliebten, ich erspare dir das ganze Gewäsch. Wir müssen nur wissen, daß die Diamanten irgendwohin unterwegs waren, als sie und der Kurier Bronski von den Deutschen geschnappt wurden. Ein Spiel des Schicksals, kann man sagen, aber so ist es eben manchmal: Die unglaublichsten Ereignisse spielen sich vor unserer Nase ab. Ich selber habe von allem kein Wort geglaubt, das muß ich zugeben. Noch, als dieser Bernard Lindquist vor einigen Monaten hier aufgetaucht ist, habe ich das Ganze eher für ein Märchen gehalten. Aber jetzt ... Drei Männer sterben nicht ohne Grund. Und es gibt einen Zusammenhang, ob er nun real oder fiktiv ist, ein Ergebnis kranker Häftlingsträume."

„Es sollte doch unnötig sein, wegen einer vierzig Jahre alten Fieberphantasie drei Männer umzubringen." Ronny bediente sich gierig am Wodka, spürte den Seitenblick von Vera, die ihr Glas leer stehen ließ.

„Genau!" Kramer griff wieder zu, diesmal ließ er die klare Flüssigkeit einen Umweg übers Glas machen, ehe er sie in sich hineingoß. „Das überzeugt mich davon, daß mehr dahinter stecken muß. Man bringt Leute nicht wegen alter Überlebensmythen um. Glaubt mir – davon gab es viele in den Lagern. Die meisten von uns mußten lernen, da*mit* zu leben, und viele von uns gaben sich alle Mühe, da*von* zu leben! Wie gesagt: Ich betrachtete die Geschichte von 'Stalins Augen' als süßen Traum, als Hoffnung, die im Gehirn eines gequälten Menschen entstanden war. Ich erzähl dir die Geschichte, so wie ich sie sehe. Es ist eine Mischung aus vierzig Jahre alten Erinnerungen und gewissen neuen Informationen, die ich von Lindquist erfahren habe. Vorher muß ich noch sagen, daß vor allem ein nachdrückliches 'falls', ein 'vielleicht' stehen muß – ich kann nicht für den Wahrheitsgehalt der Geschichte garantieren."

„Erzähl mir dein Märchen, Kramer!"

„In Ordnung. Bronski war ein Eigenbrödler im Lager, wenn man diese Bezeichnung auf einen Mann anwenden kann, der sich in einem Höllentümpel befindet, wo das Privatleben sich auf ein großes 'Nicht' reduziert. So weit das möglich war, hielt er sich abseits. Ein harter Brocken, dieser Bronski, er brauchte weder Sympathie noch Trost. Das weiß ich, das beruht nicht auf einer Annahme. Ich habe mit ihm zusammen gearbeitet, im Lager und draußen. Ich spreche ja fließend Russisch, aber es war schwer, an ihn heranzukommen. Das ist einer der Gründe, warum ich alle Spekulationen zurückgewiesen habe, die dann etwas später um diesen Mann florierten. Eigenbrödler neigen dazu, von Mythen umsponnen zu werden. Mir erschien er als schweigsamer und verschlossener Mann, und ansonsten – als Häftling wie wir anderen auch. Ich muß in der Geschichte ein bißchen hin- und herhüpfen. Ich konnte mich leider an Bernard Lindquists Vater, Lars Petter, nicht erinnern, als sein Sohn hier auftauchte. So viele kamen und gingen. Kamen aus der Hölle an den Fronten und in den besetzten Ländern – in eine noch schlimmere Hölle. Und jeden Tag holte der Tod Männer und Frauen – es versteht sich von selbst, daß Freundschaften und Kontakte nur zu denen zustande kamen, mit denen man zufällig in den Baracken und bei der Arbeit zusammenkam. Nein, Lars Petter Lindquist kannte ich nicht. Aber gehen wir davon aus, daß er wirklich in Neuengamme war und daß er die Geschichte erlebt hat, die sein Sohn mir hier angebracht hat."

„Er war wirklich in Neuengamme. Das steht fest." Ronny fügte hinzu: „Das ist eine der Tatsachen, die ich in diesem Fall auf den Tisch legen kann."

„Na gut. Die Verhältnisse im Lager wurden immer schlimmer. Zu Anfang war es die reine Idylle im Vergleich dazu, wie es sich entwickelte, als wir uns 45 näherten und die Nazis an allen Fronten immer härter bedrängt wurden. Die Essensrationen wurden kleiner und schlechter, und damit fanden Krankheiten guten Nährboden. Die Menschen starben wie die Fliegen, und Neuengamme wurde ein harter Aufenthaltsort. Wir hatten mehr oder weniger gelernt, mit der Brutalität, mit den täglichen Übergriffen zu leben. Aber niemand, auch nicht der Stärkste, kann lernen, ohne Essen zu leben. Wie gesagt: Bronski war ein harter Brocken und wie die meisten anderen von uns hatte er einen ausgeprägten Widerwillen dagegen, in einem faschistischen KZ zu sterben. Zu Anfang wirkte das ja auch nicht wahrscheinlich, denn er war ein außergewöhnlich kräftig gebauter Mann. Ich sehe ihn noch immer vor mir: ein Riese mit unerschöpflichen Kräften, mit schwellenden Muskeln, den die Nazis nur langsam abmagern konnten. Aber Bronski bekam Ruhr und wurde auf die Krankenstation gebracht. Wenn ich mich nicht irre, muß ihm damals der Gedanke gekommen sein, sich freizukaufen. Wenn das Märchen wahr ist, dann verfügte er über ein Vermögen, und in den Lagern konnte man mit Wertsachen und Geld wenig anderes anfangen, als zu versuchen, sich freizukaufen."

„Und Bronski hat sich mit Hilfe der Diamanten wirklich freigekauft?"

Kramer sah plötzlich müde aus. Fummelte am Glas herum und starrte in eine reichlich trübe Vergangenheit. „Ich habe gehört, er hätte es versucht. Es ist ihm nicht gelungen, das ist eine unwiderlegbare Tatsache. Bronski ist in Neuengamme gestorben. Aber davor ... ja, da liegt der Schlüssel – wenn es ihn überhaupt gibt!"

Ronny sagte kein Wort. Er wartete stumm darauf, daß Kramer den Schlüssel in das Schloß steckte, an dem er sich im Laufe dieser ereignisreichen Woche so arg zu schaffen gemacht hatte.

Kramer sagte: „Wir müssen davon ausgehen, daß er sofort versucht hat, sich freizukaufen, als er begriff, daß er ernsthaft krank war. Davon müssen wir ausgehen, weil der Mann früher auf die Krankenstation kam, als es sonst im Lager üblich war. Schon allein, daß er, als Russe, überhaupt dort eingeliefert wurde, ist verdächtig. Die Krankheit bedrohte sein Leben, aber wenn er den Versuch gemacht hätte, es zu kaufen, hätte sein Tod irgendjemandem ein gewaltiges Vermögen geraubt. Denn es ging um viel Geld.

Und wer hätte mit Bronski eine geschäftliche Vereinbarung über sein Leben oder seinen Tod eingehen können? Kaum ein kleiner Kapo.

Nehmen wir also vorläufig an, daß Bronski ein oder zwei Steine verteilt hatte und versprach, daß er noch mehr besorgen könnte, und daß sich sein geheimes Steinlager im KZ befände. Wir müssen davon ausgehen, denn das allein bildet die Grundlage für die Geschichte, mit der Bernard Lindquist zu mir gekommen ist."

„Einen Moment, bitte! Ist es denn überhaupt wahrscheinlich, daß jemand Wertsachen in ein KZ einschmuggeln konnte? Ich meine, wurden nicht alle ausgezogen und von oben bis unten durchsucht?"

„Sie leben im Westen und wissen vermutlich mehr über Drogenschmuggel und ähnliches als wir hier im 'unfreien Teil Europas'." Kramer lachte kurz. „Der Körper, Olsen, der Körper. Das war die einzige Möglichkeit. Es ist ein bißchen unappetitlich, darüber zu reden, aber der gute Bronski muß die Steine immer wieder durch seinen eigenen Kreislauf gejagt haben, ehe sie im Lager in Sicherheit waren. Unwahrscheinlich? Tja. Ich habe jüdische Freunde, die es geschafft haben, Schmuck in ein Lager wie Birkenau einzuschmuggeln. Leider haben sie nicht groß daran verdient. Ihr Leben haben ihnen Russen und Amerikaner geschenkt, zu einem Handel ist es nie gekommen. Naja, egal. Bronski liegt also in Neuengamme auf der Krankenstation, es geht ihm immer schlechter, und er verfügt über ein Vermögen in Diamanten. Einigen ist das klar, sie haben Macht und Autorität – aber leider keine Möglichkeit, ein rasch verlöschendes Lebenslicht zu retten. Verstehen Sie?"

„Ich verstehe."

„Was aber macht ein sterbender 'Millionär' in Neuengamme? Irgendwann muß ihm klargeworden sein, daß ihn jetzt nur noch der Tod erwartete. Der Auftrag, den Jagoda ihm seinerzeit erteilt hat, ist längst vergessen. Er ist ein sterbender, ein verzweifelter Mann, und das einzige, was ihn mit der Sowjetrepublik verbindet, ist der Traum, eines Tages zurückzukehren – er phantasiert nicht mehr von Rum und Ehre. Doch selbst dieser schlichte Traum, eines Tages zum Heimatboden zurückkehren zu können, der letzte, den ein Gefangener im Ausland noch haben kann, ist ihm genommen. Mit anderen Worten, er hat nichts mehr zu hoffen, einfach gar nichts mehr. Als seine Kräfte mit abnehmendem Gewicht verebben, als seine Kilos schwinden, muß er begreifen, daß ihn weder Diamanten noch Gebete vor dem Tod retten können, der jeden Tag näher rückt. Ich glaube nicht, daß er es mit Gebeten versucht hat. Dazu war er nicht der Typ. Aber es gibt einen anderen Glauben. Den können Sie mit Ihrem Alter und Ihrem kulturellen Hintergrund sicher nicht verstehen. Bronski sah ein, daß er erledigt war, daß es in diesem Leben für ihn nichts mehr zu holen gab. Wenn alles nach Plan gegangen wäre, hätte er sich freigekauft – und wer könnte ihm das vorwerfen? Ich nicht, denn ich war da, und ich war die ganze Zeit abgebrannt. Wenn ich ein Vermögen gehabt hätte, dann hätte ich wie Bronski gedacht – weg hier! Glauben Sie mir, so was ließ sich arrangieren, vor allem mit so viel Geld, wie Bronski angeblich besorgen konnte. Aber, wie gesagt, man kann auch an anderes glauben als an Erlösung und die eigene Bereicherung. Ein Glaube, der auf die Probe gestellt, der sicher auch von den extremen Bedingungen zerstört werden kann, die in einem KZ herrschen. Und was immer sich über unseren Freund Bronski auch sagen läßt, er war ein Kommunist. Mit Haut und Haaren und bis aufs Mark." Kramer lächelte wieder müde. „Das weiß ich, denn ich hatte die Ehre, von ihm als Konterrevolutionär bezeichnet zu werden. Und das, wo ich doch so aktiv in der KPD war! Das war ein Schlag, das weiß ich noch genau, aber inzwischen waren wir ja Schläge gewohnt. Schläge von allen Seiten! Doch, Bronski war Kommunist, das ist so sicher wie das Amen in der Kirche. Und wenn er mich damals auch sehr beleidigt hat, so kann ich heute doch sagen, daß er einer der Stärksten war, einer von denen, die bis zum Schluß ihren festen Glauben beibehielten. Nun, wenn das, was Ihr Freund Bernard Lindquist mir an Informationen gebracht hat, mit der Wirklichkeit übereinstimmt, dann geschah folgendes: Bronski lag im Krankenzimmer und gab sich alle Mühe, sich damit abzufinden, daß der Tod, der vor seinen Augen die ganze Zeit andere geholt hatte, nun seinen Stachel auf ihn richtete. Wahrscheinlich glaube er an keinen Himmel, und falls doch, so war ihm klar, daß er sich dort nicht mit einer Handvoll Diamanten Zutritt kaufen könnte." Wieder dieses müde, leicht resignierte Lächeln. „Aber er war nicht allein auf der Krankenstation von Neuengamme. Einzelzimmer gab's da nicht, um das mal so zu sagen. Dicht an dicht lagen die Häftlinge – glauben Sie mir – es bestand Bedarf an jedem Bett, das in die Krankenbaracke gequetscht werden konnte! Und was macht ein Gefangener, ein Patient, der für sich nichts mehr zu hoffen hat, um so mehr aber für ein Europa, ja, für eine Welt, die die Nazis besiegt hat? Himmel, an etwas mußte der Mann doch glauben! Alle Sterbenden sind Gläubige, ich habe es gesehen!"

Ronny Olsen versuchte, sich vorzustellen, woran Bernard und Lars Petter Lindquist geglaubt hatten, gab es aber sofort wieder auf.

Kramer fuhr fort: „Im Lager waren viele Russen. Viele. Sie wurden schlecht behandelt, vielleicht genauso schlecht wie die Juden. Es ist nicht meine Aufgabe, die Hölle und die Treppe zu ihr hinunter zu beurteilen. Aber kein Russe lag auf der Krankenstation, als Bronski eingeliefert wurde, und es war immer noch keiner gekommen, als er steif und kalt hinausgetragen wurde. Kurz gesagt: Bronski war zu diesem Zeitpunkt der einzige Russe in der Baracke. Trotzdem hatte er, ehe sie ihn hinaustrugen, das einzige geschafft, was ein Mann in seiner Situation schaffen konnte, nämlich, seinen Schatz an jemanden weiterzureichen, der ihn gebrauchen konnte."

„Sie wollen doch nicht sagen, Bronski hätte die Steine bei sich gehabt?"

„Natürlich nicht! Wenn ich sage, er hätte den Schatz weitergereicht, dann meine ich nur, daß er erzählt hat, wo im Lager die Diamanten zu finden waren. Vielleicht hätte er diese Schatzkarte jedem gegeben, aber der Zufall stellte ihn vor die Wahl, und die Wahl fiel nicht auf irgendwen. Wie gesagt, Bronski war Kommunist mit Haut und Haaren, und von uns Kommunisten gab es etliche im Lager. Während der Zeit, in der Bronski auf der Krankenstation auf seinen Tod wartete, waren dort zwei deutsche Kommunisten, und beide sprachen fließend Russisch."

„Sie?" Ronny füllte sein Glas noch einmal und reichte die Flasche weiter in Kramers ungeduldige Hand.

„Leider nein. In meinem ganzen Leben ist mir leider nie ein Vermögen aus Diamanten angeboten worden, da können Sie sicher sein. Der eine Mann hieß Joachim Kartz und der andere ..."

„Der andere hieß sicher Schraub."

„Korrekt. Schraub und Kartz erhielten jeweils einen Teil der Karte, um es mal so zu sagen – es war natürlich keine Karte, sondern eher eine mündliche Überlieferung auf leisem Russisch. Unserem Freund Bernard Lindquist zufolge wurde Kartz genau beschrieben, wo in einem Haus die Diamanten zu finden waren, detailliert, in Schritten, Metern und Zentimetern. Aber er erfuhr nicht, von welchem Haus die Rede war. Mit anderen Worten, es war für ihn unmöglich, sein Wissen anzuwenden, wenn er nicht mit Schraub zusammenarbeitete, der nur erfuhr, von welchem Haus die Rede war."

„Aber warum all diese Schwierigkeiten? Es wäre doch eine Leichtigkeit für Bronski gewesen, dem Erstbesten alles zu sagen, damit wenigstens ein Mensch etwas von diesen Steinen gehabt hätte?"

„Wie gesagt: Er hätte das vielleicht gemacht, wenn der Zufall ihm nicht zwei Kommunisten in den Schoß geworfen hätte, sozusagen. Bronski lag da und wußte, daß er sterben würde, aber ihm war auch etwas anderes klar: Die Deutschen würden den Krieg verlieren, das war eine Tatsache, an der im Spätwinter 45 niemand mehr vorbeikam. Mit anderen Worten: Bronski brauchte an das Leben und Gesundheit von niemandem mehr zu denken, jedenfalls nicht an erster Stelle. Für ihn war zweifellos der Gedanke das Wichtigste, daß diese Hölle, diese faschistische Tragödie, niemals wieder über die Menschheit hereinbrechen dürfte. Und hier kommen die beiden Kommunisten ins Spiel. Bronski wollte, daß die Diamanten den deutschen Kommunisten zufallen sollten – eine Vitaminspritze für eine Kasse, die nicht nur leer, sondern von Hitler und seinen Lakaien auch in Fetzen gesprengt worden war. Ich glaube, Bronski war ein kluger Mann, das glaube ich wirklich. Ich bin davon überzeugt, daß er damals schon dasselbe wie viele von uns sah, nämlich, daß ein alliierter Sieg über Deutschland unsere Sache nicht unbedingt stärken würde. Die Geschichte zeigt ja, daß wir damit recht hatten – die KPD wurde schließlich schon 1956 von Adenauer verboten. Der Grund dafür, daß die Information über den Schatz geteilt wurde, war zweifellos, daß Bronski die beiden Äpfel nicht kannte, die er da gepflückt hatte. Daß sie zusammenarbeiten, einander benutzen mußten, gab ihm eine gewisse Garantie dafür, daß das Geld seine Bestimmung auch erreichen würde, selbst wenn einer der Äpfel sich als verfault erweisen sollte. Verstehen Sie?"

Ronny nickte. „Was ist schiefgegangen?"

„Eine kleine Bagatelle, würde ich sagen. Der Tod. Glauben Sie mir, der Tod erschien uns schließlich wirklich als Bagatelle, so lange er uns nicht selber traf, wohlgemerkt. Der Tod ereilte Kartz schon einen Tag, nachdem er Bronski geholt hatte!"

„Herrgott! Und da saß Schraub mit dem halben Rezept und konnte den Kuchen nicht backen?"

„Ja. Und der Friede kam, nur kurze Zeit später. Wenn ich mich nicht sehr irre, so haben Bronskis Worte auf dem Totenbett Schraub Tag und Nacht gequält, bis er schließlich selber die Reise ins Unbekannte antreten mußte."

„Nun gut. Aber nun schreiben wir das Jahr 1983. Wir haben es mit drei Leichen zu tun, und die sind gerade erst kalt geworden. Wo sind die Fäden? Ich nehme an, die ganze Geschichte hat mit dem Tod von Kartz ihr Ende gefunden?"

„Das wäre zweifellos das Beste gewesen. Aber das war nicht der Fall, denn es lag noch ein Mann auf der Krankenstation, der Russisch konnte, als Kartz von Bronski das Geheimnis erfuhr. Und zwar ein Norweger, dem die Nazis das Rückgrat gebrochen hatten."

„O verdammt! Lars Petter konnte ja Russisch. Ein wenig, jedenfalls."

„Genug, Olsen. Er konnte genug Russisch, um deshalb eine Generation später sein Leben zu verlieren. Er hatte dasselbe wie Kartz gehört und wußte außerdem, daß er mit Schraub Kontakt aufnehmen mußte, um die Steine auszulösen. Jeder der beiden hatte eine Hälfte des Schlüssels, aber das wußte nur Lindquist. Schraub mußte ja davon ausgehen, daß alles verloren war, nachdem Bronski und Kartz gestorben waren."

Ronny schüttelte den Kopf. „Was für eine Geschichte! Und dann kam der Friede. Lars Petter wurde nach Hause geschickt, wurde einigermaßen zusammengeflickt, erlag aber dem Suff. Und Schraub ..."

„In der letzten Zeit herrschte in Neuengamme das totale Chaos. Unmöglich für Lindquist, der ja liegen mußte, bis das Rote Kreuz einrückte, Schraub zu finden. Schraub ging in die Ruinen von Hamburg zurück, und dann ... ja, eine Tragödie kam nach der anderen. Erst ging die Partei zur Hölle, und dann kam das andere."

„Er hat seine Frau umgebracht."

„Stimmt. Er hatte ein gefährliches Temperament, der gute Dieter. Und wenn er getrunken hatte ... Nun, er wurde verurteilt und war verloren für diese Welt, wie es heißt. Ob Lindquist nach dem Krieg wirklich versucht hat, ihn zu finden, weiß niemand, aber ich nehme an, er wäre auf gewisse Probleme gestoßen, wenn er den Versuch unternommen hätte. Und wenn er Schraub wirklich im Gefängnis gefunden hat, dann hat Schraub garantiert nichts verraten, solange er eingesperrt war."

„Er hat niemals einen Versuch unternommen, da bin ich sicher. Lars Petter Lindquist hat nach der Befreiung kaum etwas anderes gemacht, als sich Schnaps und Bier hinter die Binde zu gießen."

„Das stimmt mit dem überein, was sein Sohn mir gesagt hat. Er hat es so dargestellt, daß sein Vater ihm gewisse Spuren gegeben hat, Fäden, die er aufdröseln sollte als eine Art Erbe von einem armen Vater, der das Gefühl hatte, für seinen Sohn zu wenig getan zu haben usw. Die alte Geschichte." Er warf seinem Sohn einen Seitenblick zu. „Und wenn Lindquist wirklich so tief im Elend steckte, wie mir erzählt worden ist, dann hatte er sicher noch zusätzlich Grund zu versuchen, etwas auf seine alten Tage noch in Ordnung zu bringen. Er hatte ja nur diesen einen Sohn, soviel ich weiß. Und wo der außerdem freier Journalist war, mußte er doch über Eigenschaften verfügen, die ihn ans Ziel führen konnten. Wenn er mich fand ... Er mußte die alten Listen der KPDler kennen, die in Neuengamme gesessen hatten."

„Und Sie hatten Schraubs Adresse in München."

„Stimmt. Wir haben regelmäßig korrespondiert, und Dieter war oft und lange da unten, wenn es ihm schlecht ging. Nach seiner Haft war er krank und deprimiert, und Lieselotte hat sich immer um ihn gekümmert. Ich nehme an, der Kreis hat sich geschlossen, als Dieter und Ihr Freund Bernard sich getroffen haben."

„Ziemlich sicher. Ganz sicher. Ehrlich gesagt, ich weiß auch, daß sie die Diamanten herausbekommen haben. Sie sind sehr liebenswürdig gewesen, Herr Kramer. Sie haben mir viele meiner Fragen beantwortet. Übrig bleibt nur die eine, die wirklich etwas bedeutet: Wer in aller Welt hat sie umgebracht? Wer hat drei Männer ermordet? Wer sitzt heute auf den Diamanten oder dem Geld?"

„Ja!" Kramer griff wieder zur Wodkaflasche. „Das hab ich mich eben die ganze Zeit gefragt, und ich glaube, nur *ein* Mann kann wirklich etwas über diese Diamanten wissen. Bronski mußte sicher Umwege gehen, um ihn zu treffen, wenn er sich freikaufen wollte, aber das Lager konnte er nur mit Hilfe von Berg verlassen."

„War Berg der Lagerkommandant?"

„Ja. Egon Berg." Kramer kippte mit einer wütenden Handbewegung den Wodka. „Ich bin kein religiöser Mann, Olsen, aber ich habe den Teufel gesehen. Er wohnt in Hamburg. Die Adresse müssen Sie selber finden – wenn Sie so dicht an die Hölle herangehen wollen!"

7

Die Wettergottheiten hatten sich beruhigt, als Ronny und Vera wenige Minuten später den Block verließen. Der Himmel, der schon dunkel wurde, bot nur noch leichten Nieselregen. Auf dem kurzen Weg zur S-Bahnstation begegneten ihnen nur wenige Menschen. Niemand sagte ein Wort, bis die Bahn scheppernd einlief.

„Was jetzt?" Vera warf einen Blick auf die Uhr. „Es ist erst sechs. Wie wär's mit einem kleinen Happen?"

„Setz dich!" Ronny schob sie mit der freien Linken in den Wagen, während er mit der Rechten seine Zigarette in hohem Bogen über den Bahnsteig warf. „Ich will raus aus dem Ostblock! Mir gefällt es hier nicht! Essen – okay, aber in Westberlin." Und als er sich neben sie setzte: „Ich hoffe, wir müssen keine zwölf Stunden hier bleiben?"

„Natürlich nicht! Was denkst du denn? Das hier ist doch die einzige deutsche Demokratie auf diesem Planeten. Natürlich können wir abhauen, wann immer wir wollen." Sie fügte mit einem Lächeln hinzu: „So lange wir keine DDR-Bürger sind, wohlgemerkt."

„Meine Fresse, was für eine Geschichte! Ich werd noch ganz krank davon! Aber jetzt haben wir wenigstens einen

Ausgangspunkt. Jetzt kommt Leben in die Sache ..."

„Nicht 'wir'! Ich", sie breitete ihre schönen Hände aus, „bin mit dieser Sache jetzt fertig. Als nächstes werde ich einen Sessel konstruieren, eine Auftragsarbeit. Sehr befriedigend, sowohl für die Spannung als auch für die Finanzen."

„Alles klar. Du hast mir viel gegeben." Und er dachte: Zwar nicht alles, was ich mir gewünscht hätte, aber dennoch ...

In der Friedrichstraße rutschten sie problemlos durch die Paßkontrolle, kauften Fahrkarten und stiegen in den Zug von Ost nach West. Fahrkarten, für deren Besitz manche Menschen aus der DDR den rechten Arm und das linke Bein geopfert hätten. Es kostete sie nur zwei Mark. Ein Ruck durch die Wagen. Sie waren auf dem Rückweg in den kapitalistischen Westen, wo alte Nazihunde noch immer frei herumliefen, wo die freien Kräfte des Marktes sich alle Mühe gaben, einander mit Reklamegefasel zu überbieten, wo den Leuten die Lügen mit ebenso großem Eifer aufgetischt wurden wie im Osten, aber wo es zumindest Farben gab, um die Illusionen einzukleiden. Westberlin, das ihnen langsam entgegen kam: ein New York Europas, ein Feuerwerk aus Leuchtreklame, Neon, meterhohen Plakaten in fluoreszierenden Farben. Es kam Ronny vor wie ein Märchenschloß, und darüber schämte er sich tief und innig.

Im Bahnhof Zoo wurde er aus seinen Grübeleien über den „Fall" gerissen. Die abendliche Stoßzeit für die Fixer hatte begonnen, und bei dem Anblick wurde ihm übel. Freiheit, na gut – aber Freiheit wozu? Die Freiheit, sich mit der härtesten Droge der Welt in den Dreck zu zwingen, die Freiheit, den Körper an die erfolgreichen Sparschweine zu verkaufen, um genug für einen Schuß und einen weiteren Schritt abwärts auf der gesellschaftlichen Rangleiter zu erwirtschaften. Ein ganz junges Mädchen feilschte mit einem bejahrten Schweinearsch in dunkelblauem Mantel um den Preis, während sie mit wechselndem Glück versuchte, sich mit Hilfe einer fliesenbelegten Säule im Gleichgewicht zu halten. Ein Junge folgte mit halbgekrümmter Hand einem Greis – Wichsen oder Nackenschlag? Ronny hoffte letzteres. Er sagte: „Mir wird schlecht von all dem Dreck. Komm weg hier, ehe mir der Appetit vergeht!"

„Zwiebelfisch", schlug Vera vor. „Ein traditionsreicher Ort. Da gibt's *auch* Essen."

Ronnys Bewunderung für Vera stieg immer noch. In nur wenig mehr als 24 Stunden hatte sie ihn kennengelernt.

Es war nicht so schrecklich weit, aber sie nahmen ein Taxi.

Trotz des kühlen Frühjahrsabends waren die Türen der Kneipe geöffnet, Rockmusik und Lachen strömten zusammen mit Essensgeruch und Flaschengeklirr auf die Straße. Volles Haus. Sie mußten zwei Glas Wein am Tresen leeren, ehe sie einen Tisch fanden und Suppe bestellen konnten. Ronny bedauerte diese Verspätung nicht, er hatte mehr denn je das Gefühl, allen Alkohol zu brauchen, den er vertragen konnte. Wo waren er und Laila hineingeraten? Dreifacher Mord mit klarer Adresse von einem alten Nazi, von einem der Schlächter in der europäischen KZ-Geschichte. Harte Last für die Schultern von Leuten wie ihm und Laila, halbtoten Heringen, die sich sonst mit dem ungesetzlichen Sexualleben der Leute beschäftigten. Er fühlte sich müde beim Gedanken an die Tage, die ihm nun bevorstanden. Was hatte er vorhin noch zu Vera gesagt? Jetzt kommt Leben in die Sache! Himmel, Leben hatte er doch genug gehabt, er verfügte über ein Wissen, das bereits Menschenleben gekostet hatte, und wenn er seine Karten nicht in der richtigen Reihenfolge ausspielte, würden möglicherweise auch Laila und er bald ins Reich der bleichen Helden fahren müssen! Der Gedanke quälte ihn, daß Bernard Lindquists Gehirn im Grunde immer rascher funktioniert hatte als sein eigenes. Und Bernard war schon voll dabei, eine solide Generation Maden zu mästen! Verdammt! dachte Ronny Olsen. Verdammt, verdammt! Und Laila ...? Die Suppe kam. Muschelsuppe. Später konnte er sich nicht daran erinnern, wie sie geschmeckt hatte, nahm aber an, daß sie in Ordnung gewesen wäre. Ein traditionsreicher Ort mußte schließlich brauchbares Essen servieren können ...

Vera: „Kommst du heute abend mit zu mir?"

„Mach ich wohl. Wir brauchen jetzt nicht mehr Verstecken zu spielen."

„Sicher?" Sie nippte am Weißwein.

„Sicher. Der Staatsschutz hier im Westen war hinter uns her, sie hatten Wild gewittert, haben sich aber geirrt."

„Und wie kann Herr Olsen das wissen?"

„Berufsgeheimnis." Er dachte: Ich weiß es, weil ich dir voll in die Visage gelogen habe.

„Du bist ein ziemlich fähiger Lügner, wenn ich mich nicht sehr irre." Vera, die Wahre.

„Nein", antwortete er, mit Autorität und Überzeugung in der Stimme.

„Noch ein Glas?"

„Mindestens. Himmel, Frau – bestell eine Flasche Sekt, wir haben was zu feiern, verdammt nochmal!"

Sie ging zum Tresen, sah aber nicht sonderlich feierlustig aus. Vielleicht dachte sie an Bärenfallen, und an Bären, die noch immer ohne den kleinsten Streifschuß herumliefen. Oder sie brachte ganz einfach keinen Enthusiasmus auf beim Gedanken an eine Jagd, an der sie selber nicht teilnehmen konnte. Sessel, hatte sie gesagt – ein neuer Sessel war in der Mache. Ronny versuchte sich vorzustellen, wie der wohl aussehen würde, merkte aber schnell, daß er vorläufig noch zu nüchtern war.

Der Zettel mit Lailas Telefonnummer hatte sich in einem aufgerollten Fünfzigmarkschein versteckt. Er fand ihn, als er bezahlen wollte. Er war sternhagelvoll, konnte sich aber an ihre Worte erinnern: „Nur, wenn es nötig ist. Und versuch gar nicht erst, die Adresse zu finden. Okay?"

Er hatte gesagt, es wäre okay. Und nun war es nötig, okay. Hörer hoch, Münzen einwerfen. Vera mußte ihm bei der Nummer helfen. Irgendein deutsches Arschloch mit belegten Stimmbändern riß in Hamburg den Hörer an sich: „Ja?"

„Laila!" stönte Ronny und lehnte sich ans Telefon. „Meine Frau, zum Teufel!"

Stille. Hatte der belegte Heini aufgelegt? Nein. Plötzlich erklang Lailas Stimme im Hörer, sie hörte sich atemlos an, aufgekratzt. „Ronny? Nein, wie reizend! Ja, das ist gut, einen Ehemann zu haben, der mal kurz durchruft, wenn seine Frau fast lebendig gehäutet worden ist. Du kannst mir glauben, der gute Stertz hat seine Manieren abgelegt, als das Verhör andauerte. Ja, ich sag's ganz offen: Viel hat nicht gefehlt, dann hätte er seinen Piepmatz auf den Tisch gehauen!"

Ebenfalls sturzbesoffen.

„Vergiß den Schniedel von Stertz. Darüber können wir später reden. Schön, daß du wenigstens in Freiluft bist."

„Aber auch nur haarscharf."

„Hör mal, meine Süße: Der rührige Ronny ist in Berlin und er ist voll in die Suppe gelatscht – ich glaube, ich weiß, wer hier Küchenchef ist. Gerafft?"

„So halbwegs."

„Halbwegs reicht. Ich komm morgen nach Hamburg. Wir treffen uns um acht bei Max, ich glaube, das schaff ich."

„Meinst du, du hast einen Fisch an der Angel?"

„Ich glaub, ich hab den Namen vom Fisch. Berg. Egon Berg. Der Name sagt dir natürlich nichts, aber das kann dir schnurz sein. Du sollst nur die Adresse herausfinden, ehe ich auftauche, er wohnt in Hamburg."

„Egon Berg? Klingt wie der Arzt in einem Kriminaldrama der 30er Jahre. Stein Riverton oder so jemand."

„Ein Name ist keine Schande. Ich kann nur sagen, er ist alles andere als ein fiktiver Arzt in einem Roman, er ist eine höchst reale Naziratte aus dem KZ Neuengamme, wohin du und ich neulich den Ausflug gemacht haben. Du mußt vorsichtig sein und solltest lieber nichts unternehmen, bis wir wieder zu zweit sind. Find nur seine Adresse heraus, das kann doch nicht so schwer sein!"

„Verdammte Pest! Ein Scheißnazi – Ronny, stimmt das?"

„Sieht so aus. Tu, was ich sage, halt dich zurück! Und, du: Ich muß jetzt auflegen. Wir sehen uns morgen!"

„Klar werd ich vorsichtig sein! Wieso hast du es denn jetzt so eilig? Hast du dir da hinten ein Mädel aufgetan, oder was?"

„Zwölf Jahre. Garantiert Jungfrau. Schwarz wie Ebenholz und mit veilchenblauen Augen."

Klick!

TEIL 5

VÄTER UND SÖHNE

1

Es wunderte Ronny nicht weiter, Laila in Herrengesellschaft vorzufinden. Aber die Bande, mit der sie sich an diesem Abend bei Max umgab, war doch etwas anders, als er erwartet hatte. Er brauchte einige Minuten, um die leicht gleichgültige Miene wiederzufinden, die er aufgesetzt hatte, als er die Tür aufmachte. Sechs Motorradfreaks in Leder lungerten an einem Tisch um sie herum und es war deutlich, daß Laila die Diva des Tages war. Er registrierte, daß sie sich ein geschmackloses, trainingsanzugähnliches Hemd zugelegt hatte, rußfarben und mit eingelegten Rissen – das wahrscheinlich ein Vermögen gekostet hatte. Nun ja, er hatte ja auch die Konfektionsabteilung eines Warenhauses aufsuchen müssen, hatte aber in „Notwehr" gehandelt, damit tröstete er sich. Aber was für ein Quatsch von ihr! Sich wie eine Mischung aus Punk und Motorradbraut aufzutakeln! Herrgott – die Frau war doch über 40! Er hatte es immer pathetisch gefunden, wenn erwachsene Menschen sich wie jugendliche Verbrecher anzogen. Und hier saß sie nun und erntete Gelächter und Applaus von einem Publikum, das ihre Kinder hätte sein können.

Er holte sich am Tresen einen doppelten Whisky und ging zum Tisch hinüber. Lailas Augen waren noch immer überall, bloß nicht bei ihm, sie redete wie ein Wasserfall und goß sich eine Flasche Rotwein ein. Ronny glaubte, den Namen Stertz mindestens zweimal zu hören, während er versuchte, sich durch Räuspern zu erkennen zu geben. Leere Stühle gab es nicht, er blieb stehen. „Entschuldigen Sie, gnädige Frau, hatten wir nicht eine Verabredung?" Er tippte ihr mit dem rechten Zeigefinger auf die Schulter.

Sechs Augenpaare starrten ihn an, eins schwamm in Rotwein. „Aber da bist du ja! Himmel, und ich protze schon seit zwei geschlagenen Stunden mit deiner Potenz!" Sie wechselte ins Deutsche über. „Ja, da habt ihr meinen Mann, meine Herren! Seht ihn euch gut an, zum Glück gibt es auf diesem Globus nicht seinesgleichen!"

Die Knaben sahen ihn sich gut an. Lange. Aber Ronny kam es vor, als hätten sie im Laufe der Jahre viele wie ihn gesehen.

Zu viele. Er kippte seinen Whisky und drehte sich wieder zum Tresen um: „Verdammt! Ich hatte gehofft, du könntest dich wenigstens heute nüchtern halten! Hast du nichts von dem geschnallt, was ich dir am Telefon gesagt habe? Gott soll mir helfen! Von allen verrotzten Löchern auf dieser Welt ..." Es kochte in ihm, er mußte mit seiner Fistelstimme kämpfen, als er sich dann einen neuen Whisky bestellte. Einen einfachen diesmal.

Ein Stuhl scharrte hinter ihm über den Boden, aber er drehte sich nicht um. Nahm sein Glas in Empfang und bezahlte. Stand abwartend da und wußte nicht so recht, ob er auf einen Nackenschlag oder auf Lailas versoffene Stimme wartete. Es war letzteres, das zuschlug. Laila auf wackelnden Absätzen: „Aber Himmelarsch, Mann! Bist du die totale Amöbe, oder was? Du bist ja immer sauer, aber jetzt reicht's wirklich! Hier sitz ich in einem verdammten Verhör, während du dich in Berlin in den Gören suhlst, und dann gönnst du mir nicht mal, daß ich nach all den Strapazen meinen Durst lösche! Haben sich deine Hämorrhoiden wieder verknotet, oder was? Ronny! Ich rede mit dir, verdammte Hacke!"

Ronny kämpfte mit dem Adrenalin, das augenblicklich massenweise produziert wurde. Er näherte sich dem Siedepunkt und versuchte vergeblich, ihn durch schnelle Schnapsschlucke zu erhöhen. „Hast du die Adresse?" Kurze Sätze. Um Gotteswillen, kurze Sätze. Sonst birst die Stimme.

Laila lachte laut und lärmend. „Natürlich hab ich die Adresse, mein Junge, wofür hältst du mich? Für eine blöde Amateurin, die mit dem Telefon nicht umgehen kann? O nein, du. Hier hast du die Frau, die die Adresse vom alten Doktor Egon Berg besorgt hat, und ich kann dir nur sagen ..."

Ronny traf sie mit voller Wucht unter dem Kinn, und wenn er auch mit offener Hand geschlagen hatte, so kippte sie doch rückwärts, schlug dem Nachbarn das Bierglas aus der Hand und fiel krachend zu Boden. Sie hatte sich im Fallen verdreht – nun war ihr Gesicht in Zigarettenkippen und benutzten Servietten begraben. Zwei Deutsche schrien energisch im Chor auf, eine Frau fand ihre Fistelstimme. Der Blitz war bei Max eingeschlagen, und der Blitz hieß Ronny Olsen. Der Blitz hielt verzweifelt Ausschau nach guten, sonnigen Tagen, war aber die ganze Zeit vom Augenblick geblendet, vom kohlschwarzen Augenblick. Er hatte Laila noch nie geschlagen. Nie. Nicht vor diesem Moment, hier bei Max, in einer gelinde gesagt unpassenden Situation. Er wollte einen Schritt vortreten, wurde aber zurückgehalten. Er hatte die Motorradbande mit den kondomengen Lederanzügen vergessen. Rotzbengel mit Pumpenschwengeln, die sich Laila, die geile Schlampe, sicher dienstbar gemacht hatte. Nun packten sie ihn, er kam sich vor wie der Hauptdarsteller in einem erbärmlichen Spielfilm, der erste Schlag traf seine Nieren, ohne daß er auch nur einen Versuch des Widerstandes unternommen hätte. Er brach zusammen, wurde aber von einer umsichtigen Faust, die ihn von vorn traf, im Fallen aufgehalten. Unbeholfen kotzte er auf seine neue Jacke, vergeudeter Whisky, der sich noch nicht hatte setzen können. Das Personal mischte sich in den Tanz ein. Zwei handfeste Köche sorgten bereits für Ordnung, trennten die Streitenden, halfen Laila auf die Beine. Vorläufig waren sie noch nicht bei Ronny angekommen, deshalb konnten ihre Freunde ihm zwei in die Nieren semmeln. Das geschah mit jugendlichem Eifer und Enthusiasmus, diesmal ging er in die Knie und gab die letzten Reste des Berliner Frühstücks von sich. Weit in der Ferne, halb übertönt von dem Bienenschwarm, der ihm um die Ohren brummte, konnte er immer wieder das ekelhafte Wort „Polizei“ hören, jedesmal unterstrichen von einem festen Schlag mit flacher Hand auf einen Tisch in der Nähe. Ronny beschloß, das Weite zu suchen.

Niemand im Lokal schien diese Idee für besonders schlecht zu halten. Unter vollem Applaus torkelte er zur Tür, während er die ganze Zeit versuchte, mit dem Taschentuch die ärgste Schweinerei von seiner Jacke zu wischen. Eine Hand traf ihn in regelmäßigen Abständen zwischen den Schulterblättern, verpaßte ihm Tempo und Antrieb, damit er ja nicht auf die Idee kam, seinen Abmarsch zu verzögern. Hinter sich konnte er hören, daß Laila auf die Beine gekommen war, sie schlug auf den Tresen und beschimpfte die, die ihr auf die Füße geholfen hatten. „Verdammte deutsche Schweine! Nazipöbel!“ Eine wohlwollende Seele öffnete die Tür, als Ronny und der selbsternannte Rausschmeißer sich näherten – ein Tritt ins Kreuz, kühle Luft und nasser Asphalt waren da das Nächste. Er landete auf den Knien, rutschte weiter und schlug mit dem Kopf gegen den Kotflügel eines grünen Volvo, der in der stillen Straße parkte. Dann war es vorbei. Der aktive Teil, wohlgemerkt. Ein paar Frauen, die gleich nach ihm die Kneipe verließen, mußten allerdings einen kleinen Umweg machen, ihm einen Tritt in die Rippen verpassen und ihn mit Spucke und Ausdrücken wie „Scheißchauvi“ und „Phallokrat“ versehen, aber das registrierte er schon fast nicht mehr, halb benebelt, wie er war. Himmelarsch, was für eine Soße! Mühselig rappelte er sich auf und stellte fest, daß sein verletzter Arm jetzt mindestens so schlimm war wie in der Nacht, als der Schäferhund sein dünnes Blut probiert hatte. Alles war so schnell gegangen. Erst vor wenigen Minuten hatte er Max betreten, nun stand er in beträchtlich reduzierter Ausgabe unter dem Frühlingshimmel. Und er hatte es verdient – diese Erkenntnis brannte vielleicht schlimmer als der verletzte Arm, ärger als die Nierenschläge. Ein Schlag war ein Schlag zuviel – er hatte in dieser Hinsicht Privatleben und Job immer sauber getrennt. Er war widerstrebenden „Klienten“ gegenüber bisweilen recht freigiebig mit Ohrfeigen und Fausthieben gewesen, aber Gewalt, über die alltägliche verbale hinaus, war zwischen Laila und ihm nie vorgekommen. Er versuchte, sich damit zu entschuldigen, daß er auch noch nie erlebt hatte, daß eine sinnlos besoffene Laila den Namen eines mutmaßlichen Dreifachmörders durch ein überfülltes Lokal gebrüllt hatte, diese Tatsache stachelte seine Selbstgerechtigkeit an, aber er konnte weiß Gott nicht zu dem stehen, was er getan hatte. Mit der gesunden Hand begann er, Dreck und Kotze abzuwischen, während er sich den Kopf über einen geschickten Schachzug für den Moment zerbrach, wo er wieder einigermaßen akzeptabel aussehen würde.

Er kam billig davon. Laila machte den ersten Zug. Die Tür knallte und da stand sie, eine riesige Zigarre rauchend, breitbeinig und blau. Sie betrachteten einander lange, gleichsam abwartend, und Ronny versuchte, sich geistig für die bevorstehende Abreibung zu wappnen. Ihre Haare hingen in einer wahnwitzigen Frisur in ihr Gesicht, er ahnte ihren schielenden Blick hinter den Fransen. Aber wortlos warf sie ihre Zigarre weit weg, über das Autodach und auf die Straße, machte ein paar Probeschritte, fand Gleichgewichtssinn und Kontrolle, und ging nach links. Als sie sich von ihm abwandte, gab sie ihm mit der rechten Hand einen Wink. Ein Zeichen für einen geprügelten Hund. Den Schwanz zwischen die Beine stecken und Frauchen folgen. Hinkend gehorchte er der stummen Aufforderung, er fühlte sich, aus psychosomatischen Gründen, elend. Nach 20 Metern, an der Ecke, wartete sie auf ihn.

„Wie ist die Form?“ Sie sah in eine andere Richtung.

„Geht so. Könnte schlimmer sein.“

„Darauf kannst du Gift nehmen! Bei Max hätten einige dich verdammt gern besser kennengelernt!“

„Wie schmeichelhaft! Was tun wir jetzt? Willst du ins Frauenhaus?“

„Klar, hier in der Straße ist eins, wo es vielleicht für uns beide Platz gibt. Wir haben wohl etwas zu 'besprechen', will mir scheinen."

„Richtig. Aber wir haben mit nichts, mit absolut *gar nichts* herumzubrüllen! Kapierst du? Daß das hier nichts ist, womit du sofort zum Rundfunk rennen darfst?"

Sie gab keine Antwort. Grün. Sie schwankten über die Straße und ließen den Autopiloten die nächste Kneipe anpeilen.

M & V ist eine Kneipe mit Verkauf, in der niemandem an der Tür Schlips oder Glaubenserklärung abverlangt wird. Es reicht, aus eigener Kraft die Türschwelle überwinden zu können. Ronny und Laila waren gut dran, sie hatten einander. Der Typ hinter dem Tresen starrte sie argwöhnisch an, als sie hereinkamen, sah dann aber in eine andere Richtung; es gab hier genug andere Fälle, die böse Blicke verdient hatten. Ein versoffener Knabe bestand lauthals darauf, daß die Musikbox wunderbar auf Erdnüsse anspränge, und ein älteres Ehepaar versuchte, sich mit Schimpfworten, die aus Stimmbändern mit Rauchschäden hervorgezaubert wurden, ums Leben zu bringen. Laila und Ronny paßten sich dieser Umwelt fast unmerklich an.

„Ich brauch einen Schnaps", sagte Laila und sank auf den Stuhl neben einem Resopaltisch. Ronny nickte und übernahm die Sache. Er hatte nie aufgehört, sich über dieses seltsame Phänomen zu wundern: Wenn Laila richtig breit war, so wie jetzt, aber nichts anderes als Bier und Wein gekippt hatte, dann konnte sie sich fast wieder nüchtern trinken, wenn sie auf Schnaps umstieg. Es war unbegreiflich, aber trotzdem eine Tatsache, die ihm bei etlichen Gelegenheiten Freude und Nutzen gebracht hatte. Er konnte auf keine solche Wunderkur zurückgreifen, wenn er zu weit in den Promillensumpf gewandert war – er hatte Lailas Rezept mehrmals probiert, bisher jedoch ohne Erfolg.

Nun gut. Laila machte sich vorsichtig an den Schnaps heran. Kleine Schlucke gehörten zur Kur. Kleine Schlucke, dicht hintereinander. „Soll ich anfangen oder du?"

„Ich. Es geht um einen Haufen Geld, meine Liebe, um einen verdammten Haufen Kohle. Wenn wir Glück haben, dann sind wir am Ende ziemlich gut betucht, und wenn es zum Teufel geht ..."

„Dann enden wir Gesicht nach unten im dreckigen Wasser vom Hamburger Hafen. Weiter."

Ronny berichtete ihr, was er auf seiner Reise nach Berlin

erlebt hatte, im Westen wie im Osten. Mit Ausnahme einiger Details über Vera und ihn selber. Er endete mit: „Diese ganze verdammte Kiste ist also der Geldgeilheit eines alternden Nazis entsprungen, Egon Berg, der Kerl, den du eben bei Max gerufen hast. Wir müssen uns auf ihn konzentrieren, aber zuerst brauchen wir unsere Birne. Mein Vorschlag ist natürlich, daß wir die Bullerei außen vor lassen, zumindest, bis wir die Steine haben. Danach verkaufen wir Berg, wo und an wen wir wollen. Wir müssen nur die Ruhe bewahren, ganz sorgfältig vorgehen, damit wir unterwegs keine Fehler machen."

„Tut mir leid, dich mitten im Siegesrausch unterbrechen zu müssen, Ronny, aber ich habe wirklich die Adresse von diesem Herrn Berg besorgt."

„Toll. Weit weg?"

„Weiter geht's nicht, um das mal so zu sagen. Himmel, ich glaube, im Moment überbring ich nur noch Todesbotschaften! Tut mir leid, Ronny, aber der Mann, den du den Bullen ausliefern willst, ist schon dem Totengräber ausgeliefert worden!"

"Was? Du willst doch nicht sagen ..."

„Nein, ich will nicht sagen, daß den auch noch irgendwer umgenietet hat. Er ist vor fast einem halben Jahr gestorben, still und friedlich nach langer Krankheit. 85 Jahre alt. Ja, ich kann dir sagen, die sind zäh, diese alten Schweine. Prost, übrigens!" Sie musterte ihn.

Er konnte seine Enttäuschung nicht verhehlen. Sein Kinn fiel herab, die logische Lösung, die er endlich aufgebaut hatte, stürzte ein wie ein Kartenhaus im Windfang.

„Ich begreife nichts. Wenn Berg schon ein halbes Jahr tot ist, dann kann er doch nicht ..."

„Nein, kann er wirklich nicht, du kluger Mann! Selbst alte SS-Henker müssen ihre Aktivitäten bremsen, wenn der Tod seinen Einzug hält. Nein, Herrn Berg können wir getrost Herrn Gott überlassen und für ihn um ewige Pein bitten. Da können zwei Suffköppe nicht viel ausrichten, fürchte ich."

Sie holte sich den nächsten Schnaps selber. Kam zurück und stellte ihn mit lautem Krach auf den Tisch. „Aber sein Sohn, mein Junge, mit seinem Sohn können wir noch allerlei anfangen!"

Ronny atmete auf. Stieß einen Seufzer der Erleichterung aus und setzte eines der wärmsten Lächeln auf, die er seit langer Zeit ausgeteilt hatte. „Natürlich. Der Teufel hat in seinem langen Leben wohl ein paar Dämonen produzieren können."

„Nur einen. Aber zum Ausgleich wohnt der hier in der Stadt. Steht sogar im Telefonbuch. Unter tausend Bergen steht ein Berg, der nur uns gehört, den wir gemeinsam besteigen werden! War das nicht poetisch?"

„Wahnsinnig. Sag mal ... du hast ihn dir noch nicht angesehen?"

„Njet. Es gibt Grenzen dafür, was ich im Laufe eines Tages schaffen kann. Außerdem hat mein Mann mir erzählt, die Sache würde hart werden, also ..."

„Okay, okay! Laß uns versuchen, klarzusehen."

„Aber doch nicht gerade jetzt, oder, Ronny? Ich habe jedenfalls das Gefühl, mich eher auf dem, wie soll ich sagen, Pflanzenstadium zu befinden. Glaub nicht, daß das der richtige Augenblick ist, um unsere Idee in Gold zu gießen."

„Na gut. Aber meinst du auch, wir sollten versuchen, dem Typ die Haut abzuziehen, ehe die Bullen ihn hochnehmen? Ich finde, es hat doch keinen Sinn, daß ein Vermögen an Steinen dem Fiskus der BRD zufällt?"

„Natürlich nicht. Ich will doch auf meine alten Tage nicht anfangen, in Hamburg Steuern zu zahlen! Aber wie du eben angedeutet hast – bei diesem Spiel haben schon einige vor uns ihre Karten schlecht ausgespielt, und das ist ziemlich peinlich für sie gewesen, um mich vorsichtig auszudrücken. Bernard! Der arme Bernard! Warum zum Henker mußte er sich auch in diesen alten Unsinn hineinsteigern? Herrgott. Jaja, die Sache kann ja jedem und jeder den Kopf verdrehen. Sag mal, trinkst du nichts, oder was?"

„Nein. Du mußt schon entschuldigen. Ich überlege mir gerade ... Was glaubst du, kann diese Sache eine Nummer zu groß für uns beide sein? Ich meine – dieser Berg jr., wenn er es ist, der diese ganze Scheiße angerichtet hat, dann operiert er doch wohl kaum allein!"

„Stell dir vor, daran hab ich auch schon gedacht. Um ganz ehrlich zu sein, ich bin ganz sicher, daß nicht *er* seinen Regenmantel angezogen hat und nach Oslo gefahren ist, um beim alten Lars Petter den Zimmermann zu sparen. Herr Berg ist nämlich ein echter Bankdirektor, und sowas tun Bankdirektoren doch nicht. Wozu zum Teufel hat man denn seine Untergebenen?"

„Ist mir scheißegal, was Bankdirektoren tun oder lassen. Aber wie siehst du die Sache? Wir allein, Augen zu und durch, oder was?"

Sie lächelte boshaft. „Ich kann ein paar fesche Knaben mieten.

Du mußt doch zugeben, daß sie ihre Fäuste recht gut benutzen können, oder? Wenn du mal von der rein persönlichen Niederlage absiehst, meine ich."

Er nickte langsam. „Da hast du recht."

„Warum hast du mich eigentlich geschlagen, Ronny? Dafür bist du dir in all den Jahren doch wirklich zu gut gewesen."

„Komm heute Nacht mit mir, ja? Ausnahmsweise?"

Sie sah ihn lange an. „Nein."

2

Die Bahn hielt eine Viertelstunde früher, als Ronny berechnet hatte, an der Sternschanze. Er hatte sich für die S-Bahn entschieden, statt Geld für ein Taxi auszugeben, es war höchste Zeit, mit den Finanzen hauszuhalten. Laila war also nicht mit den öffentlichen Verkehrsmitteln gefahren. Ronny ging die Treppe hinunter und nach draußen, stand genau unter der Eisenbahnbrücke, wo die Bahn den rostigen Stahl nun zum Vibrieren brachte.

Ohne Probleme fand er das Haus, es lag schräg gegenüber, etwa 50 Meter entfernt. Ein großes Mietshaus, ein bißchen zu stattlich, seiner Ansicht nach, für eine Bande von lederbekleideten Banditen. Nirgendwo waren Motorräder zu sehen. Er lief hin und her und wartete darauf, daß die Uhr Mitternacht zeigte. Er verfluchte sich, weil er die Verabredung so haargenau einhielt. Punkt Zwölf. Präzise. Wo er schon eine Audienz bekam ...

Laila befreite sich aus den Armen von Klaus, schob ihn freundlich weg, ohne ihn aus den Augen zu lassen. „Er kommt gleich."

„Ist Verlaß auf ihn?" fragte Klaus mürrisch. Er streckte die Hand nach dem Bierglas auf dem Tisch aus.

„Red keinen Quatsch. Ronny ist in vieler Hinsicht ein Arschloch, aber wenn du meinst, er würde in dieser Sache etwas verheimlichen, dann irrst du dich. Ich bin mein halbes Leben schon mit ihm verheiratet, ich muß also wissen, wovon ich rede."

„Liebe macht blind!" sagte Klaus und setzte genau das Lächeln auf, das Laila zum Schmelzen brachte. Sie lachte und kniff ihn in den Oberschenkel. „Hol mir auch ein Bier, Süßer! Und mach die anderen lebendig, wir müssen heute allesamt klar in der Birne sein."

„Morgen auch", seufzte Klaus und erhob sich. „Vor allem morgen. Himmel, harte Zeiten in Hamburg, seit Miss Marple eingerückt ist."

Laila schwieg, dachte aber, ehe der nächste Tag nicht vorbei wäre, brauchte niemand von harten Zeiten zu reden.

Es schellte und sie ging öffnen. Die Uhr zeigte zwölf.

„Heißa, Herr Gemahl! Komm rein, aber zieh die Schuhe aus, ich hab gerade das Deck gespült!"

Er antwortete nicht sofort, wirkte verlegen, vielleicht ein bißchen peinlich berührt, und plötzlich empfand sie eine seltsame Zärtlichkeit für ihn. Sie streichelte ihm hastig die frischrasierte Wange und murmelte: „Na, na, alter Junge. Nicht so traurig sein!"

Er schien zu erwachen und flüsterte: „Nein ..."

„Bring auch für Ronny ein Bier mit!" rief Laila Klaus in der Küche zu. „Sonst wird nichts aus der Diamantenjagd, von der ich geredet habe."

Ronny stieg aus den Stiefeln und spürte eine sekundenkurze Hitzewelle durch seinen Körper jagen. Folgte Laila in das fremde Zimmer, wo sie mit genau denselben Bewegungen wie zu Hause in Grünerløkka einen überfüllten Aschenbecher in den Ofen kippte. Verdammte Pest, dachte er. Nur das. Verdammte Pest.

Klaus brachte kaltes Bier und begrüßte Ronny bemerkenswert umgänglich. „Nett, dich wiederzusehen. Hoffentlich war's nicht allzu schlimm."

„Meine Innereien können schon einen Stiefel vertragen", sagte Ronny. Er riß eine Bierdose auf und trank auf ex.

„Wo bleiben denn Peter und Bongo?" Laila knallte mit hastiger Bewegung den Aschenbecher auf den Tisch, wirkte nervös.

„Die sind unterwegs, keine Panik!" Klaus fügte mit einem Schulterzucken hinzu: „Wir drei müssen die Kiste ja doch planen."

„Kann schon sein", sagte Ronny und schickte einen Rülpser an die Decke. „Aber alle müssen hören, worum der Plan sich dreht, alle müssen ihre Lektion lernen!"

„Ich hol noch Bier", sagte Klaus. „Setzt euch doch so lange. Die beiden Wracks sind in drei Minuten hier!"

Klaus hielt, was er versprochen hatte. Er tauchte mit zwei schlaftrunkenen Motorradengeln im Schlepptau wieder auf. Die Engel trugen flatternde Gewänder, allerdings nur Morgenröcke, und waren alles andere als weiß. Bongo, ein enormer Fettberg, stöhnte laut und griff nach einem Bier, während er Ronny einen bösen Blick zuwarf. Seit dem Scharmützel bei Max waren drei Tage vergangen, aber Bongo hatte nichts vergessen. Ronny auch nicht. Laila, die Bongos Blicke nicht hatte übersehen können, sagte: „Laßt uns alte Fehden begraben. Was bei Max passiert ist, ist eine Sache zwischen Ronny und mir, *nur* zwischen uns. Gerade jetzt haben wir was anderes zu tun, als uns mit alten Schlägereien im Suff zu beschäftigen."

„Stimmt", sagte Bongo und warf die bereits geleerte Dose in eine Ecke. Er streckte die Faust aus und Ronny sah keinen Grund, sie nicht zu ergreifen, auch wenn diese Faust ihm die schlimmsten Nierenschläge verpaßt hatte. Peter sah aus wie die Friedfertigkeit selber, lächelte scheu wie ein zu groß geratener Schulbub und bestellte Kaffee, als Klaus Bier holen ging.

„Habt ihr die Sachen?" fragte Ronny, als Klaus zurückkam. Aus irgendeinem Grund fand er es am Natürlichsten, sich an Klaus zu wenden. Aber es war Bongo, der antwortete.

„Die ganze Liste, Chef! Anzug für dich und die Dame, Quasselapparate ..."

„Die Schilder waren das Schlimmste", sagte Klaus. „Das heißt, die waren verhältnismäßig teuer."

„Das Geld ist unsere Sache!" sagte Laila mit einem schnellen Seitenblick auf Ronny. „Kein Grund zum Sorgenmachen."

„Und die Knarre?" fragte Ronny. Er überlegte, woher Laila ihre Unbekümmertheit nahm. Vielleicht hatte sie ausnahmsweise einmal das Bankkonto vergessen.

„Hatten wir schon, war kein Problem", sagte Peter. Das war offenbar sein Ressort. „Zwei Arminex, 9 mm, und eine Magnum."

„Die Magnum lassen wir zu Hause", sagte Ronny. „Wir gehen doch nicht auf Elefantenjagd!"

„Mein ich auch", stimmte Klaus zu. „Wenn wir schiessen müssen, dann müssen wir schießen, aber ich will nicht das halbe Leben sitzen müssen, weil ich Ketchup aus einem Arsch gemacht hab."

Bongo nickte. „Wenn wir schießen müssen, dann auf die Beine."

Du solltest überhaupt nicht bewaffnet sein! dachte Ronny.

„Zur Sache", sagte Laila. „Ronny und ich haben diesen Herrn Berg also drei Tage lang beschattet und er scheint sehr ordentlich zu leben. Ziemlich genau nach Schema F, meine ich. Ich werd euch nicht mit Einzelheiten über sein langweiliges Leben anöden, das einzige, was für uns wichtig ist, ist, was er nach Feierabend macht."

Ronny machte ein neues Bier auf und übernahm. „Er hört um fünf Uhr auf, und soviel wir sehen konnten, ist er dabei immer sehr pünktlich. Die einzige Abweichung, die wir im Laufe dieser drei Tage notiert haben, bestand aus sechs Minuten. Von der Bank bis Niendorf braucht er zwischen einer halben und einer Dreiviertelstunde. Wenn wir ..."

„Sagt mal, habt ihr beide das alles schon durchgeplant?" Klaus fiel Ronny ins Wort. „Dann kapier ich nicht, wozu wir überhaupt hier sitzen. Ich dachte, wir würden das hier und heute zusammen machen?" Irritiert. Mißtrauisch und irritiert.

„Klaus!" Laila legte die Hand auf seinen Arm. „Reg dich doch nicht so auf! Wir haben gar nichts geplant, aber natürlich haben wir über die Kiste geredet."

„Hat keinen Zweck zu reden, wenn man nichts Gescheiteres zustandebringt als ihr", sagte Klaus höhnisch. „Zum Teufel, kommt auf den Erdboden! Was ist das für ein Scheißgefasel, daß uns nur interessiert, was der Heini nach Feierabend macht? Kannst du mir das verraten?"

„Aber Himmel Herrgott, Mann! Wir können doch zum Teufel nicht mit geladener Knarre in die Bank toben und verlangen, den Chef zu sprechen! Bei sowas kriegt die GSG-9 einen dicken Hammer, die sind fast gleichzeitig mit uns da. Wir können ihn da drin einfach nicht melken!" Laila schüttelte den Kopf.

„Aber nun hör doch zu, du doofe Nuß ..."

„Einen Moment! *Einen Moment!*" Peter hämmerte mit seiner Kaffeetasse auf die Tischplatte, augenblicklich trat Stille ein. Er lächelte sein Schulbubenlächeln. „Wir wollen doch unsere Würde behalten!"

Klaus ließ sich erweichen. „Okay, Peter. Aber jetzt hört mir zu, ich glaube nämlich, ich hab ein bißchen weiter gedacht als die meisten. Die Frage ist nicht, was wir könnten oder sollten, sondern was wir tun *müssen.* Wir *müssen* ihn während der Arbeitszeit rannehmen, daran führt kein Weg vorbei. Ob uns das paßt oder nicht, spielt keine Rolle."

„Aber haben wir ein Druckmittel, wenn er in der Bank ist?" Peter klang skeptisch. „Der Typ ist sicher nicht von der Sorte, die in Ohnmacht fällt, wenn sie eine Knarre sieht. Willst du ihn kidnappen?"

„Natürlich nicht!"

„Wart jetzt mal, Klaus!" Ronny war gereizt, konnte seine Stimme aber beherrschen. Die ganze Zeit über hatte er sich vor dieser Zusammenarbeit gefürchtet, jetzt begann er direkte Angst zu haben, alles könnte ihm aus der Hand gerissen werden. Diese Jungs konnten schließlich ihr eigenes Ding drehen, ohne Laila und ihn dazu zu bitten. Dafür wußten sie genug. Aber gleichzeitig hatte er ein bestimmtes Gefühl, sich auf sie verlassen zu können. Das mußte er, kein Weg führte zurück. Deshalb diese beherrschte Stimme: Keine Situationen schaffen, die schicksalhaft wirken könnten. Einen richtigen Streit würde diese lockere Freundschaft kaum überstehen, nicht einmal Lailas Diplomatie würde vollständige Auflösung und Chaos verhindern können, wenn es wirklich knallte.

„Warum müssen wir ihn in der Bank hochnehmen? Warum können wir nicht einfach still und friedlich mit seiner Frau und seinem Töchterchen warten und ihm die Ohren rumdrehen, wenn er nach Hause kommt?"

„Weil", sagte Klaus mit Nachdruck, „weil er die Steine natürlich nicht da draußen hat. Wenn er sie überhaupt hat, dann liegen sie in einem Safe in seiner eigenen Bank. Das ist doch klar wie dicke Tinte! Und wir können ihn nicht zwingen, mitzukommen und die Diamanten rauszurücken, weil die Bank zu diesem Zeitpunkt garantiert geschlossen ist und nicht einmal ein Bankdirektor kann nach Feierabend mit einer Motorradbande in seine Bank spazieren!"

Ronny sah zu Boden. Laila wandte den Blick ab.

Bongo lachte und sagte: „Also fahren wir allesamt hin und ..."

„Nein", sagte Klaus. „Ich habe einen Plan, und zwar diesen."

„Ich auch", warf Ronny ein. „Ich meine, ich hab jetzt den Durchblick. In einem Krieg muß man immer auf mehrere Fronten gleichzeitig vorbereitet sein."

„Genau", stimmte Klaus zu. „Du machst dich, Alterchen."

3

Am Freitag, dem 25. Februar, hatte der Winter in Hamburg seinen Rückzug angetreten. Die Sonnenstrahlen liebkosten munter die blassen Gesichter, ließen die vielen kalten Hausfassaden in der Innenstadt in einem etwas versöhnlicheren Licht erscheinen. Und der Wind, der beißende Hamburger Wind, war verschwunden. Nicht einmal die Abgase der Tausenden von Motorfahrzeugen konnten die Tatsache verhehlen, daß ein wartender Frühling in der Luft lag. Die eiligen Großstadtmenschen, unterwegs zu oder von Gott weiß was, schienen sich aufzurichten, eine neue Haltung einzunehmen. Sogar der Blick der Hamburger wirkte an diesem Tag klarer, sie schienen zufrieden mit dem, was sie sahen.

Es gab Ausnahmen. Es gibt immer Ausnahmen. Auch Ronny Olsen gehörte an diesem Tag, wie so oft, zu den Ausnahmen. Er freute sich weder über die Sonne noch über das, was er sah. So ist es nun einmal – es gehört viel dazu, einen Mann zu erfreuen, der so nervös ist, daß er sich zusammenreißen muß, um nicht in Ohnmacht zu fallen. Er war an diesem Morgen schon viermal auf dem Klo gewesen, fühlte sich aber unerschöpflich. Ein einziges kleines Morgenbier hatte er sich bewilligt, weniger, als sein Körper brauchte.

Klaus sagte: „Du siehst aus wie eine Leiche, Norweger!"

Wär das doch bloß der Fall! dachte Ronny. Ein friedlicher Sarg und ein gemütliches Schwätzchen mit einem trägen Engel! Er gab keine Antwort. Rauchte eine nach der anderen und schwieg. Das kleine indische Restaurant in der Ferdinandstraße war fast menschenleer. Außer Klaus und Ronny war hier nur ein jüngeres Paar, aber sie saßen im Nebenzimmer. Leise Stimmen erreichten sie durch die gedämpfte indische Musik, etwas über Liebe, über Eifersucht. Ein junges deutsches Paar, das versuchte, seine Beziehung zu retten.

„Wie spät ist es?" Wieder Klaus. Auch er nervös, aber kontrollierter als Ronny.

„Fünf vor", antwortete Ronny. „Vor fünf nach können wir ihn nicht hierhaben."

„Ich bestell noch einen Kaffee", sagte Klaus.

„Ein Bier für mich. Mehr flüssigen Asphalt vertrag ich nicht."

„Wir haben doch abgemacht, daß wir alle stocknüchtern bleiben!" Klaus sah ein wenig skeptisch aus.

„Wenn ich von zwei Bier betrunken würde, dann wäre ich heute ein reicher Mann. Und außerdem trinke ich jetzt nicht, um betrunken zu werden, ich trinke, um nüchtern zu werden."

„Alles klar, ich bin nicht deine Tante."

„Das steht fest."

Klaus bestellt zwei Bier und lächelte schief. „Und wie sitzt der Anzug?"

„Übel. Komm mir vor wie eine ungeschälte Banane!" Ronny blickte zum hundertsten Mal an diesem Tag an sich hinunter, konnte sich aber an den Anblick nicht gewöhnen. Kam sich lächerlich vor. Das schwarze, nachgiebige Leder hatte eine eigene Fähigkeit, seinen Bierwanst zu betonen.

„Können wir überhaupt davon ausgehen, daß er kommt?" Klaus labte sich am kalten Bier.

„Ja, ich glaub schon. So weit ich das beurteilen kann, ist der Typ der totale Gewohnheitsmensch." Ronny schaute auf die Uhr. Eins. „Also, Klaus – jetzt beginnt in der Bank am Glockengießerwall die Mittagspause!"

„Ich hoffe, die anderen sind an ihrem Platz."

„Laila trödelt bloß, wenn sie will. Mach dich bereit zum Anrufen."

„Ich hab die Nummer im Kopf, keine Panik."

Neun Minuten nach eins traf Wilhelm Berg mit seiner Begleitung ein. Berg war ein dunkler, korpulenter Mann in den Vierzigern, ziemlich gutaussehend, aber einwandfrei nicht der Arier, den sein Vater sich sicher gewünscht hatte. Er wurde von zwei Kollegen und einer kleinen Blondine begleitet, die mit hoher Piepsstimme ununterbrochen quasselte. Diese Begleitung hatten Ronny und Laila auch an den drei vorhergehenden Tagen schon beobachtet. Der harte Kern der Bank vermutlich. Ronny versank mit seinen Blicken im Glas. Klaus erhob sich. Die Mittagsgäste nahmen im anderen Zimmer Platz, Ronny empfand das als Erleichterung.

Klaus wählte, am anderen Ende wurde abgenommen.

„Lisa!" sagte Laila.

„Alles klar. Ihr könnt reingehen." Klaus legte den Hörer langsam zurück auf die Gabel. Im Nebenzimmer bestellte Wilhelm Berg Suppe und Brot. „Für den Anfang", wie er sagte.

Ronny und Klaus machten sich bereit, ihm das Hauptgericht des Tages zu servieren.

Die beiden schweren Motorräder glitten langsam hintereinander durch den Alwin-Lippert-Weg. Vor einer weißen Villa hielt eines an, das andere fuhr noch hundert Meter weiter, ehe es an den Kantstein steuerte. Entlang der stillen Strasse parkten vereinzelte Autos, nur drei Menschen waren zu sehen, alle in Leder.

Laila dachte: Voll drauf! Auf keinen Fall zögern. Sie zog den gelben Umschlag hervor, nahm den Helm ab und fühlte sich plötzlich seltsam leicht im Kopf.

Peter sagte, als er hinter den einen Torpfosten trat: „Also – kein Signal! Denk dran! Sobald du drin bist, komm ich. Denk nur an das Schloß, an nichts sonst. Bist du nervös?"

„Ja, aber es geht." Eigentlich war sie alles andere als sicher. Auf dem Weg hierher war sie immer wieder von Bildern aus der

Vergangenheit gequält worden. Sie hatte geschluckt und geschluckt wie eine Besessene, aber der Kloß steckte noch immer in ihrem Hals.

Vom Tor führte ein langer Plattenweg zum Haus. Laila ging schnell, aber trotzdem mußten etwa 20 Meter zurückgelegt werden. Sie konnte den Gedanken nicht abschütteln, daß ihr Leben, wenn sie gleich auf den Klingelknopf drückte, in eine neue Phase eintreten, daß sie sich in einen neuen Raum in ihr selber bewegen würde. Und Laila Olsen hatte guten Grund zu der Annahme, daß sie sich in diesem Raum nicht sonderlich gut zurechtfinden würde.

Sie ließ die Würfel fallen und drückte den weißen Knopf bis auf den Boden durch. „Denk an Bernard", murmelte sie leise. „Denk an den armen Bernard!"

Hildegund Berg war schön. Strahlend schön. Blond wie eine nordnorwegische Sommernacht, mit Formen, die ein Mittelseitenmädchen einer Herrenzeitschrift zum Erröten hätten bringen können. Laila verspürte einen Stich des Neides, und dieser Stich half ihr in doppelter Hinsicht über die Schwelle.

„Mahlzeit", sagte Laila. „Ich hab eine Nachricht für Herrn Berg!" Sie trat vorsichtig einen Schritt vor und Frau Berg trat bemerkenswert ruhig einen Schritt zurück, wobei sie etwas unsicher lächelte.

„Aber mein Mann ist um diese Zeit doch im Büro!" Sie nahm den Umschlag, den Laila ihr reichte.

„Kann schon sein", sagte Laila und drückte sich ganz in den Flur. „Dann müssen Sie für ihn unterschreiben!" Sie gab vor, in ihren Taschen nach dem Quittungsheft zu suchen. Sekunden. Sekunden, lang wie Jahre. Frau Berg stand abwartend mit dem gelben Umschlag in der Hand da. Laila kratzte sich fast ein Loch in die Hosentasche. Warum kam er nicht? Die Tür hinter ihr war zugeglitten, aber nicht ins Schloß gefallen.

Frau Berg öffnete den Umschlag mit einem ihrer langen tiefroten Nägel. „Aber das ... da ist ja gar nichts drin!" Sie sah Laila ungläubig an. „Der ist ja leer!"

„Wie recht du doch hast!" Laila war fast erleichtert darüber, daß das Schauspiel vorbei war. In diesem Moment rief eine helle Kinderstimme Mama, und Laila hatte das Gefühl, ihre Beine gäben unter ihr nach. Konnten Sekunden so lang, so schrecklich sein? Und dabei hatte sie Ronny gegenüber darauf bestanden, diesen Teil der Arbeit zu übernehmen. Wegen des Kindes ...

Dann war Peter da. Frau Berg wich beim Anblick des großen Mannes, der plötzlich in der Tür auftauchte, unwillkürlich bis an die Wand zurück. Peter drehte sich schnell um und schloß ab. Das Kind rief weiter Mama, inzwischen mit einem klaren Unterton von Weinen in der Stimme, aber Mama war wie gelähmt.

Laila gab sich alle Mühe, die Stimme einer Sachbearbeiterin vom Sozialamt nachzuäffen, als sie sagte: „Tut mir leid, Frau Berg, aber du hast ein paar ungemütliche Stunden vor dir. Ich verstehe, daß du Angst hast, aber ich kann dir versichern, daß keinerlei Gefahr besteht, wenn du ruhig und vernünftig bleibst. Versuch, dich zusammenzunehmen. Wenn du zu verstört aussiehst, kriegt dein Kind nur Angst."

„Celine!" sagte Frau Berg. „Habt ihr ..."

In diesem Moment erschien die kleine Celine in der Küchentür. Die Hose hing ihr auf den Knien, und sie blickte vorwurfsvoll in das kreideweiße Gesicht ihrer Mutter. „Ich bin fertig, Mama!"

Drei Jahre, tippte Laila. Himmel, worauf hast du dich eingelassen? Zu spät, zu spät. Sie sagte: „Jetzt kümmern du und ich uns um das Kind und danach setzen wir uns alle vier ins Wohnzimmer."

„Aber was wollt ..."

„Wir werden natürlich alles erklären, wenn wir uns erst gesetzt haben. Komm jetzt!" Laila packte Frau Berg am Arm und führte sie mit sich.

„Einen Moment, Frau Berg!" Peter zeigte auf das Telefon, das auf einer niedrigen Kommode im Flur stand. „Ist das der einzige Anschluß im Haus?"

„Im Wohnzimmer und oben im Schlafzimmer sind noch Nebenanschlüsse." Sie sprach wie ein Roboter.

„Gut", sagte Peter. Er machte sich sofort an die Durchsuchung des Hauses und hielt nach Personen Ausschau, die nicht auf der Darstellerliste standen.

Nach zehn Minuten stand er wieder im Flur und kontrollierte noch einmal, ob die Tür sicher verschlossen war. Dann ging er ins Wohnzimmer, wo inzwischen Laila und Frau Berg Platz genommen hatten, das Kind stapfte herum, offenbar völlig unangefochten.

Er zwinkerte Laila zu und sagte: „Niemand. Nur wir vier."

„Was wollt ihr?" fragte Frau Berg. „Ist es politisch?"

„Im Grund nicht", antwortete Laila und dachte an den verstorbenen Nazi, der der Grund des ganzen Elends war. „Wir sind keine Terroristen. Aber, um gleich zur Sache zu kommen, wir sind hier, um deinen Mann zu erpressen – tut mir leid, aber das einzige Druckmittel, das wir finden konnten, sind du und die Kleine. Ich glaube, du solltest damit rechnen, daß das hier hart werden kann, wenn du – oder dein Mann – nicht mit uns zusammenarbeiten wollt.“

„Jesus!“ sagte Frau Berg. „Jesus, Jesus, Jesus!“

Laila zog die Pistole aus der Tasche, ließ sie aber sofort wieder verschwinden. „Nur, damit du sie gesehen hast.“

„Und jetzt haben wir genug geschwatzt“, sagte Peter. „Das heißt, jetzt werden wir telefonieren. Nur noch eins – erwartest du in den nächsten Stunden jemanden?“

„Nein“, sagte Frau Berg leise und starrte den Teppich an.

„Das war etwas zu vage, Frau Berg!“ Er trat dicht an sie heran und nun hatten seine sonst so freundlichen Züge etwas Brutales angenommen. Er berührte sie nicht, aber seine Stimme war eiskalt genug, um bei stärkeren Leuten als ihr Angst zu erwecken. „Ich habe gesagt: Erwartest du jemanden? Ist es wahrscheinlich, daß irgendwer auftaucht, während wir gemütlich in deinem Wohnzimmer sitzen?“

„Nein!“ sagte Frau Berg mit tränenerstickter Stimme. „Das ist nicht wahrscheinlich.“

„Gut. Jetzt muß ich kurz telefonieren, Frau Berg, und wenn ich meinen Spruch aufgesagt habe, dann kommst du an die Reihe. Du kannst allerdings nicht sagen, was du willst, du sollst nur kurz bestätigen, daß ich die Wahrheit sage. Verstanden? Nur eine Bestätigung, das ist alles. Wenn du dich an die Spielregeln hältst, dann bestehen gute Chancen dafür, daß du und diese Ratte, mit der du verheiratet bist, später über alles reden könnt. Wenn nicht, könnt ihr nur hoffen, zusammen reinkarniert zu werden!“ Er nahm den Hörer ab und wählte. Frau Berg weinte leise.

Das Klingeln des Telefons wirkte wie ein Elektroschock auf Ronny. Es klingelte immer wieder.

„Verdammt“, sagte Klaus. „Wenn der verdammte Inder nicht bald aufkreuzt, dann geh ich selber ran!“

„Ruhig!“ sagte Ronny. „Bleib ganz ruhig sitzen!“

Der Mann aus Asien nahm den Hörer ab. Das Gespräch war kurz, er legte den Hörer beiseite und ging ins Nebenzimmer. „Herr Berg? Ein Anruf für Sie!“

„Sagen Sie, ich wäre nicht hier.“

Der Inder rang seine langen Finger. „Tut mir leid, ich hab schon gesagt, daß Sie hier sind.“

„Gut, ich komme.“

Ronny fühlte sich erleichtert, stellvertretend für den pflichtbewußten Asiaten.

Berg nahm den Hörer ab, und als er seinen Namen nannte, war es unmöglich, seine Gereiztheit herauszuhören. Dann wurden Ronny und Klaus Zeugen einer Metamorphose. Als Ronny zuletzt etwas Ähnliches erlebt hatte, hatte er gerade einem gewissen Alkodealer in Oslo eine Todesbotschaft überbracht. Aber das hier war schlimmer. Bergs Gesicht entfärbte sich, die Farbe sammelte sich zu hektischen roten Flecken genau unter dem Adamsapfel. Die Mundwinkel zuckten unkontrolliert, die Augen quollen hervor. Das Ganze hatte unleugbar etwas Komisches, jedoch lud die Situation durchaus nicht zum Lachen ein. Sie war ernst – der blutigste Ernst, den Ronny Olsen je erlebt hatte.

„Himmel", flüsterte er Klaus zu. „Was erzählt Peter ihm denn bloß? Daß er schon die ganze Familie massakriert und das Haus angesteckt hat?"

„Nein, Peter ist nicht auf den Mund gefallen, darauf kannst du dich verlassen!" murmelte Klaus. „Hoffentlich macht sein Herz das mit."

Berg sprach jetzt leise und eindringlich in den Hörer. Etwas von seiner alten Würde kehrte zurück.

„Seine Frau", meinte Klaus. „Jetzt hat er seine Frau an der Strippe."

„Geh jetzt raus. Ich sorge dafür, daß der Abschied die richtige Form hat!" Ronny stand auf und ging zum Bezahlen an den Tresen. Das Telefongespräch neben ihm wurde unterbrochen. Frau Berg war offenbar etwas zu großzügig mit Peters Anweisungen umgesprungen. Berg blieb einige Sekunden lang mit dem Hörer in der Hand stehen – der Hörer schien eine Tonne zu wiegen. Dann legte er auf und drehte sich langsam um. Ronny, der gerade Wechselgeld vom Tresen fegte, begegnete zum ersten Mal Bankdirektor Bergs Blick. Und Ronny, der sich für verhältnismäßig hart im Nehmen hielt, mußte einfach passen. Der Blick hatte etwas geradezu Physisches. Etwas, das sich wie ein Messer in ihn hineinbohrte. Im Laufe der Jahre hatte er genug Leute getroffen, die ihn verachtet, ja, gehaßt hatten. Aber einen solchen Haß, wie er nun aus diesen beiden Augen leuchtete, hatte er bisher nur in mittelmäßigen Filmen gesehen.

Kalt. Hier war es eiskalt. Er hatte sich nicht geirrt. Der Blick, der sich jetzt auf ihn richtete, der ihn fast umwarf, war der Blick eines Mannes, der töten konnte, der es schon mindestens dreimal getan hatte. Durch Mittelsmänner oder nicht – das war nicht von Bedeutung. Ronny wußte, daß der eigentliche Mörder hier vor ihm stand. Der Schock lag noch immer wie eine Maske über seinem Gesicht, beherrschte aber dessen Ausdruck nicht länger. Wut. Haß. Unendlicher Abscheu.

Ronny steckte das Geld in die Tasche und trat beiseite, um Berg vorbeizulassen. Nickte vorsichtig mit dem Kopf, als der Mann nah genug war. „Ja, ich bin das. Und jetzt tun Sie genau, was Ihnen gesagt worden ist. Gott helfe Ihrem Töchterchen, wenn Sie einen Fehler machen!"

Berg gab keine Antwort, schien aber im Vorübergehen zu zögern – dann ging er zu seinen Kollegen weiter. Ronny hatte die Ohren gespitzt, und Berg wußte das. Berg wußte auch, daß der Mann hinter ihm nur eine Hand zu heben brauchte, um die Katastrophe geschehen zu lassen. Das glaubte er zumindest. Ronny seinerseits hegte ernsthafte Zweifel, ob er stark genug sein würde, um diese Hand zu heben, wußte es: Niemals würde er so etwas tun können. Ein Zeichen von ihm wäre nur ein Zeichen für Laila, ganz schnell zu verschwinden. Weg von einem verlorenen Unternehmen, einem mehr ... Alles, was er erhoffen konnte, war, daß dieser Mann andere für ebenso skrupellos hielt wie sich selber. Einfache Psychologie.

Berg sagte: „Tut mir leid – ich hatte einen wichtigen Termin total vergessen. Ich habe Besuch aus Berlin und muß sofort zurück in die Bank."

Schwacher Protest. Sehr schwacher Protest. Ronny dachte, daß Herr Berg vielleicht doch nicht der beliebte Chef war, der er auf den ersten Blick zu sein schien.

Berg raffte seine Sachen zusammen, riß seinen Mantel vom Haken und ging auf die Straße, dicht gefolgt von Ronny.

Luft. Frühlingsluft. Sonne auf feuchtem Asphalt. Ronny spürte, wie er wuchs, stärker wurde. Berg zündete sich eine Marlboro an und ging ruhig in Richtung Bank die Straße entlang. Ronny warf einen Blick auf die andere Straßenseite, ehe er ihm folgte. Alles so weit in Ordnung. Klaus stand neben der silbrig-glänzenden BMW, in seiner Hand sah Ronny den schwarzen Walkie-talkie. Er ließ Berg die ganze Zeit über zehn Meter Vorsprung und hörte, als sie sich dem Glockengießerwall näherten, hinter sich das leise Brummen des Motorrades. Als Berg um die Ecke bog, fuhr das Motorrad mit einem Ruck an Ronny vorbei und rechts an den Straßenrand, wo Klaus es mit haarfeiner Präzision in den schmalen Zwischenraum zwischen zwei Autos abstellte. Als Berg und Ronny Olsen die abgeschlossene

Banktür erreichten, stand Klaus bereits dort, anonym und sicher unter seinem weißen Helm.

Berg schloß wortlos auf, ließ die beiden eintreten und schloß wieder zu. Noch immer ohne irgendein verbales Signal führte er sie in der leeren Bank die Treppe rechts hinauf, in die Büroabteilung im ersten Stock.

Langer Flur. Rechts eine angelehnte stahlgraue Tür. „Hier!" Berg hatte doch nicht die Sprache verloren. „Kommen Sie rein."

„Herzlichen Dank", sagte Ronny Olsen. Er fing an, das Dasein etwas lichter zu sehen. Einen gewissen Glauben daran zu entwickeln, daß alles gutgehen könnte.

Der Raum war verhältnismäßig groß, aber nicht so protzig, wie Ronny sich das vorgestellt hatte. Ziemlich spartanisch sogar. Ein großer Schreibtisch, ein paar Regale und eine Sitzgruppe aus fünf modernen Stahlrohrstühlen und einem Glastisch. Grauer Teppich auf weißem Boden, grüne Wände. Billige Reproduktionen in teurem Rahmen, Ronny hatte keine Ahnung, welches Genie hinter den groben Strichen steckte, die kreuz und quer verliefen. Moderne Kunst im Büro eines Neonazis? Das paßte nicht recht zusammen. Hier sollte etwas Nationalromantischeres hängen. Vielleicht war Berg ja gar kein Nazi. Vielleicht war er bloß ein geldgeiler Kapitalist, der dann und wann ein bißchen Blut sehen wollte.

„Bitte, nehmen Sie Platz!" sagte Berg im besten Bankton. Er wies auf die Stahlrohrstühle, machte aber selber Miene, sich hinter dem Schreibtisch niederzulassen.

In diesem Moment geschah etwas mit Ronny Olsen. Eine psychische Reaktion, die der, die Laila an dem schicksalhaften Tag in Neuengamme gezeigt hatte, als sie den flapsigen Ton aus ihm herausgeprügelt hatte, nur wenig nachstand. Es hing damit zusammen, daß der Ton nicht besonders gut zum Zeitpunkt paßte. Ronny sah Bernards toten Körper vor sich, der durch das eiskalte Wasser trieb, und er erlebte noch einmal den Anblick von Lars Petters zerstörtem Körper. Und, ohne recht zu registrieren, was er tat, preßte er seine Hände um Bergs Hals zusammen und stieß sein rechtes Knie voll in die Eier des würgenden Bankiers. Es dauerte nur zwei Sekunden; wenn er länger zugepackt hätte, dann hätte ihn der Strahl des Erbrochenen mitten im Gesicht getroffen. Berg ging auf die Matte. „Hier bin ich der Bankdirektor!" sagte Ronny wütend. „Und ich sehe, daß du genau den Platz eingenommen hast, den du verdienst! Du wirst noch kriechen, mein guter Mann, ehe das hier vorbei ist!"

„Nun übertreib nicht!“ Klaus kniete neben Berg nieder und durchsuchte ihn gründlich von Kopf bis Fuß. Berg keuchte vor Schmerz und kroch in Embryostellung zusammen. „Wir können den Typ doch nicht ganz k.o. schlagen, jetzt noch nicht!“ Er beendete die Durchsuchung, riß zum Abschluß die Brieftasche an sich. „Keine Waffen, das ist im Grunde doch etwas leichtsinnig! Mal sehen ... Das macht ...“ Er zählte wie besessen. „Das macht genau 563 Mark! Das muß man doch wohl als billig bezeichnen können, Herr Berg – aber glauben Sie mir, Sie haben erst für die Vorspeise bezahlt!“

Nun war Ronny wieder der Verantwortungsbewußtere: „Hör mit den Kinderstreichen auf. Ruf Bongo!“

Klaus stopfte sich zufrieden die Scheine in die Tasche und griff zum Walkie-talkie.

Bongo fror. Langsam fing er an, sich zu langweilen. Und die Langeweile war seine ärgste Feindin, dieses Gefühl kam erfahrungsgemäß dicht vor der puren Verzweiflung. Vier lange Monate hatte er letzten Winter sitzen müssen, nur weil er sich im Sommer davor zu Tode gelangweilt hatte. Ein paar schnelle Brüche, ganz spontan, weil gerade nichts Brauchbares im Kino lief. So war Bongos Leben. Action oder gar nichts. Im Moment gab's gerade einen Nullpunkt, tote Hose. Und das nervte ihn, schließlich wußte er, daß allerlei ablief, genau vor seiner Nase. Warum hatten sie ihm, Bongo, den allerödesten Job gegeben, den mit dem meisten Stillstand? Zum Teufel, sie hatten ihm nicht einmal erlaubt, zum Essen ein Bier zu trinken. Und trotzdem saß er hier allein, während die anderen sich mit Bankiers und den dazugehörigen Gattinnen amüsierten! Er lächelte freudlos, während seine Hand über die linke Innentasche glitt. Die Innentasche, die er persönlich für die „Operation Bankdirektor“ erweitert hatte. „Wir gehen schließlich nicht auf Elefantenjagd“, hatte der Norweger gesagt. Nein. Hier ging niemand auf Elefantenjagd. Bongo fühlte sich bloß gern sicher. Und Bongo kannte nichts auf dieser Welt, das ihm ein solches Gefühl der Sicherheit gab, wie das Gewicht der großen Magnum.

Es piepste im Apparat.

„Wir sind bei der Tante angekommen. Die Sonne scheint, und alles geht seinen Gang.“

„Hier auch. Niemand kommt, niemand geht. Hab vor zehn Minuten Kontakt gehabt. Sie warten.“

„Vermutlich nicht vergebens. Over!“

Bongo war wieder allein.

In der Villa war die Stimmung gespannt. Laila blätterte nervös im Stern, sah die Bilder aber kaum. Peter war hellwach und ebenfalls nervös. Sprang immer wieder auf. Achtete darauf, sich den vier Fenstern im Zimmer nicht zu nähern. Einmal hatte er versucht, ein wenig mit dem Kind zu plaudern, aber als es dann auf seinem Schoß saß und er den entsetzten Gesichtsausdruck seiner Mutter sah, ließ er es schnell wieder hinunter. Viel wurde nicht gesagt. Ab und zu ein kurzer Satz, meistens zwischen ihm und Laila. Frau Berg redete überhaupt nicht, außer, wenn Fragen direkt an sie gestellt wurden. Wenn möglich antwortete sie einsilbig. Ihr Gesicht war erschreckend unbewegt. Woran dachte sie? Natürlich an das Kind. Aber sonst? Laila hätte gern mehr als einen Diamanten für die Beantwortung dieser Frage gegeben. Sie hatte das dumpfe Gefühl, daß irgend etwas nicht stimmte. Alles schien nach Plan zu laufen, aber trotzdem ...

Im Büro in der Innenstadt hatten Ronny und Klaus Wilhelm Berg auf einen der Stahlrohrstühle gesetzt. Er beugte sich vor und preßte die Hände in den Schritt, sein Atem war schwer und heftig. „Sie sind verrückt! Wenn Sie glauben, Sie könnten so eine moderne Bank ausrauben ...“

Ronny zwinkerte Klaus vergnügt zu. Peter hatte sich am Telefon also nicht versprochen. Ronny hatte darauf bestanden, eine überraschende Karte ausspielen zu können, um Berg unter Druck zu setzen.

„Ich fürchte, die Sache ist ernster“, sagte Ronny. Er steckte sich eine Zigarette an. „Ich finde übrigens, du solltest mich ansehen, wenn ich mit dir rede – das ist doch normale Höflichkeit, oder nicht?“

Berg schaute auf. Noch immer lagen Haß und Wut in seinem Blick, aber es war deutlich, daß die Schmerzen ihren Tribut forderten.

Ronny fuhr fort: „Doch – es ist ernster. Andererseits gibt es keinen Grund, warum du das nicht als ein besonders gutes Angebot auffassen solltest. Ja, ich finde sogar, genau als das solltest du es betrachten: Wir bieten dir ein Leben in Freiheit, zusammen mit Weib und Kind. Das kann doch wohl als reichlich großzügig angesehen werden, wenn wir in Betracht ziehen, daß du eigentlich einen langsamen und qualvollen Tod verdient hättest!“

„Was wollen Sie? Kommen Sie zur Sache, zum Teufel!“ Berg machte das Sprechen Schwierigkeiten, Wut und Verzweiflung schienen die Sätze aus ihm herauszuzwingen.

„Nur eine Bagatelle. Wir wollen ‘Stalins Augen’. Und zwar alle! Und wenn sie schon verkauft sind, dann wollen wir das Geld. Wenn du auf Bargeld sitzt, dann rate ich dir, nicht so kleinlich zu sein, daß du versuchst, etwas zu verstecken, denn ich kann dir versichern, daß uns das Leben deiner Frau und deiner Tochter sehr wichtig ist. Dich werden wir wohl auf irgendeine Weise weiterleben lassen – du verdienst keine so leichte Lösung wie eine Bleikugel in die Birne.“

„‘Stalins Augen’ ... ich verstehe nicht!“

Aber allen drei war klar, daß diese Lüge keine Chancen hatte. Zum zweiten Mal im Laufe einer Stunde wurden Klaus und Ronny Zeugen dieses seltsamen Phänomens: Innerhalb von Sekunden verschwand ganz einfach alle Farbe aus Bergs Gesicht. Außerdem fehlte seinem Tonfall jede Glaubwürdigkeit, es war schon fast peinlich. Der Mann bebte jetzt am ganzen Körper, war völlig außer Kontrolle. Das war gut für Ronnys Nerven, ließ ihn sicherer werden, entschlossen.

Er sagte zu Klaus, der sich am Walkie-talkie zu schaffen machte: „Ruf mal die anderen an, sag ihnen, sie sollen sich für die Vorbehandlung seiner Frau fertigmachen. Peter ist sicher schon knallgeil.“

„Warten Sie! Halt!“ Berg war aufgesprungen. „Laßen Sie den verdammten Apparat in Ruhe, Sie kriegen ja, was Sie wollen! Macht jetzt bloß keine Dummheiten, Jungs, um Himmelswillen!“ Er preßte noch immer die Hände in den Schritt und sah eher komisch aus.

Jungs? dachte Ronny. Das hier ist der avancierteste Jungenstreich, an dem ich in meinem Leben mitgewirkt habe! Er sagte: „Dann lassen wir ihre Muschi erstmal in Ruhe. Sind die Steine hier im Haus?“

Berg zeigte auf einen in die Wand eingelassenen Safe. „Fast alle. Nur drei sind verkauft. Ich begreife nur nicht, wie Sie ...“

„Soviel an dieser Sache ist schwer zu begreifen“, sagte Ronny. „Ich zum Beispiel begreife nicht, wie ein Mann, der sowieso schon genug hat, es über sich bringen kann, drei unschuldige Menschen für ein paar lausige Kröten umzulegen!“ Er unterbrach sich. Dachte an die Drohungen, die er selber gerade ausgestoßen hatte. „Mach den verdammten Safe auf!“

Berg ging zögernd darauf zu. „Welche Garantie habe ich dafür, daß Sie Hildegund und die Kleine freilassen?“

Ronny lachte. „Garantie! Der dreifache Mörder bittet um eine Garantie! Aber okay: Denk mal scharf nach, Bankmann – daran bist du doch gewöhnt, möchte ich meinen. Wir sind allesamt keine Lustmörder. Ich glaube, du auch nicht, obwohl es auf einzelne so wirken könnte. Weder du noch wir wünschen, daß die Polizei in diese Sache verwickelt wird, und deshalb hinterlassen wir natürlich keine zwei Leichen in deiner Villa. Wir tun es, wenn wir müssen, sonst nicht. Das müßte für dich als Bankier doch eine einfache Rechenaufgabe sein. Sobald du die Tür da in der Wand aufgemacht hast, nimmst du Diamanten und Bargeld und legst den ganzen Schrott in deine Aktentasche. Ist es weit bis zu deinem Auto?"

„Nein, das steht gleich um die Ecke."

„Gut. Du und ich, wir steigen ein, und dann fährst du ruhig und ordentlich heim zu Frau und Kind. Klaus wird die ganze Zeit dicht hinter uns bleiben, du wirst keine Möglichkeit haben, auf kluge Gedanken zu kommen. Ich bin bewaffnet und Klaus hat den Quasselapparat, der deine Familienidylle jederzeit beenden kann. Wir kennen den einfachsten Weg nach Niendorf, und du fährst so, wie ich es dir sage. Wenn wir angekommen sind, gehen wir ins Haus, ich nehme meine Freunde und Bekannten und die Aktentasche – und dann könnt ihr drei von mir aus tun, was zum Teufel ihr wollt. Nur eins muß dir glasklar vor Augen stehen, ehe du der Versuchung erliegst, Killer oder die Polizei auf uns zu jagen: Ich weiß so gut wie alles über diese Sache, es ist aufgeschrieben und sicher verwahrt. In einer Bank, übrigens!"

Wenig wies darauf hin, daß Berg der Typ war, der in einer solchen Situation auf „kluge Gedanken" kommt. Er war daran gewöhnt, die Fäden zu ziehen, war aber abhängig von tüchtigen Handwerkern, wenn er eine neue Tapete brauchte oder unliebsame Personen beseitigt zu sehen wünschte. Allein schon wie er den Safe öffnete, sagte genug über einen Mann, dem es sicher nicht an Gehirnkapazität fehlte, der sich aber da mit einem Bund Möhren begnügen mußte, wo andere ihre Finger hatten. Dennoch war Ronny auf der Hut. Dieser Mann war gefährlich, er wiederholte es in Gedanken immer wieder. Als die dicke Stahltür sich öffnete, war er sofort zur Stelle und stieß Berg beiseite. „Weg!"

Kluger Zug. Die Pistole, die ganz vorne lag, war zwar kleinkalibrig, hätte aber aus geringer Entfernung sicher ihren Dienst tun können. Ronny warf sie wortlos Klaus zu.

Der enge Safe enthielt, neben der Pistole, eine ovale rote Dose und vier Bündel Hundertmarkscheine. „Hol die Aktentasche", sagte Ronny, ohne sich umzudrehen. Vorsichtig öffnete er die Dose.

Das waren also „Stalins Augen“! Die Steine des Todes. Hier, in der kleinen gefütterten Dose, lag die Ursache für drei jähe Todesfälle. Mindestens drei. Was diese Diamanten vielleicht früher schon angerichtet hatten, wußten nur der Teufel und seine Dämonen.

Stalin hatte viele Augen. Über hundert, wenn Ronny sich nicht verschätzte. Und trotz seiner nur oberflächlichen Kenntnis von Diamanten wußte er, daß einige außergewöhnlich groß waren. Wenn die Qualität vorzüglich war, und sei es nur bei wenigen Steinen, dann hielt er hier ein Vermögen in der Hand. Die bläulichweißen Steine zogen ihn an, er mußte sich von diesem Anblick förmlich losreißen, um die Dose wieder zu verschließen.

Berg brachte die Aktentasche, und Geld und Steine wurden darin verstaut.

„Wie spät ist es?“ fragte Ronny.

„Zehn vor zwei“, sagte Klaus. „Also los!“

„Großer Gott!“ stöhnte Berg. „Ach, großer Gott!“

„Was ist denn jetzt los?“ Ronny drehte sich um. „Hast du einen Rückfall in deinen Eierkrampf gekriegt?“

„Lydia“, sagte Berg. „Ich hab Lydia ganz vergessen! Lydia ist unser Kindermädchen, sie paßt jeden Freitag auf Celine auf, wenn meine Frau zum Vormittagsclub geht.“

„Scheiße!“ sagte Ronny. „Wann kommt sie?“

„Zwischen zwei und viertel nach, soviel ich weiß.“

„Komische Zeit für einen Vormittagsclub! Bleibt sie dann im Haus oder nimmt sie das Kind mit?“

„Meistens nimmt sie Celine mit, aber nicht immer. Ich weiß nicht, was meine Frau heute geplant hatte.“

„Das spielt im Grunde auch keine große Rolle. Wichtig ist, daß deine Frau den Vormittagsclub absagen muß! Verdammte Pest – sie muß eine gute Lügnerin sein, wenn sie Laila gelinkt hat! Klaus, ruf draußen an und laß mich mit Laila reden!“

Klaus fluchte verbissen und fummelte am Apparat herum. „Sie ist ja wirklich risikofreudig, deine Alte, Berg! Gott soll mich schützen, sie muß ja eiskalt sein!“

„Ich versteh das nicht“, stöhnte Berg. Er rang die Hände und sah aufrichtig verzweifelt aus. „Sie hätte doch einfach anrufen und absagen können! Das hättet ihr doch nicht verboten?“

„Aber sicher nicht“, antwortete Ronny. „Wie alt ist dieses Kindermädchen?“

„Na ja, Mädchen“, sagte Berg mit schwachem Lächeln. „Sie ist vierzig.“

„Und wenn sie 50 wäre, deine Frau hätte sich das überlegen sollen, aus dieser Richtung Hilfe zu erwarten!“

„Ich hab sie!“ sagte Klaus. „Hier!“

Ronny nahm den Apparat. „Ronny hier. Bist du das, Laila?“

„Ja. Probleme?“

„Vielleicht. Wenn ja, dann für euch. Gleich kommt eine Tussi von 40 Jahren, um Frau Bergs Kleine abzuholen. Sie kann jeden Moment da sein! Du mußt das irgendwie in Ordnung bringen – hier läuft alles wie geschmiert, und wir sind unterwegs. Over!“

„Himmel! Over!“

Laila fauchte Frau Berg an. „Verdammte Kuh! Das hast du die ganze Zeit gewußt! Ist dir klar, daß du das Leben deines Kindes riskierst? Beim kleinsten Quatsch knallt es jetzt!“ Laila mußte sich zusammenreißen, um ihr keine saftige Ohrfeige zu verpassen.

Peter hatte Kontakt mit Bongo aufgenommen. „Hör zu! Gleich kommt eine Frau. Sie ist an die 40, und du mußt sie vorbeilassen. Mach gar nichts, wir übernehmen das. Okay?“

Bongo bestätigte, daß er verstanden hatte. Aber die Langeweile nervte.

„Und nun, meine liebe Frau Berg, ist das Spiel aus!“ Lailas Zorn wurde von ihrer Angst gesteuert. „Wenn die Dame kommt, stehe ich dicht hinter der Tür und du kannst verdammt sicher sein, daß ich ein Loch in dein feines Kleid pusten werde, wenn du nicht gut genug spielst. Daß du das kannst, wissen wir ja nun!“

Hildegund Berg hatte wieder angefangen zu weinen.

„Spiel dich nicht auf“, sagte Laila. „Du sagst, dir ist nicht gut, und du willst heute zu Hause bleiben! Das müßte glaubwürdig klingen, so siehst du wirklich aus. Und versuch ja keine Grimassen oder so was – vergiß nicht, wir haben auch draußen auf der Straße einen Mann. Du kannst deine Heldinnenmaske überhaupt abnehmen, schließlich ist dein Mann schon auf unsere Forderungen eingegangen. Bring das doch endlich in deine schöne Birne – es ist bald vorbei!“

Laila konnte nicht begreifen, warum Hildegund Bergs leises Schluchzen nun in wehes, verzweifeltes Weinen überging.

Lydia kam fünf Minuten später. Eine energisch aussehende Frau. Ihr Gang war elastisch, ihre Haltung gerade, die braune Einkaufstasche in der rechten Hand schwang munter hin und her.

Bongo sah sie schon aus weiter Entfernung. Außer ihm und diesem in die Jahre gekommenen Kindermädchen war kein

Mensch auf der Straße. Überhaupt hatte er nicht viel zu sehen bekommen, seit er hier saß. Ein paar Autos, der eine oder andere Fußgänger, meistens Kinder und Rentner. Als er die Frau sah, die auf ihn zukam, war er sicher, daß sie diejenige war, von der Peter gesprochen hatte. Er teilte Peter mit, daß sie im Anmarsch sei.

„Mach dich bereit!" sagte Laila zu Frau Berg. „Und vergiß nicht, was ich gesagt habe!"

Frau Berg erhob sich. „Ich weiß genau, was Sie gesagt haben! Es wird keine Probleme geben!"

Das waren die beiden längsten Sätze, die sie seit langem gesagt hatte. Laila konnte sich nicht erklären, warum, aber das erschien ihr als ein Gefahrensignal.

Ein einsamer Mann in einem dunkelblauen Opel Ascona im Alwin-Lippert-Weg. Bis vor wenigen Minuten hatte er eine Roth-Händle nach der anderen gepafft, nun waren ihm die Zigaretten ausgegangen. Er verfluchte seine Dummheit. Wie oft war ihm das nun schon passiert! „Du mußt es lernen!" sagte er müde zu sich selber. „Nun mußt du es endlich lernen." Eine Stunde Überwachung bedeutet drei Stunden Überwachung, und drei Stunden Überwachung bedeuten neun. In 50 Metern Entfernung konnte er an einer niedrigen Mauer einen Zigarettenautomaten sehen, blieb aber sitzen. *Das* zumindest hatte er gelernt.

Er hatte den Dicken auf dem Motorrad die ganze Zeit im Spiegel. Er hatte ihn satt, hatte seine brutale, leicht stupide Miene satt. Vor etwas über einer halben Stunde hatte er die Identität des Mannes über Funk serviert bekommen – es half dem Knaben wenig, daß er auf einem Motorrad mit gestohlenen Nummernschildern saß. Hamburg ist groß, aber nicht so groß.

Eine jähe Bewegung des Mannes auf dem Motorrad ließ ihn reagieren, seine Sinne schärfen. Gerhard Bornemann alias Bongo sprach wieder in den Walkie-talkie. In diesem Moment erblickte der Mann die große Frau, die die Straße entlang kam. Einzelne Personen waren schon früher vorbeigegangen, aber darauf hatte Bongo nicht reagiert. Konnte das bedeuten, daß die Frau auf irgendeine Weise in diesem Drama mitspielte? Und worauf lief das Ganze hinaus? Nachdem die schweren Motorräder die stillen Straßen entlanggedonnert waren und eines davon vor dem Haus der Bergs abgestellt worden war, hatte sich der Mann im Opel das überlegt. Nach seinem Gespräch mit dem Norweger in Berlin war er überzeugt gewesen, daß dieser Fall weit außerhalb der

Zuständigkeit seiner Abteilung läge. Nun konnte er nur Verwunderung und Versagen fühlen – er, *sie* waren nicht tüchtig genug gewesen.

Die Frau ging durch das Gartentor. Er mußte sich zusammenreißen, um nicht den Kopf aus dem Fenster zu stecken.

Ronny Olsen hielt die ganze Zeit die Pistole in der Hand. Wollte jetzt, so nah beim Ziel, kein Risiko eingehen. Berg fuhr sicher und routiniert, bisher hatte er ihn nicht zurechtweisen müssen. Sie hatten noch nicht die Hälfte des Weges hinter sich gebracht, aber Ronny hatte das Gefühl, daß es gutgehen würde. Hinter ihnen kam, in vernünftiger Entfernung, Klaus.

„Woher konntest du das wissen?" fragte Ronny Olsen leise. Er hoffte, daß sein ruhiger, fast freundlicher Ton eine Antwort hervorlocken könnte. „Wie konntest du wissen, daß Bernard Lindquist auf der Spur war?"

Berg fuhr weiter, ohne eine Miene zu verziehen. Sagte kein Wort.

„Ich will es nicht aus dir herausquetschen", fuhr Ronny fort. „Aber genau dieses Stück ist das einzige, das ich im Mosaik nicht unterbringen kann."

„Dann bleibt es auch das einzige, das Sie nicht unterbringen werden!" antwortete Berg. „Sie haben trotzdem allen Grund, zufrieden zu sein. Ich habe verloren, stimmt, Sie haben mich in der Hand – aber *das* verrate ich Ihnen nicht."

Er blickte zu der schwarzen Aktentasche hinüber. „Darin liegen fast 60.000 DM. Und Diamanten für fast neun Millionen! Ich habe drei von den kleinsten verkauft. Zur Probe, kann man sagen."

Ronny pfiff leise. „Was für eine Erbschaft!"

„Stimmt. Das Problem war nur, daß auch jemand anders seiner Nachkommenschaft diese Erbschaft versprochen hatte."

„Väter und Söhne", meinte Ronny. „Hört sich an wie ein Buchtitel, findest du nicht?"

„Ich werde das Buch nicht schreiben", sagte Berg.

„Ich auch nicht." Ronny konnte sich über den ruhigen, fast versöhnlichen Ton, der sich zwischen ihnen ergeben hatte, nur wundern. Er war die ganze Zeit auf der Hut, erwartete aber im Grunde nichts Böses von diesem Mann. Berg hatte recht – er war geschlagen. Vor weniger als einer Stunde hatte er seine Maske noch getragen, nun war sie endgültig verschwunden. Er war ein Mann, der bei der Aussicht auf eine riesige Geldsumme einfach durchgedreht war, und er war nicht der erste.

Es schellte. Laila Olsen fand den lustigen Ding-dong-Ton äußerst fehl am Platze. Schnell stellte sie sich hinter die Tür und winkte Hildegund Berg mit der Pistole. „Brav jetzt! Mach schnell, damit das Kind nicht anfängt zu quengeln!“

Frau Berg nickte kurz und öffnete einen Spaltbreit die Tür. „Ach, liebe Lydia, ich hatte wirklich vergessen, daß du kommst! Ich hatte heute Nacht so schreckliche Magenschmerzen, ich kann gar nicht daran denken, zum Club zu gehen.“

„Ach du Arme!“ sagte Lydia. „Leg dich doch einfach ein bißchen hin, dann geh ich mit Celine spazieren, wo ich schon mal hier bin. Du siehst wirklich nicht gut aus, das kann ich dir sagen.“

Die Tür bewegte sich nach innen und Laila fluchte insgeheim und richtete sich auf eine weitere Geisel ein.

„Nein!“ sagte Frau Berg und war plötzlich die Frau des Bankdirektors, die mit einer Untergebenen spricht – trotz des ‘Du’. Vielleicht begriff sie, daß ihr Ton zu hart ausgefallen war, denn als sie weitersprach, hatte sie ein Wärmeelement eingebaut. „Das ist nicht nötig, Lydia, Celine schläft. Ich fürchte, ich hab sie fast die ganze Nacht über wachgehalten, und jetzt, wo sie endlich schläft, will ich sie nicht gleich wieder aufwecken. Ich bezahle dich natürlich ganz regulär, es tut mir wirklich leid, daß ich vergessen habe, dich anzurufen.“

„Ach, das macht doch nichts, ein kleiner Spaziergang kann mir nur guttun. Ist es wirklich sicher, daß ich dir nicht helfen kann?“

Geh, dachte Laila. Geh, geh, geh! Wenn die Kleine jetzt anfängt zu quengeln ...

„Nein danke, Lydia – ich wollte mich ja selber gerade ein halbes Stündchen hinlegen.“

„Achso ... ja, dann bis zum nächsten Mal, Hildegund.“

„Mach’s gut, Lydia – es tut mir wirklich leid!“

Die Tür wurde geschlossen und Hildegund Berg wandte sich Laila Olsen mit einem Blick zu, der schwer zu deuten war. Furcht. Angst. Wut. Verachtung. Die Verzweiflung schien verschwunden zu sein.

Und das jagte Laila keinen geringen Schrecken ein.

4

Otto Stein warf einen Blick auf sich selber im Rückspiegel. Das hätte er sich sparen können, denn er wußte, daß dieser Anblick ihm keine Überraschung bieten würde. Fast eine Viertelstunde lang hatte er zu Hause sein Bild im Spiegel gemustert, während er sich langsam und methodisch die stacheligen Bartstoppeln abrasiert hatte. Nein, es war nicht nötig, er konnte in Bezug auf sein Äußeres passieren.

„Schön bist du!" hatte seine Mutter immer gesagt, und seither hatten das auch andere Frauen gefunden.

Otto Stein war schön. An der Verpackung war nichts auszusetzen. Ja, es kam vor, daß er sich über die Richtung wunderte, die sein Leben eingeschlagen hatte. In einer Gesellschaft, die sich pausenlos für äußerlichen Quatsch und „umgänglichen Ton" interessierte, hatte er, Otto Stein, einen Platz weit vom Zentrum entfernt einnehmen müssen. Sicher hatte seine Unrast ihn so weit hinauskatapultiert. Schon als Kind hatte er diese Unruhe in sich verspürt, es war nicht leicht gewesen, mit ihm fertigzuwerden, und in der Schule war es schiefgegangen, obwohl die Lehrer nicht glaubten, daß es ihm an Begabung fehlte. „Konzentration, Otto! Konzentration!" Er lächelte. Seine Konzentrationsfähigkeit hatte er jedenfalls inzwischen im Griff.

Otto Stein hatte die Gesellenprüfung in dem, was später sein Fach werden sollte, zwischen Rio und Málaga bestanden. Auf seiner ersten Fahrt hatte er den üblichen Mist hinnehmen müssen, aber der junge Otto hatte weniger ertragen können als die anderen. Vor allem der Bootsmann, ein riesiger Spanier mit dem Spitznamen El Toro, hatte es auf ihn abgesehen. Nur selten benutzte er die Fäuste, aber er hatte eine Zunge, die Otto dazu bringen konnte, sich vor Scham und Demut zu krümmen. Eines Nachts hatte der 18-jährige Deutsche den Spanier von hinten mit dem Schraubenschlüssel niedergeschlagen und den spanischen Stier mitsamt dem Schaubenschlüssel der Reederei dem Meer überantwortet.

Otto hatte nichts empfunden. Keine Angst. Keine Schuld. Nicht einmal Erleichterung. Nur Leere. Ganz ruhig war er nach unten gegangen und hatte sich in die Koje gelegt. Er hatte den Rest der Nacht gut geschlafen, und niemand hatte etwas gehört oder gesehen. Der Spanier war verschwunden, das war alles. Von den sechs oder sieben Morden, die Otto Stein begangen hatte, war der erste der leichteste gewesen.

Er lächelte beim Gedanken an Hildegund Berg. Sie war leichte

Beute gewesen. Er hatte es schon bei der ersten Begegnung gewußt, daß sie früher oder später unter ihm liegen würde. Etwas in ihrem Blick hatte ihm das gesagt. Und als Wilhelm Berg sie einander vorgestellt und Otto ihre schmale Hand in seine genommen hatte, war es wie ein leichter elektrischer Stoß gewesen.

Sie war eine clevere Frau. Die Geschichte mit einem Vormittagsclub einmal die Woche hatte sie fast aus dem Ärmel geschüttelt, und sie hatte sich als sehr brauchbar erwiesen. Vorher hatte sie ihn fast immer in der Bernardottenstraße besucht, aber nachdem er die Wohnung aufgeben mußte und in Erwartung einer neuen in den kleinen Hotels auf St. Pauli wohnte, fuhr er meist zu ihr. Für sie war das kein großes Risiko, und ihm konnte es schließlich egal sein, ob der Bankier plötzlich aufkreuzte. Wie mit seinen anderen Auftraggebern war er auch mit Wilhelm Berg nicht besonders gut zurechtgekommen. Von Geld und Taktik war die Rede gewesen, von anderem nicht. Berg hatte zwar darauf bestanden, ihn – wie eine normale Geschäftsverbindung – zum Essen zu sich nach Hause zu bitten. Das war ungewöhnlich, aber Otto hatte angenommen. „Keine Mauscheleien“, hatte Berg gesagt. „Du wirst nicht gesucht, es gibt keinen Grund, sich heimlich in einer Hafenkneipe zu treffen.“

Nein, Otto Stein mochte Wilhelm Berg nicht. Er mochte, ja liebte geradezu die Gewißheit, daß er Macht über diesen Menschen hatte. Manchmal hatte er sich fast gewünscht, in der schönen Villa auf frischer Tat ertappt zu werden. Er würde dem Bankdirektor voll ins Gesicht lachen und wissen, daß Berg alles schlucken müßte. Und Hildegund? Otto Stein zuckte die Schultern. Wenn es ihm paßte, würde er sie wie ein benutztes Kondom wegwerfen. In Otto Steins Leben saßen genug Frauen wartend am Telefon.

Ronny zündete sich die zehnte Zigarette an. Im Auto bildete sich langsam dichter Nebel. „Bernard war mehrmals draußen in Neuengamme, nicht wahr?“

Berg schaltete und überholte einen Lastwagen. „Zweimal. Wir haben ihn beim zweiten Mal hochgenommen. Wenn die Polizei nicht gekommen wäre, als er es ein paar Tage früher versucht hatte ...“ Berg zuckte die Schultern. „Er hatte Pech. Bernard Lindquist hatte Pech.“

„Nun ja“, sagte Ronny. „Da sitzen also deine Kontakte. Bei der Polizei.“

Berg gab zuerst keine Antwort. Dann sagte er: „Ein Mann wie ich hat viele Kontakte. Ich hatte schon lange so etwas erwartet."

„Du hast über Schraub Bescheid gewußt?"

„Ich habe über ihn Bescheid gewußt, ja."

„Aber du konntest ihn doch wohl nicht Jahr für Jahr in der Hoffnung beschatten, daß irgendwer mit der anderen Hälfte des Codes auftauchen würde?"

„Nein, da haben Sie recht – das war unmöglich. Ich, wir wußten ja nicht einmal, ob irgendwer jemals Schraub besuchen würde."

„Du und dein Vater?"

Berg nickte. „Ja. Der alte Trottel muß das hier wenigstens nicht mehr miterleben. Er war von der alten Schule, gab nie auf. Er wollte das Geld für die 'Sache'."

„Und du?"

„Es wäre lächerlich, wenn ich heute mit diesen Gruppen zusammenarbeiten würde. Ich brauche sie nicht." Er fügte hinzu: „Außerdem haben sie genug Geld!"

Otto Stein parkte zweihundert Meter von der Villa entfernt, zwirbelte zum letzten Mal seinen Schnurrbart und stieg aus. Die Sonne strahlte und die Spatzen piepsten, es war der erste richtige Frühlingstag in diesem Jahr. Er freute sich darüber, denn die Winterluft in Hamburg nahm seine Nebenhöhlen immer arg mit. Nun spürte er, wie der Druck sank. Er sah bereits Hildegund Bergs nackten Körper vor sich – mit all ihren eingesperrten Lüsten war sie ein derber Satan auf dem Laken. Er ging mit ruhigen Schritten auf das Tor zu, genoß den Gedanken, peitschte seine Phantasie hoch.

Bongo, der ihm den Rücken zukehrte, wurde auf den Mann erst aufmerksam, als der an ihm vorbeiging. Ein dunkler, kurzhaariger Mann in beigem Frühlingsmantel und heller Hose. Der Mann ging langsam, fast schlendernd – er schien alle Zeit der Welt zu haben. Bongo sah erst Grund zum Reagieren, als der gutgekleidete Mann plötzlich durch Bergs Gartentor trat. Voller Panik griff Bongo nach dem Walkie-talkie in seiner Tasche, packte ihn und zog ihn hervor. Aber obwohl der Tag mild war, waren Bongos Finger nach so langer Zeit im Freien steif geworden, der schwarze Apparat rutschte ihm weg und fiel auf den Asphalt. Mit einem Tempo, das man diesem riesigen Mann kaum zugetraut hätte, sprang er vom Motorrad und hob es wieder auf.

Tot! Es war tot!

„Satan!“ Bongo verspürte ein fremdes Gefühl, das langsam in ihm wuchs. Ein Gefühl, das er seit Jahrzehnten nicht mehr empfunden hatte. Zum ersten Mal seit langer Zeit kämpfte er mit den Tränen. Jetzt brauchte er ganz schnell ein Bier.

Diesmal traf der Klang der Türklingel Laila wie ein Schlag auf den Hinterkopf. Das erste Mal, auf das sie vorbereitet gewesen war, war schlimm genug gewesen, jetzt war es die Hölle. Ihre Gedanken überstürzten sich. Warum hatte Bongo sie nicht gewarnt? Dafür konnte sie nur einen einzigen Grund sehen, nämlich, daß er ausgeschaltet war. Und wer konnte Bongo so einfach vom Brett wischen, mitten auf der Straße? Stertz, dachte sie fieberhaft. Die Bullen müssen vor der Tür stehen! Also hat die verdammte Kuh ihr Kindermädchen doch warnen können! Laila wollte nicht schon wieder von Stertz und seiner Bande verhaftet werden. Niemals! Die Verhaftung draußen in Neuengamme würde der reinste Jux gewesen sein, verglichen mit diesem hier. Sie selber mit der Pistole in der Hand! Laila Olsen, die eine Mutter und ein kleines Kind als Geiseln festhielt! Sie hätte fast hysterisch losgelacht.

Peter nahm es mit mehr Ruhe. Als die Schelle zum ersten Mal ertönte, sprang er auf die Füße. Mit langen Schritten eilte er zum Wohnzimmerfenster und warf vorsichtig einen Blick hinaus. Im nächsten Moment ging er in die Knie. „Runter allesamt! Runter, ganz flach auf den Boden! Draußen steht ein Kerl, und seine Nase gefällt mir nicht.“ Er sah Frau Berg an, zögernd gehorchte sie seinem Befehl. „Ein Mucks und ich bring dich um!“ Unnötig hart packte er das Kind, das jetzt dicht neben ihm lag, und preßte ihm die Hand auf den Mund. Celine zappelte verzweifelt, ließ aber keinen Laut hören.

Otto Stein konnte sich das Ganze nicht erklären. Hildegunds Auto stand vor dem Haus, aber sie öffnete nicht. Er schellte noch einmal. Was war das? Er trat ein paar Schritte zurück und sah, daß der Vorhang hinter einem Wohnzimmerfenster sich schwach bewegte. Lächelte eines seiner weniger charmanten Lächeln. Schön, schön, schön! Er spürte, wie sein Herz schlug, und das gefiel ihm. Hatte dieser Bankfurz einen Nervenzusammenbruch erlitten und ihr anvertraut, daß das gemütliche Essen damals nur ein Schauspiel gewesen war? Daß sein munterer junger Geschäftsfreund gar nicht in der Branche tätig war, sondern davon lebte, andere Leute umzubringen? Oder war die ganze Sache so naiv und alltäglich, daß ihr Vormittagsclub noch andere Mitglieder hatte? Das wünschte er sich: Ein neues

Mitglied in Hildegund Bergs Vormittagsclub, mit dem er sich ein bißchen verlustieren könnte. Vorsichtig entfernte er sich aus Sichtweite der Fenster, ging auf die andre Seite des Hauses. Wenn er sich nicht irrte, gab es eine Kellertür ...

Die vier auf dem Boden des Wohnzimmers lagen totenstill, das Kind zappelte nicht mehr mit Armen und Beinen, sondern weinte lautlos hinter Peters Hand. Hildegund Berg sah völlig erschlagen aus, behielt aber die ganze Zeit ihr Kind im Blick. Fünf Minuten vergingen. Zehn. Laila erhob sich vorsichtig. „Bleibt alle liegen, ich seh mal nach!" Sie ging zum Vorhang, berührte ihn aber nicht. Wenn sie sich etwas anstrengte, konnte sie hindurchsehen. Niemand da. Die Treppe war leer.

„Weg", sagte sie. Ihre Stimme klang fremd. „Er ist weg."

Peter ließ das Kind los, das sofort den Feueralarm aufdrehte und sich in die Arme der Mutter warf. Auch Frau Berg wollte aufstehen, bekam aber eine Ohrfeige von Peter, die sie wieder zum Sitzen brachte. „Loch! Du verdammtes Loch! Wer hat hier eben geschellt? Antworte!"

„Tick hier nicht aus", sagte Laila. „Er ist weg. Ronny muß jetzt jeden Moment hier sein."

„Meine Fresse, was für ein blödes Frauenzimmer!" schimpfte Peter. „Wie ist das nur möglich!"

Frau Berg war wie versteinert.

„Ruf Bongo!" sagte Laila. „Mach nicht solchen Krach! Versuch Bongo zu kriegen, der Typ eben kann nicht von der Bullerei gewesen sein."

„Bongo!" Peter war aufgeregt, erschöpft nach dem letzten Drama. „Der Arsch ist natürlich ein Bier trinken gegangen! Ich hab Klaus doch gesagt, daß Bongo eine miese Karte ist, ich hab's gesagt!"

„Versuchen!" rief Laila und deutete mit der Pistole auf den Walkie-talkie auf dem Küchentisch. „Versuch's wenigstens."

„Versuchen Sie, die Pistole ohne eine einzige jähe Bewegung abzulegen", sagte Otto Stein. „Sonst bringe ich Sie um!" Er stand lächelnd in der Flurtür und die Mündung zeigte ruhig auf Laila Olsens leicht eingesunkenen Nabel. Die Hand, die die Pistole hielt, zitterte kein bißchen. „Mahlzeit, Hildegund! Was für ein netter Vormittagsclub! Tut mir leid, daß ich ein bißchen zu spät komme."

Der zigarettensüchtige Mann im Opel tappte im Dunkeln. Wußte nicht so recht, welcher Zug jetzt angesagt war. Etwas ging da vor, das war klar, aber es ärgerte ihn, daß er nicht wußte, was. Er wägte für und wider ab, griff dann zum Funk. Bekam Kontakt. „Paul hier. Ich sitze im Alwin-Lippert-Weg mit einem Routineauftrag, aber langsam riecht es hier draußen brenzlig. Irgendetwas geht in der Villa von Wilhelm Berg vor. Ich möchte im Moment aber nur ungern eingreifen, ihr müßt euch also irgendwas aus den Fingern saugen und die 'Brotfahrer' alarmieren. Normale Streife – niemand von uns! Beeilt euch, ich hab ein verdammt mieses Gefühl bei der Kiste!"

Die Meldung wurde bestätigt, er unterbrach die Verbindung. Versuchte, eine der Kippen im Aschenbecher anzuzünden, aber sie war zu kurz. Mit angesengter Oberlippe blieb er sitzen und blickte ängstlich zur Villa hinüber, während er auf den Gesang der Sirenen wartete.

Ronny seufzte zufrieden, als er aus dem Auto stieg. Hier draußen war eine andere Luft als in der Innenstadt. Er hatte die Pistole in der Tasche, hielt aber den Finger am Abzug, er ließ Berg vor sich durch das Tor gehen. Hinter ihnen bremste Klaus, ließ den Motor aber im Leerlauf. „Mach jetzt schnell, Berg, da drinnen gibt's schlechte Nerven, wenn ich mich nicht irre."

Berg steckte den Schlüssel ins Schloß und öffnete die Tür. Ging in den Flur, dicht gefolgt von Ronny. Nichts zu hören.

„Laila?" Ronny zog die Pistole aus der Tasche. Berg blieb stehen. „Du zuerst", sagte Ronny. „Du gehst zuerst ins Wohnzimmer". Sein Mund war trocken, er war in Sekundenschnelle ausgedörrt.

„Na gut", antwortete Berg. Er ging zur Wohnzimmertür und stieß sie mit dem rechten Fuß auf, stöhnte unkontrolliert, blieb aber stehen.

„Sagen Sie Herrn Olsen, daß meine Pistole tief im Ohr seiner Frau steckt!" sagte Otto Stein im Wohnzimmer. „Sagen Sie ihm, er soll die Waffe vor Ihre Füße werfen und danach langsam mit erhobenen Händen in die Tür treten. Genau wie in einem Wildwestfilm!" Otto Stein war in Topform.

„Stein!" sagte Berg. „Sie hier!"

„Allzeit zu Diensten, mein Herr! Hat der Mann da draußen verstanden, was ich gesagt habe, oder braucht er eine Übersetzung?"

„Ich habe verstanden", sagte Ronny Olsen.

„Fein. Denken Sie ja nicht, ich mache Witze."

„Ich habe keinen Sinn für Humor!" sagte Ronny und warf die Pistole auf den Boden.

Als er Berg ins Wohnzimmer folgte, dachte er: Wenn das der „Pole“ ist, der da drinnen die Leitung übernommen hat, dann müssen wir wahrscheinlich allesamt sterben. Niemand kommt hier lebendig raus, wenn dieser Teufel die Pistole hält.

Ein Blick auf den Mann, der Laila umarmt hielt, reichte aus: Es war der „Pole“ – Kristoffer Larsen hatte ihn genügend beschrieben. „Stein“ hatte Berg ihn genannt – aber das konnte jetzt egal sein. Selbst, wenn der Mann Hansen oder Pedersen geheißen hätte, die Tatsache war doch, daß sich seine Pistole in Lailas blonde Locken bohrte. Laila war kreideweiß im Gesicht, sah aus, als würde sie gleich in Ohnmacht fallen. Ronny fühlte sich plötzlich so unsäglich müde. „Keine Panik, Laila!“ sagte er.

„Legen Sie die Tasche auf den Tisch, Berg! Und Ihre Wagenschlüssel!“ Otto Steins Stimme war so ruhig, als spräche er mit dem Kind, das verdutzt neben seiner Mutter auf dem Sofa saß. Peter lag flach auf dem Boden und hielt die Hände im Nacken. „Die Tasche und die Schlüssel!“ wiederholte Otto Stein. „Na los, du blöder kleiner Nazi!“

Berg legte die Tasche auf den Tisch und fischte die Schlüssel aus der Jackentasche.

„Langsam!“ sagte Stein. „Heb jetzt ganz langsam die Hände.“

Als Schlüssel und Aktentasche auf dem Tisch lagen, stieß Otto Stein Laila brutal in Richtung Tür. Sie stolperte über Frau Bergs Beine und rettete dadurch wahrscheinlich ihr Leben. „Hoch!“ bellte Stein. „Wir beide fahren ein bißchen spazieren!“ Er senkte die Pistole, um sie die ganze Zeit im Visier zu haben und schnappte sich gleichzeitig Schlüssel und Tasche.

„O nein!“ Das war Hildegund Berg. Sie hatte es als erste gesehen.

In der Türöffnung stand Bongo, und er sah alles andere als zurechnungsfähig aus. Sein Mund stand offen und seine Lippen zitterten. Ein dünner Speichelfaden zog sich zum Kinn hinunter. Seine Augen waren weit aufgerissen – der Mann war restlos verängstigt! Und Ronny Olsen wußte in diesem Moment, daß das hier niemals in der Welt gutgehen könnte. In gefährlichen Situationen sind verängstigte Menschen immer eine Last und alles wird noch viel, viel schlimmer, wenn der Betreffende eine geladene Magnum in der Faust hält. Bongo hielt die riesige Waffe mit beiden Händen fest, bis er Blickkontakt zu Stein bekam.

Dann knallte es. Zwei Waffen gingen ungefähr gleichzeitig los, aber nur das betäubende Dröhnen der Magnum war zu hören. Ronny, dessen Blick sich noch immer ausschließlich auf Bongo richtete, sah trotzdem nicht, daß der vom Geschoß aus Steins Pistole im Hals getroffen wurde, er registrierte nur, daß der Dicke vom Rückstoß seiner eigenen Waffe in einem Saltomortale rückwärts herumgeworfen wurde. Bongo! dachte er. Mit dieser Waffe hast du noch nie geschossen.

Er drehte sich um und wußte, daß der Anblick schrecklich sein würde. Es war schlimmer als erwartet. Was einmal Otto Steins Oberkörper und Kopf gewesen war, klebte an der Tapete. Ronny spürte, daß er naß im Gesicht war, und ein Blick auf die anderen im Zimmer erklärte alles. Blut. Überall Blut. Es floß von den Wänden und von den Anwesenden, die noch aufrecht stehen konnten.

Dann kam das Geheul. Es war Laila, die damit die Gefühle aller zum Ausdruck brachte. Ein Wolfsheulen, es begann leise, wurde zu einem Crescendo, dann fing sie an, irre zu babbeln und in der Schweinerei herumzustapfen. Ronny stürzte zu ihr und verpaßte ihr mit aller Kraft eine Ohrfeige, ehe er sie an sich preßte. „Weg! Weg hier!" Er zerrte sie zur Tür und registrierte gleichzeitig, daß Peter auf die Beine gekommen war. Das will ich nicht umsonst durchgemacht haben! dachte Ronny. Er packte die Aktentasche und ignorierte, daß seine Hand in etwas Graues, Klebriges faßte, in die Gedankengrütze eines deutschen Killers.

In diesem Moment erklang das metallische Gebrüll eines Martinshorns.

5

„Weg!" Ronny winkte Klaus im Laufen verzweifelt zu. „Fahr wie der Teufel weg hier!" Er hielt Laila an der Hand, zog sie hinter sich her, gefolgt von Peter, der bereits den Schlüssel des Motorrades in der Hand hielt. Die Sirenen kamen näher, sie konnten jeden Moment direkt neben ihren Ohren plärren.

„Bongos Maschine!" rief Laila. „Das ist die einzige Chance!"

Ronny verdrängte den Gedanken, daß ein Motorradfreak nur selten den Schlüssel stecken läßt, rannte, rannte nur. „Ich kann doch so eine verdammte Mühle nicht fahren", keuchte er.

„Aber ich!" Mutter Olsen hatte die Kontrolle übernommen. „Die Jungs haben mir aus Jux Fahrstunden gegeben. Wenn bloß der Schlüssel steckt!"

Es war der schönste Schlüssel, den sie je im Leben gesehen

hatten. Silbrigglänzend und entzückend. Der selige Bongo hatte seine Prinzipien vergessen, als er in aller Eile hinter Otto Stein hergestürzt war.

„Spring hinten auf!" rief Laila und stieg rittlings auf die riesige Maschine. Ronny preßte die kostbare Tasche gegen seinen Bauch und gehorchte. Sie trampelte und trampelte, und dröhnend nahm eine 1000er BMW ihre Tätigkeit auf.

Der grünweiße Streifenwagen kam von hinten auf sie zu. Wäre er nicht so verdammt schnell gefahren, wäre alles schief gegangen. Er fegte vorbei, ehe Laila auf die Straße gefahren war und hielt nicht an, denn in einiger Entfernung hatten Klaus und Peter ihre Maschinen in die andere Richtung gedreht. Eine wilde Jagd begann, aber weder Laila noch Ronny hatten im Moment die Zeit, an ihre Kumpel zu denken. Wenig Sinn, hinter der Bullerei herzufahren. Außerdem, dachte Laila, kann Klaus den Teufel in Grund und Boden fahren! Sie gab Gas und verschwand von diesem blutgetränkten Ort.

Sie hörten die Sirenen schon, noch ehe sie Lokstedt erreichten. Laila war nicht das Risiko eingegangen, die Kollaustraße, die Hauptverkehrsader in die Stadt, zu nehmen. Sie nahm an, daß dort zuerst abgesperrt werden würde. Statt dessen fuhr sie durch kleinere Straßen auf den NDR zu. Aber es gab natürlich in ganz Hamburg im Moment keinen Bullen, der nicht nach blutigen Motorradfahrern Ausschau hielt, vor allem nach solchen, die bei Rot durchbretterten, daß das Blut nur so spritzte. Als sie Hagenbecks Tierpark passierten, hing ihnen eine Klette an den Fersen. Der Verkehr war zäh, und Laila mußte sich immer neue Improvisationen einfallen lassen.

„Gib Gàs, meine Süße – er holt auf!" Ronny brüllte im Gegenwind, aber das war unnötig, denn Laila hatte die ganze Zeit das Auto im Rückspiegel. Damit würde sie fertig, da war sie sich ganz sicher, schlimmer war das, was vor ihnen auftauchen könnte. Bullerei oder Privatwagen – es spielte keine Rolle. Eine Sperre war eine Sperre, ob sie nun vom Gesetz konstruiert oder zufällig entstanden war.

Der Verkehr vor ihnen begann, sich zu verdichten, floß zäher und zäher. Und hinter ihnen wichen die Wagen aus, um den hitzigen Streifenwagen durchzulassen. Laila legte sich mitten in die Fahrbahn und drückte sich an vier Autos vorbei. Dann fand sie wieder eine Nische.

Nur eine Zeitfrage, dachte Ronny. Wir können jederzeit einen Grünweißen vor uns haben, und dann ... Er hoffte, Laila würde

Verstand genug haben, um nicht zu versuchen, durch eine Sperre oder an einem wartenden Streifenwagen vorbeizudonnern. Das könnte in Norwegen gehen, aber nicht hier, wo die Schießeisen lockerer saßen. Er bezweifelte keine Sekunde, daß die Polizei sie beide gen Himmel pusten würde, wenn sich die Gelegenheit böte.

„Halt dich fest!“ heulte Laila und ihm ging auf, was sie vorhatte. Sie steuerte den Kantstein an und mit einem Ruck, der Ronny fast abgeworfen hätte, befanden sie sich auf dem Radweg.

Wahnsinn! dachte Ronny. Das Ganze ist ein kranker Traum! Ich erlebe das gar nicht, es ist unmöglich, so etwas zu erleben!

50 Meter vor ihnen fuhren zwei Radfahrer in gemächlichem Tempo nebeneinander her. Die Gefahr, die sich ihnen von hinten näherte, schien ihnen nicht bewußt zu sein. Das Ehepaar Olsen – der Tod aus Kampen! Laila, die aller Wahrscheinlichkeit nach auch dem letzten Rest von Vernunft den Laufpaß gegeben hatte, fuhr auf den Fußweg, machte wegen eines älteren Herrn, den sie lieber doch nicht umlegen wollte, einen Schlenker und stieß gegen ein Taschenbuchregal, daß die Bücher nur so flogen.

„Sonderangebot!“ brüllte Ronny. „Die Preise purzeln!“ Er kam sich restlos wahnsinnig vor – es war im Moment einfach unmöglich, normal zu bleiben. „Da längs! Nach rechts!“ Er schlug Laila in den Rücken und zeigte auf eine enge Seitenstraße. Laila nickte und gab Gas, die Leute sprangen in die Läden und preßten sich an die Hauswände.

Es war eine Einbahnstraße und der Mann in dem Auto, das ihnen entgegenkam, war völlig in seinem Recht, als er mit den Scheinwerfern blinkte und mit der Faust drohte. Aber Laila, die ja schon bewiesen hatte, daß sie keine kleinlichen Rücksichten nahm, preßte sich vorbei und nahm ein Großteil des leuchtend gelben Lacks des Autos mit. Weiter, weiter! Bis zur nächsten Kreuzung lag die Straße leer vor ihnen, sie gab, was sie hatte, und das war eine Menge. Die Bremsung vor der Ampel ließ Ronny ihren Rücken hochklettern, ehe er wieder auf seinen Platz plumpste.

Nun beruhigte sie sich ein bißchen. Wartete auf eine passende Nische und fügte sich brav in den Verkehr ein – diesmal ging es wenigstens in die vorgeschriebene Richtung.

„Wir müssen das Rad loswerden, so lange wir bullenfrei sind! Laila!“ Ronny schlug auf sie ein.

„Hau mich doch nicht so! Natürlich müssen wir das, ich bin

doch auch nicht ganz bescheuert. Ich such nur noch eine passende Stelle!“

„Siehst du kein S- oder U-Bahn Schild?“

„Wir sehen aus wie die Metzger, verdammt!“

„Kann man nix machen. Metzger ist in Deutschland ein geachteter Beruf.“

„Hast du darunter Kleider?“

„Ja. Aber nur einen dünnen Pullover am Oberkörper.“

„Das muß reichen. Solange du eine Hose hast. Wir müssen dieses blutige Leder loswerden.“

Diesmal brach der Streifenwagen unerwartet über sie herein. Er tauchte direkt hinter ihnen aus einer Seitenstraße auf und hatte die Sirenen nicht eingeschaltet. Aber daß Ronny und Laila gesehen und erkannt worden waren, war klar. Das Blaulicht drehte sich und nur ein Auto lag zwischen Streifenwagen und Motorrad. Das war's dann, dachte Ronny, als er sich umdrehte und sah, daß der Privatwagen an den Straßenrand fuhr.

Aber Laila dachte ganz anders. Als der Streifenwagen Gas gab, drosselte sie das Tempo, warf das Motorrad in einer scharfen Kurve auf die Seite, entkam knapp dem weißen Kotflügel und lag nun in der Gegenrichtung auf der anderen Fahrbahn. Dann gab *sie* Gas. Sie hörte hinter sich einen Knall und klirrendes Glas, konzentrierte sich aber ausschließlich auf den Weg nach vorn – in die Zukunft.

S-Bahn Langenfelde. Bullenfrei, soweit Laila sehen konnte. Sie stellte das Motorrad ab und sprang hinunter. „Komm!“

Es war nicht nötig, Ronny zu bitten, das Motorrad zu verlassen. Er hatte das Gefühl, einen Albtraum durchgemacht zu haben. Nie mehr würde ihn jemand dazu bringen, sich auf so eine Mühle zu setzen. Seine Jugendträume waren zu Kleinholz geworden. Seine Knie zitterten, als er rasch hinter Laila herging. Die Millionen drückten auf seine Brust.

Sie zogen sich auf der Toilette aus. Schnell. Es dauerte nur Sekunden. Die Motorradanzüge ließen sie einfach liegen. Dann lösten Laila und Ronny Olsen Fahrkarten und nahmen die Bahn nach Altona.

„Du bist unglaublich!“ sagte Ronny. Er lehnte sich zurück und nahm ihre Hand. „Diese Fahrt ... nein, ich kapier es nicht.“

Laila lächelte. „Ich auch nicht. Es wäre auch schief gegangen, wenn ich Zeit zum Nachdenken gehabt hätte.“

„Jetzt schaffen wir's!“ meinte Ronny. „Jetzt ist das Schlimmste vorbei.“

Ronny hatte sich getäuscht. Es war noch nicht vorbei.

Sie entdeckten das Polizeiaufgebot erst, als sie die Treppe hinaufkamen, und da war es zu spät zum Umdrehen. Alle wurden kontrolliert, die genervte Volksmasse staute sich, obwohl jede einzelne Kontrolle ungeheuer rasch vor sich ging. Ronny Olsen hatte das unangenehme Gefühl, daß die Polizei es auf zwei rote Pässe abgesehen hatte.

„Hier gibt's nur eins", sagte Laila. Sie verpaßte einem jungen Mädchen eine Ohrfeige, stieß sie in die Menschenmenge. Die Leute heulten auf, zwei fielen übereinander. Ronny griff ebenfalls ein, in wenigen Sekunden herrschte wildes Chaos.

Dann rannten Herr und Frau Olsen wie die Besessenen davon.

Sie erreichten einen Ausgang und stürzten auf die Straße. Zwei junge Polizisten rannten dicht hinter ihnen.

Links von ihnen lag ein Bauplatz. Das Erdgeschoß eines Neubaus wurde errichtet, dahinter konnte Ronny einen offenen Hof erkennen. Es war nach vier, der Bauplatz lag öde da. Ein Drahttor führte zu Dreck und Zementsäcken, Armierungseisen und Maschinen. Das Tor war angelehnt, aber ein offenes Hängeschloß war an einer Öse befestigt.

„O, ein Geschenk des Himmels!" Laila öffnete das Tor, Ronny folgte ihr auf den Bauplatz. Einige Meter hinter ihnen kamen die beiden Polizisten, hatten aber bisher ihre Artillerie noch nicht aufgefahren. Vielleicht hatte Stertz darauf bestanden, die Olsens lebend zu bekommen. Laila drückte das Schloß zusammen. Ein Klicken, ein wunderbares Klicken von gehärtetem Stahl.

Es war nur ein Aufschub, weder Laila noch Ronny hatten daran irgendwelche Zweifel. Ronny dachte: Egal, was passiert, sie dürfen uns nicht mit der Tasche erwischen. Weder Laila noch ich haben irgendwen umgebracht; im Endeffekt haben sie vor Gericht nur Kleinkram gegen uns. Aber wenn sie uns mit der Tasche fangen ... Ich sitz gern ein paar Monate für solche Werte!

Laila blieb stehen, um Atem zu holen, als sie hinter einer Betonmauer angekommen waren. „Wir müssen die Tasche verstecken. Hier und jetzt. Wir müssen ein Versteck finden."

„Hab ich auch gerade gedacht. Aber nicht hier drinnen. Laß uns nachsehen, wie es auf der anderen Hausseite aussieht."

Die Bauarbeiter hatten noch nicht die ganze Rückwand hochgezogen. Nur die Grundmauer stand wie ein Hindernis vor einem Hof, rostiges Armierungseisen ragte aus dem Zement. Der Platz hinter dem Haus war nicht groß, aber hinter dem

Drahtzaun öffnete sich ein dunkler Hinterhof, aus dem ein Torweg führte. Das alte Haus, das in den Himmel ragte, war zum Abbruch verdammt, die Fenster schwarz, die Fensterscheiben zerbrochen.

„Wir haben wenig Zeit!“ sagte Laila. „Wir müssen über den Zaun klettern!“ Sie sah sich verzweifelt um und horchte. Nur der Straßenverkehr. Vielleicht waren die beiden jungen Läufer doch nicht so zäh, vielleicht warteten sie auf Verstärkung, ehe sie über den Zaun stiegen.

„Hilf mir mal!“ Ronny hatte sich gebückt, er versuchte, einen Schachtdeckel hochzuheben. Die Platte war bleischwer, aber mit Lailas Hilfe konnte er sie beiseite schieben.

„Vielleicht können wir uns hier verstecken?“ fragte Laila eifrig.

„Geht nicht“, antwortete Ronny, der sich schon gebückt und sein Feuerzeug angemacht hatte. „Der Kanalschacht wird nicht mehr benutzt, er ist voll Abfall. Ich hab nur gedacht ...“ Er stieg in den Schacht. „Irgendwo hier muß ein Abfluß sein. Ja, hier ist er!“ Er legte die Tasche auf den Deckel, öffnete seinen Gürtel. Nachdem er eine Schlinge um die Tasche gezogen hatte, ließ er sie langsam in den leicht geschrägten Ablauf gleiten. „Versuch mal, ein Stück Eisen oder einen kräftigen Stock zu finden. Irgendwas, das lang und nicht so dick ist. Schnell, Laila, schnell!“

Er zog das Messer aus dem Hosenbund, ließ den scharfen Stahl ins Leder gleiten, erweiterte das letzte Loch um einige Zentimeter. „Kannst du was finden?“

„Nur das hier!“ Laila zeigte ein 20 Zentimeter langes Holzstück. Messerscharf an einem Ende, am anderen handbreit.

„Das geht, her damit!“

Ronny steckte die Spitze durch das Loch im Leder. Dann ließ er den Gürtel in das dunkle Loch gleiten und stellte das Holz quer vor das Abflußrohr. „So!“ Er sprang auf und schob den Deckel auf seinen alten Platz. „Jetzt hauen wir ab!“

Als sie über den Zaun stiegen, hörten sie auf der anderen Seite des Neubaus kreischende Bremsen. Sie rannten durch den Hinterhof hinaus.

„Jetzt kommt's drauf an“, sagte Laila. „Jetzt müssen wir unsere Birne gebrauchen, nicht bloß die Beine!“

Ruhig ging sie los und Ronny merkte, daß sie Birne und Augen benutzte.

Dennoch war es ausnahmsweise Ronny, der den Goldvogel abschoß. Ein Stück die Straße hinunter lungerte eine Bande von Jungen um einen alten Schrottwagen herum. Hinter dem Steuer saß ein Typ, der kaum älter als 18 sein konnte. Eine Zigarette war zwischen die jungen Lippen gequetscht, er hatte das Radio im Auto volles Rohr aufgedreht und trommelte munter den Takt auf dem Lenker. Hier saß der Prototyp des Knaben mit frischem Führerschein.

Ronny schob die Kinder weg und beugte sich in die offene Tür. „Weißt du, was ein schwarzes Taxi ist, Mann?“

Der Knabe schüttelte den Kopf. „Nee.“

Mit der linken Hand öffnete Ronny die Hintertür und ließ Laila einsteigen. „Dann erklär ich's dir.“ Er sprang auf den Vordersitz und zog hinter sich die Tür zu. „Ein schwarzes Taxi ist ein Taxi, das von einem Heini ohne Taxischein gefahren wird. Gerafft?“

Der Knabe grinste. „Gerafft.“

„Gut. Du hast soeben 100 Mark verdient. Fahr wie der Teufel weg von hier!“

6

Sie erwachte in dem breiten Doppelbett und ihr Kopf war so schwer, daß er drohte, sich durch die weiche Matratze hindurchzubohren. Noch mit halb schlafendem Bewußtsein hatte sie ein seltsames Gefühl von etwas Fremdem und zugleich Bekanntem. Komisch. Sie streckte die rechte Hand aus und fand sofort die Erklärung. Das Fremde, das ihr zugleich äußerst bekannt vorkam, war Ronnys klammer Körper. Sie zog ihre Hand zurück und drehte sich weg. Eine blasse Erinnerung an die vergangene Nacht ließ sie in sich zusammenkriechen, die Decke zwischen die Oberschenkel nehmen. Sie hatten einen kleinen Versöhnungsfick versucht, aber wie üblich war Ronny schon in der Startphase weggeknackt. Besoffen hatte er sich von ihr hinuntergerollt und war entschlafen.

Nein wirklich – jetzt war sie ungerecht. Sie war auch nicht besonders nüchtern gewesen. Das hätte auch gerade noch gefehlt nach dem Tag, den sie durchgemacht hatten. Selbst ein Abstinenzler hätte nach dieser Rennfahrt einen riesigen Whisky gebraucht!

Ronny streckte sich, hielt sich aber an seine eigene Spielfeldhälfte. „Wo sind wir? Wie spät ist es?“

„In irgendeinem kleinen Scheißhotel ohne Dusche und Klo. Meine Uhr hab ich schon länger nicht mehr gesehen.“

„Ich sterbe!“ verkündete Ronny. „Dieser Suff bringt mich um!“

„Ja. Aber jetzt sind wir Millionäre, von nun an gehen wir mit drei Sternen zugrunde.“

Ronny mußte lachen. „Weißt du – das hatte ich gerade total vergessen!“ Er stand auf und pißte ins Waschbecken. „Millionäre!“ Er kostete das Wort. Es schmeckte nach Schnaps von gestern und Zigarettenrauch.

„Wir müssen unser Päckchen holen“, sagte Laila. „Und dann unsern Hintern endgültig aus Deutschland wegbewegen.“

„Draußen ist es stockfinster“, erwiderte Ronny. „Es muß spätabends sein. Haben wir so lange geschlafen?“

„Ja“, sagte Laila, die sich vage daran erinnern konnte, daß das Zimmermädchen hereingeschaut hatte. „Einen schnellen Klapperschluck und dann ans Werk!“

Der Bauplatz lag im Dunkeln. Es war halb zwei Uhr nachts, der Verkehr auf der Straße fast verebbt. Eine Ampel in einiger Entfernung ließ in regelmäßigen Abständen Gruppen von zwei oder drei Autos passieren. Die Ampelsignale spiegelten sich im nassen Asphalt wieder.

Laila und Ronny standen im Schatten auf der anderen Straßenseite und teilten den Rest Schnaps. Ronny nahm den letzten Schluck, die Straße war frei. „Jetzt gehen wir in die Bank! Pfui Teufel, es wird herrlich, das Büro zuzumachen!“

Sie überquerten die Straße und kletterten rasch über den Drahtzaun. Sie hatten keine Zeit gehabt, sich Taschenlampen zu kaufen, das heißt, sie hatten geschlafen, als die Läden offen waren. Im Neubau war es stockfinster, der Hof vor ihnen wurde von den Lichtern Altonas einigermaßen erhellt. Sie tasteten sich an Baumaterial und Werkzeug vorbei und stiegen über die niedrige Mauer.

Ronny wurde schwindlig, als er alle Kräfte mobilisierte und den schweren Deckel beiseite schob. Diesmal allein. Eifrig wie ein Gymnasiast, der mit dem ersten BH-Verschluß seines Lebens kämpft. Der Deckel glitt beiseite.

Der Schwindel wollte kein Ende nehmen. Hatte er sich überfordert? Hatte er sich verhoben? War es möglich, daß das Heben eines Schachtdeckels ihn so erschöpfte, daß er Halluzinationen hatte. „Ich habe Halluzinationen!“ sagte er. „Herrgott, Laila, ich hab Halluzinationen!“

„Ich auch“, sagte Laila.

Erst da begriff Ronny, daß es durchaus keine Halluzinationen waren.

Der Schacht oder dessen Überreste war mit Beton und zerstoßenen Resten von Betonblöcken gefüllt. Bis an den Rand! Laila drehte sich um wie im Traum und sah zu ihrer Linken den Betonrüttler. Sie sagte: „Sie hatten noch was übrig und haben es hier reingeschmissen!“

Ronny fiel auf die Knie, versuchte zu graben. Sinnlos. Abgeschabte Nägel und wunde Fingerspitzen waren das einzige Ergebnis. Er weinte.

Laila kniete neben ihm, strich ihm über die Haare. „Okay, alter Junge. Diamanten sind nicht für Leute wie uns gemacht. Sie küßte ihn auf die Wange. „Jetzt komm! Diese Steine sind wieder in der Erde, aus der sie einst gekommen sind. Gott mag wissen, daß sie genug Scheiß angerichtet haben!“

Ronny stand auf und taumelte hinter ihr her durch die Dunkelheit. Auf der Straße erlitt Laila den totalen Lachkrampf. Sie legte sich auf den Bürgersteig und lachte und keuchte.

Auch das noch! dachte Ronny. Ein verlorenes Vermögen ist schlimm genug, aber eine wahnsinnige Alte ist einfach zuviel des Guten!

Dann sah er es auch. Die KPD/ML hatte am nächsten Laternenpfosten ein farbenprächtiges Plakat befestigt, eine Einladung zu einer Massenveranstaltung in der kommenden Woche. Im Vierfarbdruck leuchtete Stalins Gesicht in die finstre Nacht.

„Herrgott!“ stöhnte Laila und hielt sich den Bauch. „Sieh dir diese Augen an!“